Anja Fröhlich, 1964 geboren, studierte Theater-, Film- und Fernsehwissenschaft sowie Kunstgeschichte und Psychologie in Köln. Sie arbeitete als Kulturredakteurin bei einem Kölner Stadtmagazin und als Werbetexterin in Agenturen. Heute ist sie als freie Journalistin und Autorin tätig.

ANJA FRÖHLICH

MISS KRASSI-KOWSKI

Vol. 1–3

Mit Illustrationen
von Silke Schmidt

PINK • Ein Imprint von Oetinger Taschenbuch

Außerdem von Anja Fröhlich bei **PINK** erschienen:

Love to go

PINKpressum

PINK • Ein Imprint von Oetinger Taschenbuch

Sonderausgabe
1. Auflage 2015

Diese Sonderausgabe enthält die Einzelbände
Miss Krassikowski Vol. 1
© 2012 Pink in der Oetinger Taschenbuch GmbH, Hamburg;
Miss Krassikowski Vol. 2
© 2012 Pink in der Oetinger Taschenbuch GmbH, Hamburg;
Miss Krassikowski Vol. 3
© 2013 Pink in der Oetinger Taschenbuch GmbH, Hamburg
Innenillustrationen von Silke Schmidt
Umschlaggestaltung: ZERO Werbeagentur
Coverfoto: © Getty Images/Tony Anderson; FinePic®, München
Druck: GGP Media GmbH, Pößneck
ISBN 978-86430-043-1

MIX
Papier aus verantwortungsvollen Quellen
FSC® C014496
FSC
www.fsc.org

www.pinkupyourlife.de

Miss Krassi-kowski

Vol. 1

01

DARF ICH vorstellen: Familie Krass. Wir bestehen zu hundert Prozent aus Mädchen. Das Obermädchen ist meine Mutter. Unsere Chefin. Dicht gefolgt von meiner herrschsüchtigen Halbschwester Anastasia.

Und die, die nichts zu lachen hat, das bin ich. Paulina Krass. Genannt Miss Krassikowski. Oder einfach nur Paul. Der einzige Mann in unserer Familie heißt Herr Hund. Er ist aber gar kein Hund. Und genau genommen ist er auch kein Herr. Jedenfalls nicht, nachdem die Chefin ihn heimlich zum Tierarzt geschleift hat.

Ich habe den Verdacht, dass unsere Mutter Väter nicht besonders mag. Aus meinem und Anastasias Vater macht sie sich jedenfalls nicht viel. Bei Anastasias Vater kann ich das noch verstehen. Der ist Weltmeister im Unzuverlässigsein, so dass Anastasia irgendwann gar keine Lust mehr hatte, ihn zu treffen. Aber mein Vater ist ziemlich in Ordnung. Er hat meistens gute Laune, und er fährt ein ganz altes Auto mit drei Sitzen vorne. Das hat er zu meiner Einschulung angeschafft, damit Anastasia und ich beide einen Luxusplatz haben, wenn er uns zur Schule bringt! Er hat den Wagen nie verkauft, obwohl er seit Jahren ganz alleine vorne sitzt. Wenn er mich zum Papa-Wochenende abholt, sieht es immer so aus, als würde er die Plätze weiter für uns frei halten. Das finde ich ziemlich cool von ihm. Aber immer, wenn er bei der Gelegenheit mit einem Haufen Rosen und Komplimenten vor der Tür steht, um Mamas Herz zu erweichen, wird er knallhart abgebügelt.

»Oh Mann, hast du denn gar nix kapiert?«, pflegt sie in

solchen Situationen zu sagen. Oder einfach nur: »Lass das Gesülze!«

Damit will ich nicht sagen, dass Mama sich nichts aus Männern macht. Ganz im Gegenteil! Für sie und Anastasia sind Jungs das Wichtigste auf der Welt. Oder sagen wir lieber, Jungs zu gefallen ist das Wichtigste. Fast so wichtig, wie über Dinge zu lästern, die ihnen an Jungs NICHT gefallen. Sie gucken sich dann an und sagen kopfschüttelnd im Chor: **NO GO!** Jedenfalls, wenn der Betreffende weit genug weg steht. Ansonsten verformen sie nur ihre Lippen zu einem **NO GO!** und nicken sich dabei verständnisvoll zu.

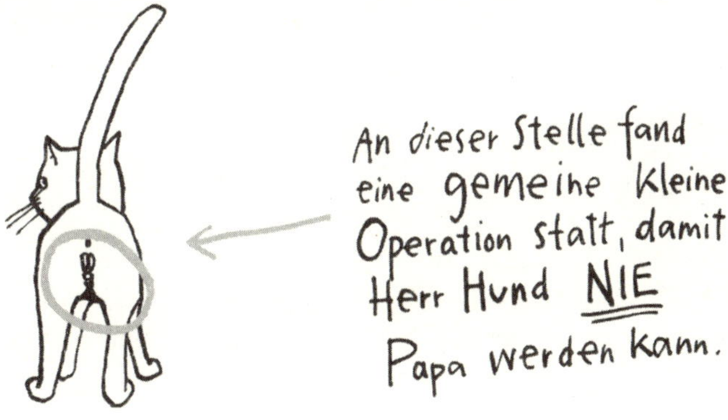

Die Liste der **NO GOs** wird von Haaren an den falschen Körperstellen angeführt.

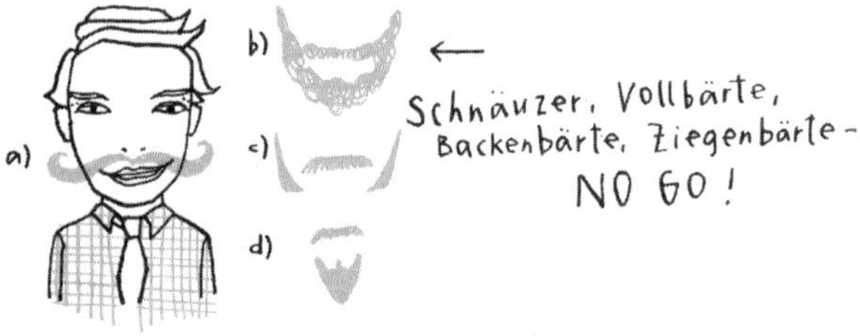

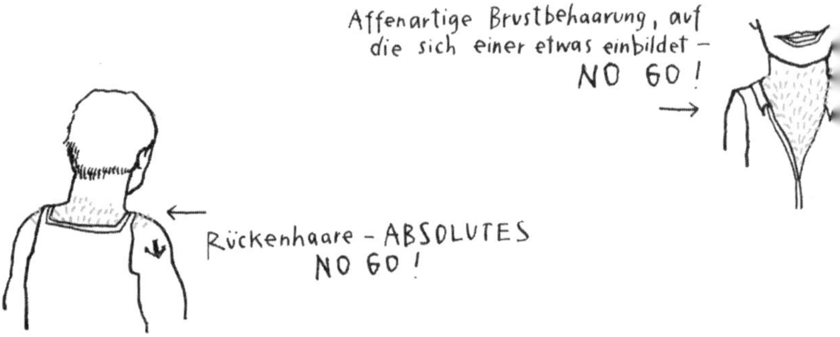

Der Einzige, der Schnurrbart, Brust- und Rückenhaare gleichzeitig haben darf und trotzdem den ganzen Tag abgeknutscht wird (und zwar von Mama und Anastasia!), ist … richtig, Herr Hund!
Das Bestimmer-Duo hat fast immer ein bis zwei Katzenhaare an den knallroten Lippenstift-Lippen hängen. Wahrscheinlich ein Doppel-**NO GO!** für die gesamte Männerwelt.

Ich brauche wohl nicht extra zu erwähnen, dass die beiden sich für die unwiderstehlichsten Frauen der Welt halten. Während ich für sie (ähnlich wie Herr Hund) eine Art Neutrum bin. Ohne Geschlecht und ohne Recht! Eine Mitläuferin, die man bei Bedarf durchknuddeln kann, die immer dabei ist, mehr aber auch nicht. Sie kämen gar nicht auf die Idee, dass auch ich einen Jungen gut finden könnte. Und ich käme nicht auf die Idee, ihnen von Liam Breitschuh zu erzählen. Nicht nur, weil zwischen mir und Liam gar nichts läuft. Wir reden noch nicht mal miteinander! Alles zwischen ihm und mir spielt sich nur in meinem Kopf ab. Aber selbst wenn, ich würde den beiden niemals davon erzählen. Schon allein wegen dem ganzen **NO GO**-Gelaber.
Ich darf übrigens nichts von dem, was die beiden Bestimmerinnen sich den ganzen Tag über gönnen: sauteure Lippenstifte zum Beispiel. Mama schließt ihre sogar im Safe ein! Oder ein Gläschen Champagner. Vor allem hohe Schuhe darf ich nicht tragen. Das sieht an mir angeblich »billig« aus – egal, wie teuer die Schuhe in Wirklichkeit sind. Dabei habe ich dieselbe Schuhgröße wie Mama, und ich würde mir so gerne mal ein Paar ausleihen. Anastasia leiht sich ständig hohe Schuhe bei Mama aus. Dabei hat sie eigentlich viel größere Füße als Mama und ich. Außerdem hat sie schlimme Schweißquanten, sodass sie noch zusätzlich Sohlen in die Schuhe quetschen muss, die den Geruch absaugen. Das gibt sie aber nicht zu. Lieber holt sie sich Blasen und Hühneraugen in Mamas zu engen Schuhen.

Und dann muss sie auch noch Blasenpflaster mit in den Schuh stopfen.
Das Einzige, was ICH darf, sind KEILABSÄTZE. Ihr wisst schon, diese klotzigen Dreiecke, gegen die jeder Elefantenfuß eleganter aussieht. Das sieht angeblich NICHT »billig« aus. Selbst bei Großereignissen wird keine Ausnahme gemacht. Noch nicht mal bei Mamas bevorstehendem vierzigsten Geburtstag – dem absoluten Mega-Event. Seit Wochen spricht unsere Mutter von nichts anderem mehr. Das soll DIE Party ihres Lebens werden. Und ich mittendrin auf KEILABSÄTZEN!

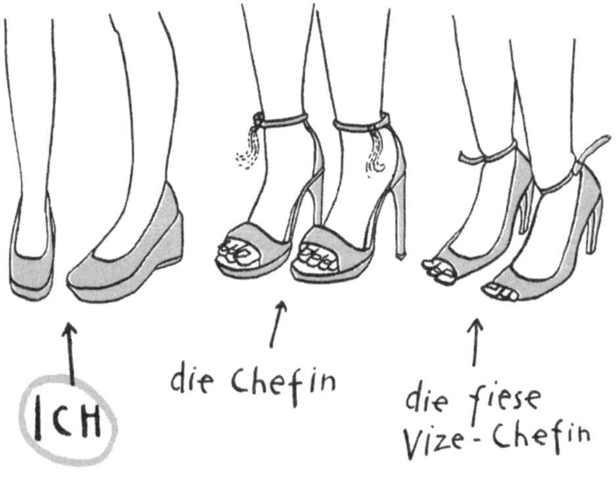

Manchmal freue ich mich schon auf später, sagen wir, wenn MEIN vierzigster Geburtstag gefeiert wird.

Neben den Jungs bzw. Männern gibt es noch eine zweite Sache, die bei uns erstens Mangelware und zweitens total begehrt ist: GELD!
Denn angeblich zahlen unsere Väter nicht genug. Das regt Mama mordsmäßig auf, und sie versucht andauernd, irgendwie anders an Kohle zu kommen. Ein normaler Job kommt für eine Chefin von ihrem Kaliber natürlich nicht in Frage. Undenkbar, dass sie an der Supermarktkasse sitzt oder Leuten die Haare föhnt.
Im Moment wittert sie das große Geschäft in einem

Pflegeheim für Schwerstreiche. Da tummelt sie sich nachmittags und versucht den alten Leutchen zu erklären, dass sie vor ihrem ABLEBEN unbedingt noch ein Buch von ihrem LEBEN brauchen. Und weil die armen Pflegefälle mit ihren tattrigen Händen natürlich nicht gut schreiben können, bietet Mama ihnen an, die Sache für sie zu übernehmen. Für VIEL GELD, versteht sich. Mama behauptet nämlich, sie wäre Schriftstellerin. Und sie könnte aus der Lebensgeschichte eines Menschen einen tollen Roman machen. Für die Enkel und so. Vielleicht sogar einen Bestseller, der sich dann weltweit verkauft.

Meine Mutter rastet immer **FAST GAR NICHT** aus, wenn sie von ihrem JOB nach Hause kommt.
»Diese Geld-Fritzen sind sowas von eingebildet. Die glauben, nur weil sie Kohle haben, ist ihr Leben interessant«, behauptet sie. »Die denken echt, sie hätten das tollste Leben der Welt geführt!« Mama meint, die schwerstreichen Greise würden ihre Vergangenheit total beschönigen. Jedes zweite Wort wäre »großartig« und »wunderbar«. Wahrscheinlich ist es besser, die Dinge dann aufzuschreiben, wenn sie frisch passiert sind. Auch ein Grund, warum ich dieses Buch jetzt schon schreibe und nicht erst mit hundert!
Mama sagt immer, sie bräuchte sehr viel Schmerzensgeld, wenn sie sich die langweiligen Angeber-Geschichten jeden Tag anhören soll. Darum will sie pro Buch 50 000 Euro haben. In Worten FÜNFZIGTAUSEND!
Die meisten staunen nicht schlecht. Aber Mama be-

hauptet eisenhart, gute Schriftsteller hätten ihren Preis und in Wirklichkeit könnte sie VIEL MEHR Geld verdienen, wenn sie ihre EIGENEN Geschichten aufschreiben würde. Das ist allerdings gelogen. Denn Mama hat bisher nur ein einziges eigenes Buch geschrieben, und danach waren wir bettelarm. Das Buch hieß MEIN DURCHBRUCH. Es handelte von einer allein erziehenden Mutter, die einen Bestseller schreibt und damit reich und berühmt wird. Als niemand das Ding drucken wollte, hat sie es selber drucken lassen und dafür das Geld unserer Väter verbraten. Aber niemand wollte das Buch kaufen. Am Ende saß sie mit unzähligen Bücherstapeln auf dem Flohmarkt.

Ich hätte jedenfalls nie gedacht, dass sie es schaffen würde, jemanden in dem Heim für ihre Idee zu begeistern. Aber es hat tatsächlich so ein alter Knacker angebissen. Und er hat auch schon eine fette Anzahlung gemacht.
Mama meint, sie hätte den armen Mann mit »unschlagbar guten Argumenten« von ihrer teuren Arbeit überzeugt. »Ich habe ihm erklärt, dass Geld vererben nichts bringt! Was ist schon Geld? Im schlimmsten Fall streiten sich die Kinder und Enkel drum. Und im besten Fall kaufen sie sich einen Neuwagen, der nach einem Jahr schon 30 Prozent an Wert verloren hat. Oder eine Schrankwand, die man nach drei Jahren so spießig findet, dass man am liebsten die Familie verlassen möchte, um das Ding nicht mehr sehen zu müssen.«
Viel sinnvoller findet Mama, wenn man den Kindern und Enkeln etwas IDEELLES hinterlässt. Eine Lebensgeschichte, die alle aus den Socken haut. Damit jeder in der Familie einen Vorbild-Ahnen hat und richtig Lust bekommt, diese coole Familiengeschichte weiter zu leben. »Wir machen einen Helden aus Ihnen, der noch in tausend Jahren Ihre Nachfahren prägt!«, hat Mama dem Mann vorgeschwärmt.
Was sie damals noch nicht wusste, war: Der Typ hat weder Kinder noch Enkel! Und das Held-Sein hat ihn nur angesprochen, weil er jemand ganz anderen beeindrucken wollte: Nämlich meine Mutter persönlich! Er hatte sich schon beim ersten Treffen bis über beide Elefantenohren in sie verknallt. (Wusstet ihr eigentlich, dass die Ohren ein Leben lang weiterwachsen?!)
Mamas Verehrer heißt Ludwig von Malottki, und er

hat sogar schon einmal versucht, sie zu küssen. Mama ist nur froh, dass Ludwig von Malottki (kurz LvM oder auch Ellfauem) ziemlich schlecht auf den Beinen ist. So kann sie jederzeit einfach abhauen, ohne von ihm verfolgt zu werden.

02

NOCH GRÖSSER als meine Probleme zu Hause sind allerdings meine Probleme in der Schule. Genauer gesagt, in Mathe und in Kunst. Beide Fächer haben wir bei unserem Klassenlehrer Gottfried Hartkopf-Heiligenhaus. Ein ausgefuchster Spacko! Wenn es nach ihm ginge, könnten wir ihn wahrscheinlich einfach nur GOTT nennen. So führt er sich jedenfalls auf. Da wir unsere Lehrer aber mit Nachnamen ansprechen, besteht er auf seinem vollen Doppelnamen HARTKOPF-HEILIGENHAUS. Es gibt das Gerücht, dass seine geschiedene Frau Heiligenhaus hieß. Und dass er nach der Scheidung extra ihren Namen behalten hat, um erleuchteter zu wirken.

Im Moment stehe ich in beiden Fächern bei Herrn Hartkopf-Heiligenhaus kurz vor der Fünf. In Mathe, weil ich es nicht kann, und in Kunst, weil ich es nicht will. Jedenfalls nicht so wie Herr Hartkopf-Heiligenhaus.

Ich habe mal einen Comic-Kurs für Mädchen belegt. Und anders als in diesem hart erlernten Comic-Style kann ich nun mal nicht malen. Gottfried Hartkopf-Heiligenhaus findet, dass meine Figuren nicht der Wahrheit und nicht der Natur entsprechen. Und beides geht ihm über alles. Ich habe vor der ganzen Klasse gesagt, dass auch Picassos Bilder nicht der Wahrheit entsprechen. Picasso ist einer der größten Künstler aller Zeiten, und seine Bilder sehen alle ungefähr so aus:

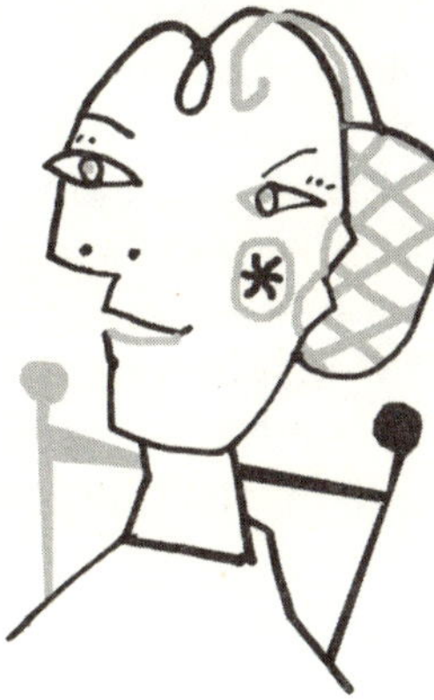

Ich hätte damit gerechnet, dass sich jetzt alle totlachen würden und Gottfried Hartkopf-Heiligenhaus echt blöd dastände. Aber keiner kannte Picassos Bilder so genau – außer unserem Klassenlehrer natürlich. Und der hatte auch gleich wieder eine seiner neunmalklugen BESSER-WISSER-Antworten auf Lager:
Picasso-Bilder hätten eine INNERE WAHRHEIT, behauptete er. Eine künstlerische Wahrheit sozusagen. Aber meine Comicfiguren mit den großen Köpfen und den niedlichen Gesichtern würden ein VERZERRTES FRAUENBILD widerspiegeln. Außerdem wären sie FLACH und ZWEIDIMENSIONAL. Und das, obwohl wir gerade

die ZENTRALPERSPEKTIVE durchnehmen. Er meinte allen Ernstes, ich hätte eine vorgefertigte SCHABLONE im Kopf, einen STEREOTYPEN (?!), und der würde mich daran hindern, genau hinzusehen.
BITTE WAS FÜR EINEN TYPEN? Der olle Hartkopf hat wirklich versucht, mich in Grund und Boden zu reden. Außer mir hat zum Glück niemand so richtig hingehört. Und auch ich habe nur zugehört, um den Punkt zu finden, an dem ich dem alten Rechthaber und Witze-Kaputtmacher widersprechen kann. Aber ich fand den Punkt nicht. Sein Gerede war einfach zu abgedreht, als dass man da mit normalen Argumenten etwas hätte ausrichten können.
Das Schlimme ist: Ich musste den ganzen Nachmittag darüber nachdenken, ob er womöglich recht hat. Dabei habe ich den teuren Comic-Kurs doch nur belegt, um eine bessere Kunstnote zu bekommen und auf diese Weise eine schlechte Physiknote ausgleichen zu können. Eine absolute Fehlinvestition! Auf der anderen Seite macht nichts so viel Spaß wie Comicfiguren zeichnen. Vielleicht sollte ich noch ein paar andere von diesen Stereo-Dingsda-Typen entwickeln. Um meine künstlerische Vielseitigkeit zu beweisen. Alte Männer mit großen Ohren zum Beispiel.
Fakt ist, wenn ich in Mathe UND Kunst eine Fünf habe, bleibe ich auf jeden Fall sitzen! Denn in Physik schaffe ich es garantiert auch nicht auf eine Vier. Und Sitzenbleiben ist der absolute Supergau! Nicht nur wegen Liam Breitschuh, den ich dann nicht mehr sechs Stunden am Tag heimlich beobachten kann. Sondern auch, weil ich dann in die Klasse unter mir komme, bei der auf den Geburtstagsfeiern noch Topfschlagen gespielt und zum

Einschlafen Bibi Blocksberg gehört wird. Die Mädchen sind so was von BRAV, echt ätzend.

In meiner Klasse falle ich mit meiner komischen Art nicht so auf. Da gibt es ganz andere Pubertäts-Kaliber. Besonders schlimm sind die, die schon ordentlich Zuwachs an allen möglichen Stellen haben. Und damit meine ich nicht nur Haarwuchs an weiblichen **NO GO**-Stellen. Viele von denen müssen unbedingt zeigen, was ihnen neuerdings **OBENRUM** so gewachsen ist.

Daphne Oberwinter zum Beispiel. Die zwängt ihre neu gewonnenen Brüste in einen Push-up, ähnlich wie

Anastasia ihre Füße in Mamas Pumps. Und zu allem Überfluss steckt sie sich noch das Handy über den XXL-Ausschnitt in den BH. Weil nämlich UNTENRUM, in ihrer hautengen Hosentasche, noch weniger Platz dafür ist.
Klar dürfen wir die Handys im Unterricht nicht benutzen. Deshalb hat jeder sie auf Vibrationsalarm gestellt. Und klar ist auch, dass die Jungs in unserer Klasse Daphnes Vibrator alle zwei Minuten anwählen. Nur um die Pressbrüste zum Zittern zu bringen. Das ist so was von plemplem!
Dabei ist Daphne echt selbst schuld. Sie hat sich nämlich auf ihr Tanktop direkt auf die nigelnagelneuen Brüste »Ich bin ein Star, holt mich hier raus« drucken lassen. Dreimal dürft ihr raten, was auf ihrem Rücken steht. Genau! Ihre Handynummer!
Leider bin ich mir nicht sicher, ob Liam gegen so eine Brüste-Angeberei immun ist. Eigentlich sieht er mit seinen langen Haaren und den Skaterklamotten nicht so aus, als würde er sich viel draus machen. Aber ich habe mal gelesen, dass ALLE Jungs irgendwie drauf stehen. Es sei denn, sie sind schwul. Aber ich kann es mir einfach nicht vorstellen!
Das Schlimme ist: Daphne sitzt seit zwei Wochen neben mir. Denn meine beste Freundin Muckel ist strafversetzt worden. Angeblich, weil Muckel und ich uns zu ähnlich sind und uns deswegen nicht guttun! Gottfried Hartkopf-Heiligenhaus hat original behauptet, wir würden uns in unserem SO-SEIN zu sehr SUHLEN und wären nicht mehr offen für das ANDERS-SEIN.

(Nur noch mal zur Erinnerung: SUHLEN tun sich Schweine, wenn sie sich genüsslich im Matsch wälzen! Keine Ahnung, wie man sich in seinem SO-SEIN wälzen kann. Weiß noch nicht mal genau, was das SO-SEIN sein soll!)
Gottfried Hartkopf-Heiligenhaus hat zu dem Thema wieder eine seiner berühmten Besserwisser-Reden vom Stapel gelassen. **Dabei sind Muckel und ich so verschieden wie Tag und Nacht!** Wäre Muckel etwas kleiner, könnte man ein Yin-Yang-Zeichen aus uns machen – so verschieden sind wir.

Das Gute an der Strafversetzung:
Ich sitze jetzt schräg hinter Liam und kann ihn den ganzen Vormittag hemmungslos von hinten beobachten. Klingt vielleicht langweilig, aber so eine Rückenansicht kann sehr reizvoll sein. Jedenfalls, wenn man jemanden mag.
Der zweite Vorteil ist:
Daphne ist trotz Dauerquetschungen am ganzen Körper besser in Mathe als ich. Bei Tests kann ich also versuchen abzuschreiben.
Das nicht so Gute an der Sache:
Irgendjemand in der Klasse hat mich beim Schummeln beobachtet. Und jetzt wählt er, immer wenn er mich beim Spicken ertappt, ihre Nummer. Daraufhin zuckt Daphne zusammen, ich erschrecke mich innerlich zu Tode, und Gottfried Hartkopf-Heiligenhaus wittert »Unregelmäßigkeiten«. Er hat einen ausgeprägten Sinn für »negative Schwingungen im Raum«, wie er es nennt. Die kann er gar nicht leiden. Wenn er jemanden beim Abschreiben erwischt, gibt es auf der Stelle eine Sechs. Eine noch schlimmere Strafe erwartet denjenigen, der beim Simsen erwischt wird. Gottfried Hartkopf-Heiligenhaus hat eine unbändige Freude daran, die SMS-Dialoge vor der ganzen Klasse vorlesen zu lassen. Und zwar mit verteilten Rollen! Wenn er ein Mädchenhandy einkassiert hat, dürfen zwei Jungs vorlesen. Und umgekehrt. Ich frage mich, warum wir in der Klasse nicht solidarisch genug sind, um dieses miese Spiel NICHT mitzuspielen. Andererseits ist es einfach zu schön, so eine dämliche Jungs-Unterhaltung vorzulesen.

So was wie:

Ach, scheiß auf Daphne! Wer ist schon Daphne?!

Halt die Fresse!

Peace, Alter! Aber die Torte ist nichts für dich.

Hör endlich auf rumzuspacken!

Mal ehrlich, die macht so auf Hobby-Beyonce.

Ich sag nur drei Worte: Hau ab!

Als ich nachmittags nach Hause komme, ist niemand da. Dafür liegt ein gemeiner kleiner Zettel auf dem Tisch.

Hi, Miss Krassikowski! Sind shoppen! Kümmer dich um das Katzenklo und das Füttern!

Neben dem Zettel liegen eine Tüte Trockenfutter und der hungrige Herr Hund.

Klar, dass die zwei Ladys vorher nicht im Supermarkt SHOPPEN waren. Im Kühlschrank befindet sich nichts, was nicht schon seit zwei Wochen VERFALLEN ist. Also Feucht- und Trockenbiotope, in denen man demnächst die komplette Evolution vom Einzeller bis zum Wirbeltier nachverfolgen kann. Am schlimmsten hat es die einsame Zucchini im Gemüsefach getroffen. Sie ist an mehreren Stellen unschön angeschwollen und steht meiner Ansicht nach kurz vor dem Urknall.

Geld für ein paar Pommes haben die beiden mir auch keins dagelassen. Also schleiche ich mich in mein Zimmer und arbeite weiter an meinen neuen Stereotypen. Genauer gesagt, an Ludwig von Malottki, um in der nächsten Kunststunde zu punkten. Gar nicht so einfach, ein bisschen mehr Wahrheit und Natur in das Bild zu bringen. Zumal ich den Typ erst ein Mal gesehen habe.

Aber der olle Hartkopf hat ihn schließlich noch kein Mal gesehen, und darum kann er auch nicht wissen, wie wahr das Bild in Wirklichkeit ist!

Gerade als ich mit meinem Werk absolut zufrieden bin, klingelt es an der Tür.

Ihr könnt euch vielleicht denken, wer das ist. Na ja, eigentlich könnt ihr es euch nicht denken, weil es absolut absurd ist, aber er ist es tatsächlich: Ellfauem – Ludwig von Malottki. Unglaublich, oder? Er steht mit einem fetten Rosenstrauß im Körbchen seines Rollators vor unserer Haustür. Das kann ich durch unseren Spion sehen. Das Schlimme ist: Ellfauem sieht kein bisschen aus wie der Stereotyp auf meinem Bild. Aber das liegt sicher nur daran, dass unser Spionhersteller sich einen schlechten Scherz erlaubt hat. Alle Menschen vor unserer Tür sehen aus wie Kopffüßler. Sie haben in der Mitte eine fette Nase, drum herum einen einigermaßen dicken Kopf, und daran hängt ein kümmerliches Körperchen, das nach unten hin immer kümmerlicher wird. Ein Zerrspiegel in einem Horrorkabinett ist nichts dagegen. Wahrscheinlich hat dieser Spion eine eingebaute Kindersicherung. **Denn ein Kind würde nie jemandem aufmachen, der SO aussieht.** Ich bin zwar kein Kind mehr, und ich lass mich auch durch diesen Verzerr-Effekt nicht mehr einschüchtern, aber dennoch findet Mama, ich dürfe keinem fremden Mann aufmachen, wenn ich alleine in der Wohnung bin. Die Frage ist nur: Ist Ellfauem fremd? Immerhin hat er Mama schon einen Heiratsantrag gemacht. Ich habe ihn allerdings – wie gesagt – erst ein Mal in meinem Leben gesehen. Das war, als ich Mama in dem Heim für Schwerstreiche abgeholt habe, in der Hoffnung, dass sie auch mit mir mal SHOPPEN geht. Leider war sie dafür zu schlecht gelaunt. Sie hatte es wirklich eilig, von dem Heim wegzukommen. Ellfauem hatte sein Fenster weit aufgerissen und winselte Mama ein paar **NO GO**-Sätze hinterher. So was wie: »Können Sie meine Gefühle denn nicht wenigstens ein kleines bisschen erwidern?«

Wie auch immer, ich kenne den Typ nicht wirklich, und er hat auch einen ziemlichen Gruselfaktor. Auf der anderen Seite hat er das, was ich zurzeit dringend brauche: GELD. Und zwar in rauen Mengen. Ich könnte ihm auch etwas verkaufen. Das müsste allerdings so klein sein, dass man es unter der Tür durchschieben kann. In jedem Fall müsste er dann auch mit SCHEINEN bezahlen, da Münzen auf keinen Fall durch den Türschlitz passen.
Ich schlage ihm vor, mein frisch gemaltes Porträt von ihm zu kaufen. Leider muss ich mein Anliegen dreimal

wiederholen, weil Ludwig von Malottkis Lauscher zwar enorm groß, aber nicht besonders leistungsstark sind. Und je öfter und lauter ich mein Angebot gegen die massive Eichentür schreie, desto peinlicher wird mir die ganze Sache. Zumal ich den Sachverhalt immer mehr zusammenfasse und mich am Ende anhöre wie eine Marktschreierin.

»EIN BILD NUR DREISSIG EURO!«

Als Ellfauem endlich kapiert hat, nickt er versonnen vor sich hin. Ich renne schnell in mein Zimmer und hole meinen grade vollendeten Stereotypen. Den schiebe ich ihm vorsichtig vor die Füße.
Die Reaktion ist leider nicht ganz so, wie ich sie mir vorgestellt habe. Er starrt völlig entgeistert auf das Blatt Papier. Und dann krächzt er laut durchs Treppenhaus: »Was ist das denn für eine Schwuchtel? Willst du dich über mich lustig machen?«

Ich weiß gar nicht, was er hat! Soooo mädchenhaft habe ich ihn doch gar nicht gemalt. Außerdem hätte ich ihn auch viel hässlicher malen können! Zum Beispiel, wenn ich das gemalt hätte, was ich gerade durch den Spion sehe: einen bösartigen Kopffüßler mit einem Zinken, der es ungelogen mit der Pestbeulen-Zucchini in unserem Kühlschrank aufnehmen kann. Von den hutzeligen Ärmchen und Beinchen ganz zu schweigen!

Das Schlimmste ist, er reißt das Bild in tausend Stücke. Dann verschwindet er laut fluchend im Treppenhaus. Ich wusste gar nicht, dass schwerstreiche alte Herren Wörter wie »Schwuchtel« benutzen.
Jetzt habe ich jedenfalls weder Geld noch einen neuen Stereotypen für Gottfried Hartkopf-Heiligenhaus. Na ja, wenn ich heute noch verhungere, kann mir die Kunstnote auch egal sein.

03

MAMA UND ANASTASIA kommen erst am frühen Abend zurück. (In der Zwischenzeit hatte ich schon überlegt, Herrn Hund zu essen. Oder mich wenigstens über sein Trockenfutter herzumachen.)
Die beiden haben sich Ausrüstungen für Mamas vierzigsten Geburtstag zugelegt.
Selbst Herrn Hund haben sie etwas mitgebracht: ein Katzenshirt mit der Aufschrift **DIVA ROYAL**. Dabei ist Herr Hund doch ein Männchen. Jedenfalls ursprünglich mal. Die beiden finden das süüüüß. Und sie mei-

nen, es wüsste doch keiner, dass es sich um einen Kater handelt.
An mich hat beim Shoppen mal wieder keiner gedacht! Die Oberchefin glaubt, wir würden für MICH sicher was Schönes im FUNDUS VON ANASTASIA auftreiben. Sprich: irgendwas Abgelegtes von meiner Schwester, was keiner mehr tragen will, weil es eingefressene Schweißflecken hat. Ganz abgesehen davon, dass es mir sowieso nicht passt!
Habe ich eigentlich schon davon berichtet, dass meine Schwester nicht nur an den Füßen entsetzlich schwitzt? Sie hat dieses Problem auch unter den Armen. Und sie geht gegen ihre Schweißränder mit einem unglaublich peinlichen Trick vor. Ihr Schweiß-Abfang-Geheimnis darf natürlich keiner wissen, und ich habe es bisher auch noch nicht ausgeplaudert. Schon weil ich für den Notfall immer etwas gegen sie in der Hand haben wollte. Aber jetzt kann ich einfach nicht anders:
Anastasia klebt sich Slipeinlagen in die Ärmel ihrer T-Shirts. Für den Fall, dass jemand diese peinlichen Teile nicht kennt, weil er bisher ein durch und durch unpeinliches Leben geführt hat: Slipeinlagen sind die Dinger, die sich Frauen in die Unterhosen kleben, weil sie entweder AUSFLUSS oder eine BLASENSCHWÄCHE haben. So wie Tante Hilde, die sich ständig Lachanfälle verkneifen muss, weil sie angeblich sonst »ausläuft«. (Wenn sie »ausläuft« sagt, malt sie mit den Fingern Anführungsstriche in die Luft.)
So, jetzt ist es raus. Meine Schwester trägt PIPITROPFENFÄNGER unter den Armen. (Hat gutgetan!)

Leider hatten Mama und Anastasia nach diesem unglaublich teuren Shopping-Trip nicht mehr genügend Geld übrig, um anständiges Essen zu kaufen. Darum gibt es Billig-Tiefkühlpizza. **Möchte irgendjemand mit mir mein Leben tauschen?** Nein? Kann ich verstehen!
Die beiden Gründe, warum sich die Chefinnen für Mamas Party so aufdonnern, heißen Herr Dr. Vente und Johnny! Beide sind eingeladen, tragen keine Haare an falschen Stellen und sind auch sonst ziemlich **NO GO**-frei – jedenfalls in den Augen des Diva-Club-Vorstands.
Herr Dr. Vente ist Mamas neuer Arzt, der sich im letzten Jahr geduldig all ihre Wehwehchen angehört hat. Auch wenn er ihr nach jedem Besuch dasselbe Mittel verschrieben hat (nämlich ein pflanzliches Beruhigungsmittel), hält Mama Herrn Dr. Vente für eine Koryphäe (also einen ausgemachten Vollprofi) und darüber hinaus für einfühlsam bis in die »Haarspitzen« (Wortlaut Mama. Ich glaube, sie hat sogar bei dem Wort »Haarspitzen« mit den Fingern diese Häkchen in die Luft gemacht wie Tante Hilde bei dem Wort »ausläuft«). Jedenfalls hat Doc Vente versprochen zu kommen, und Mama rechnet sich enorme Chancen bei dem Typ aus. Sie sieht sich wohl schon ein Leben mit diesem armen (aber natürlich gut verdienenden) Gesundheitsdiener an ihrer Seite führen. So viel zu dem Kleid mit dem waschbeckengroßen Ausschnitt.
Der Grund für Anastasias megateuren Auftritt heißt (wie schon erwähnt) Johnny. Er singt in einer Band namens JOHNNY'S BAND, die er selbst gegründet hat. Klar hat Johnny die Band nur zu einem einzigen Zweck: um Mädchen zu beeindrucken. Ich kenne den Typ, der

ist bei mir auf der Schule, und er ist der krasseste Mädchenbeeindrucker aller Zeiten. Der schreckt vor nichts zurück. Auch nicht davor, einen auf süß zu machen, was unter Jungs ziemlich uncool rüberkommt.
Johnny hat halblanges Haar, das er sich im Sommer vom Meerwasser ausbleichen lässt. Dazu kombiniert er ganzjährig sonnenbankgebräunte Haut.
Außerdem trägt er verwitterte alte Freundschaftsbändchen, die darauf hindeuten sollen, dass Johnny **GEFÜHLE** hat.
Aber sein Beeindrucker-Clou ist ein Tattoo mit geheimer Botschaft. Besonders mit der Tätowierung hat Johnny meine Schwester rumgekriegt. Es handelt sich um chinesische Schriftzeichen, die sein Handgelenk umschließen. Johnny behauptet, eine chinesische Wahrsager-Tätowiererin hätte ihm da das Datum eingeritzt, an dem er seine Traumfrau kennenlernt.
Anastasia hat natürlich schon am ersten Tag nach den magischen Zeichen gefragt und wollte wissen, an welchem Tag genau denn Johnny seine »Misses Right« (zu Deutsch »Frau Richtig«) kennenlernt. Dreimal dürft ihr raten, was Mädchenbeeindrucker-Johnny geantwortet hat, ohne rot zu werden:
HEUTE! Er hat tatsächlich HEUTE gesagt. Und zwar ganz ohne Häkchen in die Luft zu machen. Und meine Schwester ist ihm natürlich auf der Stelle verfallen.
Er kann jetzt alles mit ihr machen:
Zum Beispiel sie vor dem Kino im Regen warten lassen und zwanzig Minuten nach Filmbeginn mit einer schnöden SMS absagen.

Oder NICHT für sie da sein, wenn sie ihn ganz dringend braucht. Bestes Beispiel: neulich, bei Anastasias Fahrradunfall. Da ist er auch einfach nicht ans Handy gegangen, hatte aber gerade noch Zeit für folgende liebevolle SMS:
Armer Hase! :-(Kann gerade nicht. Melde mich morgen. Big love Johnny
Sogar Anastasias Geburtstag hat der Typ verpennt! Meine Schwester hat den ganzen Abend auf ihr Handy gestarrt. Und das auf ihrer eigenen Party! Aber an dem Abend gab es noch nicht mal eine von diesen heuchlerischen BIG-LOVE-Entschuldigungs-SMS.
Mrs Right verzeiht ihm alles. Weil sie ja glaubt, dass er glaubt, dass sie seine Traumfrau ist. Alles klar?
Ich warte auf den Tag, an dem ich zufällig Frau Richtig, Johnny und einen Chinesen zur selben Zeit am selben Ort treffe. Dann werde ich die ganze Sache mit den Schriftzeichen auffliegen lassen.

Apropos »Geburtstag vergessen«. So hundertprozentig verpennt hat Johnny Anastasias Geburtstag gar nicht. Er ist zwar abends nicht zur Party gekommen, hat aber nachmittags eine Art Entschuldigungsgeschenk vorbeigebracht. Anastasia war nicht da, sodass ich das Geschenk in Empfang genommen habe.
Natürlich hat Johnny sich nicht die Mühe gemacht, sein Präsent EINZUPACKEN. Dafür hat er es EIN-GETRAGEN! Das Ding hing noch an seinem Hals, als er ankam. Es war eine Kette mit einem fetten Schriftzeichen dran. Dreimal dürft ihr raten, in welcher Sprache. Genau! Er hat echt versucht, mir weiszumachen, auf dem Ketten-

anhänger würde **Ich liebe dich** auf Chinesisch stehen. Und er hat mir eingebläut, ich solle das Mrs Right ausrichten.
Weil ich die ganze Sache für durch und durch verlogen hielt und ich nicht wollte, dass Anastasia schon wieder auf so einen billigen Chinatrick reinfällt, bin ich mit der Kette nicht besonders achtsam umgegangen. Ich habe sie auf die Kommode im Flur geschmissen, wo Mama sie kurze Zeit später fand. Mama wollte gerade los zu Ludwig von Malottki. Und sie suchte noch ein kleines, bedeutungsvolles Mitbringsel. Weil Ellfauem an diesem Tag den Vertrag für sein Buch unterschreiben sollte. Und weil sie ihm einen Vorschuss aus den Rippen leiern wollte.

Sie war total begeistert von der Chinakette und wollte sie mir auf der Stelle abkaufen. Ich fand, dass ich Anastasia einen Gefallen getan habe, die verlogene Kette verschwinden zu lassen …
Aus irgendeinem Grund ist die Sache nie aufgeflogen. Wahrscheinlich hat Johnny einfach vergessen, meine Schwester nach dem Teil zu fragen. Mamas Geburtstag vergisst er aber angeblich nicht. Jedenfalls hat er versprochen zu kommen. Das ist der Grund für Anastasias neues Kleid, das in der Mitte (also an der Stelle, die Mrs Right für ihre Mitte hält) den Körper ab-

schnürt, als wolle es aus meiner Schwester zwei aneinanderhängende Cocktailwürstchen machen.
Ich habe übrigens niemanden zu Mamas Geburtstag eingeladen. Weil es mir viel zu peinlich ist, dass meine Freunde Mamas Waschbeckenausschnitt sehen. Muckel will aber trotzdem kommen. Sie liebt peinliche Sachen. Natürlich nur, wenn sie nicht persönlich betroffen ist. Muckel selbst muss immer durch und durch unpeinlich dastehen. Versteht sich.
Muckel ist einfach die Beste. Weil sie in allem erst mal das Komische sieht und nicht das Tragische. Wie gesagt – natürlich nur, wenn anderen Menschen »komische« Sachen passieren.
Oberkomisch würde Muckel z. B. das Party-Outfit finden, das die Chefin mir aus Anastasias ausrangierten Uraltklamotten rausfischt: ein Kastenkleid im 60er-Jahre-Look, aus dessen betonhartem Stoff man glatt Fertighäuser bauen könnte. Klar ist das Ding bis zum Hals geschlossen und zudem mit einem Spiralmuster bedruckt, dass einem schwindelig werden kann. Um dem unsexy Litfaßsäulen-Eindruck ein bisschen entgegenzuwirken, findet Mama noch eine Glitzerstrumpfhose, die mir viel zu lang ist und sich um meine Knöchel wellt wie eine alte Salami. Die Krönung sind natürlich die Schuhe mit Keilabsätzen, ebenfalls von Anastasia. Die hat sie angeblich in meinem Alter getragen, als sie auch noch keine normalen Absätze tragen durfte.
»Es ist nur gerecht, wenn Paul genau dieselben Dinge darf und NICHT DARF, die ich in ihrem Alter auch durfte und NICHT DURFTE!«, fachsimpelt Erziehungsexper-

tin Anastasia mit gehässigem Blick auf die Klotzlatschen. Dabei weiß meine Schwester genau, dass sie in meinem Alter auch schon Fußgeruch hatte. Und riesige Füße noch dazu. Ich stehe also da in ein paar Monster-Käseschlappen und einem 60er-Jahre-Hartschalenzelt mit Ziehharmonika-Strumpfhose.

Auf keinen Fall werde ich das anziehen!

04

AM SAMSTAG ist es soweit. Mama schlägt die Augen auf und ist über Nacht vierzig geworden.
»Hilfe, ich bin alt!«, ruft sie und streckt die Arme in Richtung Himmel. »Ich bin alt und habe keinen Mann!«
Sie macht einen riesigen Aufstand deswegen. Heult, schminkt sich, heult sich die Schminke wieder weg, trinkt Champagner und legt sich ein paar Folterinstrumente an.

Nach der Entfernung der Pflaster heult sie erst recht. Nicht nur wegen der höllischen Schmerzen, sondern auch wegen der roten Kraterränder um die Rausreißstellen. Da, wo vorher Haare waren, ist jetzt eine Hautkrankheit. Jedenfalls sieht es so aus.

Bis die ersten Gäste kommen, schluckt Mama eine ganze Packung pflanzlicher Beruhigungsmittel von Doc Vente. Und weil sie gleichzeitig Angst hat, davon langweilig zu werden, spült sie das Zeug mit Champagner runter.

Um sieben schläft sie völlig fertig auf dem Sofa ein.

Um acht schellt der erste Gast. Es ist Mamas beste Freundin Natascha. Na-Täschchen, wie Mama sie nennt, ist ebenfalls auf Männersuche. Aber sie hat keine Kinder, was die Sache angeblich leichter macht – findet die Chefin jedenfalls. Natascha kann ihr ganzes Geld in Klamotten, Faltencremes und teure Online-Portale zur Partnervermittlung stecken. Bei Mama geht die Kohle angeblich komplett für unsere Tiefkühlpizzen drauf.

Mamas Freundin ist übrigens auch bei diesem Vente in Behandlung. Klar hat die Chefin ihr erzählt, dass der Doc zur Party kommt. Doch das hätte sie vielleicht lieber nicht tun sollen. Denn Nataschas Ausschnitt lässt mindestens so tief blicken wie der von Mama!

Natascha schenkt Mama einen Gutschein für eine Tarotkartenlegerin. Angeblich kann diese Kartenfrau genau sagen, ob Mama sich noch mal verlieben wird, und falls ja, ob sie dann auch zurückgeliebt wird. Mama zieht einen Strichmund. Schließlich ist sie ja bereits verliebt. Oder

zumindest will sie zurückgeliebt werden. Doch Natascha lässt sich nicht beirren.
»Es gibt sogar eine Schicksals-Garantie!«, behauptet sie. »Wenn die Sachen nicht eintreffen, die diese Kartenfrau prophezeit, bekommt man eine Extrastunde gratis.«
»Na toll«, findet die Chefin. Sie wirft den Gutschein achtlos auf die große Kommode im Wohnzimmer, die sie extra für Geschenke frei gemacht hat. Sie hat ungelogen drei Quadratmeter Geschenk-Ablagefläche frei geräumt. Dabei steht sie eigentlich viel mehr auf kleine Geschenke. Diamantringe oder etwas in der Art. Würde mich nicht wundern, wenn sie insgeheim auf ein KLEINES Geschenk von Doc Vente hofft.

Eine Stunde später ist unsere Wohnung plötzlich voller Menschen. Muckel und ich haben uns gerade einen Schluck Champagner in unsere Wassergläser gefüllt, als Doc Vente anrückt. Er gibt Mama einen Kuss an eine ziemliche **NO GO**-Stelle.
Aber Mama kostet die Sache voll aus und scheint das Ganze sogar zu genießen. Sie macht jedenfalls die Augen zu, sodass Doc Vente sich nicht traut, ihre Hand wieder loszulassen. Denn dann würde sie wie ein verliebter Blindfisch in der Diele stehen.
Als Mama endlich wieder aufwacht, hält der Doktor ihr ein ziemlich großes Paket unter die Nase.
Mama kann ihre Enttäuschung über die falsche Größe des Geschenkes kaum verbergen. Einen Funken Hoffnung scheint sie allerdings noch zu haben. Jedenfalls reißt sie die Verpackung auf und wühlt sich panisch

durch den Inhalt – so als könnte sich tief im Inneren doch noch das ersehnte Kleingeschenk verbergen. Dabei kommen immer neue Packungen von diesem pflanzlichen Beruhigungsmittel zum Vorschein, das Doc Vente so gerne verschreibt.

»Sie brauchen die Dinger wohl noch dringender, als ich dachte«, meint der Doktor bestürzt.

Kaum ist die Panikattacke meiner Mutter abgeklungen, erscheint auch schon Natascha neben dem Doc. Um nicht ebenfalls nur am Handrücken geküsst zu werden, schnappt sie sich DEN GANZEN MANN und drückt ihm drei knallrote Lippenstiftabdrücke auf seine Wangen. Außerdem nennt sie ihn »Karsten«. Ein Beweis dafür, dass sie schon ein ziemliches Stück weiter an ihm dran ist als Mama. Mama läuft erst rot an und verzieht

sich dann in die Küche, wo sie sich einen ziemlich starken Kaffee kocht. Mit der Tasse bewaffnet stürzt sie sich wieder ins Getümmel – zielsicher auf den Doktor und Natascha zu. **Und dann bringt sie eine echt krasse Sache!** Gespielt unabsichtlich schüttet sie ihrer besten Freundin den brüllend heißen Kaffee über das Kleid.
Natascha kreischt, und der eben noch so wohlerzogene Doktor kommt seinen Pflichten als Arzt nach. Völlig enthemmt greift er Natascha in den Megaausschnitt und reißt ihr mit einem Ratsch das Kleid vom Körper. Mama steht mit weit aufgerissenen Augen daneben. Zumal Natascha auch unter ihrem Kleid noch enorm aufgebrezelt ist. Sie trägt halterlose Strümpfe und megateuer wirkende Spitzenwäsche in Champagnerfarbe.
Ich kann mir nicht vorstellen, dass diese Enthüllung Mamas Plan war. Zumal der Doktor die arme Natascha im SCHLAFZIMMER erst mal UNTERSUCHEN und VERARZTEN will. Auf Mamas Bett!
Mamas Plan geht erst etwas später auf. Nachdem Doc Vente liebevoll Brandgel auf Nataschas Oberkörper verteilt hat, bietet Mama ihrer besten Freundin ein paar neue Klamotten an. Und zwar aus Anastasias Fundus. Es ist original das Outfit, mit dem sie auch mich schon verunstalten wollte.
»Du hast genau die richtige Figur für dieses Kleid«, erklärt Mama scheinheilig.

Gerade als die Chefin einen zweiten Annäherungsversuch bei Doc Vente starten will, kommt ihr ein zweiter Gast in die Quere. Diesmal sogar einer, der gar nicht

eingeladen ist: Ludwig von Malottki steht mit seinem Rollatorkörbchen voller Rosen und viel zu weit geöffnetem Hemd im Flur. Seine graue Brustbehaarung quillt hervor, und mitten in dem drahtigen Gestrüpp leuchtet etwas Silbernes. Oh nein! Es ist die Kette von Johnny!
Keine Ahnung, wer den Typen reingelassen hat. Ich weiß auch gar nicht, wovor ich mich mehr fürchten soll: dass er mich wegen meiner Zeichnung zur Rede stellt oder dass die Sache mit Johnnys China-Anhänger auffliegt. Ludwig von Malottki steuert jedenfalls zielsicher auf meine Mutter zu, wobei er den Rollator wie ein Räumfahrzeug vor sich herschiebt. Selbst den Doktor schiebt er mit dem Ding zur Seite. Dann baut er sich mit den Worten »Meine Teuerste« vor Mama auf.
Das Beste ist: Ellfauem kramt zwischen den Rosen ein Geschenk hervor, das Mamas Lieblingsformat hat.
Mama ist für einen Moment vollkommen erstarrt.
»Krass, der Alte will deine Mom heiraten!«, flüstert Muckel mir ins Ohr.
Meine Mutter scheint das auch zu denken. Aber ich kenne sie gut genug, um zu wissen, dass sie AUCH etwas anderes denkt. Nämlich: »Wie komme ich an den Ring, ohne dass es für Doc Vente (und alle anderen) so aussieht, als würde ich den Heiratsantrag annehmen?«
Sie steht da wie ein Kaninchen vor der Schlange.
Doch urplötzlich erholt sich Mama von ihrem Schock und tut etwas ziemlich Unglaubliches: Sie pflückt sich das Päckchen aus Ellfauems Hand und wirft es ungeöffnet auf den Gabentisch.
»Ach, wie nett, Sie wollen schnell Ihr Geschenk loswer-

den«, sagt sie eiskalt zu dem verdatterten Ludwig. »Das wäre doch nicht nötig gewesen! Anastasia und Miss Krassikowski bringen Sie zur Tür und bestellen Ihnen ein Taxi!« Das Verhältnis hat sich innerhalb von drei Sekunden total umgedreht, und meine Mutter ist zur Schlange mutiert.

Leider ist Ludwig von Malottkis Klapperherz der Rolle als Kaninchen nicht mehr gewachsen. Er verdreht erst die Augen, zuckt dann mit den Armen und kann sich schließlich nicht mehr auf den Beinen halte. In jedem Fall ist ein neuer Einsatz für Doc Vente fällig. Er schafft Ellfauem mit Muckels und meiner Hilfe auf unser neues Krankenlager: Mamas Bett.
Mama selbst soll lieber nicht helfen – findet der Doc. Er meint, ihre Anwesenheit würde den armen Ludwig nur noch mehr aufregen. Recht hat er. Denn kaum dass Ludwig von Malottki – weitab von Mama – auf ihrem Bett liegt, geht es ihm schon viel besser.
»Wissen Sie, ich habe öfter so kleine Attacken«, gesteht er dem Doktor. »Das Einzige, was hilft, ist zwölf Stunden liegen und mich nicht mehr vom Fleck bewegen. Danach bin ich wieder der Alte!«
Auch das noch! Würde mich nicht wundern, wenn Ludwig seinen Anfall nur vorgetäuscht hat, um die Nacht in Mamas Bett zu verbringen.
Dann kommt es zu folgender Unterhaltung, die Muckel und ich mit offenen Mündern und schlackernden Ohren mit anhören:

Ellfauem: Doktor, nehmen Sie sich vor dieser Frau in Acht. Sie ist eine Hexe.
Doc Vente: Jetzt beruhigen Sie sich erst mal.
Ellfauem: Im Ernst! Sie wollte mich verhexen. Hier, mit diesem Amulett. (Er zeigt auf Johnnys China-Anhänger)
Doc Vente: So, so. Was kann die Kette denn Schönes?
Ellfauem: Sie kann ihren Träger blind machen. BLIND VOR LIEBE! Ich habe nachgesehen. Diese Zeichen heißen »Ich liebe dich«. Dabei hatte Frau Krass behauptet, sie hießen »Auf gute Zusammenarbeit«.
Doc Vente: Sie meinen, Frau Krass liebt Sie?
Ellfauem: Gott bewahre. Sie liebt mich natürlich nicht. Sie ist nur auf mein Geld scharf. Diese ganze Familie ist geldgierig. Ständig versuchen die Ladys, mir Dinge für vollkommen überzogene Preise zu verkaufen.
Doc Vente: Aha?
Ellfauem: Glauben Sie mir. Alles Schlampen. Und dank des Amuletts bin ich der Oberschlampe jetzt verfallen. **Ich kann nicht mehr atmen ohne sie.**

Der Doc sieht ein bisschen verwirrt aus. Ich mache ihm Zeichen, dass der Alte total gaga ist. Daraufhin tut Vollprofi Vente das Einzige, was er richtig gut kann. Er verabreicht seinem Patienten eine halbe Packung von dem Beruhigungsmittel, das er Mama geschenkt hat.
Vor lauter Aufregung steckt sich der Doktor sogar selber ein paar von den Kapseln in den Mund und schluckt sie heimlich – ganz ohne Wasser. Gerade als er die Dinger runtergewürgt hat, steht Mama mit dem Telefon in der

Tür. »Was ist jetzt, können wir Herrn von Malottki ein Taxi bestellen?«
Als Ellfauem augenblicklich wieder anfängt zu wimmern und sich im Bett zu krümmen, ruft Mama kurz entschlossen einen Krankenwagen.
Drei Minuten später schellt es, und es stehen drei Typen vor der Tür: Zwei von ihnen sind offensichtlich Krankenpfleger, denn sie haben einen Rollstuhl mitgebracht. Der Dritte ist Johnny!

Die drei scheinen schon im Hausflur die dicksten Freunde geworden zu sein. Jedenfalls erwidert Johnny Anastasias Freudentanz mit einem einfach »Hi« und stiefelt den beiden Sanitätern hinterher.
»Ich hatte schon mal überlegt, nach der Schule ein Soziales Jahr zu machen«, schleimt er sich bei den Typen ein. Ich finde, ein »Asoziales Jahr« würde besser zu Johnny passen. Keine Ahnung, warum er plötzlich den Helden spielen muss.
Wie auch immer – ich muss ihn unbedingt davon abhalten, seine Chinakette am Hals von Ellfauem zu entdecken. Also versuche ich, ihn aus der Polonaise rauszueisen. Ich ziehe an seinem Handgelenk mit der blöden Tätowierung und behaupte, ganz dringend mit ihm sprechen zu müssen. Aber Johnny lässt sich nicht beirren. Er schüttelt mich ab wie einen lästigen kleinen Kläffer, der sich in seinem Hosenbein verbissen hat, und zischt mir ein »Später!« zu.
Und dann kommt, was kommen musste: ein riesiges Trara!

Erst mal fängt Ellfauem an zu schreien. »Fassen Sie mich nicht an!«, kreischt er wie ein Mädchen. Er behauptet, es wäre lebensgefährlich, ihn jetzt zu transportieren. Er hätte ein ATTEST, das ihn verpflichtet, sich nach einem ANFALL zwölf Stunden nicht vom Fleck zu bewegen. Dieses Attest hat er natürlich nicht dabei.

Daraufhin beginnt die Chefin zu kreischen: »So ein Schwachsinn, der Typ ist doch nicht ganz knusper im Kopf!«, schreit sie. »Das ist ein alter Lustmolch, ein Stalker, ein Psychokrüppel! Der will doch nur in mein Bett – und zwar mit allen Mitteln.«

Mama hat in jedem Fall in der letzten Stunde zu viel Alkohol und zu wenig von den Beruhigungskapseln zu sich genommen. Als ihr Anfall vorbei ist, starren alle auf Ellfauem, um zu überprüfen, ob Mama recht haben könnte oder ob sie selbst das Psychowrack ist. Und dann passiert das, wovor ich mich schon die ganze Zeit fürchte. Johnny entdeckt die Chinakette!

Erst wirkt er noch halbwegs gefasst. »Hallo, der Typ hat die Kette meiner Freundin gestohlen«, sagt er, ganz ohne zu schreien.

Doch dann besinnt er sich seiner schlechten Manieren. Er knüpft sich den armen Ellfauem vor und versucht, ihm mit roher Gewalt das Amulett zu entreißen. Die Sanitäter und Doc Vente haben alle Mühe, den wild gewordenen Johnny von Schlimmerem abzuhalten. Und meine Schwester steht da und versteht gar nichts mehr. Wie sollte sie auch?!

»Aber das ist doch gar nicht meine …«, stammelt Anastasia. Ich trete ihr einmal kurz vors Schienbein und flüs-

tere ihr ein »Zwanzig Euro, wenn du so tust, als wäre es deine« zu.
Trotz meines Rettungsversuchs nimmt die Sache einen unschönen Verlauf. Johnny reißt Ellfauem die Kette vom Hals, woraufhin der anfängt zu heulen wie ein Baby.
Doc Vente, der noch ein paar Kapseln nachgeworfen hat, versucht zu schlichten:
»Herr von Malottki, seien Sie froh. Jetzt sind sie den Fluch los!«
Doch das macht die Sache nur noch schlimmer.
»Welchen Fluch?«, fragt Johnny, der immer noch auf Krawall gebürstet ist.
Die Einzige, die die Sache aufklären könnte (außer mir), ist Mama. Doch ganz gegen ihre Gewohnheit schweigt sie. Sie sieht tatsächlich aus, als würde sie nachdenken. Was in ihrem Zustand sicher nicht ganz einfach ist. Doch dann entscheidet sie sich, ohne nachzudenken weiter auf die Kacke zu hauen. Wahrscheinlich, weil sie Ellfauems Millionen nach ihrem Ausraster vorhin sowieso verloren glaubt. Und weil sie inzwischen in dieser Wurscht-egal-Stimmung ist.
»Die olle Kette ist doch eh nichts wert!«, schreit sie. »Eine Kinderkette von Paul. Wahrscheinlich aus einem Kaugummiautomaten. Die bedeutet auch nicht ›Auf gute Zusammenarbeit‹, sondern irgendeinen anderen China-Scheiß. Wahrscheinlich Chopsuey oder süß-sauer oder so!«
Jetzt versucht Johnny nachzudenken. Was wirklich nicht seine Stärke ist. Darum gibt er auch auf der Stelle wieder auf.

»**So ein BULLSHIT!**«, schreit er. »Das heißt: ›Ich liebe dich!‹ Und die Kette ist nicht aus dem Kaugummiautomaten, sondern aus dem Asia-Supermarkt. Die habe ich eigenhändig da gekauft. Und dann habe ich sie dieser kleinen Schlampe hier ausgehändigt!«
Man kann sich wohl denken, auf wen Johnny Zeigefinger gerichtet ist …
Johnny macht eine bedeutungsvolle Pause. Dann versetzt er mir den finalen Todesstoß: »Paul Krass sollte die Kette Anastasia **IN MEINEM NAMEN** zum Geburtstag aushändigen!«
Anastasia ist so verzückt, dass sie tatsächlich vergisst, mir böse zu sein. Sie wirft sich Johnny an den Hals und haucht ihm ein »Danke« zu.

Doch irgendwie steht Johnny heute nicht der Sinn nach »Ich liebe dich«. Er schüttelt meine Schwester ähnlich uncharmant ab, wie er mich vorhin abgeschüttelt hat, und steckt die Kette in seine Hosentasche.

»Vergiss es!«, raunt er Anastasia zu. »Das fuckt mich hier alles so was von ab. Ich wollte ohnehin **SCHLUSS MACHEN**.«

Das sind Johnnys letzte Worte. Zwei Sekunden später fällt die Haustür ins Schloss. Man kann es tatsächlich hören, weil alle vor Schreck den Atem anhalten. Selbst Anastasia ist in eine Schockstarre gefallen. Jedenfalls vergisst sie tatsächlich, ihren Johnny aufzuhalten. Kurz darauf fällt ihr allerdings etwas anderes ein. Nämlich, dass die Sache mit der Kette MEINE SCHULD war. Sie nimmt mich auf der Stelle in den Schwitzkasten und reißt mir ein ganzes Büschel Haare aus. Dann versucht sie sich an ein paar Kopfnüssen und beißt mir sogar in den Nacken. Ich trampele dafür ein paarmal auf ihren mit Hühneraugen und Druckstellen übersäten Quetschfüßen herum.

Irgendwann lassen Anastasias Kräfte nach, und sie begnügt sich damit, **noch ein paar von ihren NIE-Flüchen auf mich abzufeuern**:

»**NIE WIEDER** werde ich für dich da sein, du Plumpskuh!

Ich werde dir auch **NIE MEHR** bei irgendetwas helfen!

Du brauchst **NIEMALS MEHR** zu glauben, du hättest eine große Schwester!«

Hallo? Seit wann hat meine Schwester mir JEMALS geholfen?!

»Selber Plumpskuh!«, rufe ich Anastasia hinterher. »Was kann ich dafür, wenn du dich immer nur in Vollspacken verliebst! Jeder Idiot sieht, wie er dich abgezogen hat!«

Doch sie tut so, als würde sie mich gar nicht hören, und verschwindet in ihrem Zimmer.

Mit Anastasias Abtritt ist der ganze Spuk plötzlich vorbei. Ellfauem lässt sich von den Sanitätern ohne Murren in einen Rollstuhl verfrachten und rausrollen. Kurz vor der Tür fährt er allerdings noch mal seinen Arm aus.

»Das hat sich dann ja wohl erübrigt«, nuschelt er in seine zerrupfte Brustbehaarung und steckt den Verlobungsring in seine Jackentasche.

Direkt danach verabschiedet sich Doc Vente mit den Worten: »Ich geh dann wohl auch mal lieber.« Hört sich

nicht so an, als würde er sich schon auf die nächste Einladung freuen. Wenigstens lässt er sein Geschenk da. Jedenfalls das, was davon übrig geblieben ist.
Natascha huscht ihm übrigens Sekunden später und ohne sich von jemandem zu verabschieden, hinterher. Mama lässt das alles einfach geschehen. Ich glaube, sie ist zu schwach, um noch Widerstand zu leisten. Sie weiß, wann sie verloren hat. Schon um elf erklärt sie die Party für beendet, legt sich mit Schuhen ins Bett und ist bis auf Weiteres nicht mehr ansprechbar.

Als alle verschwunden sind, nippen Muckel und ich noch an ein paar Champagnerresten und schwören uns, NIE IM LEBEN so zu werden wie all die anderen.
Insgeheim denke ich darüber nach, ob die Chefin so ein Liebesheckmeck auch mit meinem armen Vater veranstaltet hat. Ich werde ihn gleich beim nächsten Papa-Wochenende danach fragen. Und noch insgeheimer denke ich an LIAM BREITSCHUH. Ich frage mich, ob er in der Lage ist, so idiotisch zu sein wie Johnny, Ellfauem oder Doc Vente.
Ich würde sagen: Ganz klar NEIN!

05

DIE CHEFIN hat beschlossen, den Rest ihres Lebens, den sie kurz **DAS ALTER** nennt, im Bett zu verbringen. Jedenfalls will sie auch am Montagmorgen nicht aufstehen. Das Frühstück fällt also schon mal aus. Als Anastasia vom Streik der Chefin erfährt, bleibt sie ebenfalls liegen. Sie will **DIE JUGEND** im Bett verbringen. Die Jugend ohne Johnny. So heißt wahrscheinlich ihr neuester Songtext.

Aufgeräumt hat auch keiner. Auf dem Tisch finde ich noch ein letztes Schokoladentörtchen, von dem allerdings jemand die Sahne weggegessen hat. Ich habe Herrn Hund in Verdacht! Egal, die wäre inzwischen ohnehin ranzig geworden. Das Törtchen selbst schmeckt auch nicht mehr besonders.

Wahrscheinlich hätte ich auch im Bett liegen bleiben können, wenn allen alles egal geworden ist. Aber wir schreiben heute die letzte Mathearbeit vor den Zeugnissen. Wenn ich liegen bleibe, bekomme ich GARANTIERT eine Sechs und bleibe hängen. Wenn ich hingehe, bekomme ich NUR VIELLEICHT eine Sechs. Vielleicht kann ich aber auch von Daphne Oberwinter abschreiben und bin gerettet. Ich hätte netter zu ihr sein sollen. Vielleicht könnte ich das ja noch werden. Ich nehme mir jedenfalls schon mal vor, netter zu Frau Busenwunder zu sein.

Die Arbeit steht gleich in der ersten Stunde auf dem Plan. Ich sehe mich nach Muckel um. Sie ist noch nicht da. Zwei Minuten später steht sie mit Sonnenbrille in der Tür und schleicht auf ihren Platz wie ein geprügelter Hund. SOOO viel Champagner hat sie doch nun auch wieder nicht getrunken … Vielleicht macht sie aber auch auf Migräne, für den Fall, dass sie die Arbeit verhaut. Dann kann sie im Nachhinein immer noch sagen, dass es ihr an dem Tag »hundsmiserabel« ging, und einen Nachschreibtermin erbetteln. Im Betteln ist Muckel ganz groß. Da könnte ich mir mal eine Scheibe von abschneiden. Wenn ich versuche zu betteln, hört sich das immer irgendwie elendig und verlogen an.
Nachdem die Arbeiten ausgeteilt sind, knöpft sich Herr Hartkopf-Heiligenhaus seine Zeitung vor. Aber nur zum Schein. In Wirklichkeit hat er immer ein Auge auf uns gerichtet. Und zwar sein »drittes Auge«. Er behauptet nämlich, zwischen den Augenbrauen ein unsichtbares Auge zu haben, das ihn mit Weisheit und Erkenntnis verbindet. Ich bin mir jedoch sicher, dass er uns mit einem der beiden anderen Augen beobachtet. Heute ist er allerdings doppelt abgelenkt. Weil er mit einem Auge so tut, als würde er seine Zeitung lesen, während er sich mit dem anderen Auge eindeutig unter dem Tisch zu schaffen macht. Sieht ganz so aus, als würde er an seinem Handy rumfummeln. Eine Top-Gelegenheit also, um mal nachzusehen, was Daphne bisher so geschrieben

hat. Das Problem ist nur: Daphne ist für meine Zwecke ziemlich unvorteilhaft gekleidet. Sie trägt einen Pullover mit **FLEDERMAUSÄRMELN!** Jedes Wort, das sie in ihr Heft schreibt, wird von den flügelartigen Ärmeln ihres Pullovers zu hundert Prozent vor mir abgeschirmt.
Ich stupse Daphne leicht an, in der Hoffnung, dass sie den Ärmel gnädigerweise etwas zur Seite schiebt. Aber Daphne zischt mir nur ein »Pass doch auf!« zu, sodass Herr Hartkopf-Heiligenhaus mit allen drei Augen zu uns rüberfunkelt. Es dauert eine ganze Weile, bis er sich wieder auf sein **WAS AUCH IMMER** unter dem Tisch konzentriert.
Bleibt mir also nichts anderes übrig, als das Nettsein zu Daphne zu verschieben und sie ein bisschen reinzulegen. Ohne dass Daphne und der olle Hartkopf es merken, wühle ich in meiner ziemlich großen Jackentasche nach meinem Handy, stelle es auf Vibrationsalarm und versuche, im Dunkeln der Manteltasche Folgendes an Daphne zu schreiben:
»Hi, Daphne, du bist wunderschön. Ich muss es jetzt einfach sagen. Ein Fan«
Beim Eintreffen der SMS zuckt Daphne kurz zusammen. Dann bückt sie sich zu ihrer Tasche runter, um unbemerkt das Handy aus ihrem BH zu fischen. Für mich Zeit genug, um die Lösung der ersten Aufgabe abzuschreiben.
Zu meiner Überraschung antwortet Daphne sogar!
Und zwar mit den liebevollen Worten: »Was soll das, du Spast! Lern erst mal Deutsch!«
Super! Noch zwei weitere SMS, und ich bekomme ins-

gesamt drei Aufgaben zusammen. Das müsste für eine Vier reichen. Das Spielchen geht also noch ein paarmal hin und her.
Ich werde immer übermütiger, je besser es klappt. Bis der olle Hartkopf plötzlich aufsteht, direkt auf uns zusteuert und diese **HER-DAMIT**-Zeigefinger-Bewegung macht. Ich bekomme augenblicklich Herzrasen und bin kurz davor, alles zu gestehen, da wird mir klar, dass er Daphne im Visier hat. Und die rückt nach ein bisschen Ziererei schließlich ihr Handy raus. Puh, das war wirklich knapp! Obwohl mir auch nicht ganz wohl dabei ist, dass Daphne die Sache jetzt am Hals hat.
Hartkopf-Heiligenhaus blickt sich in der Klasse um und wartet auf zwei Freiwillige, die uns den Handy-Dialog vorlesen. Es melden sich Jonas und Gurke. Sie lecken sich vor lauter Vorfreude schon die Lippen! Dann beginnen sie mit verteilten Rollen ihren kleinen Vortrag.

Jonas: Hi, Dophne. Du bist so wanderschön. Ich muss es jetzt einfach sägen. Ein Fan
Gurke: Was soll das, du Spast! Lern erst mal Deutsch!
Jonas: Sorry. Bin schön etwas alter und beherrsche das Samsen nicht so gut.
Gurke: Ich kenn keine Alten. Will ich auch nicht.
Jonas: Mich kannst du schon.
Gurke: Ach ja. Und wer bist du?
Jonas: Ich bin ganz in deiner Nahe. Sehe dich täglich.
Gurke: Jetzt hab ich aber Angst!
Jonas (macht eine kleine Pause, bekommt rote Ohren

und fragt): Äh, soll ich das wirklich vorlesen? Da steht: Ich bin's, dein … endgeiler Klassenlehrer.

Jonas zieht die Schultern hoch bis zu seinen roten Ohren und sieht sich in der Klasse um. Gottfried Hartkopf-Heiligenhaus ist auch rot geworden. Immerhin konnte jeder beobachten, dass er unter dem Tisch gefummelt hat. Er muss also unbedingt klären, dass er diese SMS AUF KEINEN FALL geschrieben hat. Wortlos greift er sich Daphnes Handy und wählt die Nummer des angeblich endgeilen Klassenlehrers.
Dann hält er sein eigenes Handy mit lächerlicher Siegermiene in die Luft. Auf dem Display regt sich nichts. Dafür summt und zittert es in meiner Jackentasche, und ich kann gerade noch logisch genug denken, um NICHT die Hand in die Tasche zu stecken und das Zittern abzufangen.
Um dennoch von der Zittertasche abzulenken, sage ich laut: »Können wir jetzt weiterrechnen? Ich werd sonst nicht fertig!«
Wir dürfen NICHT weiterrechnen! Wir dürfen erst dann mit der Mathearbeit weitermachen, wenn der TÄTER ermittelt ist. Kommissar Hartkopf will, dass wir alle unsere Handys vor uns auf den Tisch legen. Dann will er die Endgeil-Nummer noch mal anwählen und den Übeltäter rausfischen.
In meinem Kopf bricht ein ziemliches Chaos aus. Mir fallen genau drei Reaktionsmöglichkeiten ein, die alle im Turbo-Schleudergang durch mein armes Hirn jagen.

Plan A: Einfach alles zugeben.
Plan B: Handy rausholen und beten, dass Hartkopf sich verwählt oder der Akku plötzlich leer ist.
Plan C: Abstreiten, ein Handy zu besitzen.

Ich habe keine Zeit, irgendwelche Vor- und Nachteile meiner Pläne abzuwägen. Da steht der Kommissar auch schon vor mir und macht wieder diese hexenhafte Zeigefingerbewegung. Ich lege mein Handy auf den Tisch, was eigentlich Plan A gleichkommt: Einfach alles zugeben. Nur dass Handy-Hinlegen und dann Auffliegen kein bisschen heldenhaft oder couragiert rüberkommt. Aber ich kriege einfach den Mund nicht auf. Weder um etwas zuzugeben, noch um etwas abzustreiten.

Die Sache endet damit, dass mein Akku NICHT leer ist und Gottfried Hartkopf-Heiligenhaus sich NICHT verwählt. Er wählt die Nummer des Täters (also meine) und streift durch die Reihen, um zu sehen, wessen Display zu leuchten beginnt. Mein Handy leuchtet nicht nur, es brummt auch noch und dreht sich wie eine angeschossene Hummel auf meinem Tisch. Das Ende vom Lied ist, dass mein Klassenlehrer das Beweisstück sicherstellt (sprich: in seine Tasche steckt) und ein Gespräch unter sechs Augen führen möchte.
Augen Nr. 5 und 6 werden nicht sonderlich begeistert sein, ihre neuen Scheuklappen für dieses Gespräch ablegen zu müssen.
Gottfried Hartkopf-Heiligenhaus sagt eigentlich gar nicht viel. Ich glaube, er will mich bestrafen, indem er

AUGEN NR. 5 UND 6

cool bleibt. Damit ich mir ja nicht einbilde, ich hätte ihn getroffen. Es gibt so Leute. Die tun so, als wäre nichts. Aber in Wirklichkeit hecken sie die fiesesten Pläne unter der Sonne aus.
Muckel wirft mir einen mitleidigen Blick zu. Daphne Oberwinter wirft mir gar keine Blicke mehr zu. Dafür meldet sie sich mit ihrem Fledermausflügel und möchte von mir weggesetzt werden.
»Verstehe«, meint der olle Hartkopf mitfühlend. Er guckt Daphne irgendwie verschwörerisch an. Immerhin verbindet die zwei ja jetzt etwas. Sie sind beide beinahe meine Mobbingopfer geworden! Wenn er sie nicht gerettet hätte! So sieht unser Klassenlehrer das Busenwunder jedenfalls an. Und dann setzt er doch tatsächlich Muckel neben Daphne, während ich neben Clemens,

genannt Klemmi, verfrachtet werde. **EINE ECHT FIESE PSYCHOSTRAFE.**
Nur eine einzige Sache ist gut an dieser Versetzung. Klemmi ist ein Mathe-Ass! Und Hartkopf hätte mich bestimmt nicht hier hingesetzt, wenn er geahnt hätte, **WARUM ich die blöden SMS geschrieben habe**. Die Sache mit dem Abschreiben ist also komplett unter seinem Radar durchgeflogen. Und ich kann jetzt in aller Ruhe Daphnes Ergebnisse der ersten drei Aufgaben mit denen von Klemmi vergleichen. Klemmi trägt jedenfalls keine Fledermausärmel. Im Gegenteil! Seine blassen, fleischlosen Ärmchen sind nicht die geringste Sichtbehinderung. Und die großen ordentlichen Zahlen auf seinem Heft springen mir förmlich entgegen.

06

ALS ICH nachmittags nach Hause komme, ist alles anders als erwartet. Die Ober-Chefin ist wieder auf den Beinen. Wenn auch sehr wackelig.
Sie begrüßt mich, als wäre sie gerade aus einem langen Krieg zurückgekehrt und hätte nur mit Ach und Krach überlebt. Mama hat sogar Tränen in den Augen, als sie mich sieht.
Sie: Ach, Paul, mein Vögelchen. Da bist du ja. Wie jung und schön du doch bist!
Ich: Mama, hör auf!
Sie: Ich weiß, ich gehe allen auf die Nerven. Ich bin alt.
Ich: Mamaaaa!
Sie: Seien wir doch ehrlich! Ich bin alt. Aber ich lasse mich nicht unterkriegen. Im Gegensatz zu deiner fimschigen Schwester.

Mama rümpft die Nase. Hört sich an, als läge Anastasia immer noch im Bett und ich wäre plötzlich zur Vize-Chefin aufgestiegen.

Jedenfalls für heute. Eine gute Gelegenheit, Mama von dem Sechsaugengespräch zu berichten.

Ich: Ich muss mit dir reden.
Sie: Später, mein Schatz.
Ich: Es ist aber wichtig.
Sie: Nichts kann so wichtig sein wie der Termin, den ich gleich habe!

Mama zieht sich die Lockenwickler aus dem Haar und verteilt, ohne in den Spiegel zu schauen, ein bisschen Lippenstift auf ihren Lippen. Sie ist ein absoluter Vollprofi in dieser Disziplin. Mindestens so eine Koryphäe wie Doc Vente bei der Beruhigungsmittel-Verteilung.
»Was für ein Termin?«, frage ich.
Trotz ihrer Eile macht meine Mutter ein kleines Brimborium um die Sache. Sie zieht die Augenlider auf Schlafzimmerblick, zündet sich eine Zigarette an und stößt mit dem Rauch ein paar Silben aus.
Dann legt sie sich eine Stola um, pflückt sich den Tarotkarten-Geschenkgutschein von der Geschenkekommode und geht zur Tür. Es ist unglaublich, wie egoman sie ist. Da kommt man ihr ein Mal mit etwas Wichtigem, und sie hat sofort etwas »noch Wichtigeres« in petto. Aber so schnell ist sie mich nicht los! Ich laufe ihr einfach hinterher und springe sogar mit ins Auto.
»Ich muss es dir trotzdem sagen!«
Mama ist genervt. Angeblich muss sie sich mental auf die **WAHR-SA-GE-RIN** »einschwingen«. Aber da kann

ich jetzt wirklich keine Rücksicht drauf nehmen.
»Hör zu, mein Klassenlehrer will mit dir sprechen!«, erkläre ich ihr.
Für einen Moment hellt sich Mamas Miene auf. »Ist er attraktiv?«
»Nein! Er ist ein Spacko. Und er will mich fertigmachen!«
Für Männer, die nicht attraktiv sind, hat meine Mutter nichts übrig.
»Mach dir keine Sorgen, den knöpfe ich mir vor, diesen Pädagogen-Fuzzi!«
Sie drückt aufs Gas und fährt wie in einer schlechten Komödie. Fehlt nur noch, dass sie den Motor auf der Kreuzung abwürgt. Wahrscheinlich findet sie das komisch. Jedenfalls peilt sie kein bisschen meine Lage.
»Das Problem ist, er will sich **DICH** vorknöpfen. Weil er etwas gegen **MICH** in der Hand hat.«
Mama will immer noch nicht wissen, was vorgefallen ist. Ich muss ihr mein Geständnis förmlich aufdrängen. Nachdem ich ihr den Sachverhalt erklärt habe, sind wir auch schon da. Ich glaube, sie hat mir echt nicht zugehört.
Darum laufe ich ihr noch weiter hinterher. Bis zu der Haustür von diesem hässlichen Betonhochhaus. **Wie kann jemand, der die Zukunft voraussagen kann, in so einem elenden Klotz wohnen?**

Mit ihrem knallrot lackierten Fingernagel schweift Mama über die vielen Namensschilder an der Klingel. Die meisten sind unleserlich und mehrfach überklebt. Dann drückt sie auf eine Klingel mit der Beschriftung »Ferrari«.
»Wow, der Ferrari unter den Wahrsagerinnen!«, versuche ich sie zu ärgern. Aber Mama ist wie immer immun gegen meine Attacken.
»Künstlername«, winkt sie ab. Mich wundert's, dass sie mich nicht wegschickt. Vielleicht ist sie ja insgeheim froh über ein bisschen Verstärkung. Wir fahren in einem streng riechenden Aufzug in den fünften Stock und werden von Frau Ferrari persönlich in Empfang genommen!
»Bonn-dschur, bjän-wenü!«, französelt sie und tut so, als wäre das ganz normal. An ihrer Stelle hätte ich ein bisschen mehr auf indisch gemacht und mir zum Beispiel ein drittes Auge auf die Stirn gemalt. Oder auf Tausendundeine Nacht. Obwohl man ihr das Orientalische wahrscheinlich noch weniger abgenommen hätte als das Französische. Sie ist eher der Typ Fleischerei-Fachverkäuferin: Das Haar ist vom vielen Färben und den Dauerwellen schütter geworden, und sie trägt eine viel zu große randlose Brille auf den wurstroten Bäckchen. Statt eines aufgemalten dritten Auges hat die WAHR-SA-GE-RIN übrigens aufgemalte Augenbrauen.
Auch Frau Ferraris kleine Wohnung ist nicht gerade stylish. Von unten ist sie mit fetten Schichten übereinanderliegender Teppiche ausgepolstert. Meterware, Perser, Läufer … alles, was das Milbenherz begehrt. Man klebt fast unter der Decke, so hoch stapeln sich die Wollberge.

Darauf stehen schwere alte Möbel, und auf den Möbelungetümen sind fein gehäkelte Deckchen ausgelegt. Auf jedem zweiten Deckchen prunkt ein auf Hochglanz polierter Kristall-Aschenbecher.
Natürlich hat Frau Ferrari wie jede gute Mentalistin ein Tier mit einem geheimnisvollen Namen. In ihrem Fall handelt es sich allerdings nicht um einen Raben oder eine Ratte. Sondern um ein dümmlich dreinblickendes Schoßhündchen namens Aristoteles.

Sie meint, ich dürfe mit Aristoteles spielen, solange Mama ihre »Sitzung« hat. Und dann fragt sie mich noch so ein paar Höflichkeitsfragen. In welche Schule ich gehe und in welche Klasse. Ob ich einen netten Klassenlehrer habe und so ein Zeugs.
Es dauert eine Ewigkeit, bis die beiden sich an einen der Schwergewichtstische setzen und Frau Ferrari die Karten mischt.
»So, mein Schatz, wo drückt denn der Schuh?«, fragt sie Mama.
Im Normalfall würde Mama sich niemals so ansprechen lassen. Und schon gar nicht von so einer Type wie Frau Ferrari. Es muss wirklich schlecht um sie bestellt sein! Mama zündet sich, ohne zu fragen, eine Zigarette an und ascht in einen der Hochglanzaschenbecher. »Ich dachte, SIE sagen mir, wo mein Problem liegt«, antwortet sie ein bisschen gereizt.
Frau Ferrari nickt verständnisvoll und reicht meiner Mutter die Karten. Obwohl sie bereits extrem gemischt sind, soll Mama sie noch mal mischen, und dann soll sie

DEN KARTEN eine Frage stellen. Möglichst eine ganz einfache Frage ohne viele Nebensätze und Wenns und Abers.
»Also gut«, stöhnt Mama. »Ganz einfache Frage: **WORUM GEHT ES IN MEINEM LEBEN?**«
Puh, das ist natürlich ein Klopper. Ich dachte, Mama würde nach ihren Chancen bei Doc Vente fragen. Dass sie so eine unbeantwortbare Universalfrage stellt, hätte ich nicht gedacht. Aber sie kommt damit durch. Mama soll die oberste Karte abheben.
Und es ist nicht etwa eine Piksieben oder ein Herzass oder so. Sondern eine **Königin der Kelche**. Laut der Ferrari **gleichbedeutend mit der Königin der Gefühle**!

Frau Ferrari wirft mir einen kurzen Blick zu. Wohl um sicherzugehen, dass ich mich mit Aristoteles angefreundet habe. Ich strecke artig meine Hand in Richtung des Hündchens aus und zupfe an seiner Schleife im Haar. Aber Aristoteles ist nicht besonders begeistert. Er legt die Ohren an und knurrt.
»Aristoteles!«, zischt Frau Ferrari und zieht missbilligend ihre gemalten Augenbrauen hoch. Dann widmet sie sich wieder Mama: »In erster Linie geht es darum, Ihr Herz zu öffnen!«, sagt sie und deckt noch ein paar andere Karten auf.
Die Chefin soll sich selbst als **GEFÜHLSWESEN** kennenlernen. Frau Ferrari stutzt einen Moment und fügt leise hinzu: »Und es geht auch um Sie als passive Frau. Können Sie damit etwas anfangen?«
Ich glaube, Mama kann damit genauso wenig etwas anfangen wie ich mit dem »Suhlen im So-Sein-Vorwurf« von Herrn Hartkopf. Sie schüttelt jedenfalls die frisch in Form gebrachten Locken und saugt stumm an ihrer Zigarette.
»**SOLL DAS EIN WITZ SEIN?**«, fragt sie schließlich. »Ich bin alleinerziehende Mutter. Mit passiv läuft bei uns zu Hause gar nichts.«
Frau Ferrari lacht. Aber offenbar nicht über den Witz. Es ist eher so ein mildes Lächeln. Als wäre ihr klar, dass eine Chefin sich mit dem Weichwerden schwertut. Mama soll **spüren, was sie schwach und verletzlich macht**, findet die Ferrari. Und das soll sie zulassen! Hammer. Nur das kann ihr angeblich Erfüllung bringen. Nur das kann Mama zu dem machen, was sie in

Wirklichkeit ist. Wahrscheinlich so was wie ein weiblicher Softy, der barfuß im Regen tanzt!

»Okay, nächste Frage«, sagt meine Mutter und drückt die nur halb gerauchte Zigarette alles andere als gefühlvoll aus. »Wie steht es mit den Männern? Ich habe gehört, da machen Sie sehr zutreffende Prognosen!«, meint sie streng.
Frau Ferrari bleibt echt gelassen, obwohl Mama ihr ja nicht gerade aus der Hand frisst!
Wortlos reicht sie ihr noch mal die Karten. Und was dann rauskommt, ist wirklich ein bisschen unheimlich. Die Wahrsagerin deckt drei Karten auf, schließt die Augen und sagt: »Ich sehe da einen alten Mann, der will Sie kaufen. Und einen Mann in Ihrem Alter, der … ist irgendwie überfordert mit Ihnen. Nein, die beiden sind es nicht. Doch da! Ich sehe noch einen dritten Mann. Moment, ja, der ist es! Ich kann ihn ganz deutlich sehen. Sie werden ihm begegnen. Und Sie werden ihn an folgenden Dingen erkennen.«
Frau Ferrari öffnet kurz die Augen und schaut zu mir rüber. Dann flüstert sie meiner Mutter etwas ins Ohr. Mama gibt sich ungerührt. Sie zuckt mit den Schultern und hat wohl genug gehört für heute. Jedenfalls steht sie auf, verabschiedet sich mit einem ironisch französelnden »Ohhrewoar« und geht zur Tür. Ich folge ihr.

»Los, sag, woran erkennst du ihn?«, will ich in dem müffelnden Aufzug wissen.
»Darf ich nicht erzählen.«

»Du glaubst ihr doch nicht etwa?«

Meine Mutter zuckt mit den Schultern. »Werd du erst mal vierzig und hab keinen Mann. Dann reden wir weiter.«

Als wir zu Hause ankommen, hört man schon von Weitem die Bässe von **PINK** durch die Tür wummern. Anastasia scheint aufgestanden zu sein und die Anlage im Wohnzimmer auf Anschlag aufgedreht zu haben. Mama bleibt erstaunlich gelassen. Auch als sie sieht, was Anastasia sonst noch so im Wohnzimmer gemacht hat.

Sie sitzt mit der Schere in der Hand auf dem Boden und hat einige Schnitte in ihrem Leben durchgeführt. Um sie herum liegen nicht nur zerschnittene Fotos von Johnny, sondern auch ihre abgeschnittenen Haare. Auf Anastasias Haare stand Johnny ganz besonders.

Meine Schwester heult. »Dem Typ wein ich keine Träne nach!«, schluchzt sie. Wirklich überzeugend.

»Puh«, meint Mama nur. »Da hat wohl eine EntJOHNNYfizierung stattgefunden.«

Ich kenne nur eine EntNAZIfizierung aus dem Geschichtsunterricht. Die war, glaube ich, nicht so gründlich.

07

MONTAGNACHMITTAG ist das Sechsaugengespräch mit Gottfried Hartkopf-Heiligenhaus. Die Chefin hat ihr Augenpaar ziemlich aufgerüstet. Und das, obwohl sie sich (wie schon erwähnt) nichts aus **NO GO**-Männern macht.

Auch Mamas Klamotten sind nicht gerade unauffällig. Sie trägt ein Kleid aus der Zeit, als sie noch ungefähr fünf Kilo weniger gewogen hat. Keine Ahnung, wie sie in das Ding reingekommen ist. Jedenfalls macht sie den Eindruck, als stünde sie kurz vor der Explosion! Ein Büßergewand sieht anders aus. Aber sie will wohl lieber als tickende Zeitbombe rüberkommen.
Im Auto lässt sie sich den Fall noch mal von mir erklären. Sie schimpft nach jedem Halbsatz über das »Beamtenpack« und über diese »studierten Schwachköpfe«, die ja keine Ahnung haben, wie Kinder »funktionieren«. Ich bin schon kurz davor, Gottfried Hartkopf-Heiligenhaus in SCHUTZ zu nehmen!
»Ich wette, der hat nicht nur keinen Schimmer von Kindern, sondern auch von FRAUEN!«, herrscht die Chefin herum. Dann lässt sie den Motor aufheulen und kracht die Gänge rein, als wolle sie gleich den Schaltknüppel aus der Verankerung reißen.

Im Lehrerzimmer ist sie immer noch auf hundertachtzig. Herr Hartkopf-Heiligenhaus führt uns zu einem Tisch, den er für unser Gespräch vorbereitet hat. Auf dem Tisch liegt mein Handy und irgendein Computerausdruck.
Außerdem gibt es drei Stühle: einen Chefsessel auf der einen Seite des Tisches und zwei schrottige Klassenraumstühle auf der anderen.
Dreimal dürft ihr raten, wo Mama sich hinsetzt. Genau, auf Herrn Hartkopf-Heiligenhaus' Chefsessel!
Und ratet mal, was auf dem Zettel steht, der vor ihr auf

dem Tisch liegt. Ihr kommt nicht drauf! Es sind die abgetippten SMS von mir und Miss Busenwunder.
Nachdem meine Mutter sich unaufgefordert hingesetzt und mein Handy in ihre Handtasche gesteckt hat, liest sie den Dialog mit dem »endgeilen Klassenlehrer«. Herr Hartkopf-Heiligenhaus ist so verdattert, dass er viel zu spät zur Gegenwehr ausholt.
Er: Frau Krass, darf ich Sie bitten, auf der anderen Seite des Tisches Platz zu nehmen?
Sie: (lacht!) »Endgeiler Klassenlehrer«! Was die Kinder heute für Ausdrücke haben! Sie haben sich doch nicht etwa dadurch angegriffen gefühlt.
Er: Frau Kraahas …!
Sie: Ja, bitte!
Er: Würden Sie bitte von meinem Platz aufstehen.
Sie: Wieso IHR Platz? Haben SIE diesen Sessel bezahlt? Ist es nicht eher so, dass ICH ihn mit MEINEN Steuergeldern bezahlt habe?
Ich will gerade knallrot anlaufen und dabei im Erdboden versinken, da passiert etwas sehr Komisches. Gottfried Hartkopf-Heiligenhaus bekommt von jetzt auf gleich einen enormen Schnupfen. Und die Chefin bekommt aus unerfindlichen Gründen enormes Mitleid. Sie springt auf, wühlt hektisch in ihrer Handtasche und reicht ihm ein Taschentuch.
»Allergie?«, fragt sie mit einer zuckersüßen Stimme, die ich noch nie bei ihr gehört habe.
Er nickt und geht auf Abstand. »Bleiben Sie mir vom Hals! Was ist das für ein Parfüm?«
»Casmir mit Vanillearomen«, haucht Mama. »Aber

wenn ich gewusst hätte, dass Sie dagegen allergisch sind …«
Auch wenn sie offenbar der Grund für Herrn Hartkopfs Anfall ist, rückt sie ihm immer weiter auf die Pelle.
An dieser Stelle hätte mir etwas klar werden können. Aber wie in jeder Extremsituation setzt mein logisches Denken mal wieder komplett aus. Ich kann mich einfach nur wundern. Wahrscheinlich hat Mama einen Strategiewechsel vorgenommen, um Hartkopf-Heiligenhaus noch mehr zu verwirren, denke ich.
Zu allem Überfluss fasst die Chefin meinen Klassenlehrer auch noch an! Jetzt werde ich wirklich rot. Sie griffelt ihm am Ohr herum und klappt die Muschel nach vorne, als wolle sie nachsehen, ob er noch grün hinter den Ohren ist. Dann flüstert sie ihm etwas zu. Es muss sich um eine Art Megaentschuldigung handeln, denn Gottfried Hartkopf-Heiligenhaus lässt die ganze Sache über sich ergehen, obwohl sich seine Allergie inzwischen auch auf seine Bronchien ausgeweitet hat. Er röchelt wie ein Mops nach einem Dauerlauf!
»Ich schlage vor, wir kommen morgen wieder. Und zwar unparfümiert!«, erklärt Mama.
Gottfried Hartkopf-Heiligenhaus nickt nur. Seit Mama ihn berührt hat, wirkt er verstört wie eine Kuh, die mit der Nase an den Elektrozaun gekommen ist. Mama nimmt mich an die Hand, ruft der Mopskuh noch ein »Dann

bis morgen um dieselbe Zeit!« zu und verlässt mit Wackelhintern (und mir im Schlepptau) das Lehrerzimmer. Kaum dass die Tür hinter uns ins Schloss gefallen ist, reiße ich mich von ihr los.

Ich: **WAS WAR DAS?!**

Sie: Das musst du nicht verstehen!

Ich: Will ich aber!

Sie (ungerührt): Das kannst du später mal verstehen!

Ich: Ich will aber jetzt!

Sie: Ich will aber, will aber, will aber!

Man kann einfach nicht vernünftig mit ihr reden.

Im Auto fragt mich Mama dann über Gottfried Hartkopf-Heiligenhaus aus. Sie will ALLES über ihn erfahren. Ich zähle ihr sämtliche seiner **NO GOs** auf:

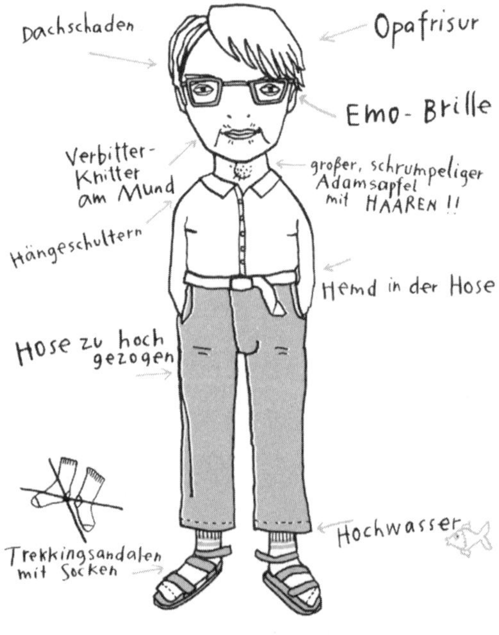

Trotzdem will sie wissen, auf was für einen Frauentyp er meiner Meinung nach steht. Ich erkläre ihr, dass Gottfried Hartkopf-Heiligenhaus eine Abneigung gegen Stereotypen hat. Und dass ich glauben würde, sie selbst wäre in seinen Augen ein Mega-Stereotyp.
»Ach ja?!«, sagt sie scharf und knallt wieder zur falschen Zeit einen falschen Gang rein. »Und was für ein Stereotyp soll das sein?«
Jetzt habe ich sie am Wickel. »Ich glaube, du machst ihm zu sehr auf Weibchen – wie er es nennt. Also, ist nur so eine Vermutung.«
Als Mama darauf nicht antwortet, stichele ich noch ein bisschen weiter: »Er hat uns mal über so Frauen wie dich einen Vortrag gehalten. Also, ich glaube jedenfalls, dass er solche Frauen damit meinte!«
Meine Mutter wirft einen Blick in den Rückspiegel, wohl um noch mal nachzugucken, was für eine Frau sie ist. Dabei überfährt sie um ein Haar einen Radfahrer. Obwohl sie sich offensichtlich angegriffen fühlt, will sie haarklein alles über diesen Vortrag wissen. Und da erst dämmert es mir plötzlich: Gottfried Hartkopf-Heiligenhaus muss auf irgendeine Weise den geheimen Beschreibungen von Frau Ferrari entsprochen haben. Und die Chefin glaubt nun wohl, dass MEIN Klassenlehrer IHR Mr Right ist! Na klar, wie sonst hätte meine Mutter darauf kommen können, dass sein plötzlicher Schnupfen so etwas Abwegiges wie eine Vanilleparfüm-Allergie sein könnte. Zumal sie dieses »Casmir« direkt nach dem Besuch bei Frau Ferrari gekauft hat. Seitdem benutzt sie es täglich. Und zwar in rauen Mengen! **OH MEIN GOTT!**

Nachdem das mit der Vanilleparfüm-Allergie geklärt war, hat sie wahrscheinlich noch nach einem zweiten Zeichen gesucht und meinem Klassenlehrer zu diesem Zweck das linke Ohr umgeklappt. Eine Narbe vielleicht. Oder ein kleines Feuermal. Ich fass es nicht.

Fest steht: Ich muss ihr den Typ unbedingt ausreden. Darum schmücke ich den Vortrag, den uns Gottfried Hartkopf-Heiligenhaus tatsächlich einmal über »die bescheuerten Waffen der Frauen« gehalten hat, noch ein bisschen aus.

»Also, er verabscheut Frauen, die hohe Schuhe tragen und sich die Lippen knallrot schminken«, erkläre ich. »Er meint, die hätten es alle nur auf die männlichen Schlüsselreize abgesehen oder so. Aber er würde auf so ein Getue nicht reinfallen. Das wäre ihm zu blöd. Hat er echt gesagt, der Hirnie. Obwohl ich wette, dass keine einzige Frau es jemals auf ihn abgesehen hat. Und schon gar nicht auf seine komischen Schlüsselreize.«

Mama schluckt, sie sieht ganz betroffen aus. »Und was noch?«, fragt sie.

»Na ja, er findet es halt saublöde, wenn Frauen nur mit seinen Urzeit-Instinkten kommunizieren wollen. Das kommt ihm vor, als würden sie ihn für einen Neandertaler halten. Ich sag doch, der Typ hat sie nicht mehr alle.«

Mama bleibt die Luft weg. »Das glaube ich nicht!«, meint sie.

Denken tut sie bestimmt: »Das werden wir ja sehen!«

Sie wirkt echt verstrahlt.

08

ALS WIR am nächsten Tag wieder im Lehrerzimmer aufkreuzen, sieht Mama so aus:

Sie hat sich tatsächlich eine Stunde lang mit einer Frauenzeitschrift im Bad eingeschlossen, um den NUDE-Style nachzuschminken. Nude heißt übrigens nackt! Und riechen tut sie wie fließendes Wasser. Nämlich gar nicht.

Mama tut so, als wäre es normal, so kunstvoll unaufgemotzt rumzurennen.

Herr Hartkopf-Heiligenhaus erkennt sie erst gar nicht wieder.

»Ach, wissen Sie, ich habe gestern für eine etwas ordinäre Rolle geübt!«, behauptet Mama, ohne mit der nackten Wimper zu zucken. »Aber das war nichts für mich. Ich habe die Rolle abgesagt. So auf Weibchen machen, das ist einfach nicht mein Ding.«

Sie entschuldigt sich tatsächlich für ihr unmögliches Benehmen und nimmt auf dem Holzstuhl neben mir Platz. Die Handtasche hält sie auf dem Schoß, wie Omas das im Bus so machen.

Herr Hartkopf-Heiligenhaus ist von Mamas neuem Auftritt mindestens so verstört wie von dem alten. Nur dass ihm heute die Nase nicht läuft. Jedenfalls fällt ihm nicht eine einzige seiner superschlauen Reden ein. Selbst als Mama gar nichts mehr sagt und ihn mit erwartungsvollen Augen anhimmelt, kriegt er kaum mehr als ein Räuspern raus. Ich bin mir sicher, dass dieser Typ NULL AHNUNG von Frauen hat! Und dass ihn noch nie eine Frau so angesehen hat. **Ich wünschte nur, es wäre nicht ausgerechnet meine Mutter, die damit anfängt.**

Dann beginnt Herr Hartkopf-Heiligenhaus auch noch

zu stottern. »N-n-n-a ja, Sie haben j-j-ja gestern schon gesehen, was Ihre Tochter …«
»Oh ja!«, unterbricht Mama das Gestammel. »Das war natürlich INAKZEPTABEL!« Sie schaut betroffen auf den Tisch. »Paulina musste mir versprechen, dass so etwas nie wieder vorkommt. Sie möchte sich bei Ihnen entschuldigen und akzeptiert jede Strafe, die Sie sich für sie ausgedacht haben.«
Hallo?! Was labert sie da? Ich trete meiner Mutter mit meinen Boots auf MEINE Ballerinas. Aber sie lässt sich nichts anmerken.
Das ganze Gespräch ist ein einziger Albtraum, und deswegen verziehe ich mich erst mal in den letzten Schlupfwinkel, der mir noch bleibt: die Lehrertoilette.

Fieberhaft überlege ich, wer mir jetzt noch helfen könnte. Und mir fällt tatsächlich nur Anastasia ein. Ich weiß, dass meine große Schwester im Helfen eine glatte Null ist und gerade erst frisch geschworen hat, das auch weiterhin zu bleiben. Aber in diesem Fall geht es auch um ihre Interessen.
»Mama macht gerade meinen Klassenlehrer in sich verliebt. Weil sie glaubt, der Typ ist der, den die Wahrsagerin für sie vorgesehen hat!«, erkläre ich meiner Schwester.
»Na und?«, antwortet Anastasia gelangweilt.
»Na und? Er heißt Gottfried Hartkopf-Heiligenhaus und ist ein Vollhorst! Jede andere Frau auf der ganzen Welt würde schreiend weglaufen, wenn sie den sieht.«
»Mama muss wissen, was sie tut«, meint Anastasia und

mümmelt an irgendetwas herum. »Schlimmer als dieser Malottki wird er wohl nicht sein.«
Hätte ich mir gleich denken können, dass von ihr keine Hilfe zu erwarten ist. Ich bin kurz davor, zu heulen, und lege einfach auf. In meiner Not mache ich etwas ziemlich Bescheuertes: Ich klettere durch das Klofenster ins Freie und mache mich aus dem Staub.

Zwanzig Minuten später kommt der Anruf der Chefin. Das muss man sich mal vorstellen! Die beiden haben ganze zwanzig Minuten gebraucht, um mein Verschwinden zu bemerken.
»Paulina, mein Schatz. Wo steckst du nur?«
SIE steckt jedenfalls immer noch in ihrem bescheuerten **SOFTY-MODUS.**
»Ich konnte einfach nicht mit ansehen, wie du meinen Klassenlehrer anbaggerst!«, schreie ich ins Telefon. »Das ist das Peinlichste, was mir je im Leben passiert ist!«
Mama macht eine kleine Pause. Dann sagt sie doch tatsächlich mit verstellter Softy-Stimme:
»Du musst doch keine Angst haben, Liebes!«
Und sie erklärt mir (und sicher auch dem noch anwesenden Hartkopf), wovor genau ich keine Angst zu haben brauche:
»Du musst dir doch keine Sorgen machen, dass dein Lehrer dir noch böse ist! Herr Hartkopf-Heiligenhaus ist so ein feiner Mensch. Stell dir vor, er hat sogar angeboten, dich persönlich in Mathematik zu unterstützen!«
Ihr Text enthält so viele Reizwörter auf einmal, dass ich

gar nicht weiß, weswegen ich zuerst in Ohnmacht fallen soll.
»Ich hasse dich!«, brülle ich in mein Handy. Dann lege ich zum zweiten Mal an diesem Nachmittag einfach auf. Mir ist klar, dass sie nicht noch mal anrufen wird. Jedenfalls nicht, solange dieser Spacken an ihrer Seite ist.

Mama kommt erst um elf Uhr abends nach Hause. Und sie ist beschwipst. Für das »Ich hasse dich!« ist sie mir seltsamerweise kein bisschen böse. Im Gegenteil. Sie schleicht sich an mein Bett und entschuldigt sich für ihre kleine »Notlüge« am Telefon. Sie hätte ja schlecht in seiner Anwesenheit über die Prophezeiung und den ganzen Kram diskutieren können, meint sie.
»Paul, ich weiß, du zweifelst noch. Aber ich bin mir ganz sicher: **ER IST DER RICHTIGE!**«
Klar versuche ich ihr noch mal kurz alle Nachteile von Gottfried Hartkopf-Heiligenhaus aufzuzählen. Es hört sich an wie ein **NO GO**-Grundkurs!
Aber Mama lächelt nur milde. »Das kriegen wir schon hin«, meint sie.

Am nächsten Morgen in der Schule fängt Herr Hartkopf-Heiligenhaus mich vor dem Unterricht im Flur ab. Er macht auf total nett und verständnisvoll und sagt Sätze wie: **Wir haben uns gestern solche Sorgen um dich gemacht** oder **Wenn du Probleme hast, ich bin jederzeit für dich da**.

Meine Mutter hat ihn offensichtlich total weichgespült. Aber wie soll ich ihm erklären, dass mein größtes Problem seine Existenz ist?!
Darum behaupte ich: »Ich habe keine Probleme. Und ich brauche auch keine Hilfe. Schon gar nicht in Mathe!« Dann lasse ich ihn einfach stehen.

Als ich die Klasse betrete, sitzt Muckel wieder auf ihrem alten Platz, während der Platz neben Daphne Oberwinter frei ist. Daphne ist heute fast so zugeknöpft wie Mama gestern. Und zwar nicht nur im übertragenen Sinne. Sie trägt Rollkragen und hat die Haare zu einem Knoten auf dem Hinterkopf festgezurrt.
Meine SMS-Attacke muss ihr irgendwie auf den Busen geschlagen sein. Ich setze mich neben sie und hole ein Rubbellos aus meinem Portemonnaie. Für genau solche Fälle habe ich immer ein oder zwei noch nicht aufgerubbelte Lose dabei. Die kommen super an, obwohl sie nur fünfzig Cent kosten. Wahrscheinlich, weil man die Chance auf eine Million verschenkt.
»'tschuldigung wegen gestern«, nuschele ich Daphne zu und schiebe das Los auf ihre Tischhälfte. Sie würdigt es kaum eines Blickes.
»Eigentlich habe ich das alles nur gemacht, um von dir abschreiben zu können«, sage ich so zerknirscht wie möglich. Da dreht Daphne sich plötzlich zu mir um.
»Und warum fragst du mich dann nicht einfach, ob du von mir abschreiben kannst?«
Das ist eine berechtigte Frage, und ich habe ehrlich gesagt keine Antwort darauf. Wahrscheinlich habe ich sie

wegen des Busens und des ganzen Geweses darum nicht gefragt. Aber das kann ich unmöglich als Grund nennen. Also zucke ich nur mit den Schultern. »Habe ich mich vielleicht nicht getraut.«
Die Antwort bringt Daphne erst recht in Rage. »Nicht getraut? Du hast dich nicht getraut?«
Inzwischen ist auch Gottfried Hartkopf-Heiligenhaus im Raum, und ich habe höllisch Angst, dass er unsere kleine Unterhaltung mithört.
»Ist ja schon gut!«, flüstere ich ihr zu. Doch Daphne ist nicht zu bremsen.
»Du hast dich nicht getraut zu fragen, ob du bei mir abschreiben darfst, aber du traust dich, mir solche SMS zu schreiben?!«, platzt es aus ihr heraus.
Oh Mann, es stimmt ja. Aber muss Herr Hartkopf-Heiligenhaus das alles mithören? Ich lasse es als gerechte Strafe über mich ergehen. Immerhin hat sie ja nicht verraten, DASS ich abgeschrieben habe. Nur dass ich es vorhatte!
Gottfried Hartkopf-Heiligenhaus geht nicht weiter auf Daphnes Wutausbruch ein. Höchstens indirekt. Denn er bietet an, dass wir heute eine neue Sitzordnung bekommen. Und zwar eine ganz nach unserem Geschmack. Jeder soll seinen Namen und die Namen seiner zwei Lieblingsnachbarn auf dreißig Zettel schreiben. Und dann soll man noch angeben, ob man lieber vorne, in der Mitte oder hinten sitzen will. Danach werden alle Zettel an alle verteilt. Und unsere Matheaufgabe ist heute: der Entwurf einer Sitzordnung, bei der so viele Wünsche wie möglich berücksichtigt werden. Der Plan,

der die meisten Wünsche erfüllt, gewinnt und wird umgesetzt.
Ich glaube, es war noch nie so leise in einer Mathestunde. Ich möchte hinten sitzen, neben Muckel und auf der anderen Seite neben niemandem. So viel ist klar. Aber gleichzeitig alle Wünsche der anderen zu erfüllen ist echt unmöglich. Ich opfere sogar einen meiner Wünsche, um zwei Wünsche von Klemmi zu erfüllen. Er möchte nämlich auch hinten und auch noch neben mir sitzen. Keine Ahnung, wieso. Und warum er das auch noch zugibt, ist noch unverständlicher. Immerhin kann er sich in seinem Mega-Mathe-Gehirn ziemlich schnell ausrechnen, dass ich auf diesem Wege von seiner Vorliebe für mich erfahre.
Ich könnte niemals zugeben, dass ich am liebsten neben Liam Breitschuh sitzen würde. Weil ich Liam dann nicht mehr ins Gesicht sehen könnte vor lauter Peinlichkeit. Okay, im Moment kann ich ihm auch nicht ins Gesicht sehen – vor lauter Schüchternheit. Wie gesagt, so richtig kenne ich eigentlich nur seinen Rücken. Wenn ich neben ihm sitzen würde, könnte ich mal die Seitenansicht kennenlernen. Aber dann müsste ich ja öffentlich zugeben, dass ich ihn mag, obwohl ich nicht mal mit ihm befreundet bin. **Wie uncool ist das denn?!**
Leider reichen meine Berechnungen nicht aus, um Gewinner-Planerin zu werden. Dreimal dürft ihr raten, welches andere Mathe-Mega-Gehirn aus der Klasse abräumt. Nein, nicht Klemmi, sondern Daphne Oberwinter. Oh Mann, das kann ja nur übel für mich ausgehen. Herr Hartkopf-Heiligenhaus liest die neue Sitzordnung

vor, und jeder setzt sich auf seinen neuen Platz. Erst die vorne, dann die in der Mitte und dann die hinten. Immerhin hat Daphne meinen Wunsch, hinten sitzen zu wollen, berücksichtigt, denn ich werde als eine der Letzten aufgerufen. Und dann kommt die große Überraschung in der letzten Reihe: Ich sitze neben Muckel. Und auf meiner anderen Seite sitzt Daphne selbst.
»Wieso hast du dich neben mich gesetzt?«, frage ich sie.
Daphne grinst. Sie zeigt mir das freigerubbelte Los, das ich ihr geschenkt habe. Es darf nicht wahr sein: Frau Busenwunder hat hundert Euro gewonnen!
»Für die hundert Euro wollte ich dich noch ein paarmal bei mir abschreiben lassen«, antwortet Daphne grinsend. **Ich weiß echt nicht, ob ich mich darüber ärgern oder freuen soll.**

Als ich mittags nach Hause komme, ist ein riesengroßes Chaos ausgebrochen. Es sieht aus, als wäre jemand bei uns eingebrochen und hätte alles aus den Schränken gerissen. In Wirklichkeit hat Mama ihre Schränke selber ausgeräumt.
Anastasia nimmt mich zur Seite. »Mama will ihre Klamotten nicht mehr haben!«, meint sie panisch. »Sie will jetzt andere Klamotten. Voll die Spießerkleidchen und so!«
Um Geld für andere Klamotten ranzuschaffen, lässt Mama keinen Fehler aus:

→ **bitte umblättern**

Fehler Nr. 1:
Sie verkauft ihre GUCCI-PRADA-Sammlung bei eBay.
Fehler Nr. 2:
Sie reanimiert ihre GESCHÄFTSBEZIEHUNGEN und trifft sich wieder mit Ellfauem.
Fehler Nr. 3:
Sie hat aufgehört zu RAUCHEN und lässt ihren Frust darüber an uns aus.

Das Schicksal nimmt seinen Lauf, und mir fällt nichts ein, was ich dagegen unternehmen kann. Sogar Anastasia ist inzwischen schwerst besorgt! Sie findet den Verlust von Mamas Klamotten fast noch schlimmer als den Verlust von Johnny! Und sie setzt einen Großteil ihres Ersparten, das sie dem alten Malottki für den Songtext abgeknöpft hat, dafür ein, das Zeug heimlich und unter fremdem Namen zurückzuersteigern.
Zum Glück ist Mama im Internet noch weniger geschäftstüchtig als damals auf dem Flohmarkt. Das drückt den Preis. Ihre Fotos sind unscharf, bei den Beschreibungen vergisst sie, die Größen anzugeben, und ihr Startpreis ist viel zu niedrig.
Als sie nach ein paar Tagen sieht, wie wenig sie eingenommen hat, rastet sie total aus! »Die Sachen sind bestimmt zehntausend Euro wert«, schreit sie. »Und ich bekomme gerade mal dreihundertfünfzig! Dafür muss ich das alles auch noch verpacken und verschicken!«
»Mamilein, ich bringe das für dich zur Post!«, versucht Anastasia sie zu trösten.
Wie niederträchtig meine Schwester sein kann! Auf die

Art kassiert sie nicht nur Mamas Klamotten, sondern auch noch das Geld für die Briefmarken.
Als ich sie zur Rede stelle, hat sie allerdings ein paar ziemlich triftige Gründe für ihr asoziales Verhalten:

1. Mama darf nicht merken, dass die Sachen alle an ihre eigene Adresse geschickt werden.
2. Anastasia bringt die Sachen doch nur in Sicherheit.
3. Anziehen kann sie sie vor den Augen unserer ahnungslosen Mutter ohnehin nicht.

09

AUCH WENN Mama bei ebay nur wenig Geld gescheffelt hat, gibt sie Unmengen von Kohle für ihren neuen Look aus. Ich nenne ihn den »Anti-Weibchen-» oder den »Anti-Anmacher-Look«. Obwohl sie natürlich genau das Gegenteil damit erreichen will: Anmachen um jeden Preis. Und der Preis ist hoch! Sie hat bestimmt dreitausend Euro für ihre neuen Klamotten ausgegeben. Ich frage mich, wo sie die her hat – da unsere Väter doch angeblich so schlecht zahlen und Ellfauems Vorschuss längst aufgebraucht ist.

Das Problem ist nur: Mama sieht jetzt zwar perfekt aus, hat aber noch nicht mal eine Telefonnummer von Gottfried Hartkopf-Heiligenhaus. Und im Internet ist so jemand wie er natürlich auch nicht zu finden. Von Facebook ganz zu schweigen! Darum versucht die Chefin, MICH für ihre Zwecke einzuspannen.

»Ich muss noch mal mit deinem Klassenlehrer über dich reden«, behauptet sie. »Könntest du vielleicht einen Termin für mich ausmachen?«

»Der ist für die nächsten drei Wochen krank geschrieben«, lüge ich.

Normalerweise würde Mama mir jetzt wieder einen

Vortrag über dieses schwächelnde Lehrerpack halten, das hundert Wochen im Jahr Urlaub hat und die restliche Zeit vor sich hin kränkelt. Doch Mama macht nur ein mitleidiges Gesicht. »Der Arme«, seufzt sie. »Was hat er denn?«
Ich zucke mit den Schultern und will mich in mein Zimmer verdrücken, aber Mama fasst mich am Arm: »Weißt du, wo er wohnt? Wir könnten ihm doch einen Krankenbesuch abstatten.«
»Nein, können wir nicht!«, schreie ich sie an. »Lass gefälligst meinen Klassenlehrer in Ruhe! Das ist nicht witzig!«
Mama lässt etwas verdattert von mir ab. Nach meinem kleinen Wutausbruch scheint sie mir das mit der Dreiwochen-Krankheit nicht mehr zu glauben. Jedenfalls will sie mich am nächsten Morgen mit dem Auto in die Schule fahren.
Sie ist schon um kurz nach sieben perfekt auf ungeschminkt geschminkt und trägt ihre Bluse bis zum obersten Knopf geschlossen. Es handelt sich übrigens um eine Maßanfertigung aus 100% Seide. **Ein klassischer Fall von Perlen vor die Säue**.
Ich habe nichts dagegen, dass sie mich fährt. Denn unserem Klassenlehrer wird sie auf die Art nicht begegnen. Der kommt nämlich immer mit dem Fahrrad angeradelt und benutzt den Hintereingang. Da kann sie vor der Schule warten, bis ihre frisch gebügelten Haare sich wieder anfangen zu kringeln.
»Ich komm dich heute Mittag auch wieder abholen«, flötet sie zum Abschied.

Was ich nicht ahnen kann ist, dass sie mich IM KLASSENZIMMER abholen will. Sie steht tatsächlich mit Handtäschchen und Siegerlächeln mitten in der Schule. Und wir haben tatsächlich in der letzten Stunde Mathe. Ich muss wohl nicht erklären, wie peinlich es ist, von der eigenen Mutter auf diese Art abgeholt zu werden. Mama drückt mir einen Lippenstiftabdruck auf die gekräuselte Stirn. Dann lugt sie in den Klassenraum.
»Da ist er ja«, triumphiert sie und schreitet vor den Augen meiner Mitschüler zur Tat. Das heißt, sie geht mit schmachtendem Blick und Dauerlächeln auf Herrn Hartkopf Heiligenhaus zu, der augenblicklich wieder in diesen Mopskuh-Modus verfällt. Dann säuselt sie ihm Sätze entgegen, dass die Leute aus meiner Klasse (**inklusive Liam Breitschuh**) vor lauter Staunen ganz vergessen nach Hause zu gehen.
»Ich dachte, ich engagiere mich mal ein bisschen mehr in der Schule meiner Töchter«, erklärt meine Mutter und legt eine Hand an Herrn Hartkopfs Arm. »Vielleicht könnte ich ja als Aufsichtsperson beim nächsten Klassenausflug mitfahren. Um Sie bei ihrem anstrengenden Job ein bisschen zu entlasten.«
Am liebsten würde ich laut NEIN schreien. Aber ich befinde mich in einer Art Schockstarre. Das Schlimme ist, die Mopskuh scheint (wie alle anderen im Raum) von genau derselben Starre befallen zu sein. Herr Hartkopf antwortet jedenfalls nicht, und die Chefin übernimmt weiter das Kommando.
»Paulina hat mir erzählt, dass sie nächsten Montag ins Phantasialand fahren. Da komm ich doch einfach mit!«

Ich blicke hilfesuchend zu Muckel, in der Hoffnung, dass die irgendwie einschreitet. Aber Muckel denkt gar nicht daran, zu mir zurückzugucken. Sie ist viel zu sehr damit beschäftigt, sich zu amüsieren! Denn natürlich handelt es sich hier gerade um den peinlichsten – also lustigsten – Moment des Jahres, den sie auskostet wie eine gefüllte Trüffelpraline.
Mama deutet das Schweigen von Herrn Hartkopf als Zusage und steckt ihm – übergriffig wie sie ist – eine Visitenkarte in die Brusttasche seines Hemdes. Und zwar mit dem Kommentar: »Falls wir uns vorher zu einer kleinen Besprechung treffen sollten, rufen Sie mich einfach an.«
Dann macht sie endlich einen Abgang. Allerdings nicht, ohne sich im Türrahmen noch mal umzudrehen und Herrn Hartkopf zuzuzwinkern. Erst als sie richtig aus der Tür raus ist, kommt wieder Leben in die Bude. Es wird getuschelt und gekichert und ich mache mich ebenfalls aus dem Staub, um mir wenigstens diese Schmach zu ersparen.
Nach allem, was vorgefallen ist, werde ich nie mehr Liam Breitschuh in die Augen sehen können. Soviel steht fest. Auch, wenn ich es mich theoretisch eines Tages getraut hätte, jetzt geht gar nichts mehr. Und zwar lebenslänglich. **DANKE, MAMA**.

Zuhause überlegen Anastasia und ich, wie wir Mama an dem Besuch im Phantasialand hindern können. Anastasia ist für drastische Maßnahmen: Ein Brechmittel ins Müsli und ein Abführmittel in den Kaffee. Aber da spielt unsere auf pflanzliche Beruhigungsmittel spezialisierte

Hausapotheke nicht mit. Wir einigen uns darauf, dass ich mich an dem Tag todkrank stelle, so dass Mama mit mir hierbleiben muss.
Am Montagmorgen liege ich wie verabredet gekrümmt im Bett und klage über Bauchschmerzen. Die Chefin zeigt wenig Mitleid. »Das sind die vielen Süßigkeiten«, sagt sie relativ herzlos. »Steh jetzt auf und zieh dich an.« Als sie merkt, dass die Sache mit dem Aufstehen nicht einfach so anzuordnen ist, versucht sie es mit ein paar ziemlich raffinierten Tricks aus ihrem Psycho-Repertoire.
»Wenn es SO schlimm ist, werden wir wohl eine Magenspiegelung machen müssen!«, meint sie ungerührt. »Und zwar morgen, denn heute kann ich unmöglich Herrn Hartkopf-Heiligenhaus im Stich lassen.«
Mama findet allen Ernstes, ich solle heute mit einem schweren Magenleiden alleine im Bett bleiben, während sie mich dann morgen zur Strafe foltern lassen will.
Wer zufällig nicht weiß, was eine Magenspiegelung ist: Das ist ein Film, der im eigenen Magen spielt. Und um den Film zu drehen, muss man vorher eine Kamera runterschlucken, die an einem Schlauch befestigt ist. Schlauch inklusive Kamera und Beleuchtung werden einem durch den Mund bis in den Magen geschoben. Alles klar?
Also stehe ich schließlich auf und schleppe mich (gekrümmt vor angeblichen Schmerzen) ins Bad, um der Chefin vor Augen zu führen, was für eine Rabenmutter sie ist. Sie wuschelt mir anstandshalber einmal durchs Haar und meint »Das wird schon wieder. Du verzichtest

einfach auf Zuckerwatte und Paradiesäpfel und heute Abend ist alles wieder im Lot.«
Auch das noch. Jetzt soll ich auch noch auf die köstliche Phantasialand-Zuckerwatte verzichten, während sie sich vor den Augen meiner Mitschüler an meinen Lehrer ranmacht.

Im Bus ist Mama natürlich Gesprächsthema Nummer Eins. Besonders die Beziehungsexperten in unserer Klasse haben super schlaue Kommentare auf Lager.
»Miss Krassikowski, deine Mutter sieht doch gar nicht so übel aus«, meint Gurke fachmännisch. »Wieso macht sie sich denn an den ollen Hartkopf ran?«
»Ey, kümmere dich erstmal um dein eigenes Aussehen!«, ranzt ihn Muckel an.
Dann ist erstmal Ruhe.
Mama und Herr Hartkopf sitzen ganz vorne und merken vor lauter Beziehunsanbahnung gar nicht, was hinter ihnen so abgeht. Merle kotzt auf Laras Jacke, Severin kugelt Sebastian fast den Arm aus und Ella klemmt sich den Finger im Aschenbecher. Nur die beiden sitzen da wie unter einer Glasglocke. So, als wären sie die einzigen Menschen im gesamten Universum.

Bei der Ankunft verkündet Herr Hartkopf, dass wir Kleingruppen bilden sollen und dass jede Gruppe machen darf, was sie will. Er verrät sogar seine Handynummer. Im Notfall sollen wir ihn anrufen. Aber wirklich nur im Notfall. Wahrscheinlich will er den Tag ungestört mit Mama verbringen.

Wie klein die Gruppen genau sein sollen, hat er nicht gesagt. Darum besteht meine Gruppe nur aus Muckel und mir. Und da uns von Merles Kotzerei im Bus jetzt schon schlecht ist, haben wir eigentlich gar keine Lust mehr auf die Phantasialand-Schleudersitze.
»Wir können doch deiner Mutter und dem alten Hartschädel nachspionieren!«, schlägt Muckel vor. »Das ist wenigstens eine sinnvolle Tätigkeit. Und vielleicht fällt uns ja etwas ein, wie wir die beiden auseinanderbringen.«
Ich finde den Vorschlag eigentlich ganz nett, auch wenn mir das mit dem Auseinanderbringen nur ein Vorwand zu sein scheint, um sich mal wieder lustig zu machen.
Nach kurzer Lagebesprechnung ziehen Mama und Herr Hartkopf in Richtung Fantasy-Gehege. Also dahin, wo alle Attraktionen garantiert harmlos sind. Ich habe mir schon gedacht, dass Mama mit ihrer Dreihundert-Euro-Bluse nicht in die Wildwasserbahn will.
Muckel amüsiert sich schon auf den ersten Metern prächtig. »Guck mal, die beiden steigen in den **Würmling-Express!**«
Tatsächlich klettern Mama und mein Klassenlehrer in ein schneckenähnliches Schienenfahrzeug und tuckern damit am **Mondsee** entlang. Herr Hartkopf taut sichtlich auf und sein Redeanteil wird immer größer. Ganz zur Freude der Chefin, die sich genüsslich zurücklehnt.
»Tu was!«, flehe ich Muckel an. Doch die zuckt nur mit den Schultern. »Was denn? Soll ich mich auf die Schienen werfen?«
Später stellen sich die beiden noch bei »**Wolke's Luft-**

post«, bei »**Die fröhliche Bienchenjagd**« und bei »**Wötzl's Wassertreter**« an.
»Wir können doch nicht seelenruhig zusehen, wie die beiden sich hier verlieben!«, beschwöre ich Muckel weiter.
Meine Mutter und unser Klassenlehrer sitzen gerade in einem vogelförmigen Tretboot, als ich eine schlimme Zusatzbeobachtung mache. Wir sind nicht die einzigen Spione im Fantasy-Land! Hinter einem Plastikfelsen verstecken sich noch ein paar andere aus meiner Klasse, die diese absurde Lovestory spannender finden als Mystery Castle oder die Black Mamba. Und sie amüsieren sich mindestens so gut wie Muckel.
»Wir schreiben dem Hartkopf einfach eine SMS, in der wir ihn vor deiner Mutter warnen«, schlägt Muckel vor.
»Spitzenidee! Und im Bus müssen dann wieder alle ihre Handys rausholen, damit Herr Hartkopf den Täter ermitteln kann.«
Muckel legt die Stirn in Falten und starrt auf einen der clownsartigen Schmetterlingsfänger, der wie ein Idiot mit einem Casher hinter einem Riesenschmetterling herhüpft. Dann grinst sie plötzlich. »Ich hab's!«, meint sie.
Ohne weitere Erklärungen abzugeben steuert sie auf eine Familie mit drei Kindern zu und setzt ihren sensationellen Bettelblick auf. »Entschuldigung, ich habe mein Handy zuhause vergessen und muss meiner Mutter dringend eine SMS schreiben.«
Zwei Sekunden später hat sie das Handy eines ahnungslosen Familienvaters in der Hand und tippt in Windeseile folgenden Text ein:

Ich muss Sie warnen! Die Frau an Ihrer Seite ist Ihr Verderben. Ich kenne sie. Mich hat sie komplett ruiniert. In jeder Beziehung. Glauben Sie mir! Ein Opfer, das aus Angst seinen Namen nicht nennen will.

Ich lese fieberhaft mit. Und bevor ich mir eine Meinung bilden kann, hat Muckel auch schon Hartkopfs Nummer eingegeben und die SMS abgesendet. Wir bedanken uns bei der Familie und gehen schnell wieder zu unserem Spionageposten hinter einem milde lächelnden Steindrachen zurück. Gerade noch rechtzeitig, denn Herr Hartkopf fingert bereits in seiner Hosentasche nach seinem Telefon.

Zu allem Überfluss kreuzt auch noch der hüpfende Schmetterlingsfänger hinter uns auf und versucht uns pantomimisch aufzufordern, ihm zu helfen.

»Wir sind nicht zum Spaß hier!«, faucht Muckel ihn an.

Der Mann zieht eine Schnute. Dann haut er endlich ab.

Nachdem unser Klassenlehrer die SMS gelesen hat, guckt er Mama mit großen Augen an und rückt sogar ein Stückchen von ihr ab. Dann schaut er sich ängstlich um. Wahrscheinlich weil er glaubt, DAS ANDERE OPFER könnte noch in der Nähe sein und sich durch ein Zeichen zu erkennen geben.

Aber Sekunden später ist der Spuk schon wieder vorbei. Denn Herr Hartkopf glaubt wohl, den Absender entdeckt zu haben. Er schaut grinsend zu dem Plastikfelsen, hinter dem sich die schaulustigen Jungs aus unserer Klasse ziemlich unprofessionell verschanzt haben.

Dann lächelt er die Chefin wieder an und das Geturtel kann weitergehen.
»Diese Penner«, schnaubt Muckel.
»Penner, so so«, sagt plötzlich eine ziemlich unfreundliche Stimme hinter uns. Erschrocken drehen wir uns um. Da steht der nette Familienvater, der plötzlich gar nicht mehr so nett aussieht. Seine Familie hat er auch nicht mehr dabei. Die steht in sicherer Entfernung und sieht zu uns rüber, als wären wir zwei Schwerverbrecher.
»Deine Mutter hat geantwortet«, sagt der Typ zu Muckel. Sie schreibt: »Wenn ihr mich verarschen wollt, müsst ihr euch ein bisschen besser verstecken. Und wenn ihr nicht auf der Stelle verschwindet, hat die Sache ein Nachspiel.«
Muckel und ich gucken uns an und nicken uns kurz zu. Dann rasen wir, so schnell wir können, aus dieser verdammten Fantasy-Welt hinaus.
»Entschuldigung, aber es war ein Notfall!«, ruft Muckel dem verdutzten Mann noch zu. »Vielleicht sollte ich eure Mutter mal zurückrufen«, droht der Typ von Weitem. Dann sind wir außer Hörweite.

Den ganzen Nachmittag über haben wir Angst, dass der liebe Familienvater bei Herrn Hartkopf anruft und uns verrät. Die Sache schlägt mir sogar auf den Magen, so dass ich wirklich Bauchschmerzen bekomme und freiwillig keine Zuckerwatte esse.
Der Tag ist ein voller Misserfolg.
Doch als wir schließlich im Bus sitzen, verliert Herr

Hartkopf kein einziges Wort über die SMS und will auch keinen Täter ermitteln. Dafür hat er ein Lebkuchenherz um den Hals hängen. Genauso wie Mama.

Was da drauf steht, will ich gar nicht wissen.

10

WIE ZU ERWARTEN war, sind die Chefin und mein Klassenlehrer ein Paar geworden. Wir haben jetzt einen neuen Bestimmer im Haus. Aber er regiert nicht wie Mama mit Temperament und Egomanie. Gottfried Hartkopf-Heiligenhaus lässt regieren! Natürlich über Mama, die glaubt, »Mister Right« würde automatisch die richtigen Sachen für richtig halten. Zum Beispiel Müll trennen. Oder Energie sparen. Oder auf ungesunde Leckereien verzichten. Oder, oder, oder …

Ein Beispiel: »Göttchen«, wie Mama ihren Gottfried nennt, ist Frutarier. Er findet, man solle bevorzugt die Dinge essen, die die Natur FREIWILLIG hergibt. So was wie matschiges Obst oder wurmstichige Nüsse, die der Baum freiwillig hat fallen lassen.

Ich frage mich allerdings: **Was ist mit dem freien Willen der wurmstichigen Nuss?** Hat sie auch einen? Denn wenn sie einen hätte, würde sie sicher lieber im Wald liegen bleiben und einen neuen Nussbaum produzieren, als im Mund von Göttchen zermalmt zu werden. Vom weiteren Verlauf ihres Schicksals ganz zu schweigen!

Ein richtig schlimmer Bestimmer ist Göttchen in Sachen Stromsparen. Er will tatsächlich, dass wir in unserem Zimmer das Licht ausmachen, wenn wir nur mal kurz zur Toilette gehen. Wie ungemütlich ist das denn?!

Ich habe mal im Internet gegoogelt, wie viel so eine Sechzig-Watt-Glühbirne verbraucht. Es sind in vierundzwanzig Stunden ungefähr vierundzwanzig Cent. Das heißt ein Cent pro Stunde! Oder besser gesagt 0,01 Cent für eine Minute Pipi machen.

Daraufhin hatte ich einen super Auftritt nach dem letzten gemeinsamen Abendessen. (Es gab Reis, der wahrscheinlich von Hand aus den Ähren geschüttelt worden war. Und dazu ein bisschen Fallgemüse wie überreife Tomaten und Zucchini.) Jedenfalls habe ich vor Göttchen-Geizkragens Augen Mama fünf Euro auf den Tisch gelegt und gesagt: »Hier, damit ich für den Rest meines Lebens einfach so aufs Klo gehen kann!«

Für einen Moment war alles still. Mama lachte und tat so, als hätte ich einen Witz gemacht. Dennoch hat sie ein paarmal hektisch an ihrer neuen E-Zigarette gezogen. Das ist eine elektronische Zigarette, durch die man angeblich ganz ungefährlichen Dampf einatmen kann. Eine Art Inhalator in Zigarettenform, bei dem sogar an der Spitze ein glutfarbenes Lämpchen aufleuchtet, wenn man daran zieht.

Göttchen tat so, als würden ihn weder die fünf Euro noch die E-Zigarette ärgern. Aber ich weiß, dass es nicht so ist. Das sehe ich an dem Verbitter-Geknitter um seinen Mund, das auf der Stelle versteinert. Der Punkt mit den fünf Euro geht eindeutig an mich!

Heute Abend machen wir einen Mädchenabend, den Anastasia und ich dazu nutzen, Mama das schöne Leben unter Frauen vor Augen zu halten. Wir gucken eine ganze Staffel DESPERATE HOUSEWIFES (Mamas Lieblingsserie) und machen nur ANTI-GÖTTCHEN-BLÖDSINN. Wir essen Chips aus brutal zermetzelten Kartoffeln, schalten alle Lampen in der Wohnung gleichzeitig an und machen Witze auf Göttchens Kosten. Im Gegensatz zu früher verstehen Anastasia und ich uns blendend. Anastasia hat Herrn Hund auch wieder das Diva-Royal-Hemdchen angezogen. Ich glaube, **zum ersten Mal sind wir ein echter Diva-Club**! Jedenfalls suhlen wir uns im Diven-So-Sein – um es mit Gottfrieds Worten zu sagen.
Mama erzählt sogar Geschichten von früher, als der ein

oder andere Vater von uns noch am Start war. Das tut sie sonst nie!

»Ach, Paul, dein Vater war eigentlich ein guter Kerl. Ein bisschen überkandidelt vielleicht, aber im Grunde herzensgut«, erklärt sie beinahe schwärmerisch.

»Inwiefern überkandidelt?«, will Anastasia wissen. Klar, dass sie sich das einzige nicht so nette Adjektiv herauspickt. Aber ich verzeihe ihr.

Mama räkelt sich genüsslich auf dem Sofa, bevor sie antwortet. »Ach, er hat's halt immer etwas übertrieben. Er wollte zum Beispiel, dass Paul vom ersten Tag an für die Zukunft gewappnet ist. Und die Zukunft war für ihn die Herrschaft der Chinesen.«

Anastasia bekommt einen Lachanfall und führt ein paar chinesische Kampfsprünge vor. Dabei versucht sie bedrohliche China-Laute von sich zu geben. Mir bleibt nichts anderes übrig, als auch zu lachen. Ich verkneife mir sogar einen Witz zum Thema China-Tattoo, um keine schmerzhaften Erinnerungen an Johnny wachzurufen. Schließlich will ich uns den Abend nicht verderben.

Mama erzählt, Papa hätte sich chinesische Kinderhörbücher auf seinen iPod geladen. Und beim Spazierengehen hätte er mir dann heimlich die Kopfhörer ins Ohr gesteckt. Damit mir später die neue Weltmacht schon ein bisschen vertraut ist.

Unsere Mutter merkt natürlich, dass wir uns extra Mühe geben, damit es ihr OHNE Göttchen so richtig gut gefällt. Und sie nutzt das gnadenlos aus! Z. B. indem sie mich bittet, morgen Nachmittag den Rollator zurück zu Herrn von Malottki zu schieben.

»Du arbeitest doch ständig mit ihm! Da könntest du das Ding doch einfach mitnehmen«, frage ich vorsichtig.
Aber das geht natürlich gar nicht. »Wie sieht das denn aus, wenn ich mit so einer Gehhilfe in das Heim rolle. In meinem Alter. Da denkt doch jeder, ich wäre jetzt auch schon so weit.«
Außerdem ist das Buch über Ellfauem angeblich fertig, und der Rest des vielen Geldes ist auch schon auf ihr Konto geflossen. Unglaublich, dass sie das so nebenbei erwähnt. Früher hätte Mama die Scheine durch die Luft geworfen und wäre dick mit uns shoppen gegangen. Wahrscheinlich will sie die ganze Kohle alleine mit Göttchen ausgeben.

Am nächsten Tag schiebe ich den Rollator zu dem Heim für Schwerstreiche. Die Leute gucken mich ganz schön mitleidig an, und darum gehe ich extra gebeugt und ziehe ein Bein nach.
»Kann man als Kind auch schon Oma werden?«, fragt ein Kind seine Mutter.
»Nein!«, antwortet die Mutter laut in meine Richtung. »Dieses Kind da erlaubt sich nur einen ganz bösen Scherz!«
In dem Heim sieht es aus wie in einem Luxushotel: irgendwie einladend, mit meterhohen Blumen, Samtsofas und einer Frau im Kostüm hinter der Empfangstheke. Aber irgendwie auch abweisend. Nicht nur wegen der vielen Greisies, die wie Wachsfiguren in der Halle herumhocken. Auch wegen dem ganzen Prunk und Protz, der echt einschüchternd wirkt.

Ich gehe zu der Frau hinter der Theke und sage, dass ich Herrn von Malottki seinen Rollator zurückbringen möchte. Eigentlich wollte ich das Ding einfach nur bei ihr abstellen und mich dann gleich aus dem Staub machen. Aber die Kostümfrau greift augenblicklich zum Telefon und kündigt bei Herrn von Malottki meinen BESUCH an. Es wird sogar ein Pfleger in Butlerkostüm abkommandiert, der mich abholt und zu Ellfauems Zimmer bringt. Wobei Zimmer nicht der richtige Begriff ist. Es ist eine Wohnung, ähnlich prunkig eingerichtet wie die Halle.

Mir wird immer mulmiger zumute. Was ist, wenn Ellfauem mir noch böse ist? Wegen dem angeblich schwulen Stereotypen, den ich gemalt habe. Und wegen der Chinakette. Der Pfleger geht vor und klopft an eine halb offen stehende Tür.

»Herr von Malottki, Ihr Besuch«, kündigt der Pfleger mich an. Er öffnet die Tür und deutet mir mit der Hand den Weg. Puh, und dann bin ich einen Moment lang ziemlich geschockt. Ludwig von Malottki liegt im Bett und sieht gar nicht gut aus. Er wirkt total klein. Geradezu winzig im Vergleich zu seinem gigantisch großen Bett. Ehrlich gesagt sieht er aus wie ein armes, verschrumpeltes Würstchen. Und er ist auch genauso grau. Nur seine Augen sind riesig. Das sieht echt traurig aus.

»Ja, ja«, sagt Ellfauem, »da lieg ich jetzt. Komm ruhig näher.«

Einen Moment lang habe ich Angst, dass er mir und meiner Familie die Schuld für sein Elend geben möchte. Aber das ist natürlich Blödsinn. Er will einfach nur reden. Und zwar am liebsten über sich und am zweitliebsten über Mama. Ellfauem nimmt ein Buch von seinem Nachttisch und hält es mir vor die Nase. »Das großartige Leben des Ludwig von Malottki« heißt es. Mamas Fünfzigtausend-Euro-Werk. Ihr Name steht allerdings nicht drauf. Und als ich ein bisschen in dem Buch herumblättere, verstehe ich auch, warum sie lieber nicht genannt werden wollte. Mama hat den ganzen Langweilerkram, den der verkalkte Ludwig ihr erzählt hat, einfach nur abgetippt. Jedes dritte Wort ist »fabelhaft«, »großartig« oder »wundervoll«. Unglaublich, wie viel Geld sie für diesen Abtipp-Job kassiert hat. Aber Ellfauem scheint es nicht zu stören. Und ich werde ihn bestimmt nicht darauf hinweisen.

»Hat deine Mutter nicht ein fabelhaftes Buch geschrieben?!«, sagt er. Ich nicke. Es bringt mich fast gar nicht um den Verstand, dass man irgendwann im Leben mal so aussieht wie er und dabei auch noch so wenig checkt!

»Und? Was macht sie so den ganzen Tag?«, fragt das traurige Ellfauem-Würstchen. Er will tatsächlich ALLES über meine Mutter wissen. Weil es mir leidtut, dass einem am Ende des Lebens so übel mitgespielt wird, erzähle ich ihm ein bisschen. Das heißt, erst erzähle ich ihm ein bisschen, und dann erzähle ich ihm mehr. Und am Ende erzähle ich ihm mehr oder weniger ALLES! Ich kann das gar nicht mehr steuern. Es fühlt sich an, als würde mein Mund mit mir durchgehen.

»Meine Mutter ist komplett gaga geworden!«, höre ich mich sagen.

Ich erzähle ihm von Frau Ferrari und Göttchen. Bei den Namen verzieht Ellfauem das Gesicht, als hätte er Schmerzen. Zu guter Letzt frage ich ihn auch noch, was ich denn jetzt tun soll. Das ist wirklich absurd! Noch absurder allerdings ist, dass Ellfauem meine Lage im Gegensatz zu seiner eigenen Lage absolut checkt.
»Eins ist klar, dieser Möchtegern-Gott muss wieder aus eurem Leben verschwinden«, erklärt er mit fester Stimme und drückt auf eine Fernbedienung, sodass die Rückenlehne seines Megabetts lautlos nach oben gefahren wird. Es kehrt sogar ein Hauch Farbe in die graue Wursthaut zurück. Dann schließt er die Augen, runzelt die vielen Falten auf seiner Stirn und denkt nach.
»Die Sache mit der Wahrsagerin ist nicht ganz koscher«, erklärt er. »Selbst die besten Wahrsager lassen sich nie zu so konkreten Aussagen verleiten. Hier müssen wir ansetzen!«
»WIR«?! Hat er wirklich »WIR« gesagt? Er glaubt doch nicht etwa, dass ich mit ihm zusammenarbeiten will.
»Ich werde einen Privatdetektiv auf die Frau ansetzen!«, verkündet Ellfauem. Inzwischen ist sein Gesicht fast so rosig wie eine Pink Grapefruit. Und ich habe Angst, dass er gleich aufspringt und mir mit seinem Rollator nach Hause folgt.
»Nein, danke«, erkläre ich. »Ich muss jetzt los.«
Doch so schnell komme ich ihm nicht davon! Ellfauem greift mit seiner knochigen Hand nach mir und sagt: »Miss Krassikowski! So wirst du doch genannt, nicht wahr?«
Ich schüttele den Kopf.

»Deine Mutter hat dich neulich so genannt. Wahrscheinlich, weil du so ein eigensinniges Kind bist.«
Vorsichtig ziehe ich meine Hand aus seiner Uralt-Klaue. Trotzdem bleibe ich wie versteinert vor ihm stehen. Irgendwie schaffe ich es nicht, einfach wegzurennen.
»Erinnerst du dich an das Bild, das du von mir gemacht hast?«, fragt er.
Oh Gott, auch das noch!
»Es tut mir leid, dass ich es nicht behalten habe. Würdest du noch eins von mir machen?«
Die Frage bringt mich ganz durcheinander. Und plötzlich wird mir klar, wie sich meine Mutter hier in diesem Heim gefühlt haben muss. Eine Mischung aus Mitleid haben, flüchten wollen und Geld brauchen. Das Schlimme ist: Die Argumente, zu bleiben, sind in der Überzahl: Mitleid und Geldnot!
»Wann? Jetzt?«, frage ich verwirrt.
»Warum nicht jetzt?« Ellfauem greift nach einer weiteren Fernbedienung und läutet damit den Pfleger wieder herbei. Er bittet ihn, mir Block und Bleistift zu bringen. Obwohl er tatsächlich »bitte« sagt, hört es sich an wie ein Befehl. Kein Wunder, dass der Typ keine Freunde hat, denke ich. Auf keinen Fall darf ich mich schlecht von ihm behandeln lassen. Darum nehme ich all meinen Krassikowski-Mut zusammen und sage: »Das Bild wird Ihnen nicht gefallen. Ich male keine Stereotypen mehr. Ich male nur noch die innere Wahrheit.«
Keine Ahnung, wieso mir dieses Göttchen-Zitat einfällt. Aber es zieht! Ellfauem sieht mich bewundernd an, als

wäre ich eine junge Künstlerin, die ihren eigenen Kopf hat.
Als ich den Block in den Händen halte, muss ich lange nachdenken. Dazu schließe ich die Augen und versuche mir die innere Wahrheit von Ellfauem vorzustellen. Aber sosehr ich mich auch anstrenge, ich sehe nur ein armes Würstchen. Darum kritzele ich schließlich einfach drauflos. Irgendwie finde ich das Bild gar nicht so schlecht. Seltsamerweise ist Ellfauem ganz meiner Meinung. Ich sage ihm, dass ich es für ihn rahmen lassen werde. Schon damit ich es zu Hause noch mal in Ruhe abpausen und eine Fassung für Göttchens Kunstunterricht herausschlagen kann. Ellfauem drückt mir für das Rahmen zweihundert Euro in die Hand und meint, der Rest wäre für mich. Wir verabreden uns für nächsten Sonntag.
Oh mein Gott, jetzt hat er mich auch gekauft!

Zu Hause sind Mama und Göttchen dabei, zu kochen. Ich ertappe meine Mutter beim Pfuschen. Sie kippt heimlich Sahne statt Soja-Sahneersatz in die Soße, während Gottfried zwei Äpfel in seinen Händen anschaut.
»Herr Doktor Vente und Natascha kommen heute zum Abendessen«, meint meine Mutter und tut so, als wäre es das Normalste der Welt.
»Sind die jetzt etwa zusammen?«, frage ich.
Auch auf diese Frage reagiert Mama gelassen. »Sieht so aus. Ich gönne es den beiden jedenfalls.«
Und dann macht sie etwas, bei dem sich mir der Magen

umdreht: Sie küsst ihr Göttchen und flüstert: »So hat jeder sein Glück gefunden!«
Das gute Göttchen kann ja nicht wissen, wie scharf Mama auf Doc Vente war! Selbst als der Besuch später da ist, lässt sich Mama nichts davon anmerken, dass sie mal **MEGA-EIFERSÜCHTIG** auf Natascha war und dass sie ihr zu diesem Zweck Verbrennungen zweiten Grades zugefügt hat. Alles vergessen.
Eigentlich wird es erst ein bisschen kriselig, als Natascha Mama mit Blick auf Göttchen fragt, ob sie ihren Gutschein bei der Kartenlegerin schon eingelöst hat. Mama verneint und greift nach ihrer elektronischen Zigarette.
»Was für eine Kartenlegerin?«, fragt Göttchen, durch die Zigarette alarmiert.
Die Mädels kichern, und Mama winkt ab. »Kennst du nicht.«
»Gut, dass du nicht hingegangen bist«, erklärt Natascha. »Stell dir vor, die hatte mir doch einen etwas willensschwachen Mann fürs Leben vorausgesagt. Einen, der nur mit einem Bein im Leben steht.«
Mir bleibt echt die Luft weg. Der arme Doc! Doch Natascha klärt das Missverständnis sofort auf. »Na ja, und dann habe ich den Typen auch kennengelernt. Du weißt schon, diesen Dietmar Kamphausen. Aber das war doch kein **Mann fürs Leben**. Jedenfalls nicht für mein Leben.«
Meine Mutter nickt, und Göttchen verzieht leicht angewidert das Gesicht. Keine Ahnung, ob wegen dem »einbeinigen« Dietmar oder wegen der Tatsache, dass die Freundin meiner Mutter sich Männer wahrsagen lässt.

Aber da er ja ein logischer Denker ist, könnte er auch checken, was sogar ich checke: dass Frau Ferrari womöglich gar nicht so falschlag mit ihrer Weissagung. Und dass Doc Vente einfach der einbeinige Stoffel ist. Gott sei Dank ist der Doc soooo stoffelig, dass ihm die Sache nicht auffällt. Er stochert im frutarischen Essen und braucht an diesem Abend, glaube ich, keine einzige Beruhigungstablette. Zu Unrecht, wie ich finde.
Das Gespräch ist längst an ganz anderen Stellen angekommen, da muss ich immer noch an die »NICHT KOSCHERE« Frau Ferrari denken. Warum gibt sie Natascha so schwammige Beschreibungen ihres Zukünftigen, während sie meiner Mutter so knallharte Fakten serviert? Was ist schon irgendein Mann, der nicht mit beiden Beinen im Leben steht, gegen einen mit Vanilleparfümallergie und einer Narbe hinter dem linken Ohr?
Da stimmt doch was nicht!
»Und die Wahrsagerin hat wirklich keine weiteren Sachen über den Schicksalsmann verraten?«, hake ich viel zu spät nach.
»Nein«, meint Natascha verwundert. »Ich glaube, das waren ihre einzigen Worte. Willensschwach und nur mit einem Bein im Leben stehend. Oder?« Sie überlegt noch einen Moment. »Und leicht verführbar! Genau, leicht verführbar hat sie auch noch gesagt.«
Natascha schmunzelt. Wahrscheinlich denkt sie daran, wie schnell sie diesen Dietmar damals rumbekommen hat. Obwohl Doc Vente sich scheinbar auch nicht lange hat bitten lassen. Sonst würden die beiden nicht

schon nach so kurzer Zeit auf dickes Pärchen beim Pärchenabend machen.
»Wieso, kennst du Dietmar Kamphausen etwa?«, will Natascha bestürzt von mir wissen.
Ich schüttele schnell den Kopf und versuche das Thema zu wechseln. Aber es bleibt irgendwie eine Verstörung im Raum zurück. Besonders meine Mutter wirkt nervös. Dauernd schaut sie zu Göttchen, aber ihr Anhimmelblick hat sich mit dem Wasserdampf der elektronischen Zigarette in Luft aufgelöst. Beginnt sie etwa auch an der Vorhersage zu zweifeln? Sieht sie meinen Klassenlehrer vielleicht zum ersten Mal mit offenen Augen?

Nach dem Essen kommt mich Muckel besuchen. Auch sie scheint sich an die Anwesenheit unseres Klassenlehrers in unserer Wohnung nicht gewöhnen zu können. Jedenfalls starrt sie bei der Begrüßung auf seine orange-lila-karierten Filzpantoffeln, bevor sie ein verstörtes »Guten Tag, Herr Hartkopf-Heiligenhaus!« hervorbringt.
»Ach, die Hausschuhe, die hat Gottfried von seinem verstorbenen Vater geerbt«, sagt meine Mutter entschuldigend.
Wir gehen in mein Zimmer.
»Wohnt der jetzt bei euch?«, fragt Muckel mitleidig.
»Nein, er hat noch andere Pantoffeln, die er bei sich zu Hause trägt«, erkläre ich ihr. »Das sind angeblich nur seine Gästehausschuhe.«
»Puh!« Muckel schüttelt sich. »Wenn das schon seine

Ausgehhausschuhe sind, dann will ich aber nicht die Alltagspantoffeln kennenlernen.«
Eigentlich habe ich keine Lust, mich über das seltsame Göttchen zu unterhalten. Das zieht mich nur runter. Darum erzähle ich Muckel lieber von den neusten Ungereimtheiten in Bezug auf die seltsamen Frau Ferrari.
»Du hast recht, da stimmt was nicht mit der Alten«, fasst Muckel die Situation zusammen. »Wetten, hinter dem Hartkopf steckt noch ein knallhartes Geheimnis!«
Muckel und ich nehmen uns vor, der Sache auf den Grund zu gehen. Gleich morgen werden wir die Ermittlungen aufnehmen. Wenn nötig, auch mit ungewöhnlichen Mitteln. Als Erstes knöpfen wir uns diese Wahrsagerin vor. **Wäre doch gelacht,** wenn wir der Trulla nicht auf die Schliche kommen.

11

»GIBT ES bei ihren Wahrsagungen auch Schülerrabatt?«, frage ich Frau Ferrari am Telefon. Sie lacht kurz auf. »Mä nooo«, sagt sie blöd französelnd. Ich bin mir sicher, dass das nicht »Menno«, sondern »nein« heißen soll.

»Na gut, dann komme ich zum Normaltarif heute Nachmittag mit meiner Freundin vorbei.«

Muckel und ich haben tatsächlich noch am selben Tag unseres Anrufes einen Termin bei Frau Ferrari bekommen. Spricht nicht dafür, dass die Frau wegen ihrer tollen Prognosen überlaufen ist.

Der Plan ist folgender: Muckel soll sich die Karten legen lassen, während ich die Bude heimlich ausspioniere. Muckel hat allerdings Angst, mit einem unechten Problem da aufzukreuzen. Sie meint, Frau Ferrari könnte das durchschauen, falls sie wirklich seherische Kräfte hat. Und dann wäre es echt peinlich für sie.

»Dann nimm doch ein echtes Problem«, schlage ich vor.

»Welches denn?«

»Irgendeins. Du wirst ja wohl noch Probleme haben?! Ich habe massenhaft davon!«

Muckel schlägt vor, dass ich mir doch besser die Zukunft vorhersagen lasse, während sie spioniert. Dann

könnte ich auch direkt fragen, wie es mit Göttchen und dem ganzen Theater weitergeht.
»**BIST DU IRRE?** Was ist, wenn die Ferrari und Göttchen unter einer Decke stecken? Dann merkt sie, dass wir ihr auf die Schliche kommen.«
Muckel hat Gott sei Dank ein Einsehen.

Vor dem Besuch bei der Ferrari muss ich noch schnell das neue Bild von Ellfauem abmalen. Ich stelle mir vor, wie der arme Ludwig von Malottki das Bild über sein Bett hängt. Und auf dem Bild ist dann genau dasselbe zu sehen wie unter dem Bild: ein armes Würstchen im Bett. Da kommt mir eine Spitzenidee! Ich male auf mein Bild an die leere Stelle über Ludwigs Bett mein eigenes Bild in klein. So als hätte er es schon dort hängen gehabt, als ich ihn gezeichnet habe. Und in dieses Bild male ich über dem Bett wieder mein Bild. In noch kleiner. Und so weiter. Das ist doch eine super Zentralperspektive. Mit Fluchtpunkt. Zumindest Ludwig könnte sich darin immer weiter verflüchtigen.

Irgendwie habe ich zurzeit echt wirre Gedanken.

Später fahren Muckel und ich mit dem Bus zu dieser elenden Hochhausgegend von Frau Ferrari. Muckel ist mindestens so aufgeregt wie ich. Ich glaube, sie würde am liebsten wieder umkehren.
»Wir sind doch erst dreizehn und noch gar nicht geschäftsfähig«, meint sie, als wir vor der abgerockten Klingelanlage stehen.

»Das ist auch kein normales Geschäft hier«, versuche ich sie zu beruhigen.
Zu meiner Verwunderung erkennt Frau Ferrari mich überhaupt nicht wieder. Allerdings habe ich mir auch extra die Haare nach vorne gekämmt und den schmalen Streifen, den man von meinem Gesicht noch sehen kann, mit Mamas neuer Kosmetik auf »nackt« geschminkt. Alles beige in beige. Auch Frau Ferraris drittes Auge scheint auf diesen einfachen Trick reinzufallen. Umso besser. Nur der Köter beginnt zu knurren, als er mich wittert.
»Woher habt ihr denn meine Adresse?«, will die Ferrari wissen.
»Aus dem Internet«, behaupte ich.
Das scheint sie zu freuen. Wahrscheinlich hat sie viel Geld in diese Homepage gesteckt, auf der sie in Tigerbluse und mit Schlafzimmerblick eine Glaskugel anguckt.
Muckel setzt sich zu ihr an den Tisch, und ich nehme wieder brav auf dem Sofa Platz.
»So, Schätzchen«, sagt die Ferrari zu Muckel. »Noch so jung und schon Probleme mit der Zukunft?«
»W-w-was heißt Probleme?«, stottert Muckel. »Ich hab da so einen Jungen, den ich nett finde. Aber ich traue mich nicht, ihn anzusprechen. Weil ich nicht weiß, wie er mich findet.«
»Wie heißt denn der Glückliche?«, fragt die Ferrari in einem Ton, als wäre Muckel erst acht.
»Liam Breitschuh.«
HALLO? DAS DARF DOCH NICHT WAHR SEIN! Liam

Breitschuh gehört mir. Mir allein! Wieso findet Muckel den denn plötzlich auch gut? Auf keinen Fall will ich so eine Dreiecksgeschichte, wie meine Mutter, Natascha und Doc Vente sie hatten.

Eigentlich war mein Plan, während der Sitzung zur Toilette zu gehen und dann ein bisschen rumzuschnüffeln. Aber unter diesen Umständen traue ich mich kaum aus dem Zimmer. Frau Ferrari nimmt die Karten, mischt, lässt mischen und fängt endlich an zu deuten.
»Kann es sein, dass dieser junge Mann mehrere Verehrerinnen hat? Ist er vielleicht der – wie sagt man – Schwarm aller Mädchen?«
Klar ist er das! Eigentlich hätten Muckel und ich da auch selbst drauf kommen können. Wahrscheinlich finden nicht nur wir, sondern auch Mädchen wie Frau Busenwunder Liam Breitschuh gut.
»Kann ich mal eben zur Toilette?«, frage ich tapfer. Dabei interessiert es mich wirklich brennend, was Frau Ferrari sonst noch so über Liam zu sagen hat. Aber meine Mission geht vor.
Die Ferrari macht eine Handbewegung in Richtung Bad und konzentriert sich weiter auf die Karten. Die Toilette ist gruselig, aber unergiebig. Der Klodeckel hat eine rosa Plüschhaube auf, und die vielfach geschichteten Badezimmerteppiche sind ebenfalls aus eklig synthetischem Kuscheltierfell.
Ich schlüpfe ganz leise aus der Badezimmertür ins Schlafzimmer. Auch hier liegen Sachen rum, die ich lieber gar nicht sehen wollte. Unterwäsche in einer ungeahnten

Dimension. Aber trotzdem auf supersexy gemacht. Mit Kordel statt Poteil und Rüschen über dem Leopardenmuster.
An einer Wand hängt eine Fotocollage mit vielen Leuten, die ähnlich crazy sind wie Frau Ferrari selbst. Wo hat sie die nur alle aufgetrieben? Wahrscheinlich handelt es sich um ihre Familie. Ich will mich gerade von der Ferrari-Sippe abwenden, da sticht mir plötzlich eine Frisur ins Auge: Es ist unzweifelhaft der komische Schopf von Gottfried Hartkopf-Heiligenhaus!
Da steht er, mein Klassenlehrer, direkt neben Frau Ferrari, die stolz einen Arm um ihn gelegt hat. Ich kann es nicht fassen. Die beiden kennen sich also. Und sie sind sich schon so nahe gekommen, dass Frau Ferrari bestimmt über die Auffälligkeit hinter Göttchens Ohr im Bilde ist. Kurz ziehe ich in Erwägung, dass Frau Ferrari die Ex von Göttchen ist. Aber das wäre echt zu krass. Außerdem müsste sie ja dann Heiligenhaus heißen und nicht Ferrari.
Andererseits ist Ferrari ja wahrscheinlich nur ihr Künstlername. Hektisch blicke ich mich weiter in dem Raum um. Ich muss doch irgendwie ihren wahren Namen herausbekommen. Um wenigstens ausschließen zu können, dass meine Mutter die Nachfolgerin von dieser Möchtegernfranzösin im **MEGA-TIGER-RÜSCHEN-TANGA** ist!
Der Gott der Detektive ist gnädig mit mir. Auf der Kommode liegt ein Gutscheinheftchen vom Nagelstudio. Ausgestellt auf den Namen Magdalena Hartkopf! Meine Hände fangen richtig an zu zittern vor Aufregung. Jetzt

einfach nur logisch denken. Was kann das bedeuten? Eigentlich nur drei Dinge: Gottfried Hartkopf-Heiligenhaus kann

1. ihr Bruder,
2. ihr Cousin oder
3. ihr Neffe sein.

Und dann fällt mir plötzlich ein, wie die Ferrari mich beim ersten Treffen nach meiner Schule ausgefragt hat. Wollte sie nicht sogar wissen, wie mein Klassenlehrer heißt? Ich habe das für so eine alberne Erwachsenenhöflichkeit gehalten. Aber in Wirklichkeit … Mir wird ganz heiß. Ich schleiche mich zurück ins Bad, betätige zweimal kräftig die Spülung und gehe mit klopfendem Herzen zurück aufs Sofa.
Es ist gar nicht so leicht, über den Fall weiter nachzudenken, während Muckel gerade mit Frau Ferrari **IHR SCHICKSAL** mit **MEINEM LIAM** verhandelt. Glücklicherweise sagt Frau Ferrari einen Satz, der mich mit der Nase draufstößt:
»Wie wäre es, wenn du dem Schicksal etwas nachhilfst?!«
Na klar, das ist es! Frau Ferrari hat dem Schicksal etwas nachgeholfen und Mama auf ihren schwer vermittelbaren Bruder, Neffen oder Cousin angesetzt. Sie konnte ja davon ausgehen, dass Mama meinen Klassenlehrer früher oder später zu Gesicht bekommt. Und dass sie bis dahin in einer Wolke von Vanilleparfüm durchs Leben wandeln würde, um ihren Traumprinzen an der (tropfenden) Nasenspitze erkennen zu können. Ich bin richtig stolz auf meine Erkenntnisse.

Als wir endlich aus den Fängen dieser Schicksalspfuscherin raus sind, stehen Muckel und ich uns im Aufzug gegenüber und stellen uns zeitgleich dieselbe Frage: »Was hast Du rausgefunden?«

Muckel ist entsetzt über meine neuen Erkenntnisse. Und ich über ihre. Sie ist nämlich gemeinsam mit der Ferrari zu dem Schluss gekommen, dass sie in Sachen Liam AKTIV werden muss. Schlimm genug, dass wir jetzt gemeinsam für ihn schwärmen. Das hätte mir als schlechte Nachricht schon gereicht. Aber dass sie jetzt etwas unternehmen will, setzt mich höllisch unter Druck.

Und weil ich nicht ein genauso verlogenes Spiel wie meine Mutter und Natascha spielen will, sage ich schließlich: »Ich finde Liam genauso gut wie du!«

»Echt?!«, fragt Muckel mit freudig aufgerissenen Augen. Man glaubt es kaum, sie scheint sich über diese Nachricht zu freuen.

Muckel will genau wissen, WAS ich alles an Liam toll finde, und bestätigt jeden Punkt mit heftigem Kopfnicken. Wenn man uns von Weitem sieht, könnte man meinen, wir hätten gerade ein gemeinsames Hobby entdeckt und würden uns ein Loch in den Bauch freuen.

»Das Problem ist nur, wenn DU aktiv wirst, muss ICH auch aktiv werden. Und das hat mir gerade noch gefehlt«, erkläre ich Muckel.

Erst jetzt scheint ihr aufzufallen, dass wir ja eigentlich Konkurrentinnen sind.

»Können wir es nicht dabei belassen, für ihn zu schwär-

men?!«, schlage ich vor, und zum ersten Mal im Leben gelingt mir, glaube ich, ein Bettelblick à la Muckel. Sie schaut jedenfalls ganz mitleidig zurück.
»Außerdem habe ich der Ferrari hundert Euro von MEINEM Geld gegeben. Das kann doch nicht sein, dass sie dir für das viele Geld rät, mir Liam Breitschuh wegzuschnappen.«
Muckel muss überlegen. »Aber wenn wir ihn nur heimlich und aus der Ferne super finden, dann sind wir beide Feiglinge. Und keine von uns wird je mit ihm befreundet sein.«
»Und wenn wir versuchen, ihn uns gegenseitig wegzuschnappen, werden wir am Ende nicht mehr befreundet sein. Und die ganz große Frage ist, ob eine von uns dafür mit Liam befreundet ist. Immerhin sind wir wahrscheinlich nicht die Einzigen, die auf ihn stehen. Abgesehen davon, dass er vielleicht weder dich noch mich mag. Hast du dir das schon mal überlegt?«
Muckel ist echt schwer zu überzeugen. Sie sagt, dass ich VIELLEICHT recht habe. Aber ich bin mir nicht sicher, ob sie hintenrum irgendwas mit Liam plant.
Die Frage ist, ob ich mir auch hintenrum etwas überlegen sollte. Aber dann wären wir ja genauso verlogene Freundinnen wie Mama und Natascha. Auf der anderen Seite ist deren Freundschaft auch nicht daran zerbrochen, dass Natascha sich heimlich Doc Vente geschnappt hat. Aber sie wäre wohl kaputtgegangen, wenn Mama nicht in der Zwischenzeit auf dieses dämliche Göttchen reingefallen wäre. Am Ende hat Natascha das ganze Spiel mit der Ferrari und der Göttchen-Ver-

mittlung eingefädelt, um freie Bahn bei dem Doktor zu haben. Immerhin kam der Gutschein ja von ihr. Aber dann hätte sie nicht neulich beim Essen über die Ferrari gelästert.

Oh Mann, zu viel logisches Denken bringt einen echt um den Verstand!

12

ALS ANASTASIA von den Machenschaften der Ferrari erfährt, flippt sie komplett aus. Sie ist nämlich von Göttchen inzwischen fast noch mehr genervt als ich! Schließlich ist sie in seinen Augen ein lebender Stereotyp. Für alles an ihr hat er hässliche Bezeichnungen.

Anastasia will unbedingt mit mir überlegen, wie wir Göttchen ein für alle Mal aus dem Weg räumen.
Unser Plan: Wir erklären der Ex-Chefin die nackte Wahrheit und hoffen, dass sie von selbst von dem Typen ablässt. Die Frage ist nur: **Sollen wir es ihr schonend oder drastisch beibringen?**

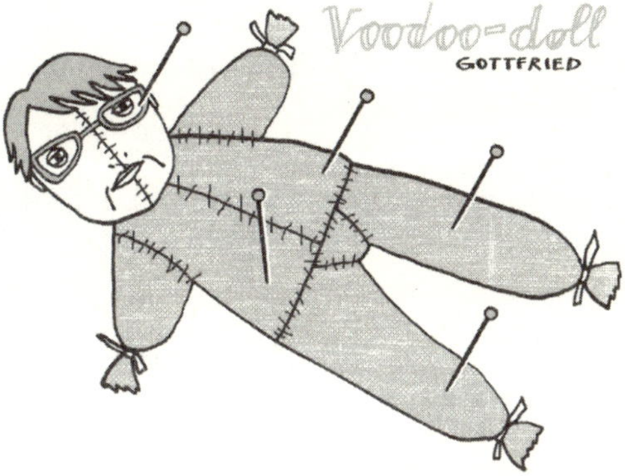

»DRASTISCH!«, findet Anastasia. »Damit sie es auch wirklich KAPIERT!«
Vielleicht hat sie recht. Schließlich brauchte es auch sehr drastische Situationen, bis SIE von Johnny abgelassen hat.
Als sich Mama am Abend auf das Sofa schmeißt und ihre Füße mit Bio-Fußbutter einreibt, gehen wir zum Angriff über. Das heißt, Anastasia macht den ersten Vorstoß und schmückt sich mit MEINEN hart erarbeiteten Spionage-Ergebnissen. Na ja, egal. Dann ist sie auch die Überbringerin der schlechten Nachricht.

Ihre Geschichte schlägt ein wie eine Bombe. Besonders die Formulierungen »Der Typ ist der totale Ladenhüter!« und »Den konnte man nur noch mit diesem Wahrsagertrick loswerden!« bringen Mama fast gar nicht um den Verstand. Sie sackt in sich zusammen und verwandelt sich in ein ähnliches Häufchen Elend wie Ellfauem in seinem Mega-Bett.

»Vielleicht ist ja auch alles ganz anders!«, versucht Mama eine schlappe Gegenwehr. »Vielleicht hat Frau Ferrari mich für ihn ausgewählt, weil sie nur mich für würdig genug hält, ihren Lieblingsneffen glücklich zu machen.«

Ihre Stimme klingt nicht überzeugend, und sie donnert die Fußbutter auf den Wohnzimmertisch. Dann drückt sie sich ein Sofakissen gegen den Bauch und fängt an zu weinen.

Ich gucke verlegen zu Anastasia. Sooo drastisch hätte es auch nicht sein müssen! Ich kann es nicht leiden, wenn Mama weint. Aber meine Schwester blickt eisenhart zurück. Mama weint derweil einfach weiter, und zwischendurch befragt sie schluchzend das Kissen auf ihrem Bauch: »Warum immer ich? Warum müssen immer mir diese Sachen passieren?«

Als sie endlich aufhört, holt Anastasia zu einem ziemlich schlauen Schachzug aus. Sie geht in ihr Zimmer, nimmt ein paar von Mamas ehemaligen Luxusklamotten aus ihrem Schrank und wirft sie vor Mamas Sofa.

»Ich hab was für dich«, meint sie mit Samtstimme. Dann bietet sie Mama eine Zigarette an. **Und zwar keine elektrische.**

Ich bin mir gar nicht mehr so sicher, ob es so eine Spitzenidee ist, Mama in dieser schlimmen Stunde ihr altes Leben unter die Nase zu reiben. Sie greift zu und zieht an der Zigarette wie ein Ertrinkender an einer Sauerstoffflasche! Dann fängt sie wieder an zu weinen und drückt das Ding in der Fußbutter aus.

»Seht ihr, jetzt werde ich doch noch so schwach und memmenhaft, wie Frau Ferrari es für mich vorgesehen hat!«

»Frau Hartkopf!«, entgegnet Anastasia streng.

Als es später klingelt, ist Mama mit dem Kissen auf dem Bauch und einer kleinen Pfütze im Augenwinkel eingeschlafen. Wie ein Baby, das sich in den Schlaf geweint hat.

Ich schleiche mich zur Tür und schaue durch den Spion. Es ist Göttchen! Trotz der Spion-Verzerrung kann ich erkennen, dass er sich verändert hat. Und zwar zum Positiven.

Was ist los mit ihm? Sieht fast so aus, als hätte er geahnt, dass es nicht gut um ihn steht. Zu spät! Ich drücke auf die Stumm-Taste unserer Klingelanlage und schleiche mich wieder ins Wohnzimmer. Ich schalte sogar das Telefon und Mamas Handy auf lautlos.
Abends im Bett geht es mir irgendwie schlechter, als es mir gehen sollte. Das Triumphgefühl bleibt aus. Anastasia kommt noch mal kurz rein und will mit mir abklatschen, als wäre das Rausekeln von Göttchen eine Sportveranstaltung gewesen. Das verdirbt mir komplett die Laune. Leise schleiche ich mich zurück ins Wohnzimmer. Mama schläft immer noch auf dem Sofa. Die Pfütze ist allerdings getrocknet. Ich lege eine Wolldecke über sie und stelle bei allen Geräten die Klingeltöne wieder an. Aber sie bleiben stumm. Immerhin ist es auch schon halb zwölf. Auf jedem der Displays wird ein Anruf in Abwesenheit angezeigt.

Am nächsten Tag in der Schule fühle ich mich noch mieser. Gleich in der ersten Stunde haben wir Kunst, und ich gebe mein Bild von Ellfauem und der Zentralperspektive ab. Gottfried Hartkopf-Heiligenhaus ist begeistert. Er findet, ich habe mich entwickelt und seine Ratschläge beherzigt. Auch dass ich die Zentralperspektive in meinem Bild MIT SINN AUFGELADEN habe, findet er PHÄNOMENAL.
Während er mich genauso übertrieben lobt, wie er früher übertrieben an mir rumgemäkelt hat, hängen seine Augen traurig nach unten und sind ein bisschen rot. Er gibt sich echt Mühe, sich nicht anmerken zu lassen, dass diese bohrenden Fragen zwischen uns stehen:

Was war gestern Abend?
Warum hat keiner die Tür aufgemacht?
Und warum ist niemand ans Telefon gegangen?
Er kann noch nicht mal wissen, ob ich diese Frage beantworten kann. Aber ich weiß es. Und wie ich das weiß! Das macht mich ganz verrückt. Vielleicht sollte ich mir eine Krankheit zulegen, bis das alles hier ausgestanden ist. Aber dann bekomme ich nicht mit, ob Muckel heimlich bei Liam aktiv wird.
Vieles spricht dafür, dass sie es längst geworden ist. In der letzten Geschichtsstunde zum Beispiel hat sie es voll auf die Einschmeicheltour versucht. Liam hatte sich gemeldet und mal ein bisschen über die Römer abgelästert. Er meinte, die wären voll fies drauf gewesen und er könnte nicht verstehen, dass heute noch so ein Wirbel um die Typen gemacht wird. Daraufhin hat Muckel sich gemeldet. Sie hat richtig mit dem Finger geschnipst, um auch ja dranzukommen. Und zwar, um den ultrageistreichen Satz **JA, DAS FINDE ICH AUCH!** zu sagen. Ach, was heißt zu sagen – zu säuseln!

In der Pause spreche ich sie gleich mal auf ihr fieses Verhalten an.
Ich: Hatten wir nicht eine Abmachung?
Muckel: Welche Abmachung?
Ich: Dass wir beide INAKTIV in Sachen Liam bleiben.
Muckel: Das war keine Abmachung. Das war doch eigentlich nur ein Vorschlag. Und der kam nicht von mir.
Ich: Das heißt, du willst dich nicht mehr an die Abmachung halten?

Muckel lässt die Schultern hängen: Irgendwie nicht. Das kommt mir alles so künstlich vor. Künstliche Zurückhaltung – das ist nicht mein Ding.
Ich kann es nicht glauben. Jetzt macht mir auch noch Muckel das Leben schwer. Wo sie wohl diesen Ausdruck mit der künstlichen Zurückhaltung herhat? Bestimmt aus einem dieser Psycho-Ratgeber, die sie immer liest. Nachdem sie diese Sache klargestellt hat, ist sie vollkommen enthemmt. Gleich in der nächsten Stunde geht sie zur Toilette, als Liam zur Toilette geht. Und nach der Schule fragt sie ihn, ob er ihr das Skaten beibringen will. Sie behauptet tatsächlich, dass sie sich heute ein Skateboard kaufen will. Ich weiß nicht, wie sie glauben kann, dass ich von alldem nichts mitbekomme?! **Vielleicht bin ich ihr aber auch komplett egal geworden.**

Zu Hause ist die Stimmung auch nicht besser. Die Verehrung meiner Mutter für Göttchen ist komplett umgeschlagen: in eine ENT-ehrung. Sie nennt ihn VERLOGENES MISTSTÜCK und geht fest davon aus, dass er mit Frau Ferrari unter einer Decke steckt. Ich bin mir da nicht so sicher, aber meine Mutter meint, das VERLOGENE MISTSTÜCK wollte sie von Anfang an mithilfe der Wahrsagung reinlegen, um ihr sein komisches Essen und seine komische Weltanschauung besser aufdrücken zu können. Anastasia nickt die ganze Zeit. Sie vergleicht das verlogene Miststück mit Johnny! Ich finde, das geht ein bisschen weit. Mama und Anastasia sind sich jedenfalls einig und auf dem besten Wege, das alte Chefinnen-Duo zu werden. Auch wenn sie noch etwas angeschlagen wirken.

Ich habe schlechte Laune und verkrümele mich in mein Zimmer. Wenn ich ehrlich bin, würde ich mein ganzes Elend auch am liebsten auf ein Miststück schieben. Nämlich auf Muckel! Das Schlimme ist nur, dass ich Muckel einfach zu gern habe. Ich frage mich, wie die Chefinnen ihre Gefühle so krass umschalten können. Das tut doch höllisch weh!

Aber es tut auch weh, jemanden gernzuhaben, der so blöd ist wie Muckel.

Ist es denn so schwer für sie, Liam in Ruhe lassen?

Ist der ihr etwa wichtiger als ich?

Muss ich diese beiden Fragen mit JA beantworten?

13

AM SONNTAG bin ich mit Ellfauem im Heim verabredet, meine Lage hat sich kein bisschen verbessert. In der Schule quälen mich Muckel und das traurige Göttchen und zu Hause das selbstgerechte Chefinnen-Duo. Sieht so aus, als hätte Mama meinen Klassenlehrer per SMS abserviert. Ab jetzt gibt es wieder Tiefkühlpizza.
Eigentlich sollte ich mich freuen. Trotzdem ist meine Stimmung nicht besonders. Jedenfalls fühle ich mich zu angeschlagen für einen Besuch im Heim des Schreckens. Aber ich kann ja schlecht zweihundert Euro für einen Bilderrahmen einstreichen und mich dann nie wieder blicken lassen!
Als ich bei dem alten Ludwig ankomme, bin ich ein bisschen erleichtert. Er ist nicht mehr wurstgrau, und er kann sich auch wieder fortbewegen. Wenn auch nicht ganz aus eigener Kraft. Ellfauem sitzt in einem hochmodernen Rollstuhl mit Steuerpult und kleiner Bordküche, bestehend aus einem Sektkühler und zwei Gläsern. Er freut sich über das gerahmte Bild und verliert kein Wort über den Fünf-Euro-Rahmen, den ich ihm von den zweihundert Euro gekauft habe. Er lässt das »Porträt« sogar über seinem Bett aufhängen. Und dann will er,

dass ich ihn in seinem vollautomatischen Gefährt durch den Park SCHIEBE! Angeblich ist sein Akku leer.
Ich will eigentlich nach Hause. Aber er behauptet, er müsse etwas Wichtiges mit mir besprechen. Und dazu braucht er frische Luft. Doch kaum dass wir draußen sind, will er einfach nur labern. Diesmal nicht über Mama, sondern über MICH! Er will allen Ernstes wissen, **wie es MIR geht!**
»Es geht so«, antworte ich. Aber das reicht ihm nicht. Er will wissen, ob dieser Möchtegern-Gott mich noch nervt. Ich schüttele den Kopf. Und einen Moment lang überlege ich, ob ich ihm erzählen soll, wie die Geschichte weitergegangen ist. Doch Ellfauem will es, glaube ich, gar nicht so genau wissen. Er hat mich nur nach meinem Befinden gefragt, um dann umso länger davon reden zu können, wie es ihm geht. Und ihm geht es bestens. Von wegen armes Würstchen. Ellfauem hat sich neu verliebt. Er erzählt von der Neuen, als wäre sie Kleopatra und Lady Gaga in einer Person. Alle seine Sätze enden mit …**STE FRAU DER WELT**. Die schönste, klügste, charmanteste Frau der Welt …
»Wenn wir Glück haben, ist sie auch heute Nachmittag im Park unterwegs«, meint er und zieht eine eiskalte Flasche Champagner aus dem Kühler seiner Bordküche.
»Ich dachte, der Akku ist leer?!«
Ellfauem zwinkert mir zu. Ich bin kurz davor, sauer zu werden.
»Was wollten Sie denn jetzt so dringend besprechen?«, frage ich.
»Pssst!«, unterbricht er mich. »Da ist sie! Dahinten, mit

ihrem Enkel. Der schiebt sie jeden Sonntag durch den Park.«
Jetzt verstehe ich, warum der alte Ludwig auch durch den Park GESCHOBEN werden wollte. Er ist verknallt, so viel steht fest.

Viel interessanter ist allerdings der Enkel der schönsten Frau der Welt. Er ist ungefähr so alt wie ich, und er sieht ungefähr so aus wie Liam Breitschuh. Jedenfalls auf hundert Meter Entfernung. Ich bin ziemlich scharf darauf, diese Entfernung um keinen Meter zu verringern. Denn für den Fall, dass es sich wirklich um Liam handelt, möchte ich nicht mit diesem Ellfauem gesehen werden. Ich hätte noch nicht mal die Ausrede, dass es sich um einen peinlichen Verwandten handelt. Liam müsste denken, ich wäre freiwillig mit diesem verrückten alten Knacker zusammen, und das wirft kein gutes Licht auf mich.
»Ich muss Sie jetzt wirklich zurückbringen«, sage ich und drehe Ellfauems Rollstuhl in Richtung Heim. Das ist der Moment, als sein Akku wieder voll funktioniert und er mit seinem Bordcomputer erfolgreich gegensteuert. Er reißt mich richtig rum und schreit gleichzeitig in Richtung Kleopatra und Liam-Double: »Madame, so ein Zufall!«
Zum Abhauen ist es zu spät. Die beiden haben uns entdeckt und kommen auf uns zugerollert. Und auch Ellfauem schaltet seinen Autopiloten ein und steuert den beiden entgegen. Keine Ahnung, warum ich mich trotzdem noch an den Rollstuhlgriffen festhalte und

mitziehen lasse. Wahrscheinlich, damit ich vor lauter Peinlichkeit nicht umfalle, als sich das Liam-Double beim Näherkommen immer mehr in den echten Liam verwandelt. Ich glaube, er ist genauso verlegen wie ich. Jedenfalls nickt er mir nur einmal kurz zu und schaut dann hauptsächlich auf seine Schuhe – soweit ich das beim Blick auf meine Schuhe beurteilen kann.

Die alten Leute sind trotz ihrer Verliebtheit kein bisschen schüchtern.

»Kinder, was für ein Tag«, jubiliert Liams Oma. »Herr von Malottki, was haben Sie denn da für eine hübsche Begleitung?«

Und dann kommt der Satz, den ich mir schrecklicher nicht hätte ausmalen können:

»Oh, das ist Miss Krassikowski. Eine alte Freundin von mir.«

Ich kann nicht glauben, dass er mich so nennt.

»Miss wer?«, will die Oma belustigt wissen. Es stellt sich raus, dass Ellfauem nicht mal meinen richtigen Namen kennt. Er kommt ein bisschen ins Schwitzen.

»Das ist Paulina«, sagt Liam schnell. »Sie geht in meine Klasse.«

Das ruft erst recht Entzücken bei Liams Oma hervor.

»Na, so ein Zufall! Das ist ja was!«, meint sie.

Und Ellfauem zückt schon wieder die Sektflasche. »Darauf trinken wir einen.«

Er hätte tatsächlich auch mir und Liam von seinem Champagner abgegeben. Aber Liams Oma ist dagegen und nimmt selbst auch nur ein Anstandsschlückchen,

sodass Ellfauem den Löwenanteil in sich hineinkippt. Danach wird er NOCH ausgelassener!
Statt seine eigene Verliebtheit voranzutreiben, findet er es lustiger, über Liam und mich zu sprechen.
»Ihr würdet doch ein perfektes Paar abgeben!«, meint er schwärmerisch. »Ist man in eurem Alter schon verliebt? Also, ich war in dem Alter schon verliebt!«
Liams Oma versucht ihn zu bremsen. »Herr von Malottki, mäßigen Sie sich! Unsere Begleiter sind schließlich in der Pubertät. Da ist einem alles furchtbar peinlich!«
Diese Art von Mitgefühl macht die Sache auch nicht besser. Im Gegenteil. Ich habe das Gefühl, ganz dringend etwas klarstellen zu müssen. Doch das Einzige, was ich abstreiten kann, ist die FREUNDSCHAFT zu Ellfauem. Und das tue ich dann auch.
»Eigentlich bin ich nur gekommen, um etwas vorbeizubringen. Ich kenne Herrn von Malottki gar nicht richtig und muss jetzt auch wieder los«, sage ich in einem viel zu aufgeregten Ton.
Doch Ellfauem lässt sich nicht beirren.
»Immerhin hat die junge Dame ein Porträt von mir gezeichnet. Ein Meisterwerk!«, verkündet er. »Sie hat MICH gemalt. Und sie könnte auch Sie malen, Frau Breitschuh!«
Ellfauem preist mich als junges Kunsttalent an und versucht, Liams Oma ein von mir gemaltes Porträt für vierhundert Euro anzudrehen!
Liam blickt von seinen Schuhen auf und schaut mich fragend an. Ich schüttele den Kopf. »Ist nur Spaß«, sage

ich schnell und überlege, einfach abzuhauen, ohne Ellfauem zurückzuschieben. Immerhin ist sein Akku ja randvoll. Ich habe nur Angst, dass er dann noch mehr von mir verrät. Dass er Liam über meine Familienverhältnisse aufklärt - so, wie er Doc Vente seinerzeit versucht hat aufzuklären.
»Ich hatte Herrn von Malottki nur zufällig gemalt - für den Kunstunterricht«, erkläre ich schnell. »Aber ich bin keine Künstlerin.«
Liam schaut schon wieder auf. »Du meinst dieses Bild, das Herr Hartkopf phänomenal und so genannt hat?«
Ellfauem lacht hörbar betrunken. »Da sehen Sie es, Frau Breitschuh! Eine phänomenale Künstlerin! Sie sollten sich ein Frühwerk sichern.«
Frau Breitschuh verspricht, sich das Porträt von Ellfauem mal anzuschauen. Und dann muss sie los, zur »Maniküüüre«, wie sie sagt.

Als ich endlich aus dem Laden raus bin, sehe ich Ellfauem am Fenster - so wie damals, als ich meine Mutter hier abgeholt habe.
»Also dann, bis nächsten Sonntag!«, ruft er noch.
Kaum dass ich außer Sichtweite bin, höre ich hinter mir jemanden keuchen. Einen Moment lang habe ich wirklich Angst, Ellfauem hätte seinen Turbo angeschaltet und wäre mir gefolgt. Aber es ist Liam!
»Paulina, warte doch mal!«, schnauft er.
Puh, auch das noch! Wie soll ich **AN SO EINEM TAG** ein allererstes Vieraugengespräch mit Liam Breitschuh hinkriegen?

Mir fällt nichts Besseres ein als ein einfaches »Hi«. Dabei haben wir uns doch eben schon gesehen.
»Kommst du sonntags öfter?«, will er wissen.
Mein erster Impuls ist, heftig mit dem Kopf zu schütteln. Aber in dieser Ausnahmesituation will ich nichts überstürzen und versuche es noch mal mit dem logischen Denken. Obwohl das ja nicht immer meine Stärke ist. Wenn ich jetzt abstreite, sonntags in dieses Heim zu kommen, werde ich Liam hier nie wieder treffen. Klar könnte einem das unter normalen Umständen egal sein. Denn ich kann ihn ja auch in der Schule treffen. Aber in der Schule sind auch all die anderen – inklusive des Busenwunders und der liebestollen Muckel. In dem Heim habe ich NULL Konkurrenz. Und NULL Beobachter. Ich hätte Liam ganz für mich alleine. Hängebusen, so weit das Auge reicht!
Ich zucke also mit den Schultern.
»Ich bin jeden Sonntag von vier bis fünf da. Hab ich meiner Oma versprochen«, meint Liam.
Mir fällt immer noch nichts Besseres ein, als nichts zu sagen. Immerhin nicke ich anerkennend. Aber vielleicht ist nichts sagen gar nicht so schlecht. Damit lockt man den anderen ganz schön aus der Reserve.
»Ich dachte nur … manchmal ist es nämlich ganz schön langweilig mit meiner Oma.«
Wow! Das ist doch genau genommen ein total netter Satz. Geradezu eine Einladung. Leider fällt mir auch darauf keine geniale Antwort ein. Weil ich so gar nichts sage, fragt Liam mich schließlich nach Ellfauem. Das musste ja kommen.

»Meine Mutter hat ein Buch über sein Leben geschrieben«, erkläre ich so beiläufig wie möglich. »Daher kenne ich ihn ein bisschen. Aber er ist ein echter Spacko.«

»Aha«, meint Liam nur. Jetzt will er mich wohl aus der Reserve locken.

»Ja, er ist irre, aber er tut mir auch leid. Weil er so extrem alt ist.«

»Ich weiß, was du meinst«, meint Liam. »Alt sein ist echt krass. Voll die Verschrumpelung. Komisch, dass dagegen noch nichts entwickelt worden ist.«

»Ja, und komisch, dass die Leute es so weit kommen lassen. Also, ich möchte nicht so alt werden«, höre ich mich plötzlich sagen.

Dabei habe ich mir noch nie Gedanken darüber gemacht, wie alt ich werden möchte.

»Vielleicht ist es ja schwer, rechtzeitig den Absprung zu schaffen«, meint Liam. Er guckt mich plötzlich ganz ernst an. Offensichtlich hat er sich sehr wohl Gedanken zu dem Thema gemacht.

»Ich gehe jedenfalls nicht in so ein Heim und warte die ganze Woche darauf, dass mich mein Enkel durch den Park schiebt«, sagt er. »Ich mache einen würdigeren Abgang.«

Inzwischen sind wir an meiner Bushaltestelle angekommen. Liam wartet sogar noch mit mir, bis mein Bus kommt.

»Was ist denn ein würdiger Abgang?«, frage ich ihn. Dabei würde ich viel lieber wissen, ob ihm große Brüste bei Mädchen etwas bedeuten oder ob er Muckel mehr mag als mich.

Liam malt sich ein paar würdige Abgänge aus. Die sehen ungefähr **so** aus:

Und so:

Und so:

Wenn ich ehrlich bin, finde ich alle drei Todesarten nicht so prickelnd. Ich sterbe dann doch lieber in meinem Bett, glaub ich.
Als wir mit dem Thema Tod durch sind, ist der Bus immer noch nicht da. Also fasse ich mir ein Herz. »Ich hab mal eine Frage«, sage ich.
»Was denn?«
»Eine Was-würdest-du-machen-Frage.«
Liam grinst.
»Was würdest du machen, wenn du zum Beispiel rausgekriegt hättest, dass jemand am Schicksal eines anderen rumpfuscht?«
»Hä?«, meint Liam. »Kapier ich nicht.«
»Na ja, sagen wir, eine Wahrsagerin sagt extra etwas Falsches, damit zwei Leute zusammenkommen.«
»Von wem redest du?«, will Liam wissen.

Ich versuche, ihm auf ziemlich umständliche Art und Weise den Göttchen-Fall zu erklären. Natürlich ganz ohne Namen zu nennen. So als wäre es ein komplett ausgedachter Fall.
Liam schüttelt fragend den Kopf. »Soll das heißen, die Wahrsagung war eigentlich doch wahr, auch wenn sie sich jemand ausgedacht hat?«, fragt er.
Jetzt bin ich es, die nichts versteht. Zu allem Überfluss kommt auch noch der Bus, und ich steige völlig verwirrt ein.
»Vielleicht kann man ja wieder ein bisschen was zurückpfuschen«, ruft Liam mir hinterher. »Wenn man's hingepfuscht hat, kann man es doch auch wieder wegpfuschen … Ist nur so 'ne Idee.«
In dem Moment geht die Bustür zu.

Liam bleibt tatsächlich noch an der Haltestelle stehen und winkt. Dann fährt der Bus los, und Liam wird immer kleiner. So wie der Astronaut, der das Seil gekappt hat und sich im Nichts auflöst. Erst als ich ihn kaum mehr sehe, kommt plötzlich diese riesige Freude auf. Ich habe mit Liam Breitschuh gesprochen! Und: **ER WILL MICH WIEDERSEHEN!**
Wenn ich will, kann ich ihn jeden Sonntag für mich alleine haben. Auch wenn ich dafür Ellfauem an der Backe habe. Was für ein riesiges Glück!
Schade, dass ich Muckel nicht anrufen kann, damit sie sich mit mir freut.

14

LIAM IST JETZT in den Pausen manchmal mit Muckel und mir zusammen. Keine Ahnung, ob er meinetwegen oder wegen Muckel mit uns abhängt. Vielleicht mag er auch die Kombination. Von unserem Sonntag habe ich Muckel bisher allerdings nichts erzählt. Immerhin hatte sie mir zuerst auch nicht erzählt, dass sie Skateboard lernen wollte. Zum Glück war so ein Board dann doch zu teuer, so dass sie einen Rückzieher machen musste.

Ehrlich gesagt finde ich es gar nicht so schlecht, dass Muckel bei den Liam-Pausentreffen an meiner Seite ist. Sie wirft sich zwar immer mordsmäßig ins Zeug, um irgendwie cooler als ich rüberzukommen, aber dafür ist diesmal die PEINLICHKEIT ganz auf ihrer Seite. Es ist so offensichtlich, dass sie toll gefunden werden will. Da kann ich mich gemütlich zurücklehnen und ihr bei ihren Anstrengungen zusehen.

Alle paar Minuten fragt sie Liam, wie er etwas findet. »Liam, wie findest du meine neuen Flip-Flops? Wie findest du meine Frisur, mein Käsebrötchen, Daphne Oberwinter, die Piratenpartei, einen Veggiburger …?« Kaum dass Liam sich irgendeine Meinung zu den Dingen ausgedacht hat, antwortet Muckel auch schon mit einem

innbrünstigen DAS SEHE ICH GANZ GENAUSO! **Das macht mich wahnsinnig.**
Am liebsten würde ich ihr sagen, dass sie auf diese Art komplett blöde wirkt. Aber ich bin mir immer noch nicht sicher, ob wir im Fall Liam jetzt Freundinnen oder Konkurrentinnen sind. Darum sehe ich lieber erstmal zu, wie sie sich um Kopf und Kragen redet.
Seltsam ist allerdings, dass Liam nie die Geduld mit ihr verliert. Er antwortet IMMER, auch wenn er dabei manchmal mit hochgezogenen Augenbrauen in meine Richtung grinst. Also kann ich mir gar nicht sicher sein, ob er ihr Nach-dem-Mund-Gerede nicht doch mag. **Und das macht mich noch wahnsinniger!**

Ich habe das Gefühl, Muckel und ich müssen uns in dieser Sache aussprechen. Und am Mittwochnachmittag bietet sich eine geniale Gelegenheit. Wir sitzen in meinem Zimmer, Herr Hund liegt schnurrend auf ihrem Schoß und wir haben eine Familienpackung Toffifee aufgemacht.
»Wer ist dir eigentlich wichtiger, ich oder Liam?«, frage ich möglichst beiläufig.
»Du natürlich«, antwortet Muckel, ohne auch nur eine Sekunde zu zögern. Dann steckt sie sich genüsslich ein Toffifee in den Mund.
»Und was wäre, wenn Liam plötzlich eine von uns besser fände als die andere? Würden wir dann Stress bekommen?«
Jetzt muss Muckel doch nachdenken. Dabei starrt sie auf ihre neuen Flip-Flops, die Liam SEHR SCHÖN fand.

Dann verkündet sie mit überlegenem Lächeln: »Ich finde, wir sollten dann keinen Stress bekommen. Ich finde, wir sollten da ganz cool bleiben. Unsere Freundschaft ist doch heilig. Die kann uns kein Liam dieser Welt kaputt machen!«
Ich atme auf und versuche die Sache ganz genauso zu sehen.
»Weißt du, ich habe ihn letzten Sonntag getroffen«, gestehe ich schließlich.
Muckel springt mit einem Satz von meinem Bett auf, so dass Herr Hund maunzend davongaloppiert. »Du triffst dich mit ihm? Außerhalb der Schule?«
Ich erinnere Muckel daran, dass sie sich auch AUSSERHALB DER SCHULE mit ihm zum Skaten treffen wollte.
»Außerdem habe ich ihn nur zufällig getroffen!«, füge ich noch entschuldigend hinzu.
Klar will Muckel alles über dieses Treffen wissen und ich gebe ihr brav Auskunft. Wenigstens über die äußeren Umstände. Was ich dabei gedacht und gefühlt habe, behalte ich für mich. Muckel hat schon genug damit zu tun, die Fakten zu verarbeiten.
»Und, wie fandest du es?«, fragt sie schließlich.
»Ganz nett«, gebe ich zu. »Auch wenn ich total schüchtern war. Du weißt ja, ich bin nicht so selbstbewusst wie du, wenn's um Liam geht. Ich weiß immer nicht, was ich sagen soll.«
Muckel grinst. Ich glaube, das war genau die richtige Antwort, um sie wieder aufzubauen. »Sooo selbstbewusst bin ich auch nicht«, versucht sie mich zu trösten. »Ich rede zwar viel, aber vor lauter Aufregung nicht un-

bedingt das interessanteste Zeug. Ich halte es nur nicht aus, wenn NICHT geredet wird. Weil ich fürchte, Liam könnte sich mit uns langweilen.«
Ich nicke und in dem Moment habe ich Muckel wirklich gerne. Vor allem, weil ICH ihr jetzt nicht mehr erklären muss, dass sie manchmal blödes Zeug labert. Und weil sie nur deshalb so viel quasselt, um uns BEIDE interessanter wirken zu lassen. Auch wenn das manchmal nach hinten losgeht.
»Ich kann mich ja bemühen, auch etwas mehr zu sagen«, erkläre ich. »Damit nicht alles an dir hängen bleibt.«
Muckel grinst. Inzwischen ist das fünfte Toffifee in ihrem Mund verschwunden.
»Wirst du ihn wiedertreffen?«, fragt sie nach einer Weile. Und es huscht ein kleiner Anflug von Angst über ihr Gesicht.
Ich zucke mit den Schultern. »Kann sein. Aber mach dir keine Sorgen. Wir werden jeder einen Rollstuhl vor uns her schieben. Das ist nicht gerade romantisch.«
Das scheint Muckel tatsächlich zu beruhigen. Jedenfalls atmet sie einmal tief durch und beendet das Gespräch mit einem »So sei es denn!«
Dann stürzen wir uns auf die restlichen Toffifees.

Am Freitag gibt es Zeugnisse. Es ist ganz gut für mich gelaufen. Physik Fünf, Mathe Vier, Kunst Zwei! Ich bin eine Runde weiter. Und zwar nicht nur mit Ach und Krach.
Nachdem die Zeugnisse verteilt sind, steht Gottfried Hartkopf-Heiligenhaus ein bisschen komisch vor der

Klasse rum. Er sieht echt kläglich aus, obwohl er definitiv bessere Klamotten trägt als früher. Jedenfalls tritt er von einem Bein auf das andere und sagt schließlich, er müsse uns etwas beichten.
»Es tut mir so leid, euch das mitteilen zu müssen, aber ich kann nicht weiter euer Klassenlehrer sein«, stammelt er.
Ich fasse es nicht.
»Ihr wart wirklich eine tolle Klasse, und ich gebe euch nur ganz ungern ab, das müsst ihr mir glauben!«
Daphne Oberwinter schnappt nach Luft. »Aber warum denn?«, fragt sie empört.
»Ich habe mich entschlossen, ein Sabbatjahr einzulegen. Das heißt ein Jahr keine Schule.« Göttchen schluckt. »Wisst ihr, ich bin ja mein Leben lang aus diesem Laden nicht rausgekommen …«
In der Klasse wird es unruhig. Aber es hört sich nicht nach Jubel an.
»Und wer wird dann unser Klassenlehrer?«, will Jonas wissen.
Göttchen zuckt mit den Schultern. »Der Stundenplan ist noch nicht fertig«, behauptet er.

Genau genommen ist das das absolute **HAPPY END**! Ich bin nicht sitzen geblieben, UND ich bin diesen Typen ein für alle Mal los. In der Schule und zu Hause. Aber ich komme einfach nicht in Stimmung. Noch schlimmer wird es, als Göttchen mich nach der Stunde bittet, einen Moment zu bleiben.
»Von dir wollte ich mich noch mal persönlich verab-

schieden«, sagt er, als alle weg sind. Seine Mundwinkel zucken. Mir wird ganz heiß, und ich hoffe, dass ich nicht groß etwas antworten muss. Göttchen sieht aus, als würde er die Luft anhalten und müsste seine Worte gegen einen Widerstand rauspressen.

»Ich find's schade, das mit deiner Mutter und mir …«

Die letzten Worte wollen einfach nicht mehr über seine Lippen. Ich komme ihm mit einem Nicken zu Hilfe.

»Tja, ich fürchte, du findest es gar nicht sooo schade«, meint er schließlich.

Ich zucke mit den Schultern. »Na ja, das Essen war nicht so mein Fall«, druckse ich herum. Göttchen lacht ein bisschen hysterisch.

»Das Essen, jaja, haha. Das ist wohl gewöhnungsbedürftig!«

Langsam wird er wieder etwas lockerer. »Jedenfalls wollte ich dir sagen, dass du eine tolle Schülerin bist, Paulina. Ein tolles Mädchen, meine ich.«

Ich kann das alles nicht fassen. Und so sehe ich wahrscheinlich auch aus. Jedenfalls meint Göttchen, mir die Sache näher erklären zu müssen:

»Na ja, du hast deinen ganz eigenen Kopf. So was findet man nur selten. Ich meine, du machst nichts, weil es alle so machen, nur weil es bequem ist …«

Aus den Augenwinkeln sehe ich Muckel und Liam bei den Schließfächern neugierig auf mich warten.

Zu allem Überfluss nimmt mich Göttchen zum Abschied auch noch in den Arm. »Bleib, wie du bist, Paulina.«

Ich lächele ziemlich schief und verschwinde mit einem unbeholfenen »Also dann …«.

Muckel und Liam erkläre ich, dass Herr Hartkopf-Heiligenhaus noch mal mit mir über die gefälschten SMS an Daphne sprechen wollte. **Und dass er mir verziehen hat.**

Als ich zu Hause die Tür öffne, ziehen mir Rauchschwaden entgegen. Es ist, als hätte jemand eine nach Fett stinkende Rauchbombe gezündet. Ich taste mich bis zur Küche vor. Da steht meine Mutter den Tränen nahe vor einem völlig verbrutzelten Fleischstückchen.
»Sag jetzt nichts!«, beschwört sie mich.
Ich öffne erst mal alle Fenster und hoffe, dass niemand draußen die Feuerwehr ruft. Im Wohnzimmer liegen neue Frauenzeitschriften rum. Zuoberst die BRIGITTE WOMAN für Frauen ab vierzig. Der Psychotest ist aufgeschlagen: **»Sind Sie eine grantige Alte?«**
Oje.
Fünf Minuten später ist das »ESSEN« fertig. Was soll ich sagen? Eine Billigpizza wäre mir lieber gewesen. Die verkohlten Fleischstücke lassen sich weder schneiden noch kauen. Fünf weitere Minuten später pfeffert meine Mutter das Besteck auf den Tisch und steht auf.
»Es gibt doch nichts Ekelhafteres als Fleisch!«, schnaubt sie und verschwindet im Bad.

Ich suche den Zeitungsstapel nach weiteren Erklärungen für ihr Verhalten durch. Ein Artikel handelt von den »Reizen des Älterwerdens«. »Essen ist der Sex des Alters« steht als Überschrift über einem Bild, auf dem ein grauhaariges Paar genüsslich ein paar Delikatessen

in sich hineinschaufelt. Darunter ist eine Statistik darüber, wie viele Männer ab fünfundvierzig sich eine Partnerin wünschen, die auf jeden Fall gut kochen kann. Es sind echt viele. Um nicht zu sagen, alle. Außer ein paar Starköchen oder Diätfanatikern. Echt gruselig. So gesehen war Göttchen wahrscheinlich ein Schnäppchen für meine Mutter. Immerhin war es für ihn völlig okay, dass er derjenige ist, der kocht.
Lustlos blättere ich weiter in den Frauenzeitschriften für ältliche Damen. Da wimmelt es nur so von Rezepten. Eine Anzeige sticht mir ins Auge:

Liebe geht durch den Magen!
Vegetarischer Kochkurs für Paare
Jetzt auch in Ihrer Stadt!
100 Euro Schnupperpreis

Vegetarisches Essen wäre eigentlich ein gutes Mittelding zwischen »freiwillig gestorbenen Tomaten« und Tiefkühlpizza. Ich muss an Liam denken und was er über das Zurückpfuschen gesagt hat. Was hat er wohl gemeint? Dass ich ein letztes Mal dem Schicksal etwas nachhelfen könnte? Vielleicht wäre ich dann mein schlechtes Gewissen los. Ich bräuchte ja nichts zu erzwingen, sondern nur so eine kleine Chance in den Raum zu werfen. Dann kann jeder daraus machen, was er will, und mich geht es nichts mehr an. Das Schicksal könnte wieder ganz frei zuschlagen. Oder eben nicht. Ich wäre jedenfalls fein raus. Hundert Euro habe ich immer noch von meinem Ellfauem-Porträt übrig.

Noch am selben Tag werfe ich zwei Umschläge bei der Post ein: einen an meine Mutter und einen an Göttchen. Ich habe sie extra in ordentlichen Großbuchstaben beschrieben, damit man meine Schrift nicht erkennt.
Schon am nächsten Morgen geht ein Aufschrei durch die Wohnung. »Dieses verlogene Miststück! Was bildet dieser Mann sich ein?!«
Mama wedelt mit dem Kochkurs-Gutschein in der Luft herum. »Der glaubt doch nicht im Ernst, dass ich mit ihm kochen lerne - nach allem, was vorgefallen ist.«
Sie lässt das Ding in hohem Bogen ins Altpapier segeln. Meinetwegen. Soll sie doch nicht hingehen und stattdessen weiter Frauenzeitungen lesen. Das ist dann aber nicht mehr meine Schuld.

Der Kochkurs wäre am Sonntagnachmittag gewesen. Genau zu der Zeit, wenn ich Ellfauem durch den Park schiebe und Liam treffe. Ich bin schon eine Stunde vorher vor Aufregung komplett durchgeschwitzt. Und dreimal dürft ihr raten, wer seit dem Vormittag das Bad blockiert: Mama. Angeblich nimmt sie ein mehrstündiges Salzbad zum Entschlacken. Komisch, dass man dabei den Föhn, die Elektrozahnbürste und ihre Haar-Rausrupfmaschine hört.
Sicherheitshalber wühle ich einmal das Altpapier durch. Der Kochkurs-Gutschein ist unauffindbar.
Soll mir auch recht sein. Wie gesagt, ich will mit der Sache nichts mehr zu tun haben. Und selbst wenn die beiden rauskriegen, dass sie von einem Phantom eingeladen worden sind: Niemals wird jemand auf die Idee kommen,

dass ausgerechnet ich das gewesen sein könnte. Ich mache mich an diesem Sonntag also, ohne zu duschen und die Zähne zu putzen, aus dem Haus.

Ellfauem fällt fast aus seinem Rollstuhl, als ich plötzlich vor ihm stehe.
»Du bist tatsächlich gekommen!« Er kann sein Glück kaum fassen, und ich kann mich nicht erinnern, dass sich jemals jemand so über meine Anwesenheit gefreut hat. Dann zieht er allerdings die buschigen Augenbrauen zusammen und beißt sich mit seinen Dritten auf die Unterlippe.
»Du bist nicht wegen mir gekommen«, kombiniert er messerscharf. Einen Moment lang wirkt er richtig beleidigt. Aber dann hellt sich seine Miene wieder auf. »Na egal, dann werden wir halt ein Spitzen-Quartett!«

Ich finde, sooo unromantisch ist die Vorstellung gar nicht.

MISS
krassi-kowski
Vol. 2

01

WENN ICH EINS HASSE, dann ist es Verlogenheit! Und damit meine ich nicht, wenn jemand absichtlich die Unwahrheit sagt. Viel schlimmer sind diejenigen, die sich ständig selbst was in die Tasche lügen. Die sich eiskalt durchs Leben mogeln. Besonders krass sind die beiden Selbstbetrügerinnen, mit denen ich zusammenwohne:

die Ober-Lügenbaronin, meine Mutter,

und die Lügenbaroness, meine Halbschwester Anastasia.

Meine Mutter glaubt zum Beispiel, es wäre absolut in Ordnung, zwei Typen gleichzeitig am Start zu haben. Und sie findet es auch noch GERECHT, dass die beiden nichts voneinander wissen. Angeblich sind sie nämlich SELBER SCHULD, dass sie angelogen werden. Sie haben es geradezu VERDIENT, mit einem geheimen Nebenbuhler BESTRAFT zu werden. Weil – und jetzt haltet euch fest – keiner von den beiden TOLL GENUG für meine Mutter ist. Das ist ihr Verbrechen, für das sich Mama heimlich an ihnen rächt.

Warum sie nicht gut genug sind?

Der eine sieht nicht stylish genug aus und macht nichts her. Mama nennt ihn den LÄHMER! Und der andere, der den ganzen Tag mit seinem Porsche rumprotzt, ist nicht zartfühlend genug. Ich nenne ihn den BLENDER! Mama steht eigentlich mehr auf den Blender, weil sie auf dessen Lügen genauso reinfällt wie auf ihre eigenen. Sie glaubt, der Typ sei unglaublich großzügig und außerdem total in sie verknallt.

Irrtum! Die »großzügigen« Blumensträuße bringt er immer nur mit, wenn er sich für irgendeinen Mist bei Mama entschuldigen muss. Außerdem rückt er damit nie vor halb acht an. Weil die übrig gebliebenen Sträuße an der Tankstelle nämlich erst um Viertel nach sieben reduziert werden.

Und verliebt ist der Typ schon mal gar nicht. Jedenfalls nicht in meine Mutter. Wenn der Blender irgendwelche Gefühle hat, dann allerhöchstens für sich selbst!

Ich stehe ein kleines bisschen mehr auf den angeblichen Lähmer, obwohl es sich um meinen ehemaligen Klassenlehrer Gottfried Hartkopf-Heiligenhaus handelt (genannt Göttchen). Er hat immer Unmengen von Zeit, weil er sich im Job eine Auszeit genommen hat. Er legt ein »Sabbatjahr« ein, um sich »weiterzuentwickeln«, wie er sagt. Warum er dieses Jahr am liebsten mit der Lügenbaronin verplempern will, ist mir nicht ganz klar. Sie ist im Zweifelsfalle keine gute Entwicklungshelferin! (Außer, dass sie ihn klamottentechnisch aus dem Gröbsten rausgeholt hat.)

Na ja, Göttchen hilft mir wenigstens mal bei den Hausaufgaben. Und er ist schlauer als der Blender. Leider nicht schlau genug, um meiner Mutter auf die Schliche zu kommen. Aber vielleicht werde ich IHM in diesem Punkt mal bei den Hausaufgaben helfen!

Aber kommen wir zum Selbstbetrug meiner Schwester! Anastasia will die Schule schmeißen. Und zwar nicht, weil sie die elfte Klasse ohnehin nicht packen würde. Nein! Sie will abgehen, weil sie die einmalige Chance hat, Sängerin zu werden.

Ihr Exfreund Johnny hat gefragt,

Der Lähmer

ob sie in Johnny's Band singen will. Eine Horde Möchtegern-Justin-Biebers, die einmal in der Woche abends in einer ungeheizten Garage probt und noch nie aufgetreten ist. Aber Johnny behauptet, er hätte einen GIG klargemacht. In einem Klub namens Lumas! Nur zur Information: Ins Lumas gehen die Leute, die ins Tiefenrausch nicht reingelassen werden. Und ins Tiefenrausch wird eigentlich jeder reingelassen. Das hat Anastasia jedenfalls früher immer erzählt. Heute behauptet sie natürlich, das Lumas wäre der angesagteste Klub der Stadt. Und Johnny behauptet, für den GIG im Lumas würde er meine Schwester BRAUCHEN!

Ich bin Anastasia mal heimlich gefolgt, um mir so eine Garagenprobe fürs Lumas anzusehen. Die Sängerinnenkarriere meiner Schwester entpuppte sich eher als eine Summerinnenkarriere.

Selbst unser Kater »Herr Hund« schummelt sich munter durchs Leben. Nicht nur sein Name ist eine offensichtliche Lüge. Anastasia hat ihn so genannt, weil er immer Vögel durch die Fensterscheibe anbellt! Na ja, und ein echter Herr ist Herr Hund eigentlich auch nicht, nachdem unsere Mutter ihn eines Tages zum Tierarzt geschleift hat. Als sie zurückkamen, fehlten ihm zwei der drei wichtigsten männlichen Merkmale!

Besonders, wenn er Hunger hat, schummelt Herr Hund, dass sich die Balken biegen. Dann ist er der größte Liebesheuchler unter der Sonne!

Die neben der Katze bin übrigens ich, Paulina Krass. Auch Miss Krassikowski genannt. Oder einfach nur Paul. Und ich habe diese ganzen Mogeleien so satt. Ich werde auf keine Täuschungsmanöver mehr reinfallen. Von niemandem. So viel steht fest.

Meine beste Freundin Muckel ist da ganz meiner Meinung. Muckel und ich, wir haben auch Probleme. Aber wir versuchen, EHRLICH damit umzugehen. Und: Wir reden drüber! Dann treffen wir irgendwelche Abmachungen, damit die Probleme nicht aus dem Ruder laufen. Unser momentanes Problem heißt Liam Breitschuh. Muckel und ich sind beide in ihn verknallt. ☹

Unsere allererste Abmachung in Bezug auf Liam hat Muckel leider nicht ganz befolgt. Die Abmachung hieß: Keiner von uns wird AKTIV, und wir schwärmen Liam nur aus der Ferne an.

Das war Muckel zu wenig. Sie wollte RANGEHEN und hat mich damit ganz schön unter Druck gesetzt. Kurze Zeit später wollte sie auch nicht mehr Muckel genannt werden, weil sie fand, dass das kein Name zum Verlieben ist. Sie wollte zu ihrem alten Namen zurückkehren: Simone. Und zwar französisch ausgesprochen! Da spricht man hinten das E nicht mit und zischt dafür vorne beim S ein bisschen mehr: Ssimonn. Muckel behauptet, da ihre Mutter Französin ist, MÜSSTE man ihren Namen so aussprechen. Und sie wollte eine Abmachung zwischen uns, dass auch ich ihren Namen französisch ausspreche. Aber DIESE Abmachung konnte ICH einfach nicht befolgen. Ich nenne sie weiter Muckel, und wir sind jetzt quitt.

Zu Muckels großem Ärger sind auch alle anderen in unserer Klasse inklusive Liam nicht so richtig auf die französische Version von Simone angesprungen. Die meisten bevorzugen die deutsche Aussprache, die sich natürlich genauso unsexy anhört wie Sabine oder Ulrike. Ein Tantenname! Ich gebe mir echt Mühe, nicht schadenfroh deswegen zu sein.

Aber kommen wir zum Punkt. Muckel und ich haben jetzt eine neue Abmachung: Jeder darf sein Glück bei Liam versuchen. Und sollte sich Liam für eine von uns entscheiden, dann darf das nichts an unserer Freundschaft ändern. Denn Muckel und ich sind seit dem

Kindergarten ein Dream-Team. Wir sind eins von diesen Duos, die gar nicht ohneeinander funktionieren. Wie Ernie und Bert oder Ying und Yang oder so.

Aber zurück zu meiner Familie:

Das einzige einigermaßen wahrheitsliebende Familienmitglied ist mein Vater. Der wohnt allerdings weit weg, und ich sehe ihn nur manchmal am Wochenende. Mama und Papa sind schon seit Ewigkeiten getrennt.

Papa macht es angeblich irre viel aus, dass er nicht mit mir zusammenwohnen kann. Am schlimmsten findet er die Vorstellung, ich könnte denken, er WOLLE nicht mit mir zusammenwohnen. Dabei denke ich das gar nicht. Trotzdem hat er neulich gesagt, er wolle sich etwas einfallen lassen, damit ich ihm ein für alle Mal glaube. Zwei Wochen später kam er mit diesem Roboter vorbei. Das Ding sieht aus wie ein einarmiger Krebs auf Rädern.

»Hier«, meinte Papa zu mir. »Jetzt kannst du doch ein bisschen bei mir wohnen.«

Ich habe ihn ziemlich ungläubig angeschaut. Manchmal mache ich mir echt Sorgen um ihn. Aber Papa ließ sich nicht beirren. »Stell dir einfach vor, das hier bist du«,

hat er gesagt und auf diesen Plastikkrebs gezeigt. »Und ich nehme dich einfach mit zu mir nach Hause.«

Ich hatte wirklich Angst, Papa würde langsam abdrehen. Aber er meinte es ernst!

»Rovio ist genial! Er ist dein verlängertes Auge. Und Ohr. Und sprechen kannst du damit auch noch! Sogar über tausend Kilometer Entfernung.«

Tatsächlich kann man die Krabbe mit dem Laptop steuern. Über WLAN. Egal, wo auf der Welt sich das Ding befindet. Und über die Kamera in seinem einen Arm kann man sich alles ansehen.

»Du kannst in meiner ganzen Wohnung rumdüsen«, meinte Papa. »Und wir können uns jederzeit unterhalten.«

Ich war ganz schön baff und konnte kaum antworten. Leider war auch Mama (die Ober-Lügenbaronin) bei der Geschenkübergabe dabei. Und sie hat natürlich gleich ein paar gehässige Bemerkungen gegen meinen Vater losgelassen.

»Was soll Paul? In deiner Wohnung auf dem Boden rumkriechen? Und über deine alten Socken stolpern?«

Ehrlich gesagt war mir auch nicht ganz wohl bei der Sache. Nicht wegen der Socken. So unordentlich, wie Mama immer behauptet, ist Papa gar nicht. Aber ich will meinem Vater nicht beim Alleineleben zuschauen. Am Ende sieht er die Krabbe wie eine Art sprechendes Haustier an. Und er will meine Gesellschaft beim Abendessen oder später mit mir fernsehen. Für mich ist es schon anstrengend genug, mit den beiden Lügenbaroninnen klarzukommen.

»Ich überleg's mir«, habe ich geantwortet und das Ding ganz hinten im Schrank deponiert.

Als Muckel neulich bei mir war, um in meinen ausrangierten Klamotten zu stöbern, hat sie mein verlängertes Auge gefunden.

»Seit wann spielst du mit ferngesteuerten Autos?«, wollte sie wissen.

»Das ist kein Auto, das ist eine Webcam. Scypen auf Rädern sozusagen.«

Muckel war total begeistert von dem Ding. Sie wollte es unbedingt anschließen und Herrn Hund zum Kampf auffordern. Es dauerte eine Ewigkeit, bis wir das Ding zum Laufen gebracht haben. Und fast noch länger, bis Muckel kapiert hat, dass ich nicht als Krabbe bei meinem Vater wohnen will.

»Dann wohn' doch bei mir!«, hat sie vorgeschlagen. »Jedenfalls mal probeweise.«

Muckel hat mir unzählige Vorteile aufgezählt, die es hätte, wenn ich immer bei ihr sein könnte. Sie war fast so aufgedreht wie mein Vater. Ich hatte nur einen einzigen Vorteil im Kopf – der gleichzeitig auch ein ganz schöner Nachteil sein könnte:

Ich wäre dabei, wenn Liam Breitschuh mal zu Besuch käme.

02

SEITDEM HAUSEN ein paar meiner ausgelagerten Sinnesorgane unter Muckels Bett. Da befindet sich jedenfalls meine Dockingstation – also die Steckdose, die mein Krabben-Ich ansteuert, wenn es keine Kraft mehr hat. Wenn ich Langeweile habe, krabbele ich aus meinem Versteck und mache Blödsinn. Ich fahre Muckel gegen das Bein oder rolle über die frisch gemalten Aquarelle, die sie zum Trocknen auf den Boden gelegt hat. In letzter Zeit malt sie meistens blutrote Herzen, die an einer Stelle auslaufen. Sieht aus, als würden sie ausbluten. Wahrscheinlich ein Sinnbild für ihre überquellende Liebe zu Liam und das Herzblut, das sie seinetwegen vergießt. Eine echt originelle Symbolik, die sie sich da ausgedacht hat! Mit einer dicken Reifenspur der Krabbe sehen die Dinger aus wie überfahrene Organe. Muckel findet das nur halb witzig.

Meine Gefühle zu Liam lebe ich etwas unauffälliger aus. (Wenn man überhaupt von AUSLEBEN reden kann.) Und auch unsere Begegnungen finden fernab der Öffentlichkeit statt:

Wir treffen uns immer sonntags im Altenheim. Da haben wir zwei Pflegefälle zu versorgen. Eigentlich haben beide Pflegefälle Motoren an ihren ultramodernen Rollstühlen. Sie könnten also ganz bequem alleine durch den Park cruisen. Trotzdem ziehen sie es vor, geschoben zu werden.

Bei dem einen Pflegefall handelt es sich um Liams Großmutter. Liam hat also ein Eins-a-Alibi für unsere rein zufälligen Treffen an diesem total romantischen Ort. Mein Alibi ist dagegen ziemlich mickrig. Denn bei meinem Betreuungskandidaten handelt es sich um einen Exkunden meiner Mutter. Die Lügenbaronin hat mal ein Buch über sein Leben geschrieben, das kein Mensch drucken wollte. Ihm hat sie allerdings einen fünfstelligen Betrag dafür abgeknöpft. Ludwig von Malottki heißt der Typ. Ich nenne ihn der Einfachheit halber L. v. M. beziehungsweise »Ellfauem«.

Ellfauem ist ein schwerreicher Spacko, den keiner freiwillig besuchen würde, wenn er nicht gerade auf sein Geld scharf ist. Oder eben, wenn er es auf ein Treffen mit Liam Breitschuh im Altenheimpark abgesehen hat.

Liam müsste eigentlich wissen, dass ich nicht wegen Ellfauem meine Sonntagnachmittage hier verbringe. Er spielt netterweise den Ahnungslosen. Die Sache ist also für sich genommen schon ziemlich peinlich für mich. Und Ellfauems feinfühlige Ratschläge bei unseren Treffen machen die Situation nicht gerade besser.

Hatte ich schon erwähnt, dass ich hochgradig schüchtern bin? Ihr könnt euch vorstellen, dass nach so einem Kracher-Kommentar eine Annäherung an Liam für mich ausgeschlossen ist. Und ich glaube, Liam geht es genauso. Er ist zwar immer echt nett zu mir. Aber wir haben uns noch nie berührt. Kein Quadratzentimeter Hautkontakt. Manchmal wünschte ich, wir wären so Idioten, die sich die Hand geben, wenn sie sich treffen. Das wäre immer noch leidenschaftlicher als das, was Liam und ich praktizieren! Und aus dem Alter, wo man sich gegenseitig schubst, boxt und die Mütze vom Kopf zieht, sind wir leider auch raus. Das heißt, eigentlich wäre ich noch voll in diesem Alter drin. **Ich kann das aber nur bei Leuten, in die ich nicht total verliebt bin.**

Der Fall ist also nicht ganz einfach. Und kaum habe ich mich nach so einem berührungsarmen Sonntagstreffen damit getröstet, dass Liam doch wirklich nett zu mir ist, kommt auch schon der Montagmorgen, und ich muss mit ansehen, wie er in der Schule auch zu ALLEN

ANDEREN total nett ist. Zuallererst zu Muckel, der Mutigen! Muckel ist in Sachen Schüchternheit das komplette Gegenteil von mir. Sie greift zu, wo sie kann. Und sie findet immer einen Grund, um bei Liam zuzugreifen. Oder wenigstens, um ihn zu befingern.

Zur Begrüßung hat sie es sich zum Beispiel angewöhnt, ihn zu umschlingen und ihm links und rechts einen Kuss zu verpassen. Damit das nicht allzu eindeutig rüberkommt, ist sie dazu übergegangen, auch allen anderen Freunden und Freundinnen zur Begrüßung um den Hals zu fallen. Das ist so was von affig, wenn sie morgens um acht in der Klasse so tut, als wären wir Bussi-Tussis aus einem Münchner Café. Aber auch zwischen Begrüßung und Verabschiedung findet Muckel Berührungsgründe.

Ihr Lieblingssatz in dem Zusammenhang: **DU HAST DA WAS!**

Muckel glaubt, dieser Satz berechtige sie zu jeder Art von Aufdringlichkeit. Und während sie am Anfang noch Krümel, Insekten oder andere Phantome benannt hat, die Liam angeblich DA HAT, greift sie inzwischen ganz ohne weitere Erklärungen zu. Wie eine Mutter bei ihrem Baby. Fehlt nur noch, dass sie ihm ein Taschentuch zum Schnäuzen hinhält.

Den Gipfel der Übergriffigkeit leistet sich Muckel heute. An einem dieser verfluchten Montage.

»Ich habe mir einen Friseurkurs bei YouTube angeguckt. Soll ich dir mal die Haare schneiden?«

Zur Unterstützung ihrer Aussage wuschelt sie Liam ein

Mal beherzt durchs Haar. Und Liam lässt sich das – nett, wie er ist – komplett gefallen.

»Okay, wenn du meinst, ich hätte es nötig«, antwortet er und setzt dabei sein nettestes Liam-Grinsen auf.

Sie verabreden sich für morgen Nachmittag. Ich könnte schreiend weglaufen.

Manchmal frage ich mich, ob Muckel wirklich noch meine beste Freundin ist. Immerhin weiß sie, dass auch ich in Liam verliebt bin. **Wie kann sie nur vor meinen Augen so HEMMUNGSLOS RUMBAGGERN?**

Und ich frage mich auch, ob Liam überhaupt irgendein Interesse an mir hat. Denn dann würde er sich doch nicht in meiner Gegenwart so anbaggern lassen!

Oder spinn ich jetzt, und die beiden sind total normal und einfach nur gute Freunde?

Als ich mittags nach Hause komme, sind Mama und Anastasia nicht da. Dafür steht einer von Mamas Kandidaten in der Küche. Der Lähmer. Also mein ehemaliger Klassenlehrer Gottfried Hartkopf-Heiligenhaus. Göttchen brät Bratäpfel. Er ist der Meinung, man solle nur Dinge essen, die die Natur uns freiwillig schenkt. Schrumpelige Äpfel, die vom Baum fallen, passen super in sein Konzept. Dazu gibt es Soja-Vanillesoße. Aber ich will nicht meckern. Die Dinger schmecken köstlich.

»Deine Mutter ist beim Friseur«, erklärt Göttchen.

Ich wette, sie hat später noch ein Date mit dem Blender. Und mittags lässt sie den Lähmer kochen, damit sie abends für den Blender super frisiert ist.

»Ah, beim Friseur! Habt ihr denn heute Abend noch

was Schönes vor?«, frage ich Göttchen, um mal ein bisschen Misstrauen zu sähen. Er zuckt ein paarmal mit seinen hängenden Schultern. »Ich glaube, deine Mutter hat keine Zeit. Mädchenabend oder so was.«

Der Typ kann einem echt leidtun. Er versteht rein gar nichts von Frauen.

Ich verkrümele mich in mein Zimmer und aktiviere die Krabbe. Muckels Mutter (kurz Mu Mu) kommt gerade ins Zimmer. Sie grüßt mich mit einem unsicheren Grinsen, dann will sie, dass »Mu« mich ausstellt. »Ich muss mit Muckel ein Hühnchen rupfen«, sagt sie entschuldigend in meine Richtung.

Muckel tut tatsächlich so, als würde sie mich ausschalten. Aber sie drückt nur auf den Lautstärkeknopf. Jetzt kann ich noch besser hören, was Mu Mu so zu meckern hat. Das finde ich echt großzügig von Muckel in Sachen Offenheit und Ehrlichkeit! Mal sehen, ob sie mich auch anlässt, wenn Liam morgen kommt.

»Wir hätten Paul ruhig mithören lassen können. Sie kann alles von mir wissen«, sagt Mu.

»Ach ja«, antwortet Mu Mu gereizt. »Auch, dass du heimlich zur Frauenärztin gegangen bist? Mit dreizehn Jahren?«

Mu wird knallrot. Das kann ich selbst auf meinem Bildschirm erkennen.

»Heute habe ich die Rechnung bekommen. Beratung zur Schwangerschaftsverhütung. Hast du gedacht, das fällt nicht auf?«, schnaubt Mu Mu.

Mu beugt sich zu mir runter und verfrachtet mich unter das Bett an meine Station.

»Das war doch nur eine harmlose Info-Veranstaltung«, sagt sie. Dann drückt sie meine AUS-Taste. Das heißt, sie glaubt, mich auszuschalten. In Wirklichkeit drückt sie viel zu heftig und zu lange auf den Knopf und bewirkt damit einen Neustart. In wenigen Sekunden bin ich wieder mitten im Geschehen. Vor lauter Aufregung bleibt mir echt die Luft weg. Ist es okay, weiter mitzuhören, wenn Muckel das nicht will?

Eigentlich nicht. Aber es ist auch nicht okay von ihr, in Liebesdingen heimlich aufzurüsten. Und zwar mit vollkommen unverhältnismäßigen Mitteln! Mir wird echt schlecht. Das ist, als wenn sie Atomraketen baut, während ich noch an meinem Pfeil und Bogen schnitze. SCHWANGERSCHAFTSVERHÜTUNG?!

Das ist SO WAS VON NICHT OKAY! Weil sie mich damit total aus dem Rennen kickt. Ich MUSS geradezu mithören, um mich auf ihre gemeinen Tricks vorbereiten zu können!

Und ich bin froh, dass Mu Mu ihr ordentlich die Meinung sagt. »Du willst in deinem Alter mit Verhütungsmitteln anfangen? Du bist dreizehn! Ich glaube, es hackt!«

Ihre Ausdrücke sind seltsam. Aber in der Sache hat Mu Mu recht. Warum macht Mu plötzlich auf komplett frühreif? Diesen Vorsprung an Hemmungslosigkeit werde ich mein ganzes Leben nicht aufholen können. Wenn sie immer zehn Schritte überspringt, dann kann ich gleich einpacken. Jedenfalls, wenn wir denselben Jungsgeschmack behalten.

»Ich habe doch nur gefragt, ob von der Pille eventuell meine Pickel weggehen könnten«, versucht Mu sich rauszureden. Aber Mu Mu fällt nicht drauf rein.

»Diesen einen winzigen Mitesser auf deiner Nase, den kann ich dir auch ohne Pille entfernen!«, schnaubt sie weiter.

Langsam gerät auch Mu in Rage. »Jetzt reg dich doch nicht gleich so auf! Du musst dich nicht wundern, wenn ich dir nichts erzähle. So, wie du drauf bist.«

Das sitzt. Mu Mu macht eine kleine Pause. Dann redet sie etwas gemäßigter weiter.

»Also gut. Warum warst du bei der Ärztin? Hast du einen Freund? Will er vielleicht mehr von dir, als dir guttut?«

Muckel streitet alles ab. »Ich hab keinen Freund, und ich weiß selber, was ich will und was mir guttut. Ich wollte mich nur mal INFORMIEREN! Für SPÄTER!«

Ich wünschte, ich könnte ihr glauben. Und ich hoffe, Muckel meint mit »später« nicht nächste Woche oder so! Ich kann mir gar nicht vorstellen, dass sie Liam wirklich verführen will. Dass sie auch die letzten noch übrig gebliebenen Quadratzentimeter an seinem Körper befingern will. Nach dem »Du hast da was«-Motto.

NICHT AUSZUDENKEN!

Inzwischen geht der häusliche Wahnsinn auch bei uns wieder weiter. Die Lügenbaronin und die Baroness sind aufgeschlagen, haben die Bratäpfel verputzt und den armen Lähmer wieder nach Hause geschickt. Jetzt steht Mama im Schlafzimmer und bereitet sich auf ihren Abendtermin vor: Sie hat sich in einen hautfarbenen Polyesterpanzer gezwängt. Ein bisschen beruhigt mich ihre Kampfunterwäsche. Sieht nicht danach aus, als ob sie es auf Körperkontakt mit dem Blender abgesehen hat!

Anastasia steht währenddessen im Bad und tuscht sich die Wimpern. Oder besser gesagt, sie MILLIONISIERT ihre Wimpern. So hieß es jedenfalls in der Werbung. Meiner Meinung nach ist es unmöglich, die fünf Stummelhärchen meiner Schwester zu millionisieren. Und wenn sie nicht aufpasst, fallen die letzten Exemplare unter der Last der aufgetragenen Tuscheberge auch noch aus. Aber egal.

Ich setze mich auf den Klodeckel und schaue ihr zu.

»Ist es normal, schon mit dreizehn über Sex nachzudenken?«, frage ich Anastasia so beiläufig wie möglich. Meine Schwester guckt mich prüfend an. Dann versucht sie, mit einer Wimpernzange eine Welle in ihre fünf schwer beladenen Stummel zu bringen.

»Die Gedanken sind frei«, meint sie. »Solange man nur darüber nachdenkt, ist doch alles paletti.«

»Aber machen ist doch nicht okay, oder? Ich meine, es in die Tat umsetzen …«, hake ich noch einmal nach.

Anastasia legt die Zange weg und schaut mich an.

»Du willst doch jetzt noch nicht mit Sex anfangen!«, sagt sie streng.

»Nein, ich doch nicht! Ich kenne da nur eine, die es ganz vielleicht in Erwägung zieht«, winke ich ab.

Anastasia hat plötzlich eine ziemlich fette Falte zwischen den Augenbrauen. Ich habe Angst, sie könnte sich ähnlich aufspielen wie Mu Mu.

»Und welche EINE soll das bitte schön sein?«, will sie mit den Händen in der Hüfte wissen.

Dabei kann ich mich noch gut erinnern, wie sie damals bei Mama angekrochen kam und die Pille haben wollte. Okay, sie war fünfzehn. Aber wie ich Anastasia kenne, hat sie sich auf jeden Fall schon mit dreizehn GEDANKEN gemacht.

»Ach, niemand«, winke ich ab. »Kennst du eh nicht. Und war außerdem nur so ein Gerücht.«

Das Gespräch hätte ich mir echt schenken können. Jetzt mache ich mir noch mehr Sorgen als vorher. Vielleicht bin ICH ja auch die Komische bei der ganzen Geschichte. Komplett rückständig. Vielleicht ist es ja auch normal, sich mit dreizehn Gedanken zu machen, um spätestens mit fünfzehn richtig loszulegen. Ich stehe kurz vor einer Panikattacke.

»Was ist denn los mit dir, du bist ja ganz verstört«, meint Anastasia. »Ich sag dir eins: Auf lange Sicht stehen Typen mehr auf Frauen, die nicht schon mit dreizehn bei jedem mitgehen.«

Hä? Langsam drehe ich echt durch. »Darum geht es doch gar nicht! Es geht nicht darum, mit irgendwelchen Typen MITZUGEHEN! Es geht darum, ob man schon mit dreizehn zu so was wie Sex Lust haben kann. Nicht, um Typen zu gefallen. Sondern ganz aus sich selbst heraus!«

Anastasia schüttelt den Kopf. »Oh Mann, erst willst du meinen Rat, und dann weißt du doch wieder alles besser«, sagt sie genervt. Dann muss sie auch schon zu ihrer Bandprobe gehen.

Vielleicht hat meine Schwester ja recht. Vielleicht muss man bei diesem ganzen hoch komplizierten Thema auch noch Imageschäden mit einkalkulieren. Ich will mit dem Ganzen nichts mehr zu tun haben!

Eine Stunde später kommt auch gleich das dicke Ende. Jetzt bin ich mir ganz sicher, dass ich nicht mit der Lügenbaroness hätte reden dürfen.

Habe ich schon erzählt, dass meine Mutter immer alles missversteht? Aber sich unglaublich was drauf einbildet, alles genau zu kapieren? Und dass sie grundsätzlich vom Schlimmsten ausgeht?

Das Ganze kann aber auch ein Trick von ihr sein. Wenn sie krasse Behauptungen aufstellt und das Schlimmste annimmt, ist man schnell versucht, mit der wahren und wesentlich harmloseren Version zu protestieren. Und schon ist man in die Falle getappt. Klingt kompliziert. Aber Mütter *sind* kompliziert.

In diesem Fall will sie wohl, dass ich sage: Nein! Niemand wird bedrängt! Außerdem geht es nicht um mich, sondern um Muckel! Und schon hätte ich alles brav ausgeplaudert.

Aber so blöd bin ich nicht. Jedenfalls nicht mehr!

Das beste Gegenmittel gegen fiese Fragen sind blöde Gegenfragen.

»Hat Anastasia das behauptet?«, frage ich empört.

Darauf fällt Mama allerdings auch nicht (mehr) rein. In letzter Zeit lässt sie Gegenfragen eiskalt an sich abperlen.

»Paul, sag mir einfach, was los ist. Ich muss das wissen. Ich bin schließlich deine Mutter!«

Ich erkläre Mama, dass Anastasia alles missverstanden hat. Weil sie nämlich eine verkorkste Phantasie besitzt. Und dass ein Mädchen aus meiner Klasse bei der Frauenärztin war.

»Das ist alles. Daraus hat sich Anastasia wieder ihre eigene Geschichte gestrickt!«, sage ich mit rollenden Augen.

Innerlich muss ich ein bisschen lachen. Weil ich mir sicher bin, dass Mama mindestens so viel an der Geschichte weitergestrickt hat wie Anastasia. Aber das kann sie jetzt natürlich nicht zugeben.

»Sollen wir auch mal zur Frauenärztin gehen?«, fragt Mama immer noch misstrauisch. »Vielleicht ist das eine gute Idee. Schließlich bist du kein Kind mehr.«

Was ist das jetzt wieder für eine Logik?! Keine zehn Pferde kriegen mich auf so einen Stuhl, auf dem man ohne Unterhose und vor Publikum eine Halbkerze mit gespreizten Beinen machen soll.

Ich finde, eine Magenspiegelung oder Darmspülung ist nichts dagegen!

03

ALS ICH MUCKEL am nächsten Tag in der Schule treffe, erstarre ich unter ihrer morgendlichen Umarmung. Sie ist mir so fremd wie noch nie in meinem Leben.

»Sorry, dass ich dich gestern doch noch ausknipsen musste«, sagt sie mit mitleidiger Miene. »Meine Mutter hatte mich echt auf dem falschen Fuß erwischt. Und ich dachte, am Ende verstehst du auch alles falsch. Ich dachte, ich erkläre lieber jedem einzeln, was da los war.«

Ich sage zu Muckel, dass sie mir keine Erklärung schuldig ist. Und dass schließlich jeder machen kann, was er will. Ich hoffe, sie weiß, dass ich das ironisch meine!

Und Muckel erklärt mir (äußerst umständlich), warum sie den Arztbesuch nicht mit mir abgesprochen hat. »Ich wollte es dir längst sagen, äh, ehm, hatte keine richtige Gelegenheit, alles voll peinlich …«

»Aber wofür brauchst du ein Verhütungsmittel?«, unterbreche ich sie.

Da gerät sie noch mehr ins Stottern. Sie behauptet, dass sie wegen etwas ganz anderem bei dieser Ärztin war.

»Du weißt doch, ich hatte doch mal so einen XXL-Tampon von meiner Mutter erwischt. Und ich hatte

Angst, ich hätte mich damit – du weißt schon –, ich hätte das Ding zu tief …«

»Du wolltest untersuchen lassen, ob du dich mit einem Tampon entjungfert hast?«, frage ich Muckel fassungslos.

»Pssst«, zischt sie. »Ich weiß, das klingt oberpeinlich. Und weil dieses Problem keine Sache ist, die die Krankenkasse zahlt, hat die Ärztin einfach eine Verhütungsberatung draus gemacht«, flüstert sie.

»Ganz ohne dich beraten zu haben?«

Muckel zupft an ihrem rechten Nasenflügel. »Doch, sie hat mich auch ein bisschen beraten«, gibt sie zu. »Weil ich schon mal da war. Dann brauche ich, wenn es mal so weit ist, nicht noch mal anzureisen.«

ANZUREISEN? Die Praxis ist ungefähr drei Schritte von Muckels Haus entfernt. Sie kommt jeden Morgen auf dem Schulweg dran vorbei.

Ich weiß nicht, ob ich Muckel glauben soll. Ich würde ja gerne. Aber sie wirkt auf einmal so ANDERS!

Auch alle anderen Mädchen in meiner Klasse sind mir plötzlich fremd. Daphne Oberwinter zum Beispiel. Die ihre Brüste grundsätzlich in zu kleine BHs quetscht. Damit sie oben aus dem Ausschnitt rausquellen wie zwei Muffins aus ihren Papierkrempen. Selbst wenn sie Pickel auf dem Busen hat, presst sie sie mit Gewalt in die Öffentlichkeit. Die Pickel werden mit einem Abdeckstift in Gelb-Beige überpinselt. Das ist doch ekelhaft! Warum macht sie das? Daphne ist noch nicht mal doof. Sie ist sogar ein Mathegenie. Man muss also davon ausgehen, dass sie weiß, was sie tut. Hat sie etwa auch schon

GEDANKEN? War sie etwa auch schon mal bei einer Frauenärztin? Oder gar bei einem Frauenarzt?!

Ich traue mich gar nicht weiter in der Klasse umherzublicken. Was, wenn mir plötzlich jeder suspekt wird. All meine alten Freunde und Klassenkameraden haben **GANZ ANDERE GEDANKEN** als ich! Vielleicht werde ich paranoid. Ich muss mich unbedingt ablenken. Um mich nicht mit Muckel und ihrem »Thema« weiter befassen zu müssen, verbringe ich die halbe Pause auf dem Klo und sortiere die Songs auf meinem Handy. Mindestens jeder zweite Song handelt von Liebe. Super Ablenkung! Den Rest der Pause stelle ich mich bei unserer Schulcafeteria an, obwohl ich gar kein Geld dabeihabe. Aber man kann sicher sein, dass die Schlange bis zum Schellen nicht abgearbeitet sein wird.

Wie soll ich nur diesen Tag rumkriegen? Diese Woche? Dieses ganze Leben? Muckel und Liam sind zwar weiterhin nett zu mir, aber ich hege die düstersten Gedanken gegen sie. Und heute Nachmittag treffen sich die beiden auch noch zum Haareschneiden. Das Schlimme ist: Ich kann das Ganze mit anhören. Denn Muckel hat die Krabbe nach dem Streit mit Mu Mu nicht wieder hervorgeholt. Das heißt, sie muss davon ausgehen, dass das Ding noch ausgeschaltet ist und sie sich ganz unbeobachtet an Liams Haaren vergreifen kann.

Um Punkt drei sitze ich vor meinem Laptop und habe den Ton auf Anschlag hochgedreht. Neben mir liegt eine Packung pflanzlicher Beruhigungsmittel, die meine Mutter noch aus ihrer Singlezeit übrig hatte. Damals hat sie ganze Familienpackungen davon verschlungen.

Ich habe die Tabletten schon aus ihrem Alufolienhäutchen gedrückt, weil ich beim Spionieren keine Geräusche machen darf. Und prompt musste ich wieder an »Entjungferung« denken. Ganz gegen meinen Willen habe ich jetzt auch GEDANKEN. Aber echt nicht freiwillig!

Im Moment höre ich nur hektische Schritte in Muckels Zimmer. Und hektisches Rascheln. Ich bin mir sicher, sie zieht sich fünfmal um, bevor Liam kommt. Dann macht sie ein bisschen chillige Musik an. Es ist komisch, das Ganze als Hörspiel vorgeführt zu bekommen. Als hätte jemand beim Fernseher das Bild abgestellt.

Muckel übt sogar das Hi-Sagen in verschiedenen Tonlagen.

Hi, schön, dass du gekommen bist.

Hi, wie geht's?

Hi, sollen wir gleich loslegen?

Bei »loslegen« stockt mir schon wieder der Atem.

Als es dann endlich an der Tür klopft, klingt allerdings alles ganz harmlos.

Er: »Hey, Ssimonn.« (Liam spricht ihren neuen Namen tatsächlich französisch aus! Das hat er noch nie getan!) »Cooles Zimmer hast du.«

Sie: »Echt, findest du?«

Er: »Hier sitzt du also immer mit deinen Freundinnen, und ihr macht irgendwelche Sachen.«

Sie: »Was für Sachen meinst du?«

Er: »Na ja, keine Ahnung. So Mädchensachen halt. Haare schneiden und rumalbern und so.«

Muckel sagt nichts dazu. Sie schnippt nur mit der Schere.

»Kann's losgehen?«

Liam willigt ein, und eine Weile ist es still. Doch dann sagt er plötzlich wie aus heiterem Himmel: »Was macht Paulina denn heute? Kommt sie auch?«

Wie nett von ihm!

Aber Muckel will nichts davon wissen. »Nee, sie wollte, glaube ich, lieber für sich sein. Sie ist ein bisschen eigenbrötlerisch in letzter Zeit.«

So eine Frechheit! Ich war nicht mal eingeladen!

»Was hat sie denn?«, will Liam wissen. Mir bleibt fast das Herz stehen, und ich greife so lautlos wie möglich nach meinen Pillen. Allerdings habe ich vergessen, ein Glas Wasser danebenzustellen. Darum muss ich die Dinger jetzt trocken runterwürgen.

Muckel macht eine kleine Pause. Dann nuschelt sie ein »Weiß auch nicht«.

»Vielleicht hat sie ja einen Freund?«, meint Liam.

Ich stehe kurz vor einem Herzinfarkt oder wenigstens einem Hustenanfall.

Aber ich muss unbedingt noch Muckels Antwort abwarten. Und die ist echt der Hammer!

»Ich glaube, Paul ist noch nicht so weit. Sie findet zwar manchmal jemanden nett, aber wehe, der kommt ihr zu nahe. Buaahhhh. Da kriegt sie sofort Panik. Sie ist eher noch in der Anhimmelphase.«

Ausgerechnet jetzt lässt sich der Hustenanfall nicht mehr zurückhalten. Ich renne aus dem Zimmer und trinke ein paar Schlucke direkt aus dem Wasserhahn, bis sich die Tablette in meiner Speiseröhre endlich Richtung Magen bewegt. Als ich wieder zurückkomme, sehe ich folgendes Bild auf meinem Bildschirm:

Muckel muss meinen Husten gehört und mich unter dem Bett hervorgezerrt haben. Und sie sieht aus, als würde sie mich jeden Moment gegen die Wand schmeißen.

»Was soll das, ich wohne hier!«, fauche ich sie an. »Angeblich haben wir keine Geheimnisse voreinander!«

So wie meine Speiseröhre gerät plötzlich auch die Wutabteilung in meinem Gehirn außer Kontrolle.

»Was fällt dir ein, mich eigenbrötlerisch zu nennen?! Was fällt dir ein, zu behaupten, ich wäre zu ängstlich für einen Freund?! Nur weil ich nicht vor jedem Treffen mit einem Jungen zum Frauenarzt renne, so wie du?!«

Muckel versucht, mir den Lautsprecher zuzuhalten und mich zu übertönen. Aber ich glaube, die wichtigsten Botschaften sind zu Liam durchgedrungen. Der sieht allerdings aus, als würde er gerade GAR NICHTS kapieren.

»Du bist so krank!«, faucht Muckel. »Du warst die längste Zeit meine Mitbewohnerin. Und auch meine Freundin.«

Dann lässt sie mich auf den Boden fallen. Das Bild fällt aus, aber wenige Sekunden später ist es plötzlich wieder da.

»Wer hat da gesprochen? Was machst du da?«, höre ich Liam fragen.

»Das ist Paul. Dieses Schrottteil hier ist mit ihrem Computer verbunden. Und sie hat uns heimlich belauscht!«, erklärt sie.

Dann guckt Muckel wieder mit wahnsinnigem Blick in die Kamera. »Selbst schuld, wenn man beim Lauschen ein paar unangenehme Wahrheiten über sich erfährt!«

Sie kriecht unter das Bett und reißt meine Dockingstation aus der Steckdose. »Aber das ist kein Grund, hier so krasse Lügen über mich zu verbreiten. Du bist ja nur eifersüchtig!«, schnaubt sie weiter ins Krabben-Mikro.

Muckel nimmt mich wieder hoch – samt meiner Station. Jetzt sehe ich Liam, der weiterhin GAR NICHTS checkt.

»Was, das soll Paulina sein? Und sie hat alles gehört, was wir ...«

»Ja, genau! Das hier ist Miss Krassikowski. Meine verlogene Exfreundin. Und die werfe ich jetzt auf den Müll.«

Muckel ist außer sich. Sie stürzt mit mir aus der Wohnung, rast die Treppen runter und rennt auf die Straße.

»Muckel, spinnst du? Du hattest das Ding aus Versehen angelassen. Du hast gesagt, wir hätten keine Geheimnisse. Und dann hast du echt fiese Sachen über mich erzählt. Und zwar dem Jungen, in den ich zufällig total verknallt bin. ICH sollte sauer auf DICH sein! Ich sollte dich auf den Müll werfen und nicht umgekehrt.«

Ich habe das Gefühl, Muckel hört mir gar nicht mehr zu.

»So, liebe Freundin. Ich werde dich jetzt lebendig begraben« sind ihre letzten Worte. Es gibt ein Krachen, eine Bildstörung, und als ich wieder scharf sehen kann, befinde ich mich hier:

Ich versuche, aus dem schlimmsten Dreck rauszukrabbeln, aber ich versinke nur noch mehr. Ist das ekelhaft! Es bleibt mir nichts anderes übrig, als mein verlängertes Auge eigenhändig retten zu gehen. Also stürze ich aus der Wohnung und renne, so schnell ich kann, zum Friesenwall. Neben Muckels Haus stehen drei fette grüne Müllcontainer. Es ist ein Mehrfamilienhaus, und ich kann den Müll von ungefähr zwanzig Familien durchwühlen. Die meisten von ihnen besitzen Katzenklos oder haben Wickelkinder!

Hätte ich doch meinen Laptop mitgebracht. Dann könnte ich mein Krabben-Ich wenigstens um Hilfe schreien lassen. Und mein wahres Ich könnte es hören und müsste nicht noch die falschen Durchfallwindeln beiseiteschaufeln.

Ich ackere mich tatsächlich durch alle drei Tonnen, aber von der Krabbe gibt es keine Spur. Wie kann das sein? Hat die schreckliche Muckel mich vielleicht in einen ganz anderen Container geschmissen? Damit ich mich selbst nie wiederfinde? Dreimal fange ich sogar an zu heulen. Das erste Mal, weil ich meine beste Freundin verloren habe. Das zweite Mal, weil die Krabbe eigentlich bei meinem allerliebsten Vater wohnen sollte und stattdessen bald auf einem Müllberg hausen wird. Und das dritte Mal, weil ich mich an einer Dose Katzenfutter schneide.

Heulend gehe ich nach Hause und stelle mich unter die Dusche. Dort vermischen sich die Tränen, der Dreck und die Blutstropfen mit dem mickrigen Strahl aus unserer Tröpfelleitung. Da fange ich gleich noch mehr an zu heulen.

Zu allem Überfluss habe ich auch noch vergessen, die Tür abzuschließen. Und darum steht plötzlich Anastasia mit riesigen Kuhaugen im Bad und starrt mich an. »Was ist nur los mit dir?«, will sie wissen.

Wahrscheinlich denkt sie sich gerade wieder eine Sexgeschichte über mich aus. In ihrer Phantasie bin ich bestimmt schon schwanger!

»Mir geht's schlecht, weil keiner auf dieser Welt mich versteht«, schniefe ich. »Du am allerwenigsten. Und darum verzieh dich!«

Anastasia bleibt bewegungslos stehen, so als würde ich eine Vorführung geben und sie auf eine Zugabe warten. Die soll sie haben.

»Hast du nicht gehört? Du sollst dich verziehen! Ich kann dich nicht gebrauchen! Weil ich ANDERS bin als du. Und als alle anderen. Ich bin so was von anders, das kannst du dir gar nicht vorstellen!«

Anastasia dreht sich wortlos um und geht zur Tür. Bevor sie weg ist, ruft sie mir noch ein »Nur weil du jetzt Sex hast, braucht du nicht gleich durchzudrehen!« zu.

Sag ich doch, kein Mensch versteht mich!

Als ich wieder einigermaßen sauber bin und auch den Müllgeruch nicht mehr in der Nase habe, setze ich mich an den Computer und versuche, die Krabbe zu aktivieren. Aber der Akku ist leer. Na toll! Sie ist also bereits ins Koma gefallen. Und ich kann nichts für sie tun. Noch nicht mal die Müllmänner warnen, wenn sie mich in ihren Wagen werfen. Zu dem Müll von tausend anderen Baby- und Katzenklobesitzern.

Mit Todesverachtung wähle ich Muckels Nummer. Die soll mir das Ding gefälligst wiederbesorgen. Aber Muckel geht nicht dran. Wahrscheinlich hat sie keine Zeit, weil sie schon wieder im »Du hast da was«-Modus ist. Meinetwegen. Ich will sowieso nie wieder mit ihr sprechen. Und mit Liam auch nicht. Der muss ja jetzt denken, ich bin eine Mischung aus verklemmt, verlogen und total irre. Jedenfalls, wenn er Muckels Erklärungen glaubt. Meinetwegen kann Muckel Liam haben. Und ich streiche das Thema Jungs einfach aus meinem Leben. Am liebsten würde ich die beiden nie wieder sehen. Vielleicht sollte ich wirklich zu meinem Vater ziehen. Und zwar so richtig – mit Haut und Haaren. Dann könnte ich eine Klasse wiederholen und wäre garantiert nur noch mit ganz und gar **GEDANKENFREIEN** Menschen zusammen.

Am nächsten Morgen erkläre ich Mama, dass ich gemobbt werde und nicht mehr zur Schule gehen will. Natürlich geht sie mal wieder gar nicht auf mich ein. Sie drückt mir ein Pausenbrot in die Hand und schiebt mich damit ins Treppenhaus. »Ich werde mit Göttchen reden, dass er da mal ein bisschen für Ordnung sorgt in seiner ehemaligen Schule«, sagt sie. Und dann hat sie auch schon die Tür hinter mir zugemacht, und ich befinde mich im eisigen Treppenhaus. Ich hatte noch nicht mal Zeit, mir Schal und Handschuhe anzuziehen.

Auf dem Schulweg tippe ich mit meinen Eisfingern Mamas Nummer in mein Handy.

»Vielleicht ziehe ich zu Papa«, sage ich. »Der würde sich wenigstens um mich kümmern.« Mama kreischt vor Lachen. »Papa und sich kümmern …« Dann wird sie wieder ernst. »Hat das alles schon wieder mit dieser Sexsache zu tun? Was ist denn da um Gottes willen vorgefallen?«

»Nein, verdammt, es hat nichts mit Sex zu tun!«, brülle ich in den Hörer. »Ich habe Stress mit Muckel. Stress für immer. Und dir fällt nichts anderes ein, als den Lähmer in der Schule vorbeizuschicken. Du wolltest nicht mal wissen, worum es überhaupt geht!«

Es tut mir ein bisschen leid, dass ich Göttchen jetzt auch »Lähmer« genannt habe. Dabei ist er ja eigentlich mein Favorit. Jedenfalls bei der miesen Auswahl, die die Lügenbaronin gerade am Start hat. Mama macht eine kleine Pause. Dann beginnt sie zu lachen. »Du wirst von Moppel gemobbt?«, gluckst sie. »Das soll ja wohl ein Witz sein.«

»Muckel, meine beste Freundin heißt Muckel!«

»Ich weiß!«, versucht Mama mich zu beruhigen. »Aber nimm doch nicht immer alles so tragisch. Das Leben wird noch andere blöde Überraschungen für dich bereithalten. Wenn du jedes Mal deswegen umziehen willst, solltest du am besten in einem Wohnwagen leben!«

Sehr witzig.

In der Schule überlege ich allen Ernstes, ob ich nicht die Direktorin aufsuchen soll, um sie zu bitten, mich in die Parallelklasse zu versetzen. Aber dann schleiche ich doch in meine Klasse und setze mich auf meinen Platz. Der ist übrigens genau zwischen Muckel und Daphne Oberwinter mit dem Muffinbusen. Wenigstens brauche ich nach unserem Streit Muckels affige Begrüßungszeremonie nicht mehr über mich ergehen zu lassen. Kurz nachdem ich mich gesetzt habe, springt Muckel auf. Liam hat den Klassenraum betreten und wird von ihr in Empfang genommen, als wären sie Zwillinge, die man nach der Geburt getrennt hat und die sich heute zum ersten Mal wiedersehen.

Muckel und ich reden bis zur großen Pause kein Wort miteinander. Dafür redet Muckel über meinen Kopf hinweg mit Daphne. Sie verabreden sich für die Pause zum Hausaufgabenabschreiben.

»Brauchst du auch was?«, fragt Hausaufgabengenie Daphne. Klar könnte ich einiges gebrauchen. Und eigentlich bin ich auch mit Daphne mehr »befreundet« als Muckel. Umso mieser von Muckel, sie nach unserer Trennung gleich in Beschlag zu nehmen. »Danke, hab alles«, behaupte ich.

Damit ich nicht ganz alleine die Pause verbringen muss, schließe ich mich Kim und Bella an. Die beiden

stellen keine blöden Fragen, und sie können immer jemanden gebrauchen. Früher brauchten sie Statisten, die sich beim Gummitwist reinstellen. Heute brauchen sie jemanden, der beim Rauchen Schmiere steht. Ihr neues Hobby: Auf der Jungstoilette rauchen. Angeblich ist da der Kitzel größer. Sie schreiben sogar Jungsnamen auf die Zigaretten.

Eigentlich ist alleine Schmierestehen vor der Jungstoilette noch blöder als alleine auf dem Schulhof stehen. Das sehen sogar Kim und Bella ein. Darum winken sie mich in ihre Kabine und bieten mir auch eine Zigarette an. »Muss auch ohne Aufpasser gehen!«, meint Kim.

Sie haben tatsächlich pastellfarbene Zigaretten. Das Päckchen sieht aus wie eine Packung Buntstifte.

»Kosten fünfzig Cent das Stück«, behauptet Bella und bietet mir eine an.

Dass ich Nichtraucherin bin, lassen die beiden nicht gelten. »Fackel einfach eine ab. Musst ja nur zum Anzünden dran ziehen. Hauptsache, der richtige Name steht drauf!«

Kim reicht mir einen goldenen Lackstift. »Wir gucken auch nicht hin, wen du draufschreibst.«

Es fällt mir echt schwer, *Liam* auf die Zigarette zu schreiben. Und noch schwerer fällt es mir, das Ding in Brand zu setzen. Ich ziehe ein Mal und bekomme den zu erwartenden Hustenanfall, über den sich Bella und Kim kaputtlachen, als wäre es ein Premiumwitz.

Klar wollen sie dann doch wissen, wen ich auf die Kippe draufgeschrieben habe. Es entsteht ein richtiges kleines Gerangel. In meiner Not ziehe noch mal an der Zigarette, um *Liam* in Luft aufzulösen, bevor die beiden Hyänen ihn entziffert haben. Denn es gibt niemanden, bei dem ein Geheimnis schlechter aufgehoben ist als bei Kim und Bella! Weil sie nicht gerade die Beliebtesten in der Klasse sind, protzen sie mit jeder Information, die sie ergattern können. Nur um ein bisschen Aufmerksamkeit zu bekommen. Je geheimer, desto besser.

Es folgt der zweite Hustenanfall, begleitet von einer kleinen Platzangstattacke, sodass ich die Kabinentür aufreiße und mit der brennenden rosa Zigarette hinausstürze. Ich renne an zwei pinkelnden Jungs aus der Fünften vorbei direkt in die Arme von unserem Mathelehrer Herrn Adams.

»Junge Frau, nicht so eilig«, empfängt er mich und nimmt mir die immer noch qualmende Kippe ab. Vorsichtig lässt er im Waschbecken ein bisschen Wasser drüberlaufen, sodass sie mit einem Zischen ausgeht. Und zwar, ganz kurz BEVOR der goldene Schriftzug sich in Luft aufgelöst hat. Dann »begleitet« mich Herr Adams noch bis zu unserer neuen Klassenlehrerin Frau Kolz, die bereits im

Klassenraum ist. Genauso wie die meisten meiner Mitschüler, inklusive Muckel, Daphne und Liam. Selbst Bella und Kim trudeln gerade ein. Sie werfen mir einen gespielt mitleidsvollen Blick zu, als Frau Kolz die feuchte Kippe entgegennimmt, sie ein Mal genüsslich zwischen den Fingern hin und her dreht und dann verkündet: »Eine zartrosafarbene Zigarette, die auf den Namen Liam hört.«

Sie macht eine kleine Kunstpause, bevor sie fortfährt: »Paulina Krass beweist auch bei ihren Verstößen gegen die Hausordnung Stil! Aber warum hat sie den goldenen Liam auf der Herrentoilette geraucht? Zumal sie laut Herrn Adams' Aussage keine geübte Raucherin sein soll. Es war doch nicht etwa ihre erste Zigarette?«

Jetzt schaut Frau Kolz mich zum ersten Mal direkt an. Sie blickt so verächtlich aus ihren winzigen Habichtaugen, dass ich wünschte, Göttchen wäre unser Klassenlehrer geblieben.

Die Klasse brüllt vor Lachen. Ich wusste, dass Frau Kolz die Sache an die große Glocke hängen würde. Warum kann sie einen nicht einfach still und heimlich bestrafen? Das wäre mal fair!

Liam wirft mir einen irritierten Blick zu. Und Muckel spricht nun doch mit mir. Und zwar genau einen einzigen Satz: »Du bist so was von krank!«

MEIN ELEND IST UNERMESSLICH!

Mittags hat Mama Pfannkuchen gebacken. Es riecht köstlich. Mamas Pfannkuchen sind so etwas Ähnliches wie die Billigblumen vom Blender: Wenn sie mit den Dingern ankommt, kann man sicher sein, dass sie irgendetwas verbockt hat. Oder dass sie etwas von einem will. Aber man weiß auch, dass man in jedem Fall mehr dafür verdient hätte als ein paar lächerliche Pfannkuchen.

»Du hast echt Angst, dass ich zu Papa ziehen will!«, sage ich mit vollem Mund. »Dabei dachte ich, du wärst froh, mich los zu sein!«

Mama guckt mich verständnislos an. »Wie kommst du denn darauf?«

Ich deute mit der Gabel auf den Pfannkuchen vor mir.

»Ach sooo!« Sie grinst. Offenbar macht es ihr nichts aus, bei ihren Spielchen ertappt zu werden.

Erst jetzt fällt mir auf, dass ihr »Wie kommst du denn darauf« total schwammig formuliert war. Hat sie etwa KEINE ANGST, dass ich zu Papa ziehe, oder ist sie einfach nur NICHT FROH, wenn ich weggehe? Beide Aussagen sind genau genommen keine ECHTEN Liebeserklärungen.

Aber ich habe heute keine Kraft, darauf rumzureiten.

Als könnte Mama meine Gedanken lesen, setzt sie noch ein »Du wolltest doch nicht wirklich zu Papa« nach. Dann erst kommt sie zu ihrem eigentlichen Anliegen.

»Ich wollte dich um einen ganz kleinen Gefallen bitten.«

Hatte ich also recht. Man bekommt in dieser Familie nichts geschenkt. Nicht mal ein ganz normales Mittagessen gibt es umsonst! Meine Mutter hat gar keinen Gedanken daran verschwendet, ich könnte zu Papa durchbrennen. Dafür hat sie sich allerdings Gedanken gemacht, wie sie mich INSTRUMENTALISIEREN kann.

»Du gehst doch sonntags immer zu diesem Rollstuhlfahrer – du weißt schon, Ludwig von Malottki. Und ich brauche dringend einen neuen Job!«

Ich ahne schon, was jetzt kommt. Mama will, dass ich ein bisschen Werbung für sie mache. Und zwar in diesem Heim für Schwerstreiche. Damit noch ein zweites armes Opfer auf ihre Bestsellermasche reinfällt. Als hätte es sich nicht schon rumgesprochen, dass kein Verlag die Biografie des aufregenden Ludwig haben wollte.

Ich habe recht. Mama bietet mir sogar Prozente an, wenn ich ihr einen »Deal« verschaffe.

»Ich gehe da sowieso nicht mehr hin«, sage ich schnell.

In dem Moment wird unser Gespräch von Mozarts *Zauberflöte* unterbrochen. Mama stellt ständig neue Klingeltöne ein. Seit sie mal gelesen hat, von Mozart-Musik würden Menschen besser denken, Blumen besser wachsen und Kühe mehr Milch geben, werden wir aus allen Quellen damit beschallt.

Sie geht dran, und an ihrem Gesichtsausdruck kann ich schon sehen, dass irgendetwas gar nicht in Ordnung ist.

War ja klar, dass Frau Kolz noch mal nachtreten würde!

Ich bekomme zur Strafe den ganzen Nachmittag Hausarrest und gehe in mein Zimmer. In alter Gewohnheit mache ich den Computer an und öffne mein verlängertes Auge. Vielleicht hat sich der Krabben-Akku ja über Nacht ein bisschen bekrabbelt, und ich kann noch einen letzten Blick ergattern.

Eigentlich rechne ich mit gar nichts, also mit einem Bild, so rabenschwarz wie dieser ganze Tag. Aber zu meinem Erstaunen ist der Akku wieder voll! Und die Krabbe befindet sich nicht etwa auf einem Müllberg, sondern in einem gemütlichen Krabben-Zuhause. Jemand hat sie gerettet und ihr eine Art Apartment gebaut. Mit lustigen Postkarten an den Wänden und einem Spongebob-Kissen. Es gibt sogar einen alten Laptop, auf dem eine Spongebob-DVD ohne Ton läuft. Ich fahre ganz aufgeregt wie Mr Krabs in meinem neuen Zuhause hin und her. Aber leider gibt es nirgendwo einen Ausgang. Die Wände sind zu hoch, um einen Blick nach draußen zu ergattern. Über mir scheint zwar viel Platz zu sein, aber man sieht nichts anderes als eine weiße Decke.

Bin ich gekidnappt worden? Wie aufregend! In meinem neuen Zuhause ist sogar die Dockingstation angebracht. Ich kann mich also jederzeit aufladen. Ob ein Kind mich im Müll gefunden und mir diese kleine Puppenstube eingerichtet hat? Ich rufe ein paarmal »Hallo!«. Aber niemand rührt sich. Dann flattert ein Papier von oben in meine Wohnung. Darauf steht nur ein einziges Wort in großen schwarzen Buchstaben: **MAIL**.

»Wer ist denn da?«, rufe ich weiter. »Was soll das, MAIL? Soll ich dir mailen? Ich hab doch gar nicht deine Adresse!«

In diesem Augenblick höre ich plötzlich Schritte und das Knarren einer Tür. Dann rumpelt es. Über mir verschwindet das Licht, als würde ein Flachdach über mein Apartment geschoben.

Außer dem Spongebob-Film kann ich gar nichts mehr erkennen. Und hören kann ich auch kaum etwas. Ganz entfernt sind Stimmen zu erahnen. Ein Mann und eine Frau, schätze ich. Aber es ist unmöglich, auch nur ein Wort zu verstehen.

Ich lasse den Computer bis zum Schlafengehen an, aber nichts passiert mehr. Nachdem der Film zu Ende ist, wird es auf meinem Bildschirm stockdunkel.

Natürlich checke ich alle paar Minuten meine Mails. Aber außer einer Facebook-Anfrage von einem Fünftklässler gibt es keine Nachricht. Ich glaube, es handelt sich um einen der beiden Pinkler, die mit angesehen haben, wie ich mit der rosa Zigarette aus dem Jungsklo gestürzt bin.

04

MEIN LEBEN als Unverstandene ist die Hölle. In der Schule hängt Muckel jede freie Sekunde mit Liam zusammen. Und Daphne dackelt den beiden auch noch hinterher. Wahrscheinlich ist sie ebenfalls in Liam verknallt und hofft, dass bei dem ganzen Hinterhergedackel ein kleines bisschen Sympathie für sie abfällt. Hätten Muckel und ich uns nicht zerstritten, hätte ich jetzt wohl Daphnes Rolle. Wie blöde das von außen aussieht! Fast bin ich dankbar, dass mir das erspart bleibt.

Ich verordne mir ein ganz strenges Entliebungsprogramm. Eine Art Nulldiät in Bezug auf Liam-Gedanken. Ich gucke ihn einfach nicht mehr an, und immer wenn irgend so ein Sehnsuchtsgefühl aufkommen will, zwinge ich mich, ein ziemlich abturnendes und durch und durch unromantisches Gedicht von Erich Kästner vor mich hin zu murmeln. Das fängt so an:

Als sie einander acht Jahre kannten
(und man darf sagen, sie kannten sich gut),
Kam ihre Liebe plötzlich abhanden
Wie anderen Leuten ein Stock oder Hut.

Danach habe ich echt keine Lust mehr, über Liam nachzudenken.

Übrigens haben Kim und Bella ein schrecklich schlechtes Gewissen wegen der Zigarettenaktion. Dabei hätte ich ihnen so was wie ein Gewissen gar nicht zugetraut. Sie scharwenzeln ständig um mich herum und haben es auf eine Wiedergutmachung abgesehen.

Zu Hause ist das Leben als Sonderling auch nicht viel besser. Meine Schwester hält mich für undankbar, weil ich ihre tollen Tipps nicht gewürdigt habe. Und weil ich noch nicht mal zugebe, was mit mir los ist, obwohl sie es ihrer Meinung nach doch längst erraten hat.

Und meine Mutter ist auch keine Hilfe. Sie ist mit ihrem Blender-versus-Lähmer-Programm so sehr beschäftigt, dass sie meine Probleme glatt vergessen hat.

Es ist gerade Sonntagvormittag, und der Blender hat zum ersten Mal bei uns übernachtet. Damit hat wohl keiner gerechnet. Nicht mal die Lügenbaronin selbst. Weil sie nämlich schon mittags Blenders Gegenspieler eingeladen hat. Göttchen will uns einen Hackbraten aus Sojagranulat »zaubern«. (Das Zeug sieht aus wie Katzenstreu.)

Um elf schleicht Mama sich in mein Zimmer. Gerade als ich folgende SMS von Liam bekomme:

Kommst du ins A-Heim?

»Paul, du musst mir helfen«, flüstert Mama. »Ich kann Bernd jetzt unmöglich wecken und rausschmeißen.«

(Gemeint ist Bernd der Blender!) »Und um zwölf kommt schon Göttchen!«

Mama macht ein zerknirschtes Bitte-bitte-Gesicht. Und dann kommt auch schon ihre Bitte. So eine echt abgedrehte Mama-Bitte: »Paul, kannst du Göttchen nicht unten vor der Tür abfangen? Und ihm sagen, dass ich Migräne habe? Den Anfall meines Lebens? Dass ich sogar die Klingel ausstellen musste, weil mir bei jedem kleinsten Geräusch der Kopf zerspringt?«

Ich gucke Mama fassungslos an.

»Komm, bitte, lass mich jetzt nicht hängen. Du kommst doch mit Göttchen ganz gut klar – im Gegensatz zu Anastasia.«

Mama gibt mir einen Kuss, dann rauscht sie mit wehendem Morgenmantel ab.

Das ist wieder typisch. Erst stellt sie die absurdesten Forderungen der Welt, und dann wartet sie noch nicht mal, bis man einwilligt. Sie geht einfach davon aus, dass alles paletti ist, nur weil man zu schockiert war, um auf der Stelle zu protestieren.

Eigentlich mache ich mich nur auf den Weg, weil Göttchen mir leidtut. Aber ich komme nicht weit. Schon als ich die Wohnungstür aufmache, steht er mit einem Korb voller Gemüse vor mir und strahlt mich an. »Unten war offen«, meint er. »Ich wollte gerade klingeln.«

Ich bin irgendwie nicht cool genug, um ihn einfach reingehen zu lassen. Darum hampele ich blöde vor ihm rum und stottere die Ausreden der Lügenbaronin vor mich hin. Aber es nutzt nichts, denn das Schicksal ist (wie ich) wohl der Ansicht, dass Verlogenheit bestraft werden muss. Und darum lässt der Gott der Wahrheit den nichts ahnenden Blender plötzlich in Versace-Unterhose aus dem Schlafzimmer meiner Mutter herauskommen. Ist ja klar, dass die Sache erst mal übel auf mich zurückfällt.

»Ach ja, sie hat Migräne«, knurrt Göttchen mich an. »Würde mich nicht wundern, wenn sie die von diesem Affen da bekommen hat.«

Der Blender ist wohl zu müde, um dem armen Göttchen direkt eine reinzuhauen. Er straft ihn nur mit einem Brutalo-Blick aus seinen blauen Blender-Augen. Wahrscheinlich hält er meinen Ex-Klassenlehrer ohnehin nur für einen durchgeknallten Gemüselieferanten.

Dann verschwindet er im Bad.

»Mama hat gesagt, sie hätte Migräne. Ich wusste nicht, dass sie …«, versuche ich mich zu verteidigen. Ohne meinen Worten irgendwelche Beachtung zu schenken, marschiert Göttchen zum Badezimmer. Er reißt die Tür auf und zerrt den Blender mit heruntergelassener Versace-Unterhose von der Kloschüssel.

Das hätte er lieber nicht machen sollen. Denn natürlich sind so Typen wie Bernd der Blender nicht untrainiert. Wenn sie eins können, dann ist es Männlichkeitsgehabe. Trotz Unterhose zwischen den Füßen knöpft sich Bernd das arme Göttchen ordentlich vor. Er packt ihn mit einer Hand am Kragen und schleift ihn aus dem Bad raus. Im Flur setzt er ihn kurz ab, um sich seine Unterhose hochzuziehen (ich versinke derweil vor Peinlichkeit fast im Boden) und nimmt sich meinen ehemaligen Klassenlehrer wieder zur Brust.

Dann befördert er ihn unsanft ins Treppenhaus und schmeißt das Gemüsekörbchen noch hinterher.

Erst nachdem er die Haustür wieder geschlossen hat, scheint »Bernd« auf mich aufmerksam zu werden.

»Miss Krassikowski, du bist ja schon wach! Entschuldige meinen Auftritt.« Er legt verlegen eine Hand auf die Brustbehaarung.

»Dieser Gemüsehändler hat mich provoziert«, erklärt er augenzwinkernd.

Unglaublich. Der Blender käme nicht im Traum auf die Idee, dass Göttchen sein Nebenbuhler sein könnte. In Sachen Selbstbewusstsein kann man sich von dem Typ echt eine Scheibe abschneiden!

Meine Mutter scheint von dem ganzen Vorfall übrigens gar nichts mitbekommen zu haben. Sie denkt wahrscheinlich, ich hätte das gute Göttchen längst mit der Geschichte vom Migräneanfall abgespeist. Weit gefehlt. Ich fürchte, meinen ehemaligen Klassenlehrer ist sie ein für alle Mal los. Ich weiß auch nicht, warum mir das plötzlich leidtut. Dabei war er früher so eine Art Erzfeind von mir.

»Ich muss noch mal kurz was klären«, sage ich zum Blender und renne runter auf die Straße, wo Göttchen gerade sein Körbchen auf seinem Fahrrad befestigt, das er übrigens direkt neben dem Porsche vom Blender geparkt hat.

»Gottfried, warte mal!«, rufe ich. »Das mit der Migräne war nicht meine Idee. Mama meinte, sie hätte eine. Wahrscheinlich, um diesen Typen loszuwerden.«

Göttchen schaut mich traurig an.

»Ach, Paulina, das ist lieb von dir. Aber deine Mutter und ich, wir sind wohl nicht füreinander geschaffen.«

»Seid ihr doch!«, rufe ich in meiner Not. »Mama ist nur verpeilt. Keine Ahnung, warum sie diesen Honk reingelassen hat. Das ist irgendein Bekannter, der zu Hause rausgeflogen war und gestern Abend plötzlich vor der Tür stand.«

Ich weiß gar nicht, warum ich die Lügenbaronin plötzlich in Schutz nehme. Und dabei auch noch selber anfange zu lügen. Ich will einfach nicht, dass dieser Bernd das Rennen macht. Und ich finde, Göttchen darf jetzt nicht aufgeben. Der wird sich doch wohl nicht von ein paar blöden Blender-Sprüchen und ein bisschen Türstehergehabe in die Flucht schlagen lassen.

»Deine Mutter wird mich sicher später anrufen«, erklärt Göttchen tapfer, bevor er mit hängenden Schultern davonradelt.

Erst jetzt komme ich dazu, mir Gedanken über Liams SMS zu machen. Klar ist mir aufgefallen, dass ich mich für das blöde Göttchen ins Zeug gelegt habe, während ich in meinen eigenen Angelegenheiten komplett antriebsschwach bin. Dass ich Göttchen genau das vorwerfe, was ich selbst nicht kann: Ich habe Muckel, ohne zu kämpfen, das Feld überlassen. Wie blöd von mir. ICH BIN DER EIGENTLICHE LÄHMER! Aber dann fällt mir wieder die Sache mit dem Frauenarztbesuch von Muckel ein. Da kann ich ohnehin nicht mithalten. Ich krieg ja kaum das Küssen richtig hin. Und wahrscheinlich sind Liam und Muckel längst das dickste Liebespaar, und es ist einfach nur peinlich, wenn ich jetzt Gas gebe.

Okay, das war wieder einer dieser Gedanken, für den ich auf der Stelle das elende Gedicht aufsagen muss. Ich nuschel es vor mich hin und schreibe währenddessen eine SMS an Liam:

Kann nicht ins A-Heim kommen. Grüße an Ellfauem!

Dann schlurfe ich zurück in Richtung Wohnung. Schon im Hausflur hört man den Blender fluchen.

»Ich kann doch nicht ahnen, dass du mit dem Gemüsemann befreundet bist. Vielleicht hast du ja auch noch ein Verhältnis mit dem Gärtner!«

Mama scheint wohl doch von Göttchens Besuch Wind

bekommen zu haben. Und sie scheint sich ein bisschen zu ihm bekannt zu haben.

Als ich reinkomme, wirft Mama mir einen vorwurfsvollen Blick zu. Wie ungerecht. Ich finde, es wird Zeit für ein bisschen Aufklärung.

»Ich konnte Göttchen nicht vor dem Haus abfangen, weil er nämlich schon vor der Wohnungstür stand«, berichte ich ihr im Beisein vom Blender. Und für den Blender selbst habe ich auch noch eine Erklärung auf Lager:

»Das ist übrigens nicht der Gemüsemann gewesen, sondern mein früherer Klassenlehrer. Mama hatte eigentlich ein Date mit ihm. Sie konnte ja nicht ahnen, dass du so lange bleibst. Darum sollte ich ihn abwimmeln.«

Die beiden schauen mich mit offenen Mündern an, und ich nutze ihre kurze Schockstarre, um mich schnell in mein Zimmer zu verziehen. Den Rest des Schlamassels können sie unter sich ausmachen.

Nachdem mir tatsächlich niemand folgt, um mich zur Rede zu stellen, gucke ich nach der Krabbe. Leider ist das Gehege abgedeckt. Aber es läuft *Findet Nemo* auf dem Laptop.

Klar hat mein Verrat folgen. Die größten Folgen allerdings für meine Mutter. Denn Bernd der Blender kann es gar nicht leiden, wenn er nicht der EINZIGE MANN im Leben einer Frau ist. Da helfen auch keine verlogenen Erklärungen seitens der Lügenbaronin. Er plustert sich noch mal ordentlich auf, behauptet lautstark, so was sei ihm NOCH NIE passiert, und fährt schließlich mit röhrendem Motor und quietschenden Reifen davon. Ich kann das alles durch die Tür durch hören, versuche mich aber dennoch auf *Findet Nemo* zu konzentrieren.

Als der Blender weg ist, fängt Mama an zu heulen. Und als sie fertig geheult hat, kommt sie in mein Zimmer. Ich erwarte ein riesiges Donnerwetter und fürchte, dass ich nun wirklich zu Papa ziehen muss. Aber die Lügenbaronin ist unberechenbar.

»Es tut mir SO LEID, dass ich dich da mit reingezogen habe!«, sagt sie. »Du hattest vollkommen recht, die Lügerei geht gar nicht. Und das eigene Kind noch zum Mitlügen anzustiften ist wirklich das Letzte!«

Ich kann es nicht glauben. Was so ein bisschen Ehrlichkeit alles bewirken kann!

»Gut, dass du deinen eigenen Kopf hast, Paul«, sagt sie. »Jetzt habe ich zwar beide Männer verloren, aber ich glaube, das ist genau richtig so.«

Dann fängt sie allerdings wieder schrecklich an zu weinen.

»Göttchen ist noch nicht ganz verloren«, versuche ich sie zu beruhigen. »Ich habe ihm gesagt, dass der Blender nur ein entfernter Bekannter von dir ist, der zu Hause rausgeflogen war.«

»Du hast was?« Jetzt heult Mama sogar noch mehr. »Du hast DOCH für mich gelogen? Oh weh. Was für eine schlechte Mutter ich bin. Dass mein eigenes Kind für mich lügen muss!«

Mama gibt mir einen Kuss mitten auf den Scheitel. »Kleine tapfere Paulina. Das ist so rührend von dir«, sagt sie. »Die Lügerei hat jetzt ein Ende. Ich werde die Konsequenzen ziehen und ganz von vorne anfangen.«

»Aber Göttchen wartet jetzt auf einen Entschuldigungsanruf von dir!«, erkläre ich verzweifelt. »Du willst mich mit meiner Lüge doch nicht hängen lassen?!«

Doch, das will sie! Auch wenn sie es anders nennt. Mama will auch von Göttchen nichts mehr wissen. Sie will ein neuer Mensch werden und alles »hinter sich lassen«. Na super. Das funktioniert doch sowieso nicht. Und ich habe vollkommen umsonst die Unwahrheit gesagt. Der arme Gottfried sitzt jetzt da und kapiert gar nichts mehr. Am Ende muss ICH ihm die Sache erklären.

05

IN DER NÄCHSTEN WOCHE tut sich nicht viel. Bei der Krabbe ist es mal hell und mal dunkel. Es laufen die verschiedensten Unterwasserfilme, und ich habe weiter keine Ahnung, wo sie ist.

In der Schule mache ich einen Bogen um Muckel und Liam. Liam hat schon zweimal versucht, mich anzusprechen. Aber ich konnte ihm entkommen. Auf keinen Fall möchte ich den Friseurnachmittag bei Muckel mit ihm »aufarbeiten«!

Kurz darauf habe ich mich bei Frau Kolz gemeldet und behauptet, meine Augen wären so schlecht, dass ich weiter vorne sitzen müsste. Nur um von Muckel wegzukommen. Daraufhin hat Muckel sich ebenfalls gemeldet und meinte, ich könnte doch den Platz mit Liam tauschen. Und so ist es dann auch gekommen. Superfeinfühlig von ihr! Liam hat zwar einen Moment lang gezögert und mir einen seltsamen Blick zugeworfen, aber jetzt sitzen sie alle drei schön nebeneinander: Muckel, Liam und Daphne. Mein Leben ohne mich!

Nur die Lügenbaronin hat sich verändert. Sie will jetzt immer ehrlich sein. Und klug! Weil sie der Meinung ist, auf diese Weise keine Vollspacken mehr an Land zu ziehen. (Interessant, dass Blender und Lähmer von einem Tag auf den anderen in ihrem Weltbild zu Vollspacken geworden sind!)

Jedenfalls hat sie ihre Kontaktlinsen gegen eine Nerd-Brille mit dickem schwarzem Rand eingetauscht. Außerdem trägt sie nur noch schwarze Rollkragenpullover, eine Hochsteckfrisur und Cordhosen! Sie war sogar in einer Buchhandlung und kam mit einem ganzen Stapel Bücher zurück, der jetzt auf dem Wohnzimmertisch thront. Ich könnte schwören, dass das Zeug reine Deko ist.

Außerdem spricht sie nur noch in Kalendersprüchen.

Als das Telefon klingelt, macht sie mit der Zigarettenhand eine abweisende Bewegung. »Ich muss nachdenken, bin nicht da.«

Auf dem Display steht Göttchens Namen. Eigentlich sollte ich es klingeln lassen. Aber irgendwie finde ich, Mama ist ihm noch etwas schuldig. Und mir auch! Sie hat mich auf meiner blöden Lüge sitzen lassen, obwohl ich nur für sie gelogen habe – ganz gegen meine Überzeugung.

»Hallo, Gottfried«, sage ich extranett und extralaut.

Mama dreht sich panisch zu mir um und wedelt noch abweisender mit der Hand. Sie dreht sogar den Daumen nach unten, wie Julius Cäsar, wenn er einem armen Gladiator den Todesstoß verpassen lassen wollte.

»Ja, Mama ist da«, sage ich unbeeindruckt zu Göttchen. »Die freut sich bestimmt, dass du dran bist. Ich glaube, sie hat sich gar nicht getraut, dich anzurufen. Der war die ganze Sache mit diesem blöden Bekannten im Bad total peinlich. Aber warte, ich gucke mal, wo sie ist …«

Ich halte Mama das Telefon hin. Sie sieht mich bockig an, schüttelt den Kopf und verschränkt die Arme vor der Brust. Doch dann beginnt sie tatsächlich in den Hörer zu stottern. Sie entschuldigt sich für den Blender, und am Ende des Gesprächs lädt sie Göttchen zum Abendessen ein. Derweil blitzt sie mich aus bösen Augenschlitzen an.

Göttchen ist also wieder im Rennen! Und ihm gefällt Mamas neuer Frau-Oberschlau-Look ganz ausgezeichnet. Ich glaube, er hält sie für geläutert. Leider steht nach zwei Tagen auch der Blender wieder auf der Matte. Aber nur kurz! Er hat für den schwarzen Pullover nicht viel übrig. »Rollis tragen Kinder mit Halsschmerzen!«, meint er schon an der Tür.

Später hat er Mama angeblich vorgeschlagen, eine »offene« Beziehung zu führen. Weil er ihr die Sache mit dem Gemüsemann verzeihen will. Mama hat angeblich abgelehnt.

»Was bildet der sich ein?«, hat sie später zu ihrer Freundin Natascha am Telefon gesagt. »Dass er hier rein- und rausschneien kann, wie er gerade Lust hat?«

Ich vermute allerdings, dass Bernd der Blender seinerseits immer schon ziemlich offen war. So viele Entschuldigungssträuße, wie der immer angeschleppt hat.

Oh Mann, manchmal möchte ich nie erwachsen werden!

Am Freitag täusche ich Halsschmerzen vor, um nicht in die Schule zu müssen. Doch die Baronin kennt keine Gnade. Sie fährt mit einer Mischung aus Scanner und Fieberthermometer über meine Stirn, findet mich »ausgesprochen kaltblütig« und zieht mir die Decke weg. Ohne Decke macht das Krankspielen natürlich keinen Spaß, und eine halbe Stunde später sitze ich wieder mit starr nach vorne gerichtetem Blick in der Klasse und warte, bis Muckel hinter mir all ihre Schäflein zur Begrüßung abgeknutscht hat.

Doch dann gibt es plötzlich eine Überraschung. Wir bekommen einen Neuen in die Klasse. Luuk. Er wird aus der Parallelklasse zu uns strafversetzt, weil er angeblich seinem Tischnachbarn den Zopf abgeschnitten hat. Ich kenne den Typen mit dem »Zopf«. In Wirklichkeit trug er einen fettigen kleinen Rattenschwanz, den er seit drei Jahren in seinem Nacken gezüchtet hatte. Das Ding schrie geradezu danach, abgeschnitten zu werden!

Luuk sieht aus, als könnte er echt nett sein. Einer seiner Mundwinkel ist immer ein bisschen hochgebogen, so als würde er sich permanent heimlich amüsieren. Und er macht den Eindruck, als würde die Strafversetzung ihm kein bisschen etwas ausmachen. Das finde ich ziemlich beachtenswert.

Was ich an ihm besonders nett finde: Er teilt mein Schicksal! Er gehört wie ich irgendwie nicht dazu. Ich nicht mehr und er noch nicht!

Doch das Allerbeste an Luuk ist: Er wird nicht in Muckels Bann gezogen werden können. Weil Muckel ja schon alle Hände voll mit Liam zu tun hat. Wenn ich es mir recht überlege, könnte mein Leben mit Luuk wieder aufwärtsgehen. Jedenfalls habe ich seit seinem Erscheinen viel bessere Laune.

Vielleicht könnte ich mich ja irgendwann sogar in Luuk verlieben! Nur ein winziges bisschen. Irgendwann, wenn ich komplett nachhaltig von Liam entliebt bin!

Dann könnte ich Luuk ganz in Ruhe und ganz aus der Ferne gut finden und hätte wieder etwas, worauf ich mich freue, wenn ich in die Schule komme.

Ich hoffe nur, dass kein anderes Mädchen merkt, wie süß Luuk ist. Ein paar seiner guten Seiten sind leider ziemlich offensichtlich. Zum Beispiel seine bitterschokoladenfarbenen Augen, die vor nichts und niemandem ausweichen (auch nicht vor Frau Kolz' »Na-wen-mache-ich-denn-heute-fertig?«-Blick). Von seiner Figur, seinen Klamotten und seinem netten Gesicht ganz zu schweigen. Oh weh! Ich fürchte, ich muss gar nicht mehr drauf warten, bis ich IRGENDWANN ein GANZ KLEINES BISSCHEN verliebt sein werde. Ich bin schon voll infiziert!

Er wird von Frau Kolz direkt vor mich in die erste

Reihe gesetzt. Und zwar neben Nelly Buschbauer, die ausnahmsweise mal echt keine Konkurrenz für mich ist.

Wenn ich den Arm ausstrecke, könnte ich Luuks T-Shirt berühren, das meiner Meinung nach genau den richtigen Grad an Ausgewaschenheit hat.

»Hey, Alter, willst du mit Fußball spielen?«, fragt Jan, unser Klassenkapitän, Luuk auf dem Weg in die große Pause.

Luuk schüttelt nur den Kopf und steckt sich seinen iPod-Kopfhörer in die Ohren. Ganz schön cool, als Neuer so ein Angebot wortlos abzulehnen. Das beflügelt meine Phantasie nur noch mehr. Vielleicht hat er ja was Besseres vor!

Ich kann gar nicht anders, als Luuk in der großen Pause im Auge zu behalten. Erst steht er zehn Minuten lang am Kiosk an, um nur eine einzige Lakritzschlange zu kaufen. (Ich weiß das so genau, weil ich mich ebenfalls in die Schlange stelle, obwohl ich keinen Cent in der Tasche habe. Darum muss ich nach Luuks Großeinkauf auch so tun, als hätte ich plötzlich doch keinen Hunger mehr.) Danach steuert er die Aula an, in der gerade die Pausen-Disco stattfindet. Sprich, ein paar Fünftklässler-Mädchen rocken zu den coolen Beats der Ritter-Rost-Band ab. Immer unter Beschuss einiger Fünftklässler-Jungs, die mit Wasserbomben und nassem Klopapier für noch mehr Stimmung sorgen.

WAS WILL LUUK DA?

Ich folge ihm unauffällig. Mit Todesverachtung betrete ich selber die Aula, die Gott sei Dank dunkel genug ist, um darin nicht auf den ersten Blick erkannt zu werden. Zu der Filmmusik von *Kung Fu Panda* drücke ich mich an der Wand entlang und entdecke Luuk, auf einer Treppe sitzend, an seiner Lakritzschnecke knabbern. Lustigerweise behält er auch hier seine Ohrstöpsel drin und wippt mit dem Kopf zu seinem ganz eigenen Beat. Nach ein paar Minuten holt er etwas aus seiner Hosentasche. Leider kann ich nicht erkennen, was es ist. Sieht aus wie ein weiteres Stück Lakritzschlange. Aus der Jackentasche kramt er einen Umschlag, in den er das ominöse Etwas verschwinden lässt. Dann beschriftet er das Kuvert.

Ich bin so mit meiner Spionage beschäftigt, dass ich gar nicht merke, wie eine kleine Gang Fünftklässlerinnen sich an mich heranpirscht.

»Hey, du bist doch Paul!«, quatscht mich eine von ihnen von der Seite an. Es ist Cayenne Klinkenbein, und sie wohnt bei mir in der Straße.

»Paulina«, flüstere ich zurück und lege den Finger auf den Mund. Mit der anderen Hand versuche ich, sie abzuwimmeln. Aber das scheint die Ladys nicht zu beeindrucken.

»Beim nächsten Song müssen alle tanzen! Wir haben eine Wette laufen, dass wir das schaffen!«, verkündet eine von ihnen.

Aus den Augenwinkeln sehe ich, wie Luuk ebenfalls von ein paar tanzwütigen Zwerginnen umringt wird.

»Tut mir leid, ich wollte gerade gehen!«, behaupte ich. Aber auch damit komme ich nicht weiter.

»Komm, bitte!« Die Meute hat mich inzwischen umringt, und ein paar Mädchen zerren an meinem T-Shirt. Wenn ich nicht will, dass das Shirt gleich drei Nummern größer ist, muss ich ihnen folgen.

Natürlich behalte ich auch Luuk weiter im Auge. Er lässt sich tatsächlich ganz ohne große Gegenwehr auf die Tanzfläche ziehen. Seine Ohrstöpsel nimmt er allerdings immer noch nicht raus.

Die DJane (ebenfalls eine Fünftklässlerin) spielt den »Ketchup Song« von der gleichnamigen Band Las Ketchup. Ein ziemlich alter Song, in dem ziemlich viele »Eheys«, »Ehas« und »Ehubbis« vorkommen. Dazu stellen sich die Mädels in einer Reihe auf, schwenken die Arme und wackeln mit ihren kleinen Fünftklässlerpopos.

Eigentlich war mein Plan, dass ich genau in diesem Moment abhaue, bevor Luuk mich entdecken könnte. Doch es kommt anders. Luuk erkennt mich sofort, kommt grinsend auf mich zu und bietet mir einen seiner Ohrstöpsel an. Sein frei gewordenes Ohr verstopft er mit dem Zeigefinger. Mir klopft das Herz bis zum Hals. Sollte aus dieser oberpeinlichen Situation etwa doch noch eine oberromantische Situation werden?

Luuk hört tatsächlich »Limit to Your Love« von James Blake, einen absoluten Lieblingssong von mir! Der Beat ist ungefähr zehnmal langsamer als der vom »Ketchup Song«, und Luuk bewegt sich wie in Zeitlupe auf der Tanzfläche. Es bleibt mir nichts anderes übrig, als ebenfalls ein bisschen hin und her zu schwanken. Immerhin sind wir durch den Kopfhörer ziemlich eng miteinander verbunden, und ich muss zwangsläufig Luuks Bewegungen folgen. Um uns herum tobt das Chaos. Doch wir sind wie unter einer Glocke. Wie Zwillinge hängen wir an derselben Nabelschnur. Und James Blake gibt den Herzschlag vor!

Ganz automatisch muss ich so übertriebene Sachen denken. Das ist einfach meine Art. Ich glaube, ich bin echt überdreht!

Gott sei Dank hat Luuk die Augen geschlossen, sodass ich mich ganz in Ruhe etwas abregen kann und tatsächlich beginne, diese schräge Situation zu genießen.

Gerade als ich selber die Augen zumache, wird mein Traum allerdings durch einen heftigen Realitätseinbruch beendet: Die Pausenglocke. Im selben Moment geht in der Aula die Festbeleuchtung an, und der »Ketchup Song« wird mitten auf seinem Höhepunkt abgewürgt.

Luuk und ich gucken uns an – ich wieder unsicher, er wie immer total lässig. Mit zittriger Hand reiche ich ihm seinen Ohrstöpsel zurück. Er nickt nur einmal kurz, grinst und verschwindet. Ohne ein einziges Wort, und auch ohne auf mich zu warten. Immerhin haben wir denselben Weg! Ich stehe da wie ein begossener Pudel und verstehe die Welt nicht mehr! Wie kann jemand sooo cool sein? Warum hat Luuk nichts gesagt? Oder ist wenigstens schweigend mit mir zurück in den Unterricht gegangen? Hat er mich etwa nicht erkannt? War ich für ihn eine Unbekannte, mit der er sich einen Scherz erlaubt hat? Oder ist er etwa doch schüchtern? So schüchtern, dass er nicht wusste, wie er jetzt reagieren sollte?

Vielleicht ist er aber auch ein durchtriebener Flirtprofi! Einer, der seine armen Opfer mit tausend Fragen zurücklässt und sie damit erst recht in seinen Bann zieht.

Ziemlich zögerlich gehe ich zurück in Richtung Klassenraum. Da entdecke ich von Weitem Luuk vor dem schwarzen Brett. Er steht mit dem Rücken zu mir, pinnt einen Umschlag in die Styropor-Wand und verschwindet.

Außer mir sind inzwischen alle Schüler in ihren Klassen verschwunden, sodass ich mir den Umschlag ganz in Ruhe anschauen kann.

Pferdeschwänzchen gefunden, hat Luuk in großen Buchstaben draufgeschrieben. Ich nehme das Ding von der Pinnwand ab und gucke vorsichtig hinein. In dem Kuvert steckt tatsächlich der abgeschnittene Zopf von dem Typ aus Luuks Ex-Klasse. Das geflochtene Teil ist ekelig fettig und wird von einem hundertjährigen Haargummi zusammengehalten.

Ich pinne den Umschlag schnell wieder an die Wand und gehe grinsend zurück in die Klasse.

Inzwischen bin ich fünf Minuten zu spät, und beim Reinkommen sind neunundzwanzig Augenpaare auf mich gerichtet – inklusive dem von Luuk! Er wirkt einen Moment überrascht – so als würde er tatsächlich erst jetzt realisieren, dass wir in dieselbe Klasse gehen. Dann zwinkert er mir unmerklich zu. So unmerklich, dass ich mir schon nach zwei Sekunden nicht mehr sicher bin, ob ich mir das Gezwinker nur eingebildet habe.

Der Rest des Vormittags verläuft leider ziemlich unspektakulär. Luuk dreht sich kein einziges Mal zu mir um, und ich habe alle Hände voll damit zu tun, ihn auch zu ignorieren. Für den Fall, dass Luuk tatsächlich nur ein Kopfverdreher ist, soll er AUF GAR KEINEN FALL glauben, er hätte mich an der Angel!

Interessanterweise kommt in der großen Pause Muckel auf mich zu und spricht mich an, als wäre nichts gewesen.

»Hi, hast du die Mathehausaufgaben?«, fragt sie.

Ich tue so, als hätte ich sie nicht gehört. Das hält sie wohl für kleinmütig. Jedenfalls schüttelt sie überlegen den Kopf. »Dann halt nicht.«

Luuk ist die ganze Mittagspause über wie vom Erdboden verschluckt. Und auch das Pferdeschwänzchen hängt nicht mehr an der Pinnwand. Wahrscheinlich hat der rechtmäßige Besitzer es wieder an sich genommen und in sein Tagebuch geklebt. Oder er plant Echthaar-Extensions!

Das einzige winzige Zeichen von Luuk erhalte ich am Ende der letzten Kunststunde. Beim Rausgehen läuft er direkt an mir vorbei und nickt mir zu. Das ist alles.

Mittags ist Göttchen wieder bei uns zu Hause. Und ich bin froh, dass wir ein Stündchen für uns haben, bevor Mama und Anastasia aufkreuzen. Denn Göttchen hat eine Cousine, die Wahrsagerin ist. Sie nennt sich Frau Ferrari, und meine Mutter war mal bei ihr, um sich ihre Männerzukunft voraussagen zu lassen. Diesbezüglich hatte sie nämlich ein paar ziemliche Reinfälle hinter sich, und sie wollte wissen, ob es jetzt nur noch bergab geht.

Frau Ferrari hat Mama dann auf Göttchen angesetzt. Mit einem ziemlich üblen Wahrsagertrick. Die Ferrari wusste nämlich, dass ihr schwer vermittelbarer Cousin mein Klassenlehrer ist. Und sie ahnte, dass Mama ihn früher oder später bei einem Elternsprechtag kennenlernen würde. Darum hat sie der Lügenbaronin einen Traummann prophezeit, der ein paar unverwechselbare Göttchen-Eigenschaften hat. Eine Vanilleparfümallergie zum Beispiel.

Klar ist die Lügenbaronin von Stund an nur noch auf einer Vanilleparfümwolke durch die Männerwelt gewandelt. Und als das liebe Göttchen als Einziger mit einer Niesattacke auf sie reagiert hat, dachte sie wirklich, das Schicksal hätte zugeschlagen.

Damals fand ich meinen Klassenlehrer noch total unterirdisch. Und ich habe es tatsächlich geschafft, den Schwindel aufzuklären. Anastasia und ich haben Mama dann von den unseriösen Machenschaften der Ferrari erzählt. Und ihr erklärt, dass Göttchen ein elender Ladenhüter ist, den man nur mit so einem Schicksalstrick noch vermitteln konnte.

Mama hat sich natürlich tierisch aufgeregt und erst mal mit Göttchen Schluss gemacht. Als sich nichts Besseres fand, hat sie ihn dann doch wiedergenommen. Wenn auch nur mit halbem Herzen. Und auch nur Teilzeit. Wie gesagt, da kam dann noch der Blender ins Spiel.

Die Ferrari und Göttchen selbst haben übrigens nie erfahren, dass wir ihnen auf die Schliche gekommen sind. Und ich glaube sogar, Gottfried weiß noch nicht mal, dass er meine Mutter seiner hinterhältigen Cousine zu verdanken hat. Denn er ist der einzige Grundanständige in dieser ganzen Geschichte!

Jedenfalls musste ich in letzter Zeit öfter an die Ferrari denken. Klar hat sie uns damals übel mitgespielt. Aber vielleicht hat sie ja trotzdem was drauf. Und jetzt, da ich ein bisschen zur Familie gehöre, wird sie mich bestimmt nicht reinlegen wollen.

»Sag mal, deine Cousine, hat die echte Fähigkeiten?«, frage ich Göttchen, als wir zusammen Mittag essen.

Er lässt die Gabel im Bananenauflauf stecken und sieht mich prüfend an.

»Wieso, ist etwas mit ihr? Hat sie wieder irgendwelchen Mist gebaut?«

Ich schüttele den Kopf. »Nein, hat sie nicht! Ich frage mich nur, ob sie Dinge sehen kann, die verloren gegangen sind. Wahrsager können doch auch Vermisste aufspüren, oder?«

Jetzt schaut Göttchen mich noch forschender an.

»Wen vermisst du denn?«, will er wissen. »Ist jemand verschwunden? Doch nicht deine Mutter oder deine Schwester?«

»Nein!«, versuche ich ihn zu beruhigen.

Manchmal denke ich, Göttchen ist noch durchgedrehter als ich. Diese ganze Denkerei und Sorgerei macht einen irgendwie uncool.

»Es geht mehr um eine Sache, die ich verloren habe. Kann sie so was?«

»Sie behauptet, ja«, meint Göttchen. »Und sie hat tatsächlich mal meinen Kellerschlüssel wiedergefunden. Das kann aber auch Zufall gewesen sein. Ich garantiere für nichts.«

Eigentlich habe ich nichts zu verlieren, wenn ich die Ferrari nach dem Aufenthaltsort der Krabbe frage. Im schlimmsten Fall bin ich einfach genauso schlau wie vorher.

»Und kann sie das auch telefonisch? Das wäre dann nicht so teuer.«

Göttchen lacht. »Mach dir keine Sorgen. Das geht auf mich! Sie kommt mich übermorgen besuchen. Wenn du willst, bringe ich sie vorher mit her. Sie geht dann mit ihrem Pendel durch die Wohnung.«

»Und wenn das Ding sich gar nicht in der Wohnung befindet? Wenn ich nur von der Wohnung aus draufgucken kann?«

Göttchen macht ein verwirrtes Gesicht. Zu Recht, würde ich sagen. »Es ist nicht so, wie du denkst. Und es ist noch komplizierter, als es sich jetzt anhört«, versuche ich zu erklären.

»Mädchenlogik«, meint Göttchen und schluckt, sodass sein zu groß geratener Adamsapfel wie ein Aufzug in seinem Hals hoch- und runterfährt. Dann grinst er. »Ich glaube, in Mädchendingen kennt sich meine Cousine besonders gut aus. Dann komm doch einfach zu mir!«

06

ALS ICH am Mittwoch bei Göttchen aufkreuze, bin ich immer noch schwer fasziniert von Luuk, obwohl es keine weiteren romantischen Vorkommnisse gab. Genau genommen ist gar nichts weiter passiert, außer dass wir uns ab und zu kurz zunicken, wenn sich unsere Blicke aus Versehen treffen.

Madame Ferrari wartet bereits auf mich. Sie sitzt auf Gottfrieds großem Sitzsack wie ein Fremdkörper. Man muss dazu sagen, dass man der Ferrari ihre spirituelle Ader nicht unbedingt ansieht. Man würde sie eher hinter einer Fleischtheke vermuten als hinter einer Wahrsagerkugel. Sie trägt so viel Haarspray, dass es aussieht, als könnte man ihre dürren Locken einzeln abbrechen. Und in dem ausladenden Ausschnitt ihres lachsfarbenen Angorapullovers baumelt eine riesige randlose Brille an einem Goldkettchen.

»Paulina Krass, mon amour«, begrüßt sie mich französelnd. »Das ist ja wunderbar, dass du nun beinahe das Stiefkind von unserem lieben Gottfredo geworden bist!«

Oh weh, das arme Göttchen alias GOTTFREDO! Es ist schlimm, so schamlose weibliche Verwandte zu haben. Aber er scheint das ganz gut wegzustecken. Jedenfalls

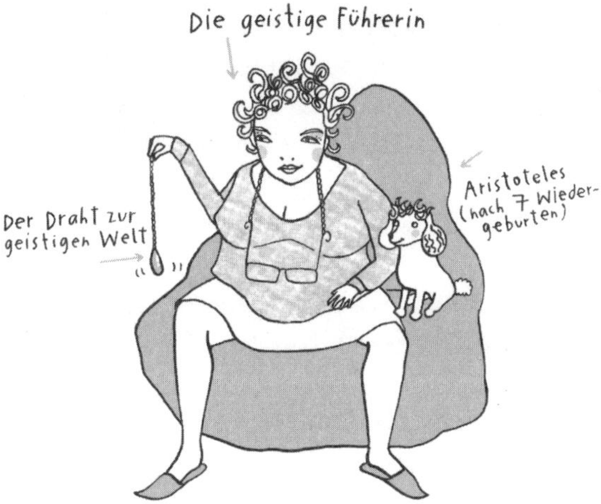

zuckt er nur kurz mit den Schultern und lässt ihr Gerede souverän an sich abperlen. Er ahnt wohl wirklich nicht, dass er von seiner dreisten Cousine mit der Lügenbaronin zwangsverkuppelt worden ist.

Gottfredo bietet der Ferrari einen sehr trüben Apfelsaft an und kommt gleich zur Sache.

»Paulina hat da etwas verloren und wollte deine hellseherischen Fähigkeiten auf die Probe stellen!«

Die Ferrari zieht ihre aufgemalten Augenbrauen bis zum schütteren Haaransatz hoch!

»Oh, was ist es denn, das du verloren hast, chérie?«

Ich zeige ihr das Bild auf der Krabben-Verpackung, die ich extra mitgebracht habe.

Die Ferrari nickt. Dann holt sie einen Stadtplan und ein Pendel aus ihrer Handtasche. Und Gottfredo zieht sich dezent zurück.

»Meine Trefferquote liegt bei siebenundsiebzig Komma sieben Prozent!«, behauptet die Ferrari. »Das ist durch eine Langzeitstudie wissenschaftlich belegt.«

Dann breitet sie die Karte auf Göttchens Schafswollteppich aus. Mit knarrenden Knien geht sie in die Hocke und hält ihr Pendel über die verschiedenen Stadtteile von Köln.

»In Nippes ist das Ding schon mal nicht«, murmelt sie vor sich hin. »In Ehrenfeld auch nicht und auch nicht in der Innenstadt.«

Plötzlich macht das Pendel (das übrigens wie die Brille an einem Goldkettchen hängt!) ein paar winzige Ausschläge. »Da, da!«, ruft die Ferrari. Und dann schlägt der tropfenförmige Anhänger immer doller aus.

»Dein Roboter da ist in der Südstadt. Ungefähr hier!«

Frau Ferrari zeigt mit dem Finger auf den Anfang der Darmstädter Straße. Die kenne ich. In der Darmstädter ist mein absolutes Lieblingscafé mit der absolut weltbesten Zitronentarte der Stadt!

»Ja, und welches Haus, bei wem muss ich klingeln?«

Göttchens hellsichtige Cousine lässt sich zurück in den Sitzsack fallen.

»Na, du stellst Fragen!«, sagt sie leicht genervt. »Ist es nicht schon sensationell, dass ich dir die Straße nennen kann? In einer Stadt mit einer Million Einwohnern?«

»Doch, doch!«, gebe ich zu. »Aber was soll ich denn jetzt machen? Am Anfang der Darmstädter Straße stehen mindestens zehn Mietshäuser. Soll ich da bei jeder Wohnung klingeln?«

Die Ferrari schnauft. Dann kneift sie die Augen zusammen und hebt wichtigtuerisch den Zeigefinger.

»Psssst!«, zischt sie. »Ich habe da noch eine Eingebung. Ich glaube, mein höheres Selbst will mir etwas sagen.«

Ich schaue mich irritiert um. Wer, um Himmels willen, ist ihr höheres Selbst? Hat jeder so was? Und wenn ja, befinden sich all unsere höheren Selbste hier im Raum? Leider traue ich mich nicht zu fragen, weil Frau Ferrari eben schon so genervt schien.

»Ja, ja, ja«, murmelt sie weiter vor sich hin. »So ist es! Dein Roboter ist bei einem Menschen, den du sehr magst. Ich würde mal sagen, du bist ein bisschen verliebt in ihn. Und er auch in dich.«

»Ich kenne ihn?«, frage ich nun doch dazwischen.

Die Ferrari öffnet wieder die Augen.

»Sieht so aus!«, behauptet sie. »Ich nehme mal an, du weißt jetzt, wo das Ding zu finden ist!«

Ich schüttele den Kopf. Aber ich werde gleich morgen Luuks Adresse rausfinden. Und sollte er auch nur annähernd in der Südstadt wohnen, dann bin ich der glücklichste Mensch der Welt. Vorausgesetzt, das hier ist nicht wieder so eine miese Verkupplungsgeschichte wie mit meiner Mutter und Göttchen!

Zum Lohn für ihre seherischen Dienste will Frau Ferrari tatsächlich kein Geld. Dafür aber ein paar Infos über ihren geliebten Gottfredo.

»Wie macht er sich denn so bei euch, mein lieber Cousin? Ich hoffe, er zeigt sich von der besten Seite!«

»Ja, ja«, sage ich und stehe auf, um mich zu verabschieden. Aber so schnell komme ich natürlich nicht davon.

»Macht er deiner Mutter auch genügend Komplimente und Geschenke? Er kann ja manchmal etwas stoffelig sein!«

In dem Moment kommt Göttchen zurück ins Zimmer. Vielleicht hat er ja gelauscht und will die Unterhaltung an dieser Stelle beenden. Doch die Ferrari kennt keine Gnade.

»Ich habe Paulina gerade nach deinen Qualitäten als Frauenversteher befragt«, sagt sie und klimpert mit den neonblau getuschten Wimpern.

Irgendwie kann ich mir nicht vorstellen, dass die »geistigen Wesenheiten« und »kosmischen Informanten« ausgerechnet mit dieser Frau zusammenarbeiten!

An die Adresse von Luuk zu kommen ist eine ziemlich schwierige Sache. Auf keinen Fall will ich ihn persönlich danach fragen. Denn diesmal soll meine Schwärmerei wirklich topsecret bleiben.

Nach endlosen Überlegungen komme ich auf die Idee, eine Umfrage vorzutäuschen. Ich behaupte, ich bräuchte die Adressen aller Mitschüler, um zu ermitteln, wie lang der durchschnittliche Schulweg eines Siebtklässlers ist. Um nicht jeden Einzelnen ansprechen zu müssen, gebe ich eine Liste rum, in die sich die Leute eintragen sollen. Das Blöde ist, die meisten nehmen meine Umfrage kein bisschen ernst und leben ihren schlechten Humor an ihr aus.

Name: Günter Pimmelbein, Straße: Pupsstraße 1000, Entfernung zur Schule: voll Opfer

Als die Liste zu mir zurückkommt, hat gerade mal die Hälfte aller Mitschüler etwas eingetragen. Luuk leider nicht! Kein gutes Zeichen, wie ich finde. Wäre er wirklich in mich verliebt, hätte er bestimmt keine Gelegenheit ausgelassen, um mir seine Adresse zukommen zu lassen.

Aber so schnell gebe ich nicht auf. Wenn ich ihn nicht direkt nach seiner Anschrift fragen will, bleibt mir nichts anderes übrig, als ihn nach der Schule heimlich bis nach Hause zu verfolgen.

Keine Ahnung, wo ich den Mut dazu hernehme, aber nach der letzten Stunde gehe ich ihm einfach hinterher – wie neulich in der Zwergendisco.

Die ersten zweihundert Meter als Undercover-Adressrausfinderin klappen super. Luuk dreht sich kein einziges Mal um. Er geht mit den Händen in den Hosentaschen ziemlich konzentriert vor sich hin. Vielleicht muss er darauf achten, dass seine tief sitzende Jeans nicht noch tiefer rutscht. Ich kann ihm jedenfalls völlig unbemerkt folgen.

Etwas schwieriger wird es, als er plötzlich in den U-Bahn-Schacht abtaucht. Und noch komplizierter wird die Sache, als Luuk auf die Uhr guckt und plötzlich zu rennen beginnt – Hose hin oder her. Er legt eine ziemlich weite Strecke in einem ziemlich rasanten Tempo zurück. Und ich habe echt Mühe, hinterherzukommen. Von geheimer Mission kann keine Rede mehr sein. Während er seine Hosencoolness verliert, verliere ich meine Unauffälligkeit.

Das einzig Tolle ist: Luuk nimmt die Treppe in Richtung Chlodwigplatz. Das ist die absolut richtige Rich-

tung, wenn man in die Südstadt will.

Nicht so genial ist allerdings: Wenn ich seine gerade einfahrende Bahn ebenfalls erreichen will, muss ich sportlich über mich hinauswachsen. Meine Schuhe klatschen auf den Steinboden, und mein Atem hört sich an, als wäre ich ein Mops mit Bronchitis. Von Unauffälligkeit keine Spur!

Luuk, der zwanzig Meter vor mir die Bahn erreicht, kann gerade noch einen Fuß in die sich schließende Tür halten. Als die Tür sich wieder öffnet, zieht er seine Hose zurück in Position und blickt sich nach dem Geschnaufe hinter sich um.

»Hey, du bist doch die aus der Kinderdisco!«, ruft er und grinst ausnahmsweise mit beiden Mundwinkeln. Sollte er tatsächlich der geweissagte Krabben-Kidnapper aus der Darmstädter Straße sein, dann tut er wirklich alles, um seine angebliche Verliebtheit zu überspielen!

Ich nicke. Zu viel mehr bin ich in meinem Zustand auch gar nicht in der Lage. Sicher merkt er mir an, dass etwas mit mir ganz und gar nicht stimmt. Die Situation ist in jedem Fall jetzt schon hundertmal peinlicher, als hätte ich Luuk direkt nach seiner Adresse gefragt!

Als wir schließlich beide in der Bahn stehen, mustert Luuk mich von oben bis unten. »Wohnst du auch in der Südstadt?«, will er wissen. Unter notdürftiger Unterdrückung meiner Hechelatmung bringe ich ein »Besuche nur eine Freundin« hervor.

Den Rest der Strecke schweigen wir. Auch als wir aussteigen, sagt keiner ein Wort. Das Schöne ist, dass ich nun nicht mehr hinter Luuk herschleichen muss, sondern vorangehen kann. Entweder Luuk folgt mir oder nicht. In jedem Fall weiß ich dann, ob er in der Darmstädter wohnt oder nicht. Es sei denn, er muss noch mal schnell einen Abstecher in den Supermarkt oder sonst wohin machen. Dann weiß ich wieder gar nichts.

Aber ich habe Glück: Er folgt mir! Je näher wir der Darmstädter Straße kommen, desto schneller wird mein Puls. Das kann doch kein Zufall sein!

Ich gebe mir einen ziemlichen Ruck und spreche Luuk noch einmal an.

»Wo wohnst du denn?«, frage ich so gleichgültig wie möglich. »In der Darmstädter Straße, direkt über dem *A la tarte*«, antwortet er.

Was für ein Volltreffer! Ich kann es gar nicht glauben! Er wohnt nicht nur in der prophezeiten Straße, sondern auch direkt über den köstlich duftenden Tartes meines Lieblingscafés! Tausend Fragen rasen gleichzeitig durch meinen Kopf. Wenn die Ferrari recht hat, dann müsste meine Krabbe jetzt also auch über dem *A la tarte* hausen. Aber wie soll sie da hingekommen sein? Dass Luuk am Tag des versuchten Krabben-Mordes zufällig an Muckels Müllcontainer vorbeigekommen ist, ist genauso unwahrscheinlich wie die Möglichkeit, dass die Ferrari nur aus Versehen die Darmstädter Straße richtig geraten hat.

Vielleicht hat die Ferrari mich wirklich reingelegt, und Luuk ist genauso ein schwer vermittelbarer Verwandter von ihr, wie Göttchen es war, bevor er meine Mutter kennenlernte.

Oder könnte es sein, dass Muckel hinter der ganzen Sache steckt? Hat sie Luuk die Krabbe gegeben? Und wenn ja, warum? Das macht alles keinen Sinn. Muckel kennt Luuk gar nicht. Oder doch? Hat sie Luuk auf mich angesetzt, um mich von Liam abzulenken? Aber Muckel konnte doch gar nicht wissen, dass Luuk in unsere Klasse kommen würde. Oder doch?

Schlimmer noch – hat Muckel Luuk die Krabbe geschenkt, damit der sich einen Spaß mit mir erlaubt? Und hat sie am Ende noch die Ferrari auf mich angesetzt? Alles, um mich aus dem Weg zu räumen?

Ich stehe kurz vor dem Ausbruch eines Verfolgungswahns!

Da schießt mir eine interessante Zusatzfrage durch den Kopf: Falls die Krabbe bei Luuk ist – weiß er, wer am anderen Ende der Kamera sitzt? Oder anders gefragt: Will er es vielleicht gar nicht wissen? Immerhin hat mein Krabben-Ich schon tausendmal in den luftleeren Raum gefragt, wo ich bin und was das alles soll. Aber nie kam eine Antwort. Außer dass mir von Zeit zu Zeit das Wort »Mail« vor die Kamera gehalten wurde.

Wenn Luuk allerdings weiß, dass ICH hinter der Krabbe stecke, und wenn er wirklich heimlich in mich verliebt ist, dann müsste er jetzt wenigstens einen Hauch panisch werden. Er müsste doch befürchten, dass ich ihm langsam auf die Schliche komme, wenn ich ihm schon wie eine Gestörte in der U-Bahn hinterherrase.

Ich weiß einfach nicht mehr, was ich glauben soll. Und noch weniger weiß ich, wie ich mich verhalten soll. Darum lasse ich Luuk einfach ziehen. Bevor er im Hauseingang verschwindet, verabschiedet er sich mit einem relativ netten »Ciao!«. Aber da jetzt etwas hineinzuinterpretieren wäre echt krank.

Mit weichen Knien schleiche ich dreimal um den Häuserblock. Dann setze ich mich unter Aufbringung meiner letzten Mutreserven ins *A la tarte*, trinke eine siebzigprozentige Schokolade mit Sahne und esse ein Stückchen Zitronentarte. Danach geht es mir besser.

Wie schade, dass ich den ganzen Schlamassel nicht mit Muckel besprechen kann. Sie hätte bestimmt eine Idee, wie ich Luuk auf die Schliche kommen kann. Ich könnte mich natürlich mit meinem Laptop hier ins Café setzen und die Krabbe ansteuern. Falls Luuks Zimmer direkt über dem Café ist, könnte ich durch die Decke vielleicht die Räder rotieren hören. Oder ich würde ganz laut ins Mikro schreien und hoffen, meine Stimme durch die Decke nachhallen zu hören. Zugegebenermaßen eine ziemlich komische Aktion in einem Café.

Als ich nach einer halben Stunde nicht das geringste Geräusch von oben vernommen habe, fahre ich wieder nach Hause. Ich muss unbedingt den Computer hochfahren. Vielleicht hat Luuk ja neue Botschaften für die Krabbe. Jetzt, wo er weiß, dass ich ihm auf der Spur bin.

Aber dazu kommt es erst mal nicht. Zu Hause bahnt sich ein grässlicher Streit zwischen Anastasia, Göttchen und Mama an.

Ich komme gerade pünktlich zum Ausbruch. Schon als ich die Tür aufschließe, schlägt mir Anastasias Geschrei entgegen.

»Was soll denn das heißen, ich wurde genötigt? Ich singe da voll freiwillig. Johnny hat es gar nicht NÖTIG, jemanden zu NÖTIGEN! Der ist voll beliebt!«

»Das ist ja der Punkt«, wendet Göttchen ein. »Johnny hat angeblich all seinen Exfreundinnen versprochen, wieder mit ihnen zusammen zu sein, wenn sie für ihn singen!«

»Was?« Anastasias Stimme überschlägt sich beinahe vor Zorn. »Wer behauptet das denn?«

Es hört sich so an, als gelte ihre Empörung nicht nur Göttchen, sondern ein bisschen auch Johnny, dem sie nach ihrer letzten Liebespleite bestimmt selber nicht mehr über den Weg traut. Immerhin hat er sie immer mies behandelt und dann auch noch mies sitzen gelassen.

»Ist doch egal, wer das behauptet. Wichtig ist, ob es stimmt«, findet Göttchen. »Angeblich verlangt dieser Johnny von den Mädchen sogar, sich in dem Klub auszuziehen. Bis auf hohe Stiefel, aufgeklebte Brustbommel und eine Kordelunterhose.«

Bei der Kordelunterhose bekommt meine Mutter einen Lachanfall.

»String! Die Kordelunterhose heißt Stringtanga«, prustet sie.

Göttchen sieht sie fassungslos an. »Bin ich hier im Irrenhaus? Ist doch vollkommen wurscht, wie das Ding heißt! Hier geht es doch um die Sache!«

»Wer das von Johnny behauptet, will ich wissen!«, kreischt Anastasia dazwischen.

Göttchen schaut meine Schwester mitleidig an. »Kennst du nicht. Ein Nachhilfeschüler von mir, dessen Schwester ebenfalls auf diesen Johnny scharf ist.«

Anastasia schüttelt verächtlich den Kopf und verschränkt die Arme vor der Brust, während Mama versucht, wieder ernst zu werden. Und das arme Göttchen kann das alles gar nicht fassen.

»Wenn Anastasia meine Tochter wäre, würde ich …«

»Ich bin aber nicht deine Tochter, GOTT sei Dank, du MÖCHTEGERN-GOTT!«, unterbricht Anastasia ihn.

Oh weh, ich glaube, an dieser Stelle könnte die Sache aus dem Ruder geraten. Und das tut sie auch!

Göttchen wird ganz weiß im Gesicht. »Ich würde dir wünschen, dass du einen Vater hättest, der sich für dich interessiert«, schlägt er ziemlich gemein zurück.

Das sitzt. Jetzt wird auch Mama schlagartig wieder ernst.

»Gottfried!«, ruft sie empört. Dann sagt sie nichts mehr. Ich glaube, sie ist überfordert.

»Tut mir leid«, lenkt Göttchen ein. »Aber ich bin auch nur ein Mensch. Und ich kann einfach nicht verstehen, warum du deine Tochter vor so einem Frauenverachter nicht schützt.«

Meine Mutter sieht immer noch ratlos aus. Doch dann schlägt sie sich auf die Seite meiner Schwester. Vielleicht, weil es einfach bequemer ist. Und weil sie sich noch nie etwas sagen lassen konnte.

»Anastasia ist siebzehn. Sie muss ihre eigenen Erfahrungen machen. Und wer sagt denn, dass dieser komische Nachhilfeschüler recht hat? Das sind doch nur Mutmaßungen eines pubertierenden Jungen. Das gibt dir kein Recht, so mit meiner Tochter zu reden!«

Das Ende vom Lied ist, dass Göttchen unsere »Familie« für total behämmert erklärt, dafür aber bei den Eltern der anderen Background-Summerinnen anruft. Und die reagieren wesentlich unentspannter als die Lügenbaronin. Er tritt eine ganze Lawine der Empörung los.

Die anderen Eltern hatten dem Mädchenschreck Johnny zum Teil schon Hausverbot erteilt und ihren Töchtern den Umgang mit ihm verboten. Sie wussten auch gar nichts von der Band. Von den Busenbommeln und den Kordelunterhosen ganz zu schweigen. Ich schätze, Johnnys Band hat sich soeben in Luft aufgelöst.

Anastasia kocht vor Wut. Und ich bin mir nicht sicher, auf wen sie am wütendsten ist: auf Göttchen, auf Johnny oder auf sich selbst. Am sinnvollsten wäre wohl »auf sich selbst«. Denn wenn Johnny ihr wirklich fürs (Halb-) Nackttanzen seine Liebe versprochen hat, dann sollte meine Schwester in jedem Fall stinksauer sein, dass sie sich drauf eingelassen hat.

Selbst Mama scheint dieser Zusammenhang zu dämmern. Jedenfalls wirkt sie nach den Reaktionen der anderen Eltern irgendwie kleinlaut.

»Man kann die Dinge auch aufbauschen!«, murmelt sie vor sich hin und verkrümelt sich in die Küche.

Göttchen verabschiedet sich, aber außer mir antwortet ihm keiner.

Hoffentlich war das nicht wieder mal sein letzter Besuch. Noch mal kann ich ihn bestimmt nicht für Mama zurückerobern.

07

ALS ICH ENDLICH dazu komme, mein Krabben-Ich anzuschalten, gibt es eine kleine Überraschung. An einer Wand des Geheges hängt ein Zettel mit der Aufschrift:

> **Was ist dein Lieblingsfilm?**
> **Nenne ihn mir bitte heute um 17 Uhr!**

Wow, das ist doch ein echter Fortschritt. Wir sind auf einem neuen Kommunikationslevel! Ich werde GEHÖRT!

Das Problem ist nur: Es ist bereits 17.49 Uhr, und zu allem Überfluss weiß ich gerade nicht, was mein Lieblingsfilm ist.

»Hallo«, rufe ich ins Mikrofon. »Tut mir leid, dass ich so spät bin. Hört mich noch jemand?«

Keine Antwort. Ich drehe die Lautstärke an meinem Computer voll auf. Nichts!

»Haaalloooo! Ich kann übrigens auch hööööreeeen!«, rufe ich. »Das bringt's nicht, wenn ich immer ins Leeee eere reeeeede …«

Wieder nichts.

»Okay, ich nenne jetzt mal einen meiner Lieblingsfilme. Er heißt *Tatsächlich Liebe*! Der mit Keira Knightley und Hugh Grant und so. Dieser Episoden-Weihnachtsfilm.«

Puh, das ist mir, ohne groß nachzudenken, so rausgerutscht. Ich liebe diesen Film wirklich. Aber wenn tatsächlich Luuk der Krabben-Wärter ist, dann könnte er *Tatsächlich Liebe* vielleicht missverstehen. Oder genauer gesagt: Er könnte es genau richtig verstehen, aber ich hätte mich verraten. Der Filmtitel könnte wie eine Art Anmache rüberkommen.

Natürlich gibt es wieder kein Feedback. Doch dann erschrecke ich mich beinahe zu Tode! Vor mir steht ein Hund, der die Ohren anlegt und mir direkt ins Mikro knurrt. Es ist ein Terrier, der in mein Gehege gesprungen sein muss und mich wohl für eine Art Konkurrenten hält. Einen Moment lang habe ich tatsächlich Angst, er könnte mich beißen und mir wehtun. So sehr ist mir mein Krabben-Dasein schon in Fleisch und Blut übergegangen.

»Ganz ruhig«, sage ich zu dem Hund und weiche ein Stück zurück. Angeblich darf man vor Hunden ja keine Angst zeigen. Ob der Terrier auch Angst wittert, wenn sie am anderen Ende der Stadt ausbricht? Oder hört er sie in meiner Stimme?

Als er merkt, dass ich nicht zurückknurre und auch sonst ziemlich harmlos zu sein scheine, schnuppert er ein bisschen an mir rum und verschwindet wieder.

»Ich guck dann heute Abend mal nach, ob der Film läuft«, rufe ich ins Leere und klappe den Laptop zu.

Kurze Zeit später bekomme ich eine SMS von Muckel.

Hi, Paul, na?! Wie viel Gras ist über unseren Streit schon gewachsen? Simone.

Ich kann es nicht glauben. Muckel ruiniert mein Leben, und statt irgendwann auf Knien wieder anzukommen, schickt sie eine läppische Schwamm-drüber-SMS! Aus heiterem Himmel. Ohne Entschuldigung, ohne Wiedergutmachung. Und zu allem Überfluss spricht sie mich mit meinem durch und durch unweiblichen Spitznamen aus der Sandkastenzeit an, während sie selbst natürlich sexy »Ssimonn« ist. Auf keinen Fall werde ich sofort antworten. Nicht dass sie auch noch denkt, ich hätte auf ihren Annäherungsversuch gewartet.

Dennoch kann ich natürlich an nichts anderes mehr denken als an das, was ich Muckel antworten KÖNNTE.

Ich könnte meine Bereitschaft, ihr zu verzeihen, davon abhängig machen, dass die Krabbe wieder auftaucht. Und sie müsste mir bei der Suche helfen.

Ich komme gar nicht dazu, alle Möglichkeiten durchzuspielen, da klopft es auch schon an der Tür. Und ohne mir auch nur eine Sekunden Zeit für ein »Herein« zu lassen, steht Muckel in meinem Zimmer.

»Ich dachte, eine Versöhnungs-SMS ist unserer nicht würdig. Darum habe ich mich gleich auf den Weg gemacht«, keucht sie außer Atem.

Muckel scheint den Weg zu mir gerannt zu sein. Vielleicht wollte sie zeitgleich mit ihrer SMS eintreffen.

»Und was ist, wenn ich mich gar nicht versöhnen will?«, sage ich trotzig.

Muckel sieht mich ungläubig an. »Warum solltest du

nicht wollen? Ich meine, früher oder später müssen wir uns ohnehin wieder vertragen. Wir gehören zusammen, und das weißt du genauso gut wie ich.«

Ehrlich gesagt steigen mir die Tränen in die Augen, und ich kann kaum schlucken. Wie kann Muckel so was wirklich Großes einfach so dahersagen? Ganz ohne einen Heulanfall zu bekommen?

»Wenn wir zusammengehören würden, dann hättest du mich nicht so fertiggemacht. Dann hättest du die Krabbe nicht auf den Müll geworfen. Was meinst du, was mein Vater dazu sagt? Und du hättest Liam nicht vor meinen Augen angebaggert. Vor allen Dingen hättest du ihm nicht erzählt, wie verklemmt ich angeblich bin, wenn wir zusammengehören würden.«

Jetzt fang ich echt an zu heulen, und Muckel steht blöd da und tritt von einem Bein aufs andere. »Och, Paul«, sagt sie leise. »Erinnere dich bitte daran, was DU gemacht hast. Du hast die Nummer mit dem Frauenarzt gebracht. Das war das Härteste, was mir je jemand angetan hat«, behauptet Muckel.

Sie sieht aber irgendwie kein bisschen empört aus. Und auch nicht mehr gekränkt. So schlimm kann es also nicht gewesen sein.

»Das war Notwehr«, schluchze ich. »Ich war unzurechnungsfähig. Du hast angefangen!«

Muckel setzt ihren Dackelblick auf. Wahrscheinlich will sie Mitleid dafür, dass sie so leidet, wenn sie mich weinen sieht.

»Ich finde, du hast angefangen«, sagt sie mit leicht vorgeschobener Schmolllippe. »Weil du uns heimlich belauscht hast. Aber ist doch jetzt auch egal. Wir waren einfach beide blöd. Schwamm drüber!«

Muckel kommt auf mich zu und legt ihre Hand auf meine Schulter. Mit der anderen zupft sie an ihrem neuen T-Shirt. Ich rieche ihr Kaugummiparfüm. Wie sehr ich Muckel vermisst habe! Vielleicht hat sie ja recht. Vielleicht war mein Verrat mindestens so groß wie ihrer. Vielleicht ist sie die Großherzigere von uns beiden. Weil sie mir schon verziehen hat, während ich noch total beleidigt bin. Obwohl ich immer noch ein bisschen schniefe und grimmig auf den Boden gucke, bin ich innerlich schon ganz schön aufgeweicht.

»Hör zu, ich kann dich beruhigen. Mit Liam und mir ist nichts, war nichts und wird auch nie etwas sein«, sagt Muckel unvermittelt.

Ich starre sie fassungslos an.

»Wieso? Ihr seid doch ständig zusammen! Du hast ihn dir doch total gekrallt!«

»Habe ich nicht!«, protestiert Muckel. »Wir haben uns einfach nur angefreundet, das ist alles. Und wenn ich ehrlich bin, glaube ich inzwischen, dass Liam eigentlich dich viel besser findet als mich.«

Das sind ja Neuigkeiten! Mir schwirrt der Kopf. Warum sagt Muckel mir das? Und warum jetzt erst?

»Du spinnst!«, behaupte ich, um etwas Zeit zu gewinnen und um sie noch mehr aus der Reserve zu locken. Aber Muckel scheint das Thema gar nicht so wichtig zu sein.

»Glaub, was du willst«, sagt sie und tritt wieder von einem Bein aufs andere. »Ich wollte gar nicht über Liam mit dir sprechen.«

»Sondern?«, frage ich leicht panisch. Ich finde, wir haben schon genug große Themen am Start.

Muckel schmeißt sich auf mein Bett und starrt verklärt an die Decke. Ihr Dackelblick und ihr Schmollmund sind wie weggeblasen.

Das darf nicht wahr sein! Muckel will sich nur mit mir versöhnen, um wieder einen Zuschauer für ihre neue Verliebtheit zu haben. Aber vielleicht sollte ich nicht so negativ über sie denken. Wenn sie mir von ihrem Neuen erzählt, könnte ich ihr auch von Luuk erzählen. Dann können wir uns gegenseitig Tipps geben, und ich habe endlich wieder eine Verbündete!

»Du rätst nicht, wer es ist«, meint Muckel aufgeregt, zieht die Beine an die Brust und schaukelt wie ein Päckchen auf meinem Bett hin und her.

»Kenne ich ihn denn?«

»Yep!«

Ich rate es wirklich nicht. Dabei gehe ich zehn Minuten lang alle Jungs durch, die wir beide kennen. Am Ende sogar die hässlichen. Muckel sagt immer nur »Kalt, ganz kalt, noch kälter …«.

»Sonst kenne ich keine«, gebe ich mich geschlagen.

»Doch«, behauptet Muckel. »Du kennst ihn! Streng dich an.«

Vielleicht ahnt ihr schon, welche Katastrophe gerade auf mich zurollt? Ich komme wirklich erst ganz zum Schluss drauf und kann es auch dann immer noch nicht glauben.

»Hat der Vorname vier Buchstaben, obwohl er sich nur nach drei Buchstaben anhört?«, frage ich mit wackliger Stimme.

»Heiß, ganz heiß!«

Muckel scheint meine Panik gar nicht zu bemerken. Sie ist mal wieder viel zu verzückt von sich selbst. Als wäre es eine super Leistung, sich in jemanden zu verlieben. Eine Sache, auf die man so stolz sein kann, dass man die Gefühle der frisch versöhnten Freundin ganz und gar ausblenden darf.

»Du bist doch nicht etwa in Luuk …!«, frage ich schließlich.

»Doch, natürlich! Findest du ihn nicht toll?«

Muckel springt auf und fällt mir um den Hals. Jetzt stehen ihr die Tränen in den Augen.

»Ich wusste ja gar nicht, wie verliebt man sein kann! Mir zieht sich der Magen zusammen, wenn ich an ihn denke. Und zum ersten Mal bin ich komplett schüchtern. So wie du immer. Ich kann dich jetzt ja so gut verstehen!«

»Das ist ja schön«, bringe ich noch gerade raus. Den

ironischen Unterton krieg ich leider nicht richtig vermittelt.

Ich stehe da und erstarre. Wenn Muckel mich noch weitere zwei Minuten im Arm hält, kann sie mich raustragen und bei Madame Tussauds aufstellen.

Aber sie lässt mich los und schaut mich prüfend an. »Was ist denn? Ich sehe schon, du freust dich kein bisschen für mich. Du bist mir immer noch böse.«

Muckel schlägt die Hände vors Gesicht und lässt sich zurück auf mein Bett fallen. »Ich dachte, wenigstens DU verstehst mich!«, jammert sie.

Langsam kehrt wieder Blut zurück in mein Gehirn.

»Willst du mir damit sagen, dass du mir Liam eiskalt weggeschnappt hast, obwohl du gar nicht richtig in ihn verliebt warst?«

Muckel nimmt die Hände wieder runter und schaut mich an.

»Aber ich dachte doch, ich wäre richtig verliebt gewesen. Da kann ich echt nichts dafür! Aber jetzt kannst du ihn doch haben. Für immer. Ich helfe dir sogar dabei, wenn du willst. Ich habe Liam auch schon ganz viel von dir vorgeschwärmt, ehrlich!«

Ich werde Muckel auf keinen Fall sagen, dass ich gar kein Interesse mehr an Liam habe, weil ich ebenfalls in Luuk verliebt bin. Diese Ehrlichkeitsnummer ist ja schon beim letzten Mal total nach hinten losgegangen. Weil Muckel mir in Sachen Jungs einfach überlegen ist. Und außerdem keine Gnade kennt, wie man weiß.

»Liam ist mir inzwischen egal«, sage ich. »Mir sind Jungs ohnehin egal geworden.«

Muckel sieht mir forschend ins Gesicht. »Das ist nicht dein Ernst!«

»Doch. Ich fange frühestens mit sechzehn wieder damit an. Und by the way: Ich nehme doch keinen Typen, nur weil du ihn plötzlich doch nicht haben willst. Weil du was Besseres gefunden hast.«

»Paul!«, protestiert Muckel. »So darfst du nicht denken. Liam stand immer schon auf dich. Und ich habe mir nur eingeredet, ich hätte Chancen.«

»Ja, genauso wie du dir nur eingeredet hast, du wärst in ihn verliebt. Und deswegen hast du sogar unsere Freundschaft aufs Spiel gesetzt. Wegen einer Verliebtheitsmöglichkeit.«

»Du verdrehst immer alles«, protestiert Muckel. »Du bist einfach zu wortgewandt. Das heißt aber nicht, dass du recht hast!«

Irgendwie gefällt mir der Satz. Und irgendwie möchte ich ja auch gar nicht recht haben. Viel lieber möchte ich, dass sich alles als Missverständnis herausstellt. Und dass ich Muckel wiederhaben kann, so wie früher. **Wenn sie nur nicht in Luuk verliebt wäre!** Aber genau genommen hat sie das ja nicht gegen mich gemacht. Schließlich hat sie nicht die blasseste Ahnung, dass wir schon wieder Konkurrentinnen sind.

Ich finde trotzdem, dass ich nach der ganzen Liam-Geschichte diesmal das Recht habe, mit verdeckten Karten zu spielen. Vielleicht habe ich bei Luuk ja eine reelle Chance. Erstens, weil Muckel inzwischen genauso schüchtern geworden ist wie ich. (Wie angenehm!) Und zweitens, weil ich noch den Krabben-Wahrsager-Bonus habe.

»Sag mal, wo hast du die Krabbe eigentlich genau hingeworfen?«, frage ich Muckel. »Ich habe euren gesamten Müllcontainer durchgewühlt, um sie zu finden!«

Muckel setzt auf der Stelle noch mal den Dackelblick auf. »Wieso, hast du sie nicht?«, fragt sie ängstlich. »Ich hatte sie in den ganz normalen Hausmüllcontainer geworfen. Und als ich sie nach einiger Zeit wieder rausholen wollte, war sie weg. Ich dachte, du hättest das Ding bereits gerettet!«

Ich schüttele den Kopf, und Muckel legt die Stirn in Falten.

»Oh nein, das tut mir leid! Dann muss sie jemand gestohlen haben!«

Wie gerne würde ich Muckel die Geschichte von dem Krabben-Kidnapping erzählen und ihr das mysteriöse Gehege zeigen. Aber das geht natürlich nicht. Ich muss erst rausfinden, ob das Ding bei Luuk ist. Und zwar bald – bevor Muckel es schafft, ihre Schüchternheitsstarre zu überwinden.

Ich fürchte, ich muss mich selbst bei Luuk einladen, um die Krabben-Story so schnell wie möglich zu klären. Vor allem muss ich wissen, ob Luuk in mich verliebt ist, bevor Muckel ihre Finger im Spiel hat. Darum werde ICH diesmal diejenige sein, die AKTIV wird und die RANGEHT! So schrecklich das auch für mich ist!

»Das tut mir so leid mit der Krabbe. Hast du es deinem Vater schon gebeichtet?«, will Muckel wissen. Das rührt mich irgendwie. Scheinbar hat sie ja doch ein schlechtes Gewissen – wenn auch an der falschen Stelle. Und darum bekomme ich auch beinahe ein schlechtes Gewissen, dass ich ihr über den wahren Verbleib der Krabbe nichts sagen kann.

»Ist nicht so schlimm, mein Vater merkt das, glaube ich, nicht«, versuche ich sie zu beruhigen. »Du kannst es wiedergutmachen, indem du mich nicht mehr Paul, sondern Paulina nennst.«

Muckel sieht mich verwirrt an. »Ich dachte, du stehst auf unsere Namen von früher. Du nennst mich schließlich auch immer noch Muckel!«

Auch wenn wir uns nicht ausdrücklich versöhnen, ist unser Treffen doch so etwas wie der Anfang von einem möglichen Neubeginn. Jedenfalls nehmen wir uns zum Abschied in den Arm, und Muckel sagt: »Wird schon wieder!«

08

ALS ICH ABENDS per Computer einen Blick in mein Gehege werfe, bleibt mir für einen Moment die Luft weg. Es läuft *Tatsächlich Liebe*!

Auch wenn mein Entführer nicht mit mir reden möchte – er möchte mir Wünsche erfüllen. **Ist das nicht ein mögliches Zeichen für ein geheimes Verliebtsein?**

Leider kann ich den Film nicht mehr bis zu Ende sehen, weil meine Mutter reinkommt und mir den Computer ausstellt. Sie zieht einfach den Stecker!

»So, Madame, ich meine, das Leben besteht nicht nur aus Zerstreuung, sondern auch aus KONZENTRATION!«

Ich verstehe erst gar nicht, was sie meint. So was hat sie noch nie gemacht. Eigentlich war es ihr immer egal, was ich in meinem Zimmer so treibe, solange ich dabei keine Lippenstifte oder Schuhe von ihr ausprobiere.

»Spinnst du! Schon mal was von Runterfahren gehört? Computer mögen das nicht, wenn man sie einfach abstürzen lässt!«

Meine Mutter schüttelt den Kopf.

»Schon mal was von Hausaufgaben gehört? Stattdessen werden hier illegal runtergeladene Filme geguckt! Aber damit ist jetzt Schluss!«

Es wäre jetzt keine gute Idee, Mama zu erklären, was ich in Wirklichkeit für einen Film geguckt habe. Darum versuche ich es lieber mit Angriff als mit Verteidigung.

»Nur weil du versäumt hast, dich in den letzten Jahren um Anastasia zu kümmern, musst du mir nicht plötzlich den Stecker ziehen. Das ist eine totale Überreaktion.«

Aber Mama lässt sich nicht beirren.

»Was eine angemessene Reaktion ist, entscheide ich immer noch selbst. Ich muss mir von euch schließlich nicht alles bieten lassen!«

Hä? Was bitte muss sie sich von mir bieten lassen? Die Lügenbaronin ist die größte Tatsachenverdreherin aller Zeiten! Statt sich mal einzugestehen, dass sie sich zu wenig um uns kümmert, lässt sie plötzlich den Drachen raushängen. Und das, obwohl ich wirklich GAR NICHTS verbrochen habe.

Doch dann dämmert mir langsam, was mit der Lügenbaronin los ist. Göttchens Gardinenpredigt zeigt ihre späte Wirkung.

»Hey, wenn du meinst, uns plötzlich erziehen zu müssen, dann fang bitte bei Anastasia an!«, schlage ich Mama vor.

Zu allem Überfluss steht meine Schwester zwei Sekunden später bei mir im Zimmer. An *Tatsächlich Liebe* ist nicht mehr zu denken, denn Anastasia will eine Grundsatzdiskussion. Und zwar mit der ganzen »Familie«. Sie hat sogar Herrn Hund mitgebracht, der wegen der schlechten Stimmung allerdings sofort davongaloppiert, als sie ihn auf dem Boden absetzt.

»Ich lasse mich nicht behandeln wie ein Kind! Das

kannst du mit Paul vielleicht machen, aber nicht mit mir«, fährt sie unsere Mutter an. Sehr unklug, mich gleich gegen sie aufzubringen, statt sich mit mir zu solidarisieren! Aber Anastasia ist eben keine Strategin. Schon gar nicht, wenn sie aufgeregt ist. Und sie ist aufgeregt!

»Tut mir leid! Wenn du nicht in der Lage bist, windige Typen von nicht windigen Typen zu unterscheiden, dann muss ich das eben für dich tun!«, findet Mama.

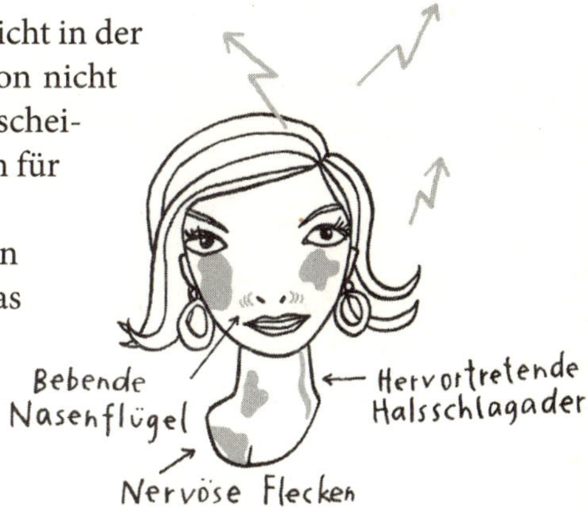

Anastasia bekommt einen hysterischen Lachanfall. »Das sagt gerade die Richtige«, prustet sie. Und weil sie den Satz so schön findet, wiederholt sie ihn noch zweimal, wobei ihr Gelächter immer unheimlicher wird.

»Was soll das denn heißen?«, unterbricht Mama sie empört.

»Na ja, selber hast du den voll windigen Blender und diesen beknatterten Lähmer im Programm. Und von dir soll ich mir sagen lassen, was gute Typen sind?«

In diesem Punkt muss ich meiner Schwester natürlich recht geben. Müsste ich jedenfalls – hätte sie mich nicht vor zwei Minuten noch beleidigt. Selber schuld. Also schmunzele ich nur ein bisschen in mich hinein und lasse die beiden sich weiter die Köpfe einschlagen.

»Meine Männer kannst du getrost mir überlassen«, zischt Mama Anastasia an. »Du bist schließlich nicht meine Mutter. Aber ich bin DEINE MUTTER!«

Anastasia schnauft. »Wie armselig, dass du dich so an Formalitäten festhältst!«

Das ist zugegeben ein ziemlich schlauer Satz für meine Schwester. Ich würde sagen, den hat sie sich in einer Vorabendserie abgeguckt.

»Paul, sag du doch auch mal was!« Anastasia schaut sich Hilfe suchend nach mir um.

»Don't call me Paul!«

»Okay, Pau-li-na. Hat Mama das Recht, sich plötzlich in unser Leben einzumischen? Nachdem sie jahrelang nur an sich gedacht hat?«

Jetzt gucken plötzlich beide auf mich, als erwarteten sie von mir so eine Art salomonisches Urteil. Puh!

»Ich würde sagen, sie hat das Recht nur, wenn etwas schiefläuft!«

»Genau!«, ruft Mama erleichtert. Dabei wollte ich ihr gar nicht zuarbeiten. Aber in Sachen Johnny-Verachtung hat sie nun mal recht.

»Was soll denn das nun wieder heißen?«, will Anastasia wissen.

»Das soll heißen, dass die Sache mit Johnny und den Busenbommeln echt daneben war. Ich würde sagen, in diesem Fall ist etwas schiefgelaufen.«

Anastasia zieht verächtlich einen Mundwinkel hoch und guckt mich aus zwei bösen Sehschlitzen an.

»Vielen Dank auch!«, sagt sie leise. »Danke, dass mir jetzt auch meine eigene Schwester in den Rücken fällt!«

Ich zucke mit den Schultern. »Wenn es doch wahr ist!«

»Glaub ja nicht, du könntest irgendwann noch mal auf meine Hilfe bauen, du Verräterin«, zischt sie und haut ab in ihr Zimmer.

Mir soll's recht sein. Anastasia hat mir ohnehin noch nie geholfen. Aber ständig droht sie mir damit, demnächst mit dem Helfen aufzuhören!

Am nächsten Tag in der Schule werde ich von Muckel bevorzugt behandelt. Sie bietet mir sogar an, dass ich neben Liam sitzen kann. Als ausgleichende Gerechtigkeit. Und sie würde sich dann auf meinen Platz setzen.

Aber ich lehne erst mal ab. Schon weil mein Platz wesentlich näher an Luuk dran ist.

Als ich mittags nach Hause komme, ist Göttchen wieder da. Ich bin beeindruckt, wie schnell Mama ihn wiedergewinnen konnte. Ich glaube, sie hat ganz schön viele Zugeständnisse gemacht. Jedenfalls kocht sie mit Brille, Pferdeschwanz und ziemlich hochgeschlossener Bluse, während Göttchen mit Anastasia am Esstisch sitzt und ihr Nachhilfe gibt. Unglaublich. Keine Ahnung, wie Mama Anastasia dazu gebracht hat. Göttchen ist offensichtlich guten Mutes, dass aus uns doch noch eine ordentliche Familie wird. Anastasia sieht nicht ganz so optimistisch aus. Jedenfalls gähnt sie unaufhörlich und zupft Katzenhaare von ihrem Pullover.

Erst auf den zweiten Blick sehe ich, womit Mama meine Schwester bestochen hat. Anastasia trägt Mamas knallrote Gucci-Pumps, die eigentlich das totale Heiligtum sind! Es gab Zeiten, da hat die Baronin die Dinger in ihrem Safe eingesperrt, damit Anastasia sie nicht heimlich Probe läuft. Dass sie die heiligen Schuhe für die Rückkehr von Göttchen geopfert hat, rechne ich ihr hoch an.

Leider habe ich keine Zeit, weitere Beobachtungen anzustellen. Denn ich habe mir fest vorgenommen, Luuk zu besuchen und das Krabben-Geheimnis zu lüften.

Um Punkt fünf Uhr stehe ich vor dem *A la tarte* und muss mich zwischen Himbeerkuchen mit weißer Schokolade und Klingeln bei Luuk entscheiden. Die Himbeerkuchen-Versuchung ist unermesslich. Aber ich widerstehe!

Als ich klingele, sind meine Finger vor Aufregung eiskalt. Gott sei Dank muss ich keine Erklärung in die Sprechanlage abgeben, sondern es wird einfach aufgedrückt. Oben an der Wohnungstür empfängt mich Luuk persönlich. Er guckt ziemlich ungläubig und sieht nicht so aus, als hätte er auf mich gewartet. Auch nicht, als wäre er in Happy-End-Stimmung.

»Was machst du denn hier?«, sagt er zur Begrüßung. Aber so schnell lasse ich mich nicht entmutigen.

»Ich muss mit dir sprechen!«

Luuk macht keine Anstalten, mich hereinzubitten. Das kann natürlich daran liegen, dass ich das Krabben-Gehege nicht entdecken soll.

»Können wir reingehen?«

Luuk zuckt mit den Schultern. Er weist mir mit der linken Hand den Weg in sein Zimmer. In der rechten hält er den Controller von seiner Xbox.

Als ich sein Zimmer betrete, ist die Enttäuschung ziemlich groß. Keine Krabbe weit und breit. Dafür läuft so ein Ballerspiel.

»Macht es dir was aus, kurz zu warten?«, fragt Luuk. »Ich muss das Spiel schnell zu Ende spielen, sonst verliere ich alle meine Punkte.«

Ich nicke. Luuk bietet mir nicht mal einen Stuhl an. Er hockt sich wie hypnotisiert vor den Fernseher und ballert fluchend einen Kämpfertypen nach dem anderen ab.

Eigentlich könnte ich einfach wieder gehen. Ich glaube nicht, dass er es bemerken würde. Aber irgendwie kann ich nicht. Ich bin der Typ, der Sachen GANZ zu Ende bringen muss! (Bis zum BITTEREN Ende.)

Immerhin gibt mir das Spiel die Gelegenheit, mich in Luuks Zimmer unbemerkt umzusehen. Ich frage mich, was ich mir vorgestellt hatte. Ein Bett mit Baldachin? Lichterketten? Kerzen? Luuks Zimmer sieht ein bisschen aus wie eine Werkstatt. Man fragt sich nur, was genau er herstellt oder repariert. Zwischen Schraubenziehern, Zangen und Kabeln liegen seine Klamotten und ein paar alte Handtücher.

»Okay, was gibt's?«, fragt Luuk, als er den letzten Schuss abgefeuert hat. Game over.

Obwohl ich wirklich höchstens noch fünf Prozent restverliebt bin, fange ich dennoch an, blöde rumzustottern.

»Ähm, das ist so … Das hört sich jetzt vielleicht komisch an, aber ich war bei einer Wahrsagerin. Und die hat behauptet, das Ding wäre bei dir. Falls es nicht so ist, dann verstehst du jetzt wahrscheinlich gar nichts. Aber wenn es doch stimmen sollte, dann würdest du jetzt wissen, wovon ich rede. Und ich wäre echt froh, wenn du mir die Wahrheit sagen könntest.«

Luuks Blick sagt eigentlich alles. Er ist so was von »nicht im Bilde«, ich sollte besser auf der Stelle abhauen.

»Wer soll bei mir sein? Eine Wahrsagerin? Wo soll die denn sein?«

»Nein, nicht die Wahrsagerin soll hier sein, sondern das Ding. Also, äh, die Krabbe, du weißt schon.«

»Sorry, aber das klingt echt abgedreht. Bist du dir sicher, dass alles in Ordnung mit dir ist?«

Okay, das ist übereindeutig. Luuk hat die Krabbe nicht. Und wenn er sie doch hat, dann ist er in jedem Fall nicht in mich verliebt. Denn wenn er in mich verliebt wäre, würde er mir all das hier nicht antun.

Überflüssigerweise sage ich zum Abschied noch: »Und du kennst nicht zufällig den Film *Tatsächlich Liebe*?«

Den Satz hätte ich mir echt sparen sollen. Denn er macht alles nur noch schlimmer für mich.

»Nein!«, antwortet Luuk. »Ist das so was wie versteckte Kamera? Kommt gleich jemand hinter dem Schrank hervor und klärt das alles hier auf?«

Ich schüttele den Kopf. »Nein, vergiss es. Vergiss einfach, dass ich hier war!«, sage ich schnell.

Und weil ich keine Ahnung habe, wie ich aus dieser peinlichsten Situation der Welt wieder rauskommen soll, haue ich einfach ab. Ganz ohne weitere Erklärungen abzugeben.

»Tschüs dann«, rufe ich Luuk noch zu und stürze die Treppe hinunter.

Wie konnte ich nur so blöd sein und auf diese bescheuerte Frau Ferrari hören? Wie konnte ich nur so unbedingt über mich und meine Schüchternheit hinauswachsen wollen?

Ich laufe zur U-Bahn-Station, und passenderweise fängt es an zu regnen. Irgendwie fühlt es sich gut an, wenn sich Tränen und Regentropfen mischen. Auf jeden Fall werde ich jetzt ein für alle Mal aufhören mit diesem bescheuerten Verliebtsein. Ich verliebe mich nie wieder. Und schon gar nicht in jemanden, den ich gar nicht kenne. So eine Luuk-Enttäuschung wünsche ich nicht mal meinem ärgsten Feind! Und schon gar nicht Muckel! Ich hoffe nur, dass Muckel niemals ihre Schüchternheit überwindet und diesen uncharmanten Ballerspieler anspricht. Nicht nur wegen der Enttäuschung, die das mit sich bringt. Sondern auch, weil Luuk ihr bestimmt von meinem oberpeinlichen Auftritt erzählen würde. Und das wäre mir vor Muckel am allerpeinlichsten. Schon allein, weil sie mir ihre Liebe zu Luuk gestanden hat und ich ihr meine nicht. Dafür hatte ich nichts Besseres zu tun, als mich schon am nächsten Tag heimlich an Luuk ranzumachen. Gut, ich hatte ihn schon länger im Visier. Und dann war da noch diese hirnrissige Prophezeiung. Aber das glaubt mir doch am Ende kein Mensch.

Plötzlich wird mir klar, dass Luuk auch anderen von meinem Besuch erzählen könnte. Was, wenn morgen die ganzen Schule davon erfährt? Wieso konnte ich mir nicht wenigstens diese dämliche Zusatzfrage nach *Tatsächlich Liebe* verkneifen? Der Fall war doch schon sonnenklar. Sieht so aus, als hätte ich mich absichtlich immer tiefer reinreiten wollen. Und da stehe ich nun und laufe und weine gegen den Regen an. Doch wenn ich es mir recht überlege, weine ich gar nicht mehr richtig. Ich habe längst aufgehört und halte selbstmitleidig die Regentropfen für Tränen. Oh Mann, nicht mal meine Tränen sind zu hundert Prozent echt. Wie verlogen ist das denn? Am Ende bin ich die Verlogenste aus der ganzen Familie Krass! Ich, die Wahrheitsfanatikerin, bin in Wirklichkeit die Schlimmste von allen.

Um irgendwann wieder in den Spiegel gucken zu können, bleibt mir nichts anderes übrig, als Muckel die ganze Geschichte zu erzählen – von A bis Z.

Und zwar bald!

09

ALS ICH ENDLICH zu Hause ankomme, ist niemand da. Mama hat einen untypisch vorbildlichen Brief auf dem Esstisch hinterlassen:

> **Liebe Paulina,**
> **wir sind mit Gottfried im Theater. Ich habe vorgekocht. Das Essen steht auf dem Herd. Mach dir einen gemütlichen Abend!**
> **Mama**

Im Theater?! Ich kann mich nicht erinnern, dass die beiden Baroninnen jemals im Theater waren. Und ich frage mich, welches Heiligtum Mama diesmal opfern musste, um Anastasia von dem Event zu überzeugen. Wahrscheinlich will sie meine Schwester einfach nicht mehr aus den Augen lassen, damit sie nicht Johnny-rückfällig wird. Und gleichzeitig will sie Göttchen beweisen, wie kulturinteressiert unsere Familie in Wirklichkeit ist.

Nach dem Essen gucke ich nach der Krabbe. Irgendwas in mir will trotz des elenden Besuchs bei Luuk glauben, dass mit der Krabbe etwas passiert sein muss. Aber alles ist beim Alten. Es läuft immer noch *Tatsächlich Lie-*

be. An der Gehegewand hängt allerdings ein neuer Zettel mit der Frage

Noch ein anderer Lieblingsfilm?

Fünf Minuten später klingelt es an der Tür. Weil ich allein bin und mein Leben irgendwie mysteriöse Züge angenommen hat, öffne ich nicht einfach drauflos, sondern gucke erst mal durch den Spion. Glücklicherweise! Denn vor der Tür steht JOHNNY! Und er sieht nicht aus, als käme er in guter Absicht.

»Hallo?«, ruft Johnny und klingelt ein zweites Mal. Diesmal deutlich fordernder.

»Anastasia?«

»Nein, hier ist Paulina.«

»Lass mich rein, ich will deine Schwester sprechen.«

»Die ist nicht da.«

»Dann warte ich drinnen auf sie«, erklärt Johnny ziemlich unfreundlich.

»Ich glaube, das würde sie nicht wollen«, gebe ich zu bedenken.

Aber das ist keine Antwort, mit der einer wie Johnny sich zufriedengibt.

»Mach jetzt sofort auf, du kleine Ratte!«, flucht er und schlägt mit den Fäusten gegen die Tür.

Bei mir drinnen kommt allerdings nur ein sanftes Wummern an. Wenn Mama mal EINE sinnvolle Anschaffung in ihrem Leben gemacht hat, dann in eine einbruchsichere Tür. Wahrscheinlich hat sie geahnt, dass bei einem reinen Mädchenhaushalt eine Art Safetür schlimme Tragödien verhindern kann.

Trotzdem hole ich das Handy aus der Hosentasche und tippe schon mal die 112 ein. Nur für den Notfall.

»Du kannst meine Schwester abhaken. Sie singt auf keinen Fall mehr bei dir. Gib dir keine Mühe.«

Es war klar, dass dieser Satz Johnny nicht besänftigen würde. Aber ich finde, er muss trotzdem mal gesagt werden.

»Pass auf, irgendjemand muss da Lügen über mich verbreiten. Irgendjemand, der den Freund deiner Mutter kennt. Diesen Lehrer-Spacken. Ich muss unbedingt wissen, wer das ist!«

Es ist toll, hinter so einer Hochsicherheitstür zu stehen und den blöden Johnny voll am Wickel zu haben.

»Hab davon gehört«, rufe ich. »Keine Ahnung, wer das war. Irgendein Nachhilfeschüler. Ich kenn den Typen zwar nicht, aber auch ohne ihn zu kennen, glaube ich ihm mehr als dir!«

Durch den Spion kann ich sehen, wie Johnny sich in eine Art Rumpelstilzchen verwandelt. Er presst die Augen und die Fäuste zusammen und steht kurz vor der Explosion.

»Du kommst dir wohl schlau vor, du Zwergpinscher!«, brüllt er. »Nur weil so eine dämliche Tür zwischen uns ist, brauchst du dich nicht so aufzuspielen. Eines Tages sehen wir uns wieder. Und zwar ohne Tür.«

Ich sage nichts mehr. Und als ich nach zehn Minuten Gefluche von Johnny immer noch nicht wieder geantwortet habe, zieht er ab. Ein bisschen mulmig ist mir schon. Aber ich glaube, er hat andere Baustellen. Ich stehe auf seiner Racheliste bestimmt nicht auf Platz eins!

Später gehe ich in mein Zimmer und starre wieder auf den Laptop. Der Abzug von Johnny hat mir ein bisschen Auftrieb in Sachen »Schluss machen« gegeben. Und ich spiele mit dem Gedanken, auch mit meinem Kidnapper Schluss zu machen. Glück hat mir die ganze Sache schließlich noch keins gebracht. Irgendjemand spielt da mit mir und ist definitiv am längeren Hebel – auch wenn er mir Wünsche erfüllt. Ich kann immer nur reagieren. Aber wäre es nicht besser, wenn ICH die Handlung bestimmen würde?

Um zehn kommen Mama und Anastasia zurück. Sie wirken nicht gerade amüsiert von ihrem Ausflug!

»Na toll, ich darf nicht im Bikini singen, aber im Theater ziehen sich alle nackt aus und wälzen sich in Blut und Matsch!«, protestiert Anastasia. Dabei klammert sie sich an die Griffe von Mamas neu ergatterter Miu-Miu-Handtasche. Dafür wäre ich allerdings auch mit ins Theater gegangen.

Mama murmelt etwas von »unglücklich gewähltes Stück«. Dann lässt sie sich ein heißes Bad ein.

Als gäbe es nicht schon genug merkwürdige Zufälle in meinem Leben, sprechen wir am nächsten Morgen im Deutschunterricht über Entführungen! Unser Deutschlehrer Herr Wohlfahrt hat einen alten Zeitungsartikel dabei, in dem es um Natascha Kampusch geht. Ein österreichisches Mädchen, das acht Jahre von ihrem Entführer im Keller eingesperrt wurde. Der Autor des Artikels fragt sich, warum Natascha nicht viel früher einen Ausbruch versucht hat. Angeblich war sie mit ihrem Kidnapper sogar einmal Ski fahren. Und der Mann war nicht etwa ein Sugar Daddy, sondern ein brutaler Fiesling.

Wie immer in solchen Artikeln hat der Artikelschreiber natürlich auch eine Antwort parat. Eine ziemlich haarsträubende, wie ich finde. Er nennt es: das Stockholm-Syndrom.

Angeblich kann man unter dem lebensbedrohlichen Stress einer Entführung plötzlich wieder zum Kleinkind werden. Um seine Überlebenschancen zu erhöhen, unterwirft man sich dem Entführer, so wie das Baby sich seiner Mutter unterwirft. Egal, wie fies der Typ ist. Manche verknallen sich sogar in ihre Kidnapper und heiraten sie später.

»Das ist ein psychologischer Mechanismus, den wir gar nicht steuern können«, behauptet Herr Wohlfahrt ganz aufgeregt. »Er ist uns noch nicht mal bewusst!«

Den Rest der Stunde verbringe ich damit,

1. die Theorie nicht zu glauben,
2. die Krabben-Entführung nicht im Geringsten mit einer echten Entführung gleichsetzen zu wollen,
3. mich dennoch zu fragen, ob ich an einem Stockholm-Syndrom leide!

Kein Wunder, dass die Ferrari auf die Idee gekommen ist, mir zu meinem Entführer eine Art Liebesbeziehung anzudichten. Oder soll ich lieber sagen, anzuhexen? Sicher kennt sie dieses Stockholm-Syndrom. Aber nicht mit mir!

Nach der Schule will ich mich mit Muckel verabreden und ihr alles beichten. Es ist immerhin Mittwoch, und der Mittwochnachmittag war immer schon unser Nachmittag. Muckel meint allerdings, dass sie jetzt mittwochs mit ihrer Mutter zum Zumba-Workout geht.

»Ich konnte ja nicht wissen, dass du dich eines Tages doch wieder mit mir vertragen würdest. Und dass du dann den Mittwoch zurückhaben willst«, sagt Muckel schuldbewusst.

Und dann versucht sie mich zu überreden, ebenfalls in dieses Fitnesscenter zu kommen und eine Probestunde zu nehmen. »Danach können wir ja reden. Ich lade dich ins *A la tarte* ein«, meint Muckel.

Ich bin mir nicht ganz sicher, ob das eine gute Idee ist. Weder das *A la tarte* (wegen der Luuk-Begegnungsgefahr) noch das Zumba (wegen der Peinlichkeitsgefahr). Zumal ich nicht mal weiß, was Zumba-Workout überhaupt ist. Wahrscheinlich so ein Rumgehüpfe für Ladys mit Stirnbändern und Gymnastikhosen. Ich lasse mich trotzdem überreden. Und ich bereue es schon in den ersten Minuten.

Kennt jemand von euch Zumba? Johnnys halb nackter Summerinnenchor ist eine harmlose Nummer gegen das, was Mu und Mu Mu hier zusammen mit einer wild gewordenen Horde von Möchtegern-Triebtäterinnen veranstalten. Untenrum bewegen sie sich total enthemmt, in der Mitte haben sie nichts an, und obenrum lächeln sie, als wäre bei alldem nichts dabei.

Ich bin nur froh, dass ich meine Mutter bei solchen Ausschreitungen nicht beobachten muss. Mu Mu ist je-

denfalls außer Rand und Band. Sie zittert mit der Oberlippe und schließt zwischendurch vor Wollust die Augen. Und Mu scheint das nicht zu stören.

»Ich glaube, das ist mir zu kompliziert«, erkläre ich den beiden und verbringe die Stunde auf der Bank.

Als ich Muckel endlich für mich allein habe, bin ich so verstört, dass mir die Lust auf mein Geständnis schon fast vergangen ist. Aber Muckel ahnt, dass ich etwas auf dem Herzen habe. Und mit einem »Ich wollte nur ein bisschen quatschen – so dies und das« lässt sie sich nicht abspeisen.

»Also gut«, gebe ich schließlich zu. »Ich habe dir neulich etwas verschwiegen.«

Wir sitzen inzwischen doch im *A la tarte*, weil mir keine passende Ausrede eingefallen ist, nicht hier hinzugehen. Und weil ich nicht schon auf dem Weg mein ganzes Geständnis loswerden wollte. Muckel steckt ihre Gabel in einen American Cheese Cake.

»Was hast du mir denn verschwiegen?«, will sie wissen, während sie die Gabel ableckt.

»Ich habe dir verschwiegen, dass ich auch in Luuk verliebt war. Und dass die Krabbe gekidnappt wurde und jetzt bei einem Fremden eingesperrt ist.«

Muckel blickt von ihrem Kuchen auf und starrt mir ungläubig ins Gesicht. »Du bist auch in Luuk...? Das darf jetzt wohl nicht wahr sein?!«

»Ich WAR. Das Ganze spielt in der Vergangenheit. Auch wenn es keine besonders ferne Vergangenheit ist. Und ich verrate dir noch etwas: Luuk wohnt direkt über diesem Café. Wenn er sein Ohr auf den Fußboden drückt, kann er uns wahrscheinlich hören.«

Muckel schaut mich aus geweiteten Augen an. Dann schreit sie ganz leise auf. Ich weiß nicht recht, ob aus Angst oder aus Vergnügen. »Das ist jetzt alles nicht dein Ernst!«, sagt sie. Aber böse ist sie mir nicht. Kein bisschen. Weder dass ich erst jetzt mit der Wahrheit rausrücke, noch dass ich auch in Luuk verliebt war. Ich erzähle ihr die ganze Geschichte, von der Entführung über die Prophezeiung bis zum Besuch bei Baller-Luuk. Und Muckel frisst mir jedes Wort aus der Hand. Sie saugt die Geschichte förmlich auf und will jedes Detail dreimal erklärt bekommen. Erst als ich wirklich ganz und gar fertig bin, steckt sie wieder ihre Gabel in den Kuchen und nimmt einen Bissen.

»Ist das krass«, sagt sie und lässt die Frischkäsecreme mit Himbeersoße auf der Zunge zergehen. Dann legt sie plötzlich den Finger auf den Mund und reißt die Augen weit auf. »Psst!«

»Was ist denn?«

»Ich dachte, ich hätte Schritte von oben gehört. Ich dachte, ich hätte Luuk gehört«, sagt sie mit schwärmerischem Blick.

»Du bist doch nicht immer noch in den verliebt? Ich meine, der Typ ist ein uncharmanter Xbox-Idiot. Ein Ego-Shooter-Egoist, ein Terror-Blödmann!«

Muckel zuckt nur mit den Schultern. »Das kann sich noch auswachsen. Alle Jungs sind so. Und ich kann doch nicht plötzlich aufhören, ihn zu lieben, nur weil er eine Xbox besitzt.«

Muckel ist echt nicht zu helfen. Aber soll sie doch ihre eigenen Erfahrungen machen! Hauptsache, sie ist nicht in einen Jungen verliebt, in den ich auch verliebt bin. Und in Luuk werde ich mich kein zweites Mal verlieben. So viel steht fest!

»Ich hab mir schon gedacht, dass dich der Luuk-Aspekt an meiner Geschichte am meisten interessiert«, erkläre ich. »Aber was mache ich denn jetzt mit dem Krabben-Entführer?«

Muckel gibt sich Mühe, auch dafür ein bisschen Interesse zu heucheln. Ich weiß trotzdem, dass sie die ganze Zeit an Luuk denkt, der über unseren Köpfen wahrscheinlich gerade ein paar arme Guerilla-Kämpfer abmetzelt.

»Dieser Entführer scheint doch echt gestört zu sein«, meint sie und bestellt eine Melonenschorle. »Setz ihm doch ein Ultimatum. Wenn er sich bis dann und dann nicht zu erkennen gegeben hat, dann gehst du zur Polizei und lässt ihn orten.«

ORTEN, wow, da wäre ich gar nicht drauf gekommen. So Stockholm-syndromisiert, wie ich bin.

»Ich kann doch auch einfach das Programm auf meinem Computer löschen. Dann bin ich auch nicht mehr mit dem Typ verbunden. Und die Krabbe gebe ich einfach verloren.«

»Kannst du auch machen«, meint Muckel mit vollem Mund. Für sie ist der Fall damit erledigt. Das ist mal wieder typisch. Kaum passiert in meinem Leben mal etwas echt Abenteuerliches, tut Muckel es mit zwei Sätzen ab, um dann wieder auf ihr Leben zu sprechen zu kommen.

Ich bin trotzdem froh, wieder mit ihr befreundet zu sein.

Kurze Zeit später kommt Daphne Oberwinter ins *A la tarte*. Sie schaut sich ziemlich unsicher um, und für einen Moment befürchte ich, Muckel könnte sie an unserem heiligen Mittwochnachmittag auch eingeladen haben. Doch als Daphne uns sieht, wirkt sie alles andere als erfreut.

»Was macht ihr denn hier?«, fragt sie beinahe vorwurfsvoll.

Muckel nimmt die Frage gleich persönlich und klärt Daphne über den neuesten Stand unserer Versöhnung auf. Immerhin war Daphne in unserer Krisenzeit ja so eine Art Ersatzfreundin für Muckel. Aber Daphne hört gar nicht richtig zu. Sie guckt dauernd zwischen ihrem gepushten und ziemlich freigelegten Busen und der Tür hin und her. »Ich bin hier verabredet«, erklärt sie. »Und ich dachte, in einem Südstadtcafé könnte man sich INKOGNITO treffen!«

Hatte ich schon erwähnt, dass Daphne der Fremdwörtertyp ist? Und dass sie keine Gelegenheit auslässt, ihr Fremdwörterwissen raushängen zu lassen? Ich glaube, sie lernt die Dinger wie Vokabeln. Besonders »authentisch« wirkt das allerdings nicht.

Jedenfalls setzt Daphne sich an einen anderen Tisch und knöpft sich eine Tageszeitung vor. Fünf Minuten später kommt auch schon Mr Inkognito zur Tür rein. Muckel und mir bleibt die Luft weg. Es ist der Ego-Shooter-Egoist aus der ersten Etage. Unser Jungsgeschmack ist doch weniger exklusiv, als wir dachten!

Klar beobachten wir jede Mikro-Aktion der beiden. Luuk ist definitiv charmanter zu Daphne als zu mir gestern. Von heute ganz zu schweigen. Denn er übersieht mich einfach. Und Muckel gleich mit. Das hat den Vorteil, dass wir noch hemmungsloser spannen können. Sehr zum Ärger von Daphne, die uns ein paar ziemlich gereizte Blicke zuwirft.

Das Übersehenwerden hat aber auch den Nachteil, dass Muckels Laune in den Keller geht. Denn dass Daphne sich plötzlich einen Luuk-Vorsprung erarbeitet hat, macht ihr ganz schön zu schaffen. Ein seltsames Lächeln friert in Muckels Gesicht fest, und ab und an zuckt einer ihrer Mundwinkel.

»Daphne weiß ganz genau, dass ich in Luuk verliebt bin!«, flüstert Muckel mir zu. »Und ich habe ihr auch von meiner neuen gehemmten Art erzählt!«

»Dann weißt du ja jetzt, wie ich mich damals mit Liam gefühlt habe«, flüstere ich zurück.

Muckel drückt die Lippen aufeinander. Das war nicht die Antwort, die sie hören wollte.

Daphne wirkt übrigens auch nicht gerade locker. Es stellt sich raus, dass sie sich ihr Rendezvous mit einem ziemlich einfachen Trick ergaunert hat. Man muss dazu sagen, dass ihr Vater ein hohes Tier beim 1. FC Köln ist.

»Wo sind denn jetzt die VIP-Karten, die du übrig hast?«, fragt Luuk ungeduldig.

Sieht so aus, als müsste er bald zurück zu seiner Xbox.

Daphne legt zwei Karten auf den Tisch. »Das Spiel ist eigentlich komplett ausverkauft!«, beteuert sie. »Mit wem willst du denn hingehen?«

Dazu gelingt ihr ein ziemlich unmissverständlicher Augenaufschlag, den sogar der Ego-Shooter-Egoist checkt. Und er wird tatsächlich ein bisschen nervös.

»Äh, ich hatte die Karte eigentlich schon einem Kumpel versprochen. Aber wenn es deine Karte ist …«

»Nein, nein, kein Problem«, winkt Daphne ab.

Aber so ein bisschen Enttäuschung kann auch ihr gefrierendes Lächeln nicht verbergen. »Ich habe selbst auch noch eine Karte.«

»Cool«, meint Luuk erleichtert. »Dann sehen wir uns ja vielleicht.«

Heute mag ich Luuk definitiv lieber als gestern. Schon weil er sich nicht von Daphnes Busenpräsentation beeindrucken lässt.

Aber verlieben würde ich mich trotzdem nicht mehr in ihn.

Die beiden tauschen noch ein paar Small-Talk-Sät-

ze aus. Dann will Luuk zahlen und gehen. Daphne geht gleich mit. Wahrscheinlich hat sie keine Lust, die Details ihres misslungenen Rendezvous mit uns zu besprechen. Dafür fühlt sich Muckel umso freier, über Daphnes Auftritt zu lästern. Sie hält Daphne für eine arme Wurst, die nie Chancen bei Typen haben wird. Weil sie sich viel zu sehr anbiedert. Was sie nicht erwähnt, ist, dass Luuk UNS BEIDE noch nicht mal erkannt hat. Und was ich nicht erwähne, ist die Tatsache, dass Muckel sich bei Liam mindestens so »angebiedert« hat wie Daphne bei Luuk.

Schließlich will ich unsere frisch gekittete Freundschaft nicht gleich wieder aufs Spiel setzen.

10

ABENDS BIN ICH fest entschlossen: Ich beende meine gestörte Beziehung zu meinem Kidnapper – wer auch immer es sein mag!

Mit klopfendem Herzen öffne ich meinen Laptop und laufe ein letztes Mal in meinem Gehege umher. An der Wand hängt immer noch die Frage nach einem weiteren Lieblingsfilm.

»Hallo, ist da jemand?«

Natürlich kommt mal wieder keine Antwort.

»Hör zu, du komischer Entführer, wenn du glaubst, dass ich ein Stockholm-Syndrom habe, dann irrst du dich! Ich spiele dein blödes Spiel jetzt nicht mehr mit, verstehst du? Ich werde gleich die Software auf meinem Computer löschen. Und damit ist mein Krabben-Ich tot. Nicht mehr existent. Du hast dann nur noch ein unbewegliches Plastikspielzeug ohne Gefühle in deiner Gewalt, kapito?«

Ich mache eine kleine Pause, um zu hören, ob sich mein Kidnapper dazu äußern will. Aber es ist sozusagen nichts zu hören. Außer ein ganz kleines Poltern im Hintergrund. Doch dann sind plötzlich zwei Stimmen im Raum.

»Was machst du denn hier?«, sagt die eine Stimme. »Wie bist du denn reingekommen?«

Die andere Stimme ist wesentlich lauter.

»Wie bist du denn reingekommen?«, äfft sie die erste Stimme in weinerlichem Ton nach. »Du bist doch der Bruder von meiner Freundin, stimmt's? Und du bist auch der Nachhilfeschüler von diesem gestörten arbeitslosen Lehrerspacken, richtig?«

Von Stimme Nummer eins ist nichts mehr zu hören. Stattdessen rüttelt es kräftig an meinem Gehege, und das Dach über meinem Kopf zieht sich ein Stück zu. Aber nicht weit genug, um mich akustisch abzuschirmen.

Stimme Nummer eins schweigt weiter, aber die Rüpelstimme kommt mir irgendwie bekannt vor. Kein Zweifel, es ist die Stimme von Johnny, dem Bikinimädchen-Nötiger!

Unmöglich, dass Johnny dieses Gehege gebaut hat und für mich die *Tatsächlich Liebe*-DVD eingelegt hat. Mein Kidnapper muss also Stimme Nummer zwei sein. Der, der schon im Zimmer war, als Johnny reingeplatzt ist. Wahrscheinlich hat mein Geiselnehmer noch versucht, mich schnell zu überdachen. Aber das ist ihm in der Eile nicht gelungen.

Zu absurd, wenn Johnny jetzt mein Retter wird! Im Moment scheint er sich allerdings nicht sonderlich für mich zu interessieren.

»Was fällt dir ein, diesem beknackten Lehrer von meiner Band zu erzählen?«, brüllt er. »Der hat dafür gesorgt, dass jetzt all meine Sängerinnen abgesprungen sind!«

Es rumpelt ein bisschen im Zimmer, und es würde mich nicht wundern, wenn Johnny handgreiflich wird.

»Hör zu! Entweder du besorgst mir ein paar neue Tussen, oder du brauchst dich auf unserer Schule nicht mehr blicken zu lassen!«

Ich bin kurz davor, für meinen unbekannten Entführer Partei zu ergreifen. Am Ende hat mich das Stockholm-Syndrom doch schwerer erwischt, als ich dachte. Doch da passiert etwas Seltsames. Mein Blickwinkel verändert sich. Ich sehe plötzlich den ganzen Raum. Und ich sehe LIAM, der panisch auf mich zuspringt.

»Lass das!«, ruft er. »Lass das Ding los!«

Ich fasse es nicht. Liam ist mein Entführer? Wieso bin ich da nicht gleich draufgekommen? Er war schließlich der Einzige, der wusste, dass ich im Müll gelandet bin. Aber warum hat er mich mitgenommen? Warum hat er diesen ganzen Budenzauber für mich veranstaltet?

»Lass das Ding los«, äfft Johnny Liam mit hysterischer Stimme nach. »Was soll denn das sein? Babyschrott? Spielst du etwa noch mit Autos?«

Johnny dreht mich hin und her, und jetzt erkenne ich auch, dass mein Gehege ein Bettkasten ist. Eine große Schublade unter Liams Bett, die man zuschieben kann. Sicher war Liam von Johnnys Besuch so überrascht, dass er mich nicht rechtzeitig verstecken konnte. Und sein verzweifelter Versuch, mich im Nachhinein noch in der Versenkung verschwinden zu lassen, hat Johnny wahrscheinlich erst recht auf mich aufmerksam gemacht.

Jetzt tut Liam mir wirklich leid. Stockholm-Syndrom hin oder her – ich fühle mich vollkommen solidarisch mit ihm.

In dem Moment, als Johnny direkt in meine Kamera schaut, antworte ich ihm. Erst ganz leise, um mich langsam steigern zu können.

»Lass mich los«, flüstere ich.

Johnny dreht sich zu Liam um. »Was hast du gesagt?«

»Ich hab nichts gesagt. Würdest du jetzt bitte das Ding weglegen und wieder gehen?«

»Hast du gehört? Du sollst mich loslassen, Johannes Kotenhöfer!«

Das ist tatsächlich Johnnys Name. Anastasia hat ihn mir in einer schwachen Stunde mal gestanden. Natürlich hat Johnny ihr diesen Namen nicht freiwillig verraten. Anastasia hatte seinen alten Pass unter der Matratze gefunden.

Johnny ist wirklich baff. Er guckt mich an, als wäre ich ein Außerirdischer mit hellseherischen Fähigkeiten!

»Was soll das jetzt wieder!«, sagt er sichtlich verwirrt. »Was ist das denn für eine komische Sprechpuppe?« Wieder schaut er zu Liam. »Bist du Bauchredner oder so ein Schwachsinn?«

»Ich weiß alles über dich!«, flüstere ich.

»Ist ja interessant«, meint Johnny und lässt mich aufs Bett fallen. »Aber ich hab jetzt echt keine Zeit für so einen Psycho-Mist!«

Dann wendet er sich wieder dem armen Liam zu, dem er ein Mal mit der flachen Hand gegen die Stirn schlägt, um ihn dann weiter zu beschimpfen.

»Hör zu, ich meine es ernst!«, sagt er mit fieser Stimme. »Keiner spannt Johnny ungestraft die Beautys aus!«

Ehrlich gesagt mache ich mir wirklich Sorgen um Liam. Johnny scheint noch grässlicher zu sein, als ich dachte. Ich muss ihn unbedingt von Liam ablenken. Darum setze ich meine Räder in Bewegung und fahre lauthals auf ihn zu.

»Hey, Johnny. Willst du dich wieder an Kleineren vergreifen? Mehr hast du wohl nicht drauf?! Du weißt hoffentlich, dass ich eine eingebaute Kamera habe?!«

Johnny knöpft sich mich ein zweites Mal vor. Er packt mich und greift mit der Hand auf meine Kamera.

»Hör zu!«, rufe ich schnell. »Alles, was du tust und bisher getan hast, ist bereits aufgezeichnet. Und zwar nicht in mir drin, sondern es ist über WLAN schon im Netz. Wenn du mir jetzt den Kopf abreißt, gibt's 'ne Anzeige wegen Sachbeschädigung. Und wenn du Liam den Kopf abreißt …«

»Halt die Klappe, mir machst du keine Angst, du kleiner Plastikfreak!«, behauptet Johnny.

Dennoch setzt er mich relativ behutsam wieder auf dem Bett ab und schaut mich ratlos an. »Was weißt du denn schon?!«, sagt er schließlich.

Das ist mein Stichwort. Und wie auf Knopfdruck sprudelt alles aus mir raus, was ich so über Johnny weiß.

»Ich weiß, dass du ein lausiger Musiker bist. Und dass das Lumas, wo du auftreten möchtest, ein noch lausigerer Klub ist. Und dass sie dich da nie spielen lassen würden, wenn du nicht ein paar halb nackte Mädchen am Start hättest.«

Ich hab einen echten Lauf, und seltsamerweise unterbricht mich Johnny nicht. Ich erzähle von all den fiesen Tricks, mit denen er meine Schwester rumgekriegt hat, und von all seinen Lügen, mit denen er sich immer rausgeredet hat. Natürlich nenne ich nicht Anastasias Namen, sondern tue so, als wenn Johnny mit allen Frauen so verfährt.

»Du hast ja eine krasse Phantasie«, sagt Johnny, als ich fertig bin.

Eine Sekunde lang habe ich Angst, dass er mich erkannt hat und dass er mit der »krassen« Phantasie auf meinen Nachnamen anspielt. Doch ich glaube, ich habe Glück. Denn Johnny macht einen echten Rückzieher.

»Wo hast du dieses Wahnsinns-Toy her?«, fragt er Liam. »Spielt das bei jedem dieselbe Platte ab?«

»Oh nein, das ist kein Spielzeug. Ich kann mit dem Ding skypen. Und ich bin gerade dabei, mit meiner Mathelehrerin zu skypen. Du weißt schon, Frau Michalczik. Sie wollte mir ein paar Gleichungen erklären.«

Das ist echt schlau von Liam. Denn Frau Michalczik ist nicht nur unsere Mathelehrerin, sondern gleichzeitig auch Johnnys Stufenleiterin. Johnny muss jetzt also denken, dass seine wichtigste Lehrerin gerade Zeuge von seinem Angriff auf Liam geworden ist. Und dass sie außerdem ziemlich viele von seinen unschönen Charaktereigenschaften kennt.

»Frau Michalczik«, hüstelt Johnny. Dann winkt er in die

Kamera: »Hi, Frau Michalczik! Ich hoffe, Sie glauben nicht wirklich all das, was Sie da eben über mich gesagt haben. Sie wissen schon, es gibt eine Menge Mädels, die schlecht über mich reden, weil sie bei mir nicht landen können. Ich denke mal, eine von denen hat sich bei Ihnen ausgeheult.«

Johnny kratzt sich am Kopf. »Ich bin dann mal weg«, meint er, und knufft Liam auf den Oberarm. »Und nichts für ungut, Kollege. Ich hoffe, du hast meine Späßchen vorhin nicht ernst genommen!«

Dann ist er genauso schnell verschwunden, wie er gekommen war. Und Liam und ich sind alleine.

Liam nimmt mich hoch und setzt mich vor sich auf dem Schreibtisch ab.

»Puh, unser erstes Gespräch hatte ich mir ein bisschen anders vorgestellt! Ich weiß gar nicht, wie ich das alles erklären soll«, sagt er und kratzt sich am Ohr.

Ich habe noch nie jemanden gesehen, der so verlegen aussieht. Das macht mich selbst ein kleines bisschen weniger verlegen.

»Du bist also mein Entführer«, sage ich nach einer kleinen Pause.

»Sieht ganz so aus!« Liam nickt. »Und? Enttäuscht?«

»Nein, ich bin eher froh, dass das Geheimnis jetzt gelüftet ist. Weißt du eigentlich, wie blöd das ist, nicht zu wissen, wo man ist und wer einen eingesperrt hat?«

Liam legt die Stirn in Falten. »Echt? Sehr blöd? Und kein bisschen spannend oder aufregend?«

»Ich finde, wenn einer hier Fragen beantworten sollte, dann du!«

Liam nickt und sieht echt schuldbewusst aus. »Hab ich mir schon gedacht, dass du alles genau wissen willst. Und du gibst mir wohl nicht bis morgen Zeit, damit ich mir in Ruhe ein paar Ausreden für meine Aktion zurechtlegen kann?«

Ich schüttele den Kopf. Obwohl er das ja gar nicht sehen kann. Aber er weiß wohl auch so Bescheid.

»Also, was willst du wissen? Wie du hierhingekommen bist? Warum ich dich vor dem Schlund des großen Müllwagens gerettet und dann gefangen gehalten habe?«

»Genau! Das will ich wissen. Und wie ich das wissen will!«

Liam macht eine Pause. Ich sehe sein ratloses Gesicht auf meinem Bildschirm und bin froh, dass er mich nicht sehen kann. Ich bin froh, dass ich bei all der Aufregung nicht auch noch überlegen muss, wie ich gerade aussehe und wie das bei ihm ankommt. Dass ich nicht darüber nachdenken muss, ob es albern ist, nervös in meinem Gesicht herumzufingern, oder ob ich gerade besser oder schlechter aussehe als Muckel. Ich bin für ihn einfach nur eine Plastikkrabbe auf Rädern. Wie entspannend das sein kann!

»Also, es war so: Ich habe doch mitbekommen, dass Simone dich wegschmeißen wollte«, erklärt Liam. »Und als sie vom Müll zurückkam, wollte sie kein Wort zu der ganzen Sache sagen. Alles, was sie meinte, war: ›Vergiss, was du eben gehört hast!‹«

Liam erklärt, dass er noch nie in seinem ganzen Leben so verwirrt war wie an diesem Nachmittag. Und dass er versucht hat, unseren Streit als Zickenterror abzutun.

Aber das ist ihm nicht gelungen. Denn schließlich hatten unsere Aussagen ziemlich viel mit ihm zu tun.

»Als ich dann kurze Zeit später gegangen bin, konnte ich dich doch nicht einfach im Müll liegen lassen. Oder sagen wir lieber, ich konnte die Möglichkeit, mit dir zu reden, doch nicht wegschmeißen. Ich dachte echt, wenn ich dich mit nach Hause nehme, dann könntest du mir in Ruhe erklären, was Muckel mir nicht erklärt hat.«

»Du hast mich nur aus Neugierde mitgenommen?«, unterbreche ich Liam. »Du wolltest mich also gar nicht retten?«

»Doch, doch, schon!«, antwortet er grinsend. Und er entspannt sich ein bisschen.

»Aber warum hast du denn dann zu Hause nicht mit mir geredet?«

»Na ja, mit so einem Gerät zu reden ist gar nicht so einfach. Ich wollte dich lieber live sehen. Aber im Altenheim bist du auch nicht mehr aufgekreuzt! Und außerdem«, meint Liam, »kam ich mir plötzlich total blöde vor. Ich hatte das Gefühl, ich hätte dich bestohlen. Ich dachte, du bist mir bestimmt böse, weil ich dich nicht sofort bei dir zu Hause abgeliefert habe! Dabei wusste ich ja gar nicht, wo du wohnst.«

Liam erklärt, dass er sich erst mal Zeit lassen wollte, um sich eine gute Erklärung für den »Raub« auszudenken. Aber je mehr Zeit er sich ließ, desto schwieriger wurde die Erklärung. Denn jetzt musste er ja auch noch sein langes Schweigen miterklären.

»Ich dachte, wenn ich nett zu dir bin und dir ein paar Lieblingsfilme besorge, dann bist du am Ende nicht ganz so sauer. Und ich dachte, du würdest irgendwann erraten, wer ich bin. Dann hätte ich mich zu erkennen gegeben. Jedenfalls, wenn du mir nicht allzu sauer erschienen wärst, verstehst du? Sonst hätte ich natürlich abgestritten, dass du richtig geraten hast. Beziehungsweise ich hätte weiterhin die Klappe gehalten.«

»Wie bitte hätte ich erraten sollen, wo ich bin? Du hast mir nicht einen einzigen Hinweis gegeben!«

Liam grinst wieder und holt das MAIL-Schild aus meinem Gehege. Erst jetzt fällt mir auf, dass das L am Ende falsch rum geschrieben ist:

MAI⅃

Wenn man also von rechts nach links liest, dann steht da **LIAM**.

»Das war dein Hinweis? Hältst du mich etwa für ein Superhirn?«

»Ehrlich gesagt habe ich mich total gewundert, dass du nicht schon ohne das Schild auf die Idee gekommen bist, dass ICH dich gerettet habe. Ich war immerhin der einzige Zeuge der ganzen Aktion!«

Liam hat recht. Wie konnte ich nur so schwer von Begriff sein?

»Ich dachte, nach allem, was Muckel über mich gesagt hat, findest du mich oberpeinlich und kämest im Leben nicht auf die Idee, im Müll nach mir zu suchen!«, versuche ich mich zu rechtfertigen.

Über das, was genau an dem besagten Nachmittag gesagt wurde, reden wir ziemlich schwammig. Das Wort

»Frauenarzt« fällt kein einziges Mal. Und auch die Gemeinheiten, die Muckel gegen mich vorgebracht hat, werden nicht wortwörtlich wiederholt. Trotzdem fühlt es sich ein bisschen so an, als würden wir uns aussprechen. Jedenfalls bin ich echt erleichtert, dass Liam genauso schüchtern ist wie ich.

Irgendwann kommt seine Mutter rein, weil das Abendessen fertig ist. Sie starrt mich ziemlich misstrauisch an und fragt Liam, warum er mit einem Plastikspielzeug redet.

Als sie wieder raus ist, fällt mir noch eine wichtige Frage ein:

»Ach, Liam?!«

»Ja?«

»Ich habe noch eine Frage vergessen.«

Er stöhnt.

»Keine schwere Frage.«

»Also gut.«

»Wo wohnst du eigentlich?«

Liam atmet tief durch. »Wieso fragst du?«

»Na ja, immerhin wohne ich jetzt auch da. Oder sagen wir, ich wohnte da.«

»Wieso? Willst du etwa abhauen?« Liam grinst mich an und hebt mich hoch. »Ich kann dich jederzeit wieder zurück in deinen Käfig stecken, wenn du durchbrennen willst.«

Das finde ich ziemlich süß von ihm.

»Jetzt sag schon, wo du wohnst!«

»Nur wenn du mir versprichst, nicht in fünf Minuten wutentbrannt vor meiner Tür zu stehen und eine Befreiungsaktion zu starten!«

»Ich verspreche es.«

Liam zögert noch einen Moment. »Meine Straße hat keinen besonders appetitlichen Namen«, meint er. »Sie ist nach einem Organ benannt, in dem … sagen wir, in dem nicht gerade Stroh zu Gold versponnen wird.«

Mein Herz macht ungelogen einen sekundenlangen Aussetzer und überschlägt sich dann wie ein stolperndes Rennpferd.

»EEECHT?«, frage ich ungläubig. Für mich als Nicht-Mitdenkerin ist das eine extreme Wendung der Geschichte. Ich muss komplett neu kombinieren! Hatte die Ferrari etwa doch recht? Mit dem Aufenthaltsort der Krabbe in jedem Fall. Aber was ist mit ihren Liebesprophezeiungen? Ist Liam etwa in mich verliebt? Und bin ich womöglich immer noch in Liam verliebt? Ohne es selbst gemerkt zu haben? Gibt es so was? War meine Verliebtheit in Luuk ein Ablenkungsmanöver, an das ich selbst geglaubt habe? Glauben wollte? Glauben musste, um nicht vor Eifersucht verrückt zu werden? Und, letzte Frage – habt ihr alle das schon längst gewusst?

»Du sagst ja gar nichts«, meint Liam nach einer Weile. »Sooo schlimm ist der Straßenname doch auch wieder nicht. Eigentlich finde ich ihn geradezu harmlos. Ich wollte nur einen blöden Witz machen, als ich meinte, er wäre eklig. Wusste nicht, dass du so empfindlich bist.«

»Nein, ist schon gut«, sage ich schnell. »Ich meine, es hat mit dem Namen an sich eigentlich nichts zu tun. Jedenfalls nichts mit seiner Darmhaftigkeit! Ich erklär' dir das später, muss jetzt auch schnell essen!«

Dann fahre ich den Computer runter und schmeiße mich auf mein Bett. Puh! Das waren definitiv zu viele Extrem-News pro Minute. Mein Kopf fühlt sich an, als hätte jemand einen Sack Hummeln darin freigelassen. Von meinem Bauch ganz zu schweigen.

Ich brauche in jedem Fall eine kleine Aus-Zeit!

11

AM NÄCHSTEN MORGEN wache ich viel zu früh auf! Und zwar mit dem Gefühl, die ganze Nacht kein Auge zugetan zu haben. Jetzt bloß nicht wieder den Computer einschalten!, ist mein erster Gedanke. Ich bin immer noch komplett verstört und weiß weder, was ich denken, noch, was ich fühlen soll. Auf keinen Fall möchte ich ernsthaft an diesem Stockholm-Syndrom erkranken!

Ein allererstes Zeichen für meine Infizierung scheint mir, dass ich mich zwei Minuten später doch wieder in Liams Zimmer beame. Ich stehe immer noch auf seinem Schreibtisch. Ganz vorsichtig drehe ich mich, sodass ich auf sein Bett schauen kann. Und der Anblick trifft mich mitten ins Herz. Liam liegt zusammen mit seinem kleinen Hund im Bett und sieht zum Verlieben aus. Ich traue mich vor Aufregung kaum zu atmen. Dieses Bild ist nicht gerade förderlich, um von meinem Syndrom wegzukommen.

Ich fürchte, es hat sich unauslöschlich in meinem Kopf festgefressen! In meiner Phantasie lasse ich mich sogar vom Schreibtisch runter auf das Bett purzeln und kuschele mich zu den beiden. In Wirklichkeit nehme ich nur den Laptop mit ins Bett und lege die beiden neben mein Kopfkissen. Das scheint mir unverfänglicher. Und dann schlafe ich tatsächlich noch mal tief und fest ein.

Eine halbe Stunde später werde ich davon wach, dass meine Mutter im Raum steht und auf meinen Laptop einredet. Sie hat sich das Ding geschnappt und den armen Liam samt Hund aufgeweckt.

»Darf ich mal bitte wissen, wer du bist und was du bei meiner Tochter im Bett zu suchen hast?«, herrscht sie ihn an. Ich höre Liams Hund bellen und Liam selbst etwas Unverständliches murmeln. Eine Sekunde später bin ich auf den Beinen, erobere mir den Laptop zurück, rufe »Das war ein blöder Spaß meiner Mutter« und klappe den Deckel zu.

»Bist du irre? Wie peinlich war das denn?«, schreie ich sie an.

»Ich war peinlich? Und du? Dir ist es wohl nicht peinlich, in deinem Alter mit einem Jungen im Bett zu liegen?«

Langsam wird mir die neue Strenge meiner Mutter unheimlich.

»Da war kein JUNGE in meinem Bett, sondern ein LAPTOP! Wir haben einfach nur geskypt und sind darüber eingeschlafen. Etwas Harmloseres gibt es ja wohl gar nicht!«

Meinen letzten Satz hat meine Mutter gar nicht mehr gehört. Weil sie einfach aus dem Raum gegangen ist. Das scheint wohl ihre neue Masche zu sein. Wenn sie ahnt, dass sie im Unrecht ist, einfach wegzugehen und nicht mehr zuzuhören. Super!

Jedenfalls hat sie mir ganz schön was eingebrockt! Jetzt bin ich Liam gegenüber plötzlich in Erklärungsnot (und nicht mehr umgekehrt!). Ich habe ihn mit ins Bett genommen. Wie soll ich das bloß erklären? Warum müssen die Sachen nur immer komplizierter werden?

Als ich sicher sein kann, dass Mama im Bad ist, klappe ich kurz den Deckel des Laptops wieder auf. Liam ist schon weg, und ich sitze wieder im Gehege. Mir gegenüber hängt eine Nachricht an der Wand:

Vielleicht sollte ich dich doch lieber wieder einsperren. Nicht dass du weiter Dummheiten machst ;-)

War ja klar, dass Liam Oberwasser bekommen hat. Jetzt bin ich plötzlich die Stalkerin, und sein Kidnapping gerät vollkommen in den Hintergrund. Ich liebe meine Mutter!

In der Schule traue ich mich kaum, Liam anzusehen. Gott sei Dank nimmt mich Muckel in der Pause zu hundert Prozent in Beschlag. Sie will mit mir vor Daphne flüchten, ihrer neuen Erzfeindin. Angeblich haben die beiden gestern noch ein paar unschöne SMS ausgetauscht. Darum will Muckel auf keinen Fall mehr ihre Freizeit mit dieser »Verräterin« verbringen. Ich frage mich, ob sich Muckel jetzt immer mit allen anfeinden will, die zufällig in denselben Typen verliebt sind wie sie. Das könnte auf lange Sicht ganz schön anstrengend werden!

Und ich frage mich auch, ob ich Muckel in die neuen Verwicklungen MEINER Geschichte einweihen soll. Aber ich habe Angst, dass sie in ihrer »unkomplizierten« Art die Sache gleich mal mit Liam klären will. Darum bin ich einfach nur froh, dass Muckel mich von meinem eigenen Gefühlschaos ablenkt.

Nach der Pause liegt ein Zettel in meinem Mäppchen.

Soll ich dir heute Nachmittag meine Geisel zurückbringen?
Wenn ja, sims deine Adresse an 0177 4 156 745
Wenn nein, kannst du ja auch Bescheid simsen.

Als es um vier Uhr an der Tür klingelt, habe ich eine Stunde lang mein Zimmer aufgeräumt und alte, peinliche *Bravo*-Poster abgehängt. Außerdem war ich bei der Tankstelle, um eine Flasche eiskalte Cola zu besorgen. Umso schockierter bin ich, als ich durch den Spion gucke. Liam ist nicht allein gekommen. Neben seinem Hund ist noch ein Mädchen dabei, das ungefähr doppelt so alt ist wie er und doppelt so gut aussieht wie ich. Was soll das? Will er etwa nur schnell die Krabbe abgeben und sich dann mit seiner Hammerfreundin amüsieren? Warum schleppt er sie mit hierher? Die unbekannte Schöne wuschelt Liam sogar vor meinen Augen durchs Haar und knufft ihn in die Seite, bis er ein zweites Mal den Klingelknopf drückt.

Eigentlich habe ich gar keine Lust, aufzumachen. Ich finde, ich habe in der letzten Zeit genug Enttäuschungen erlebt! Aber ich bin nicht allein zu Hause, und ich wette, gleich kommen die beiden Baroninnen, um nachzusehen, wer denn da ständig klingelt. Darum versuche ich, die Sache lieber schnell alleine zu klären.

»Hi!«, sage ich so gefühllos wie möglich, als Liam und seine selbstsichere Gefährtin vor mir stehen.

»Hi, das ist Liv«, sagt Liam seelenruhig. Sein Hund wedelt dazu freudig mit dem Schwanz. Allerdings nur so lange, bis er Herrn Hund entdeckt, der mit einem Megabuckel und einem enorm aufgeplusterten Schwanz sein Revier verteidigen will. Genau diese Pose würde ich am liebsten auch einnehmen!

Liv scheint Herrn Hunds Drohungen jedoch nicht ernst zu nehmen.

»Oh, wie süß, ein Kätzchen«, sagt sie mit Zuckerstimme.

Da ich Liam nicht reinbitte, findet auch er sehr schnell zu seiner alten Unsicherheit zurück.

»Ehm, äh, ich konnte Liv nicht davon abhalten, mitzukommen. Sie wollte sich unbedingt mit deiner Schwester treffen. Die beiden wollen …«

»Hallo!«, unterbricht ihn Liv. »Geht's noch? Ich sage ja auch nicht, was du hier in Wirklichkeit willst!«

In dem Moment kommt Anastasia und beendet das Verwirrspiel. Sie fällt Liv um den Hals und zerrt sie in ihr Zimmer.

»Wir kommen auch ohne diesen Idioten groß raus! Wir gehen einfach zum DSDS-Casting«, schwärmt Anastasia auf dem Weg.

Als die Tür hinter den beiden zugeht, flüstert Liam: »Die wollen einen Anti-Johnny-Klub gründen! Als ich meiner Schwester erzählt habe, was die Krabbe alles für Johnny-Gemeinheiten wusste, ist sie komplett ausgerastet. All die fiesen Tricks hat er nämlich auch bei ihr ausprobiert!«

Ich bin echt erleichtert, dass Liv Liams Schwester ist! So erleichtert, dass ich mir jetzt endlich eingestehe, was nicht mehr zu leugnen ist: Ich bin voll verliebt in Liam. Ob schon wieder oder immer noch, ob mit oder ohne Stockholm-Syndrom, ist mir jetzt auch egal! Es ist einfach so.

Wir gehen samt dem Terrier (der übrigens Don Camillo heißt und sich vor lauter Angst vor Herrn Hund mit eingezogenem Schwanz an der Wand herumdrückt) in mein Zimmer. Liam holt die Krabbe aus seinem Rucksack und stellt sie auf den Boden. Und Herr Hund, der sich jetzt von zwei Gegnern bedroht fühlt, fängt laut an zu fauchen, sodass Don Camillo winselnd auf Liams Arm will.

»Habe ich mich eigentlich schon bei dir bedankt?« fragt Liam und krault Don Camillo das drahtige Fell. »Dafür, dass du mich vor diesem Schlägertypen gerettet hast?«

Ich schüttele den Kopf, und wir setzen uns auf mein Bett. Dann erzähle ich Liam von dem Abend, als Göttchen die Bombe platzen ließ. »Eigentlich haben wir es der Luschigkeit meiner Mutter zu verdanken, dass er bei den ganzen anderen Eltern angerufen hat. Er suchte einfach Verbündete!«

»Ich finde es super, dass er angerufen hat. Auch wenn ich mich jetzt mein Leben lang auf dem Schulhof vor Johannes Kotenhöfer verstecken muss!«, meint Liam.

Ich erzähle ihm von Johnnys Besuch und der Unterhaltung durch unsere Haustür. Und dann überlegen wir uns ein paar echt lustige Schulverstecke, weil wir schließlich beide auf Johnnys Racheliste stehen.

Puh, verliebtsein aus der Nähe ist ganz schön anstrengend. Viel anstrengender als anhimmeln aus der Ferne. Man muss sich ständig superschlaue und lustige Sachen einfallen lassen, damit der andere begeistert von einem ist. Als mir gerade nichts mehr einfällt, nehme ich den Laptop zu Hilfe. Ich ziehe ihn auf meinen Schoß und steuere die Krabbe an. Dann fahre ich langsam auf Herrn Hund zu, der auf der Stelle sein Revier aufgibt und wie ein kleines Zirkuspferd mit erhobenem Schweif aus dem Zimmer galoppiert.

»Hey, fahr doch mal zum Anti-Johnny-Klub! Vielleicht bekommen wir noch die Gründungszeremonie mit!«, meint Liam.

Super Idee! Und da wir in der ganzen Wohnung Teppichboden haben, kann ich mich komplett lautlos anschleichen! Meine Schwester hat sogar ihre Tür einen Spalt offen gelassen, sodass ich den Kamera-Arm reinhalten kann. Auf dem Bildschirm können wir Liv und Anastasia sehen. Sie sitzen mit geschlossenen Augen und geradem Rücken auf dem Boden und sehen sehr ernst aus.

»Was siehst du?«, fragt Liv. Anastasia zuckt mit den Schultern. »Ich sehe Schwarz. Einen schwarzen Tunnel mit grauen Flecken.«

Liv verzieht das Gesicht. »Nein, so wird das nichts! Wenn du dir einen schwarzen Tunnel vorstellst, dann kommt auch nur ein schwarzer Tunnel.«

Ich sehe Liam fragend an. »Was meint sie?«, flüstere ich ihm zu.

Ich forme mit den Händen sogar einen Trichter und lege ihn rund um Liams Ohr, damit die beiden mich auch ja nicht hören.

Wenn ich es mir recht überlege, dann ist das unsere allererste Berührung. Wow! War eigentlich gar nicht sooo schwer! Ich verzeihe auf der Stelle der armen Muckel, die sich immer diese ganzen Berührungsvorwände ausgedacht hat. Ein bisschen war der Flüstertrichter natürlich auch so ein Vorwand. Wenn auch ein wesentlich originellerer als so eine »Du hast da was«-Taktik.

»Sie glaubt an die Kraft der Vorstellung!«, flüstert Liam zurück.

Ebenfalls mit Handtrichter!

»Sie glaubt, dass Dinge passieren, wenn man sie sich vorher ganz doll einbildet!«

Seltsame Methode.

»Bei Anastasia klappt das bestimmt nicht«, gebe ich zu

bedenken. »Die bildet sich ständig Dinge ein, die dann nicht passieren.«

Liv und Anastasia schweigen wieder andächtig.

»Also, ich sehe uns auf einer Bühne. Beim Recall. Nein, warte, das ist schon die Endausscheidung. Wir stehen im Finale!«, erklärt Liams Schwester.

»Echt?« Anastasia macht die Augen auf und guckt Liv bewundernd an. »Und du meinst, das klappt?«

»Ich hab mir mal eine Woche lang eine Zwei in der Deutschklausur vorgestellt. Ich hab die Zwei auf der Arbeit schon gesehen. Mit blauem Füller war sie geschrieben. Und ich hab sie auch bekommen!«

Liam erklärt mir durch den Handtrichter, dass Liv immer Zweien in Deutsch schreibt. Kein echter Beweis für ihre Theorie also. Aber Anastasia ist beeindruckt. Sie kneift die Augen auf der Stelle wieder fest zusammen. Liv faselt etwas von Gesetzen, die für die »Manifestierung« der Vorstellungen zuständig sind. Das »Gesetz von Ursache und Wirkung« und das »Gesetz der Resonanz«.

Fest steht, dass Liv und Anastasia auch ohne Johnny jetzt ganz groß rauskommen wollen. Und darum wollen sie auch nicht weiter in der Wohnung rumhängen, sondern in angesagten Bars und Cafés, in denen sie von Trendscouts entdeckt werden können. Sie sind so mit ihrer Karriereplanung beschäftigt, dass sie unsere Krabbenspionage überhaupt nicht bemerken.

Nachdem die beiden weg sind, cruisen wir mit der Krabbe noch ein bisschen in der Wohnung herum. Göttchen sitzt auf dem Sofa und liest Zeitung, während Mama in den Hörer der Sprechanlage an der Haustür flüstert.

»Jetzt hau endlich ab!«, zischt sie. Und: »Nein, das hat nichts mit dem Gemüsemann zu tun!«

Jetzt schaut Liam mich fragend an. Ich grinse und gehe schnell zum Fenster, um zu schauen, ob ich richtigliege. Tatsächlich, auf der Straße steht der Porsche vom Blender. In zweiter Reihe geparkt, wie das so seine Art ist.

»Ich hab dir doch erklärt, dass ich keine offene Beziehung will«, flüstert meine Mutter weiter. »Nein, eine feste Beziehung will ich auch nicht mehr. Ich will GAR KEINE Beziehung!«

Zwei Sekunden später sehe ich den wütenden Blender mit einem Blumenstrauß zu seinem Auto stapfen. Bevor er allerdings den Strauß ins Auto legt, holt er aus seiner Hosentasche das Preisschild raus und klebt es wieder auf die Folie, mit der der Strauß eingepackt ist. Ich wette, er bringt das Ding zurück zur Tankstelle und verlangt sein Geld zurück!

»Das war der EX meiner Mutter. Und der Nebenbuhler von Göttchen«, erkläre ich Liam.

Der hat in der Zwischenzeit die Krabbe wieder zu uns in Sicherheit gebracht.

»Und wer ist GÖTTCHEN?«

»Na, Gottfried Hartkopf-Heiligenhaus.«

Liam schaut mich mit großen Augen an. Und dann kriegt er einen Lachanfall.

»Ihr nennt Herrn Hartkopf Göttchen?! Und er hatte einen Nebenbuhler? Den er auch noch ausgestochen hat?«

»Pssst! Nicht so laut!«, versuche ich ihn zu beruhigen.

Aber dann liegen wir plötzlich beide lachend auf dem Teppichboden.

»Wer nennt ihn denn alles Göttchen?«, will Liam wissen.

»Wir alle! Er hat sich dran gewöhnt. Er hält es für einen ganz normalen Kosenamen.«

Als ich Liam erzähle, welche Geheimnamen Göttchen und Bernd noch haben, kriegt er einen zweiten Lachanfall.

»Der Lähmer und der Blender! Ich glaub es nicht!«, prustet er. Dann kugeln wir uns beide vor Lachen auf dem Boden herum. Und es gibt so viele Berührungspunkte dabei, dass ich sie gar nicht alle zählen kann!

Irgendwann bleiben wir erschöpft nebeneinander liegen.

»Du weiß ja gar nicht, was ich in den letzten Monaten durchgemacht habe!«, sage ich. »Meine Familie ist echt crazy. Und dann auch noch der Streit mit Muckel, die Krabben-Entführung, die Gefühlsverwirrung …«

Bei dem Wort »Gefühlsverwirrung« wird Liam für einen Moment still. Aber er ist, glaube ich, viel zu schüchtern, um nachzuhaken. Und ich bin viel zu schüchtern, um ihm davon zu berichten. Wahrheitsliebe hin oder her. Man muss sich schließlich nicht ALLES erzählen. Obwohl mich schon interessieren würde, was Liv bei der Begrüßung mit dieser Andeutung meinte: »Ich sage ja auch nicht, was du hier in Wirklichkeit willst!«

Was, bitte, will Liam hier, wenn nicht die Krabbe zurückbringen? Keine Ahnung! Ich weiß nur, was ich IN WIRKLICHKEIT will: nämlich, dass er die Krabbe wieder mit zu sich nach Hause nimmt. Dass ich weiter bei ihm wohnen kann, zusammen mit Don Camillo. Und als Liam von der vielen Cola irgendwann zur Toilette muss, stecke ich mein zweites Ich einfach wieder zurück in seinen Rucksack.

Liam bleibt noch ziemlich lange, und wir bereden ziemlich viel. Eigentlich fast alles, was man so bereden kann, bis auf die Frage, ob wir ineinander verliebt sind. Aber je mehr wir über die anderen Dinge reden, desto mehr glaube ich, dass es so ist. Von mir weiß ich es ja inzwischen, und Liam wirkt auch nicht gerade gleichgültig.

Irgendwann ruft Liams Mutter an und macht einen ziemlichen Aufstand, weil heute ein wichtiges Familienessen stattfindet und Liam immer noch nicht da ist.

»Ich muss dann wohl mal gehen«, sagt er schulterzuckend und ruft nach Don Camillo, der inzwischen doch ein gewisses Interesse an Herrn Hund entwickelt hat. Die beiden starren sich jedenfalls seit zwei Stunden an. Allerdings ohne sich einen Schritt näher gekommen zu sein.

Ich winke Liam nach, als er die Treppen runtergeht, und ich beobachte ihn vom Fenster aus, wie er aus dem Haus kommt und mit dem Rucksack auf dem Rücken die Straße entlangschlendert.

Dann schnappe ich mir den Laptop und steuere die Krabbe an.

Mein Herz schlägt mir bis zum Hals, als ich beobachte, wie Liam sich verstört umblickt. Es dauert ein Weilchen, bis er seine Tasche öffnet und »Bist du das, Paulina?« hineinruft.

Dann bindet er sich den Rucksack nach vorne auf den Bauch und lässt mich mit dem Kamera-Auge rausgucken, als wäre ich ein Baby im Tragesack. Ich sehe die Rolltreppe und den U-Bahn-Schacht. Ich sehe die Bahn in Richtung Chlodwigplatz kommen. Dieselbe Bahn, der ich noch vor wenigen Tagen hechelnd hinterhergerannt bin. Und erst als Liam sich gesetzt hat, traue ich mich endlich, meine Frage zu stellen:

»Was wollte deine Schwester vorhin eigentlich nicht verraten? Was wolltest du in Wirklichkeit bei mir?«

Liam guckt in die Krabben-Kamera und grinst.

»Hat sich schon erledigt«, meint er.

»Sag schon!«

»Ich wollte dich fragen, ob du nicht noch ein bisschen bei mir wohnen möchtest. Aber das scheint ja der Fall zu sein!«

PS:

Kaum ist die Krabbe wieder aufgetaucht, meldet sich auch mein Vater. Ich verbringe das Wochenende bei ihm – natürlich nicht ohne meinen Laptop. Irgendwie hatte ich gehofft, dass Papa »Rovio« vergessen hat. Und ich steuere mein zweites Zuhause nur an, wenn Papa gerade mit irgendetwas beschäftigt ist. Samstagnachmittag will er z. B. ein Bad nehmen, und ich gucke mal schnell bei Liam rein. Die Kamera ist auf einen kleinen, atmenden Fellberg gerichtet. Don Camillo hat mich wohl mit in sein Körbchen geschleift, und dort schnarcht er mir direkt ins Mikro. Mir bleibt vor Glück fast das Herz stehen. Ich bin ganz leise, um ihn ja nicht zu wecken, und könnte ihm stundenlang zuschauen – wenn Papa nicht plötzlich im Bademantel und mit tropfenden Haaren in der Tür stehen würde! Er schaut fragend auf den Bildschirm.

»Hallo Papa, ich gucke gerade ein paar Hundevideos! Du weißt doch, dass Mama keine Hunde zu Hause duldet!«, erkläre ich.

Papa hat leider ein ganz feines Gespür dafür, wenn man ihn von irgendetwas ablenken will.

»Was ist eigentlich aus Rovio geworden?«, fragt er treffsicher.

Ich gucke ihn schuldbewusst an, aber Papa bleibt ungerührt. »Wenn du mit dem Ding doch nicht bei mir wohnen willst, dann verkaufe ich es bei eBay!«

»Nein, du darfst es nicht verkaufen! Eines Tages mache ich damit einen ganz langen Besuch bei dir, versprochen! Aber im Moment brauche ich die Krabbe fürs Hundesitting!«

Ich zeige auf den Bildschirm. »Das ist Don Camillo. Und er ist den ganzen Tag alleine zu Hause. Darum kümmere ich mich ein bisschen um ihn. Der braucht mich! Ich meine natürlich, er braucht Rovio!«

Papa ist sichtlich gerührt. »Du kümmerst dich um einen kleinen Hund?«

Ich nicke. »Um einen EINSAMEN kleinen Hund!«

Leider hört man plötzlich eine ziemlich laute Stimme aus dem Laptop scheppern.

»Paulina?! Pauli! Wo bist du? Hast du dich versteckt?«

Liam scheint mich in der ganzen Wohnung zu suchen. Don Camillo wird wach, leckt einmal über die Kamera und legt sich dann ganz auf mich drauf. Sieht aus, als wolle er mich für sich alleine haben.

»Ach so!«, meint Papa, und seine Stimme bekommt diese gefährlich ironische Unternote. »Ein sehr EINSAMER kleiner Hund.«

Miss Krassi-kowski

Vol. 3

01

ES GIBT LEUTE, die halten sich für die mitfühlendsten Menschen der Welt. Die heulen Rotz und Wasser, wenn bei *Topmodels* jemand rausfliegt. Und noch mehr weinen sie, wenn jemand gewinnt! Da können die sich unglaublich reinversetzen, wie ERGREIFEND es ist, wenn so ein LEBENSTRAUM in Erfüllung geht.

Gleichzeitig beißen sie, ohne mit der falschen Wimper zu zucken, in ein Fleischwurst- oder Salamibrötchen. Dabei wissen sie ganz genau, dass die kleinen Schweine, die für die Wurst ihren Kopf hinhalten mussten, ihr Leben lang miserabel behandelt wurden. Von der miesen Behandlung bei ihrem Ableben ganz zu schweigen!

Aber darüber heult natürlich keiner. Weil es viel gemütlicher ist, mit einem Topmodel mitzufühlen, als mit einem Schwein.

Zwei von diesen falschen MITFÜHLERINNEN sind meine Mutter und meine Halbschwester Anastasia. Wenn man sie auf ihre Herzlosigkeit anspricht, haben sie natürlich hundert Ausreden parat.

Hier die TOP 3:

1. **In der Wurst heutzutage ist ja kaum mehr Fleisch drin. Alles Geschmacksverstärker, Konservierungsmittel und Farbstoffe.** (O-Ton Mama)
2. **Ach, wir sind auch nur Menschen.** (O-Ton Anastasia)
3. **Wer frei ist von Schuld, der werfe den ersten Stein.** (Angeblicher O-Ton Jesus)

Punkt drei hat mich ehrlich gesagt ein bisschen nachdenklich gestimmt. War Jesus Vegetarier? Und: Bin ICH frei von Schuld?

Okay, keiner ist frei von Schuld. Jeder hat wahrscheinlich schon mal ein T-Shirt gekauft, das in China hergestellt wurde. Und da werden ja angeblich nicht nur die Tiere schlecht behandelt! Aber ich bemühe mich wenigstens, so unschuldig wie möglich zu sein! Und ich speise mich nicht selbst mit billigen Ausreden ab.

Der hemmungsloseste Fleischfresser unserer Familie ist übrigens unser bellender und knurrender Kater Herr Hund. Keine Ahnung, wie viele Fische für sein faules Katerdasein schon ins Gras beißen mussten. Aber auch er ist vollkommen immun gegen meine Argumente.

Mama meint, ich würde total übertreiben. Und ich hätte mir mein Moralapostel-Getue von ihrem aktuellen Freund Gottfried (genannt Göttchen) abgeguckt. Das ärgert mich ein bisschen, weil Göttchen jetzt nicht gerade mein Idol ist. Um nicht zu sagen, er ist eine Mischung aus SPASSBREMSE und BESSERWISSER. Und das kann er noch nicht mal durch übertrieben gutes Aussehen ausgleichen.

Na ja, Göttchen hat sich aber auch im Laufe der letzten Monate gebessert. Er ist jetzt zum Beispiel nicht mehr FRUtarier, sondern nur noch VEGEtarier – so wie ich!

(Nur zur Erinnerung: FRUtarier essen nur das, was die Natur freiwillig abwirft: wurmstichige Äpfel, zum Beispiel. Oder runterfallende Samen.)

Und: Göttchen zieht auch die Hose nicht mehr bis zu den Rippen hoch und hat nicht mehr diese behämmerte Opafrisur.

Es war sowieso ein Wunder, wie er in dem Aufzug bei Mama landen konnte. Genau genommen war es kein Wunder, sondern ein Kartentrick. Eine Verwandte von Göttchen ist Wahrsagerin, und sie wollte ihrem schwer vermittelbaren »GOTTFREDO« (wie sie ihn nennt) etwas Gutes tun. Darum hat sie ihn Mama aufgeschwätzt. Oder besser gesagt, aufgewahrsagt. Und Mama ist voll drauf reingefallen.

Aber seine NO-GO-Klamotten hat sie ihm auf Dauer natürlich nicht durchgehen lassen.

Ich weiß gar nicht, wieso ich mich so lange mit den vertrackten Liebesgeschichten von anderen aufhalte. Als hätte ich in diesem Punkt nichts Eigenes zu bieten. Früher hatte ich nur Liebesgeschichten, die es gar nicht gab. Das heißt, die nur in meinem Kopf stattfanden. Doch seit einiger Zeit habe ich einen echten Freund. Für manch einen mag das etwas ganz Alltägliches sein. Aber für mich ist es DIE GANZ GROSSE SACHE. Es war nämlich nicht abzusehen, dass ich überhaupt jemals so etwas wie eine wahre Liebesgeschichte auf die Beine stellen würde. Denn ich werde (wenn's ernst wird) von extremen Schüchternheitsattacken heimgesucht.

Mein Freund heißt Liam, und er ist echt süß, wenn wir zusammen sind. Aber wehe, es sind noch andere Leute in der Nähe. Dann ist er plötzlich gar nicht mehr soooo süß. Er verwandelt sich regelrecht in einen von den Jungs, in die ich (aus gutem Grund!) gerade NICHT verliebt bin.

Liam kann dann plötzlich so charmante Sachen machen wie:

- auf die Straße spucken
- vor seinen Freunden so tun, als wäre er King Louie
- Mädchen beim Vorbeigehen auf den Po starren (HALLO?!)

Wegen dieser komischen Anwandlungen vermeide ich es, mich mit Liam und anderen Leuten gleichzeitig zu treffen. Nicht ganz einfach, weil wir nicht nur in dieselbe Schule gehen, sondern auch in dieselbe Klasse.

Im Unterricht fallen seine Macken Gott sei Dank nicht so richtig auf. Und in den Pausen nötige ich ihn, verschwiegene Orte mit mir aufzusuchen. Leider gibt es in unserer Schule nicht sehr viele davon.

Oder ich behaupte, ich müsse die Pause alleine mit meiner besten Freundin Muckel verbringen, weil die sonst megaeifersüchtig wird. Muckel hat nämlich zurzeit keinen Freund und braucht echt viel Aufmerksamkeit! Sie ist es nicht gewohnt, dass ihre schüchterne Freundin in Liebesangelegenheiten mehr erlebt als sie.

Außerdem müssen Muckel und ich unser geheimes Projekt vorantreiben. Wir haben uns nämlich nichts Geringeres vorgenommen, als DIE WELT ZU RETTEN!

Oder wenigstens allen Möchtegern-Mitfühlern dieser Welt auf den Zahn zu fühlen und alle Betrüger (und Selbstbetrüger!) zu outen.

Die meisten unserer Aktionen finden undercover statt. Denn wir können es uns leider nicht leisten, so wie *Greenpeace* öffentlich als Weltretter aufzutreten. Wenn wir in geheimer Mission arbeiten, müssen wir uns nicht mit den ganzen Rachefolgen aufhalten, sondern können unbeschadet weiterwerkeln.

Ein wirksames Mittel, um Vergehen ans Licht zu bringen, sind übrigens unsere genialen Aufkleber. Sie bestehen aus einer Power-Klebefolie, auf die wir fett mit Edding das anzuprangernde Vergehen draufschreiben.

Lars Ulmen zum Beispiel haben wir mal beobachtet, wie er beim Schwimmunterricht so eine gelbliche Spur hinter sich hergezogen hat. Am nächsten Tag stand

Ich bin ein Schwimmbad-Pinkler

auf seinem Schließfach. Und er hatte echt Mühe, die Folie wieder abzukriegen. Während des anderthalbstündigen Knibbelprozesses sind bestimmt zweihundert Leute an ihm vorbeigekommen, die natürlich genau wissen wollten, welche Botschaft er da versuchte zu verheimlichen.

Logischerweise hat Lars die Sache als Gag abgetan. Aber je mehr Leute wir mit den Schließfach-Aufklebern geoutet haben, desto mehr Leute wussten auch, dass jedes Wort auf unseren Weltverbesserungsfolien stimmt.

Klar hat es Versuche gegeben, uns das Handwerk zu legen. Jimmy Kothenhöfer hat sogar eine Kopfgeldprämie ausgesetzt. Wer uns erwischt, bekommt zwanzig Euro von Jimmy. Auf sein Schließfach hatten wir den Satz geklebt:

Ich habe eine Wette laufen, dass ich bis Ende des Jahres mit zwanzig Mädchen geknutscht habe.

Klar, dass von unserer Schule jetzt kein einziges Mädchen mehr Lust auf einen Kuss von Jimmy hat! Nur so nebenbei: Jimmy ist der kleine Bruder von Johnny, dem Ex meiner Schwester. Und Johnny ist echt ein übler Typ. Ein echter Mädchenverschleißer, der noch stolz auf sein Herzensbrechertum ist. Und wie es aussieht, will Jimmy voll in die Fußstapfen seines großen Bruders treten. Aber das werden Muckel und ich ihm schon austreiben!

Der Grund, warum uns noch keiner auf die Schliche kommen konnte, ist übrigens ganz einfach: Wir haben uns selbst auch Aufkleber auf die Schließfächer gemacht und uns dann öffentlich darüber empört. Wir sind sogar bei Jimmys Kopfgeldprämie mit eingestiegen und haben noch einen Zehner draufgelegt für den, der diese »miese Ratte« erwischt.

Muckel war bei unseren eigenen Aufklebern dafür, dass wir echte Fehler von uns preisgeben. Damit die Sache authentisch bleibt. Sie wollte bei mir draufschreiben:

Ich schiebe meine Pupse anderen in die Schuhe.

Während bei ihr stehen sollte:

Ich schreibe bei Mathearbeiten ab.

HALLO?! Ich war echt empört. »Nur weil ich einmal einen Pups im Biounterricht nicht sofort zugegeben habe, heißt das noch lange nicht, dass ich andere verdächtige!«, meinte ich.

Muckel hat einfach nur einen Lachanfall gekriegt. Sie weiß genau, dass das mein wunder Punkt ist. Ich war echt sauer und hab sie richtig angezickt: »Und dann dein Verbrechen: Ich schreibe bei Mathearbeiten ab. Ha, ha. Das ist so was von gar nicht peinlich. Und außerdem weiß ohnehin jeder, dass du in Mathe abschreibst!«

»Aber unser Mathelehrer nicht«, prustete Muckel, immer noch voll amüsiert wegen der Pups-Sache. »Wenn unser Mathelehrer das liest, stehe ich beim nächsten Mal voll unter Beobachtung!«

Ich musste Muckel tatsächlich daran erinnern, dass auch unser Mathelehrer von ihren Machenschaften weiß. Immerhin hat er sie bei der letzten Arbeit sogar erwischt und ihr eine Fünf gegeben.

Nachdem sie sich endlich beruhigt hatte, einigten wir uns darauf, dass bei mir steht:

Ich halte mich für unglaublich schlau!

Und bei Muckel:

Ich halte mich für unglaublich schön!

Das sind zwar vergleichsweise harmlose »Verbrechen«, aber die Leute aus unserer Schule sind garantiert zu blöd, um uns deswegen zu verdächtigen. (Oh weh! Sieht so aus, als würde ich mich wirklich für schlauer halten als die anderen! ☺)

Aber zurück zu Liam, dem ich übrigens nichts von unserer Mission erzählt habe. Muckel und ich, wir haben Stein und Bein geschworen, dass die Sache komplett unter uns bleibt. Ohne Ausnahme. Das ist natürlich voll HART, weil ich so ein RIESIGES Geheimnis vor meinem ersten und damit ALLERWICHTIGSTEN Freund schwer für mich behalten kann. Es kommt mir beinahe vor, als würde ich ihn betrügen, wenn ich ständig über eine Sache nachdenke, von der er nichts erfahren darf. Nicht dass er einer von den Menschen wäre, die alle fünf Minuten fragen: »Was denkst du gerade?« Ehrlich gesagt ist er genau das Gegenteil von dieser Sorte Mensch. Er fragt nie, was ich denke oder wie es mir so geht, weil er nämlich der Meinung ist, ich würde ihm die wichtigen Dinge schon von selbst erzählen. Er will sich angeblich nicht mit unnötigen Fragereien aufdrängen. Und obwohl ich ihm erklärt habe, dass ich manchmal geradezu gefragt werden MÖCHTE, ganz dringend sogar, weil ich sonst denke, dass er sich gar nicht für mich interessiert, bleibt er bei seiner hirnrissigen Überzeugung, er würde mir damit zu nahetreten.

Eigentlich ist Liams zurückhaltende Art total praktisch für mich, weil ich ihn so nie anlügen muss. Ich muss nie irgendetwas erfinden, wenn ich meine Weltverbesserungsgedanken gerade für mich behalte. Keine Ahnung, warum ich trotzdem total angenervt von der Sache bin. Manchmal verstehe ich mich selber nicht!

Weil ich, wie gesagt, die Geheimnistuerei um unser Weltverbesserungsprojekt nicht so gut aushalten kann, habe ich folgenden Plan: Wenn Muckel auch wieder einen Freund hat (und das wird sicher nicht mehr lange dauern, denn sie ist ziemlich hardcore auf der Suche), dann werde ich sie fragen, ob wir nicht wenigstens unsere Liebsten in unsere Mission einweihen können.

Im Moment ist Muckel noch in Luuk verliebt, einen Typen, den ich auch mal kurz gut fand. Aber Luuk ist obercool und oberunromantisch. Er hat mich echt mal bei sich im Zimmer blöd rumstehen lassen, weil er noch ein Ballerspiel zu Ende spielen musste.

Aber Muckel lässt sich davon nicht abschrecken. Sie liebt »harte Nüsse«, wie sie es nennt. Wahrscheinlich, weil sie es total aufregend fände, wenn so ein OBERCOOLER, an dem sich schon andere die Zähne ausgebissen haben, an ihrer Seite zum OBERROMANTIKER wird. Und sie dann sagen kann: »Ich weiß gar nicht, was ihr habt!«

Aber ich wette, dass sie in dieser Mission bei Luuk an der falschen Adresse ist. Oder sagen wir lieber, ich hoffe es! Sonst stände ich echt blöd da, wenn er mich für ein Ballerspiel stehen lässt, während er Muckel parfümierte Liebesgedichte in die Schultasche steckt.

Heute in der großen Pause eröffnet mir Muckel, dass sie eine neue Luuk-Strategie hat. Liam muss praktischerweise nachsitzen, und ich kann mit Muckel ungestört reden. Wir gehen gerade an Fritz Hausmanns Schließfach vorbei, auf dem Muckel während eines Toilettenbesuchs in der ersten Stunde folgende Klebefolienbotschaft hinterlassen hat:

Ich disse dicke Mädchen, weil ich eine arme Wurst bin.

Fritz geht schon in die neunte Klasse. Er schabt hektisch mit seinem Taschenmesser an der Folie herum.

»Hat schon wieder dieser bekloppte Folienkleber zugeschlagen?«, meint Muckel zu Fritz und schaut ihm mitleidig über die Schulter. Fritz stellt sich schnell mit dem Rücken zum Schließfach, um die Botschaft abzudecken.

»Voll bescheuert, der Typ!«, antwortet er und grinst schief.

In der Mensa packt Muckel ihr Salamibrot aus. (Auch sie will leider von den Tierquälereien in den Fleischherstellungsanlagen nichts wissen.) Dann eröffnet sie mir, dass sie sich demnächst von Luuk einen Kuss stehlen will. Und zwar auf der Geburtstagsparty von Daphne Oberwinter. Eine ziemlich schlechte Idee, finde ich. Erstens, weil Daphne selber in Luuk verliebt ist und sich an ihrem Geburtstag bestimmt nicht die Sahne vom Kuchen nehmen lässt. Und außerdem, weil ein gestohlener Kuss ja wohl keine gute Grundlage für eine Beziehung ist. Man stiehlt ja auch niemandem das Pausenbrot, wenn man ihn eigentlich zum Essen einladen will.

»Was soll denn das sein, ein gestohlener Kuss?«, frage ich Muckel. Sie grinst. »Das ist ein Kuss, bei dem Luuk gar nicht merkt, dass er mich küsst!«

»Und wie, bitte, soll das gehen? Willst du ihn vorher betäuben?«

Muckel grinst. »Quatsch!«, meint sie fachmännisch. »Du kennst doch noch das gute alte Kussspiel im dunklen Klo. Und bei Daphne gibt's ein Gästeklo ohne Fenster.«

Für ihren absurden Plan will Muckel leider auch mich einspannen. Ich soll mich als Spielführerin melden und dafür sorgen, dass sie beim Blind Date im stockdunklen Gästeklo mit Luuk zusammenkommt.

»Aber wie soll ich das schaffen? Selbst wenn ich Spielführerin wäre, hätte ich doch die Augen verbunden!«

Muckel sieht mich verständnislos an. »Schon mal was von Schummeln gehört? Mogeln? Spingsen?«

Sie meint es ernst! Das Problem ist nur: Ich will gar nicht Spielführerin bei so einem blöden Gästeklo-Kussspiel sein. Genau genommen will ich das

Spiel gar nicht spielen, weil ich schließlich auch keinen fremden Jungen küssen möchte. Und ich möchte schon gar nicht, dass Liam ein fremdes Mädchen küsst!

»Ey, das ist ein Spiel für Grundschüler«, versuche ich Muckel von ihrem Vorhaben abzubringen. »Das ist ein Spiel für Leute, die noch nie geküsst haben und es heimlich mal ausprobieren möchten. Da geht es nur um TECHNIK, aber nicht um LIEBE!«

Muckel zieht die Stirn in Falten. »Ist doch egal, mein Plan ist trotzdem perfekt! Wie soll ich sonst Luuk mal antesten? Vielleicht ist er ja körperlich gar nicht mein Typ. Dann hat sich die Sache gleich erledigt.«

Jetzt verziehe ich das Gesicht. Und mein Bauch zieht sich gleich mit zusammen. »Körperlich antesten? Wie bist du denn drauf?«

Ich kann Muckel nicht versprechen, dass ich da mitspiele!

Nach der Schule kommt Muckel noch mit zu mir.

Als wir ankommen, hängt ein seltsames Schild an unserer Wohnungstür.

Charisma-Coaching steht darauf. Ich ahne nichts Gutes und bin schon froh, als mein Schlüssel noch passt.

Dafür passt die Wohnung ganz und gar nicht mehr. Jedenfalls zu der Vorstellung, die ich von einem Zuhause habe. Man hat das Gefühl, ein Nagelstudio zu betreten. Schon im Eingang steht ein weißer Empfangstisch mit einer

Empfangsdame dahinter. Bei genauerem Hinsehen stelle ich fest, dass es sich bei dem Tisch um Mamas alten, frisch umlackierten Schreibtisch handelt und bei der Dame um Anastasia, die sich passend zum neuen Arbeitsplatz die Nägel gerade weiß lackiert.

»Achtung, nicht den Tisch anfassen«, begrüßt sie mich streng. »Der Lack ist noch nicht trocken.« Ich werfe einen Blick ins Wohnzimmer. Alles Gemütliche wurde entfernt und alles Übrige ebenfalls weiß lackiert. Mamas Chefsessel, der Wohnzimmertisch und zwei Stühle.

»Hallo Paul, hallo Muckel!«, ruft meine Mutter und kommt uns mit ausgebreiteten Armen entgegen. Sie macht ganz auf Profi-Gastgeberin. Dabei will ich in der eigenen Wohnung doch nicht als Gast empfangen werden.

»Ihr seid meine ersten Klienten, wenn ihr wollt. Ich zaubere hundert Prozent MEHR CHARISMA in euch hinein. Obwohl ihr natürlich schon ENORM charismatisch seid …«

»Mama, was soll das? Hör auf? Was hast du aus der Wohnung gemacht?«

Es stellt sich heraus, dass Mama mal wieder Geld braucht. Und dass sie der Meinung ist, mit so einem *Charisma-Studio* genau den Nerv der Zeit getroffen zu haben. Außerdem kann sie auf diese Weise auch Anastasia einen Job verschaffen. Die ist nämlich seit ein paar Wochen mit der Schule »fertig« – leider ohne das angestrebte Abi. Und sie braucht ebenfalls Geld.

»Was soll denn das sein, *Charisma-Coaching*?«, will Muckel wissen. Auf diese Frage hat Mama natürlich gewartet.

Sie hält einen elend langen Vortrag über Ausstrahlung und Präsenz. Über innere und äußere Schönheit und so Zeugs. Ich bin mir trotzdem sicher, dass es sich bei ihrem Coaching um eine schnöde Typberatung handelt. Vielleicht noch angereichert mit ein paar Charakter-Tipps.

Um zu demonstrieren, was sie so draufhat, liegen Unmengen an Magazinen, Katalogen und Büchern über Körpersprache auf dem Lacktisch aus.

Muckel stellt sich tatsächlich als Versuchskaninchen zur Verfügung.

Und das hat meine Mutter nach fünf Stunden Beratung & Befummelung aus meiner besten Freundin gemacht!

Abends wird dann auch noch das arme Göttchen »charismatisiert«. Natürlich hat Mama sowohl von Muckel als auch von Gottfried die typischen Vorher-Nachher-Fotos gemacht. Kann ja keiner ahnen, dass sie sowohl ihren Freund als auch meine beste Freundin in einer Werbebroschüre verbraten will! Von Göttchen hat sie sogar extra noch ein Bild aus der Zeit rausgekramt, als die beiden sich kennengelernt haben. Also als Göttchen noch ultraschwer vermittelbar war.

Am nächsten Tag hat Muckel sich Gott sei Dank eigenhändig wieder rückverwandelt! Und auch Göttchen hat direkt nach der Prozedur sein neues Charisma wieder abgelegt. Als er dann später mitbekommen hat, wie Mama die Fotos von seiner Verwandlung am Computer in ihre kleine Werbebroschüre integrieren wollte, ist er komplett ausgetickt.

»Ich mache mich doch hier nicht zum HAMPELMANN! Zum AFFEN, DEPPEN, IDIOTEN …« Er hatte eine ganze

Menge Schimpfwörter für sich selbst parat, und ich war mir erst nicht ganz sicher, ob ihm das »Vorher-« oder das »Nachher-Foto« peinlicher war. Am schlimmsten war wohl, dass meine Mutter mit ihm, dem kleinen Göttchen, Gott gespielt hatte. Sie hatte ihn nach ihren Vorstellungen neu erschaffen, und er sah irgendwie blöd dabei aus. Sowohl vorher als auch nachher!

Jedenfalls haben die beiden den größten Krach aller Zeiten, und meine Mutter versteigt sich zu der Aussage, dass sogar MEIN VATER noch irgendwie COOLER wäre als Gottfried. Und das will schon was heißen. Denn an meinem Vater lässt die Ober-Mitfühlerin normalerweise kein gutes Haar!

»Dann geh doch einfach zu deinem blöden Ex zurück!«, flucht Göttchen lauthals. »Vielleicht kannst du aus dem ja ein ANZIEHPÜPPCHEN machen.«

Das Wort ANZIEHPÜPPCHEN passt meiner Mutter wohl irgendwie nicht in den Kram. Immerhin will sie die Leute »charismatisieren« und nicht einfach nur stylen!

»Pass auf, was du sagst, Doktor Schlau!«, schimpft sie zurück. »Am Ende mache ich das!«

Ich konnte die »Unterhaltung« so genau verfolgen, weil sie wirklich in einer Heavy-Metal-Konzert-Lautstärke durchgeführt wird und ich mir selbst bei geschlossener Tür jedes Wort mit anhören MUSS.

Klar gibt meine Mutter nicht klein bei. Obwohl es genau genommen tatsächlich ein Unding ist, die ehemalige Unansehnlichkeit ihres eigenen Freundes zu Werbezwecken nutzen zu wollen. Und das auch noch, ohne ihn vorher zu fragen.

Aber noch mehr Gedanken als über Gottfried mache ich mir plötzlich über meinen Vater. Ich hab irgendwann kapiert, dass Mama und Papa nicht mehr zusammengehören. Als die beiden zusammen waren, gab es ständig solche Hardcore-Streits. Darum wollte ich mir in diesem Punkt auch gar keine falschen Hoffnungen mehr machen. Dennoch würde es mir natürlich tausendmal besser gefallen, einen echten Vater im Haus zu haben als so ein Ersatz-Göttchen. Aber wahrscheinlich hat es die mitfühlendste Mitfühlerin aller Zeiten mal wieder gar nicht ernst gemeint und findet meinen Vater gar nicht cooler. Bestimmt benutzt sie Papa nur zu Gehässigkeitszwecken, so wie sie Göttchen zu Werbezwecken nutzen wollte.

Jedenfalls scheint Göttchen von solchen Spielchen erst mal die Nase voll zu haben. Er verabschiedet sich mit den Worten »DAS MUSS ICH MIR NICHT BIETEN LASSEN!« und knallt die Haustür.

02

AM SAMSTAG IST Daphnes Party, und ich stehe um sieben Uhr mit Liam an der Hand und einem Kloß im Bauch vor ihrer Tür. Obwohl es draußen noch taghell ist, sieht es in Daphnes Wohnung aus wie in einer Möchtegern-Opiumhöhle. Sie hat alle Rollläden runtergelassen, und aus den Ecken weht uns ein nasenbetäubender Räucherstäbchenqualm entgegen. Das Ganze wird nur dürftig vom Schein einiger Kerzen beleuchtet. Es handelt sich bei genauerem Hinsehen allerdings um Elektrokerzen. Echte Kerzen haben Daphnes Eltern nicht erlaubt! Zu dem düsteren Geflacker läuft ziemlich chillige Musik. Außerdem hat Daphne ein Vermögen für angebliche Kultgetränke ausgegeben, die in kleinen, mattschwarz lackierten Dosen gereicht werden. Ich bin mir nicht ganz sicher, ob Daphne damit auf REICH oder auf VERRUCHT machen will. Leider können die meisten männlichen Gäste ihre Inszenierung nicht so recht würdigen. Sie liefern sich Fechtkämpfe mit brennenden Räucherstäbchen und veranstalten Wetttrinken mit den teuren Szenedrinks. Schon zu Beginn der Party sind achtzig Prozent der coolen schwarzen Dosen leer getrunken. Daphnes Mundwinkel zucken verdächtig. Und Daphnes Eltern,

die im Schlafzimmer abhängen und sich von da aus immer wieder einen Blick auf die Party gönnen, sind, glaube ich, kurz davor, die Rollos wieder hochzuziehen und das Projekt für gescheitert zu erklären.

Muckel hingegen ist bester Dinge. Wahrscheinlich hofft sie, dass sie derart kindische Partygäste auch zu Klo-Kussspielen überreden kann. Luuk ist jedenfalls auch gekommen, und Muckels Gegenspielerin Daphne kämpft zu sehr mit den Tränen, als dass sie einen Flirt mit ihm anfangen könnte. Luuk hat wie immer seine eigene Musik im Ohr. Jedenfalls in einem. Das andere hält er unverstöpselt. Wahrscheinlich, um nicht alle Partyansagen zu verpassen.

Als nach einer weiteren halben Stunde hundert Prozent der Getränke weggezischt sind und es Zeit für ein neues Beschäftigungsprogramm wird, versucht Muckel ihr Glück bei einer gelangweilt herumstehenden Jungs-Gang.

»Hey, kann sich von euch noch jemand an dieses bescheuerte Gästeklo-Kussspiel erinnern?«, fragt sie möglichst lässig. Die Typen sagen erst mal nichts. Lustigerweise ist auch Jimmy Kothenhöfer unter ihnen. Der, der ja die (inzwischen allseits bekannte) Kusswette laufen hat. Wahrscheinlich wittert er seine Chance, doch noch ein paar Küsse einzuheimsen. Jedenfalls zieht er ziemlich vielversprechend die rechte Augenbraue hoch.

»Ich weiß, das ist eigentlich ein Kinderspiel«, gibt Muckel zu. »Aber ein paar Mädchen dahinten würden es voll gerne mal wieder spielen. So retromäßig. Sie trauen sich nur nicht, das vorzuschlagen. Sie haben Angst, irgendwie uncool rüberzukommen.«

Die Typen grinsen, und Jimmy Kothenhöfer sagt gönnerhaft: »Meinetwegen. Ich bin dabei.« Es geht ein Raunen durch die Jungshorde. Dann nickt einer nach dem anderen. Muckel ist ein Genie, wenn es darum geht, solche Sachen einzufädeln!

Die Mädchen, die angeblich so gerne auf dem Gästeklo küssen, sitzen mit übereinandergeschlagenen Beinen auf dem Sofa und tuscheln. Sie sind von Muckels Spielidee (die sie natürlich den Jungs zuschreibt) genauso schnell zu überzeugen. Selbst Daphne lässt sich nicht allzu lange bitten.

»Miss Krassikowski will unbedingt die Spielführerin sein!«, ruft Muckel in die Runde. Ich hasse es, wenn sie mich so nennt! Doch bevor das Spiel losgehen kann, ziehe ich noch schnell Liam beiseite. »Du willst doch bestimmt KEIN FREMDES MÄDCHEN KÜSSEN, oder?«, frage ich ihn mit Herzklopfen und flehender Stimme. Liam schüttelt gönnerhaft den Kopf.

»Könntest du dich also bitte so weit nach hinten verkrümeln, dass ich dich auf GAR KEINEN FALL erwische?! Ich versuche natürlich, unter meiner Binde durchzugucken. Aber falls ich wirklich nichts sehen sollte …«

Liam grinst. »Höre ich da so ein bisschen PANIK in deiner Stimme?«

»Sehr witzig!« Ich kneife Liam einmal in den Bauch, dann geht es auch schon los.

Die Jungs werden in Daphnes Zimmer verbannt, während sich im Wohnzimmer die Mädchen tummeln sollen. Ich bekomme von Daphne persönlich die Augen verbunden. Sie knotet mir ihr schwarzes Halstuch um den Kopf – und zwar so knallhart, dass ich Mühe habe, das Ding auch nur einen Millimeter zu bewegen. Um unter der Binde durchgucken zu können, muss ich mir beinahe die Augäpfel in den Schädel drücken. Doch als ich ins schummrige Wohnzimmer komme, kann ich tatsächlich Muckel entdecken, die zur Sicherheit noch ein paar kleine, ganz spezielle Muckelgeräusche von sich gibt. So ein kaum hörbares Knurren, mit dem sie sonst immer Herrn Hund nervös macht. Vorsichtig taste ich mich an sie heran und schnappe sie mir.

Muckel führt mich zu der Gästetoilette, in der tatsächlich rabenschwarze Nacht herrscht. Durch meinen Sehspalt ist jedenfalls nichts zu erkennen.

»Ich danke dir«, flüstert sie mir ins Ohr. »Du bist die allerbeste Freundin des ganzen Universums! Inklusive aller noch unbekannten Galaxien.«

»Schon gut«, knurre ich. »Wenn's für 'nen guten Zweck ist!« Dann taste ich mich zum Jungsraum durch. Ich lege den Kopf in den Nacken, um unter meiner Bandage einen Blick auf die Kussopfer zu werfen. Aber nichts ist zu erkennen. Hilfe! Entweder ich habe das Augenlicht verloren, oder die Jungs haben die Elektrokerzen ausgemacht. Ich kann tatsächlich GAR NICHTS sehen!

»Wo seid ihr denn?«, rufe ich in den Raum, um Luuk vielleicht an der Stimme zu erkennen. Aber keiner sagt ein Sterbenswörtchen. Es bleibt mir nichts anderes übrig, als mich vorzutasten und mir den Erstbesten zu greifen. Ich bete zu Gott, dass es nicht Liam ist! Nach ein paar Schritten bekomme ich ein T-Shirt zu fassen und taste mich dann an einem Arm entlang. Ich kann echt nicht sagen, wer das sein soll. Es könnte JEDER sein. Auch Liam! Und dabei hätte ich schwören können, dass ich den Arm meines Freundes unter einer Million Arme sofort herausfühlen kann.

»Dich nehme ich«, sage ich mit wackeliger Stimme. Das Schlimme ist: Die Spielregel sieht vor, dass man als Spielführer weder mit seinem Opfer reden noch es am Kopf berühren darf. Denn Frisuren sind natürlich wesentlich verräterischer als Arme.

Als ich den Typen in die Toilette bugsiert und die Tür wieder geschlossen habe, merke ich erst, wie verschwitzt ich bin. Selbst meine Hände sind feucht, obwohl sie eigentlich eiskalt sind. Hektisch reibe ich sie an meiner Hose trocken. Hätte ich Muckel warnen sollen? Dass der, den sie gleich »körperlich testen« will, irgendein Junge sein könnte? Die

Chance, dass es sich um Luuk handelt, steht eins zu zehn. Na ja, im schlimmsten Falle küsst Muckel halt einen fremden Jungen. Das wird sie schon überleben. Ich hoffe nur, dass sie nicht mir die Schuld dafür gibt!

In meiner Not mache ich etwas, was eigentlich strengstens verboten ist: Ich presse mein Ohr an die Klotür. Eigentlich ist das total sinnlos, denn die Regel besagt, dass beim Küssen auch nicht gesprochen werden darf. Man kann den Kuss zwar verweigern, muss das aber mit Händen und Füßen kundtun. Denn beim Sprechen würde man ja erkennen, mit wem man es zu tun hat. Und dann könnte man später indiskrete Kussinformationen über den Kusspartner verbreiten. Aber bei Muckel kann man sich natürlich nicht sicher sein, ob sie sich an die Spielregeln hält! Für die »gute Sache« würde sie jedes Gesetz überschreiten. In jedem Fall also auch die Regeln eines Klo-Kussspiels für Grundschüler. Und tatsächlich: Es ist etwas zu hören!

»Ich weiß, wer du bist«, sagt Muckel dem wahrscheinlich falschen Luuk. »Ich habe es gleich gewusst. Schon als die Tür aufging.« Es entsteht eine Pause. Ich traue mich kaum zu atmen. Der falsche Luuk antwortet nicht.

»Ich kann immer sofort spüren, wenn du irgendwo bist«, erklärt Muckel weiter. »Auch ohne dich zu sehen!«

Krass, wie mutig Muckel plötzlich ist. Noch vor Kurzem hat sie den Mund nicht aufbekommen, wenn Luuk auch nur im Klassenzimmer war. Sie hat sich sogar im Unterricht nicht mehr gemeldet und überall schlechte mündliche Noten dafür kassiert. UND JETZT DAS!

Der falsche Luuk sagt immer noch kein Wort, und auch Muckel verstummt. Wahrscheinlich knutschen sie jetzt. Ich könnte platzen, so elend fühle ich mich. Muckel, die Mutige, hätte mich bestimmt aus so einer Situation gerettet. Ihr wäre unter Garantie ein Trick eingefallen. Aber mir fällt gar nichts ein, außer reinzugehen und zu sagen: Muckel, hör auf! Das ist der Falsche. Aber wie blöd ist das denn?

Die beiden bleiben eine Ewigkeit in diesem verfluchten Klo. Muckel scheint ihr falsches Glück gefunden zu haben. Mit wem auch immer. Hauptsache, es ist nicht mein Freund Liam! Aber der würde sich wohl nicht stundenlang von meiner Freundin anbaggern und abknutschen lassen, während er weiß, dass ich vor der Tür stehe und warte!

Endlich schlüpft der falsche Luuk wieder aus dem Klo und verschwindet im Jungszimmer. Zwei Sekunden später höre ich auch Muckel rauskommen. »Ist er weg?«, fragt sie heiser. »Ja, ist er.«

Muckel tastet nach mir. Dann fällt sie mir um den Hals. »Ich danke dir, meine süße kleine Paulina. Was würde ich nur ohne dich machen?«

Mir steigt das Blut in den Kopf. »Muckel, ich bin mir gar nicht ganz sicher …«

»Keine Sorge!«, unterbricht mich Muckel. »Dafür bin ich mir ganz sicher. Ich bin mir so was von sicher …«

»Du bist dir sicher, dass was?«

»Ich bin mir sicher, dass ich soeben meinen SEELEN-

VERWANDTEN geküsst habe. Den Mann meiner Träume. Die ganz große LIEBE!«

Es wird echt immer schwerer, Muckel die Wahrheit beizubringen. Vielleicht war es ja wirklich Luuk?! Vielleicht bringe ich sie nur durcheinander mit meinen Zweifeln? In meinem Kopf dreht sich alles. Und die Dunkelheit macht es nur noch schlimmer. Es fühlt sich an, als hätte ich ein geistiges Schleudertrauma! Muckel lässt mir gar keine Zeit, ihr die Wahrheit zu sagen. Sie zieht mich zurück zu den anderen. Auf dem Weg flüstert sie mir noch eine letzte Bitte zu: »Tu mir einen riesigen Gefallen und lass ihn nicht noch mal drankommen. Niemand darf erfahren, wie sensationell er ist!«

Dann ist sie weg, und ich muss mich an ein neues Mädchen rantasten.

Im Mädchenzimmer glühen immer noch die Elektrokerzen, und so kann ich nicht übersehen, wie Daphne sich mir absichtlich in den Weg stellt. Es bleibt mir gar nichts anderes übrig, als sie auszuwählen. Und niemand protestiert. Na ja, es ist ja auch ihre Party. Und nach all dem Kampfgetrinke und dem Räucherstäbchengemetzel ihrer kindischen Gäste sollte ihr ein bisschen Vordrängeln gegönnt sein. Jedenfalls ziehe ich mit Daphne wieder ab in Richtung Toilette. Und auch sie hält sich bei diesem Spiel nicht ans Schweigegelübde.

»Hör zu, ich weiß, dass Muckel auf Luuk steht. Und dass du ihr wahrscheinlich ein Treffen mit ihm organisiert hast«, erklärt sie mir in einem ziemlich strengen Ton. »Aber das ist nicht fair. Denn ich bin genauso verknallt in Luuk wie sie. Und es ist MEIN Geburtstag!«

»Hab ich nicht!«, flüstere ich zurück. Aber Daphne lässt sich nicht beirren. Sie zieht mich zu sich heran und spricht in unangenehmer Lautstärke direkt in mein Ohr: »Also, gleiche Chancen für alle. Ich will ihn AUCH küssen. Denn du bist AUCH MEINE Freundin!«

Ich zucke zurück. »Im Jungs-Raum sind alle Kerzen aus. Da kann man niemanden erkennen!«, erkläre ich ihr.

Daphne lacht. »Du gibst also zu, dass du schummeln wolltest!«

Langsam wird mir das Spiel echt zu blöde! Ich schiebe Daphne in die Gästetoilette und schließe die Tür hinter ihr. Dann stolpere ich zurück in den Jungs-Raum. Die Kerzen sind immer noch aus, und es ist immer noch totenstill. »Letzte Runde«, rufe ich. »Dann muss mal jemand anders Spielführer sein!«

Ich greife mir einen der rumstehenden Jungs und versuche, eine Mir-ist-alles-wurscht-Haltung aufzubauen. So uninteressiert wie möglich schiebe ich den Typen in Richtung Toilette und sage kein Wort. Ich taste auch nicht an seinem Arm herum. Ich mache einfach nur meinen blöden Job! Doch dann höre ich etwas, das mich augenblicklich wieder in meine ursprüngliche Nichts-ist-wurscht-Haltung zurückkatapultiert. Ganz, ganz leise singt jemand meinen Lieblingssong *Limit to Your Love*. Und dieser Jemand ist James Blake persönlich.

Der Gesang ist so leise, dass ich erst glaube, ihn mir nur einzubilden. Aber dann wird mir klar, wo die Musik herkommt: aus Luuks herunterbaumelndem Kopfhörerstöpsel. Ich habe zielsicher Luuk aus der Jungs-Höhle herausgefischt. Daphne wird sich freuen. Und Muckel wird mir den Hals umdrehen. Ihr Plan ist voll nach hinten losgegangen!

»Willst du nicht wenigstens den iPod ausmachen? Sonst bist du so was von gar nicht anonym!«, flüstere ich Luuk in das unverstöpselte Ohr. »Aha«, antwortet er so ironisch, als wäre ich total dämlich. Also sage ich gar nichts mehr und ärgere mich einfach nur noch.

Nachdem Luuk in der Toilette verschwunden ist, kann ich nicht anders, als wieder mein Ohr gegen die Tür zu pressen. Immerhin wird auch Daphne *Limit to Your Love* hören und wissen, dass ich ihren Auftrag brav ausgeführt habe. Anzunehmen, dass sie sich (nach einer gelungenen Knutscherei) Luuk irgendwie zu erkennen geben wird. Aber wer weiß, vielleicht küsst Luuk ja auch gar nicht. Vielleicht ist er ja auch dazu viel zu cool.

Noch während ich alle Möglichkeiten durch den Schleudergang in meinem Gehirn jage, passiert etwas vollkommen Unvorhersehbares. Es ist auf einmal taghell, und ich befinde mich mitten in einer der peinlichsten Situationen meines ganzen Lebens!

»Was ist denn hier los?«, krakeelt Frau Oberwinter in einem ganz und gar humorfreien Ton. »Findet die Party jetzt komplett im Dunkeln statt? Und was ist in der Toilette? Der Darkroom vielleicht?«

Ich rücke sofort einen Meter von der Tür ab, aber Daphnes Ma hat mich natürlich trotzdem beim Lauschen erwischt. Sie sieht von ganz oben auf mich herab. »Lass mich mal da rein!«, sagt sie und reißt die Tür zum Gästeklo auf. Dahinter eröffnet sich uns ein Bild des Grauens.

Daphne und Luuk sind ineinander verknotet wie ein Wollknäuel, nachdem Herr Hund es in die Pfoten bekommen hat. Und sie denken auch gar nicht daran, sich wieder zu entknoten. Genauer gesagt denkt Daphne nicht daran, während der coole Luuk die ein oder andere Schlangenbewegung macht, um sich aus ihrem Klammergriff zu lösen. Aber Daphne will wohl abwarten, bis sich alle anderen auch ein Bild von ihrem Liebesspiel gemacht haben. Sie hält die Augen geschlossen und sieht aus, als wäre sie in eine Art Liebesstarre verfallen.

Aufgeschreckt von dem Lärm und dem Licht, sind inzwischen sämtliche Partygäste aus ihren Höhlen gekrochen und blinzeln blass und fassungslos auf die absurde Szene. Inklusive Muckel, die von allen am wenigsten Farbe im Gesicht hat. (Von mir mal abgesehen.)

»DAPHNE!«, kreischt Daphnes Mutter. »Geht's noch? Könntest du BITTE aufhören!«

Daphne schlägt, wie Dornröschen nach ihrem hundertjährigen Schlaf, die Augen auf und spielt die peinlich Berührte. Sie lässt auf der Stelle von Luuk ab und entschuldigt sich bei ihrem Publikum. Allerdings mit ziemlich verklärtem Blick. Der freigelassene Luuk hingegen sucht das Weite. Er windet sich aus dem Bad, schlängelt sich vorbei an Daphnes Mutter und entschwindet mit einem »Ich bin dann mal weg« aus der Haustür.

Jetzt ist Daphne die Empörte. »Mama, was fällt dir ein! Kannst du vielleicht mal anklopfen?! Du vergraulst meine ganzen Gäste!«

Daphnes Mutter steht kurz vor der Explosion. Ich habe das Gefühl, dass mein peinliches Lauschen an der Tür keine wesentliche Rolle in diesem Konflikt mehr spielt, und bin ein bisschen erleichtert. Dafür fange ich einen vernichtenden Blick von Muckel auf. Ich versuche, ihr mit großen Augen, runtergezogenen Mundwinkeln und hochgezogenen Schultern anzudeuten, dass ich unschuldig bin, aber ich fürchte, ich wirke nicht besonders überzeugend.

Schließlich kommt auch Daphnes Vater dazu, der sich von seiner Frau das ganze Desaster noch einmal erklären lässt. Einigen der Gäste steht inzwischen ein unterdrücktes Grinsen ins Gesicht geschrieben, während sich andere klammheimlich davonschleichen. Herr Oberwinter erklärt die Party schließlich für beendet und meint, wir hätten ja nun alle »unseren Spaß gehabt«.

Ich kann nur für mich sagen, dass ich KEINEN SPASS hatte!

Beim Rausgehen will ich Muckel abfangen, aber sie entwischt mir, und so trete ich schweigend mit Liam im Schlepptau den Heimweg an. Weil Muckel bestimmt nicht will, dass Liam von unseren Machenschaften erfährt, kann ich sie auch nicht einfach in seiner Gegenwart anrufen. In meiner Not flitze ich sogar in einem Café zur Toilette, nur um Muckel schnell zu erklären, was wirklich passiert ist. Aber sie geht nicht ans Handy.

Zu allem Überfluss ruft auch noch Daphne an – gerade als ich wieder auf der Straße neben Liam hertrotte. »Danke,

danke, danke«, haucht sie in den Hörer. »Und ich will gar nicht wissen, ob du Muckel AUCH mit Luuk zusammengebracht hast.«

Obwohl Liam zuhört, kann ich einfach nicht anders, als hier ein bisschen was klarzustellen.

»Ich habe weder dich noch Muckel ABSICHTLICH mit jemandem ZUSAMMENGEBRACHT, verstehst du? Ich konnte wirklich nichts sehen. Ich war so was von blind …«

»Jaja, ist ja schon gut«, versucht Daphne die Sache mit einem Augenzwinkern in der Stimme herunterzuspielen. »Das musst du ja sagen. Schon wegen Muckel. Die ist schließlich auch deine Freundin. Ich bin dir trotzdem lebenslänglich dankbar!«

Ich kann gar nicht glauben, wie selbstsicher Daphne ist. Muckel ist nicht AUCH meine Freundin, Muckel ist ganz und gar meine ALLERBESTE Freundin. The one and only. Wir sind seit dem Kindergarten so eng befreundet, dass kein Blatt Papier zwischen uns passt. Und schon gar nicht so ein Busenwunder wie Daphne Oberwinter!

Mit Daphne bin ich eigentlich nur deswegen EIN BISSCHEN befreundet, weil sie mir mal so eine üble Sache verziehen hat. Aber das ist eine andere Geschichte.

Ich bin jedenfalls so baff über Daphnes AUCH, dass mir erst mal nichts dazu einfällt. Meine kleine Redepause nutzt sie eiskalt dazu, mir von Luuks Küsserqualitäten vorzuschwärmen. Sie sagt etwas von »samtiger Zunge« und »Lippen wie duftender Muffinteig, wenn er im Ofen langsam hochbackt!«.

»Hör auf«, fahre ich dazwischen. »Schlimm genug, dass das alles passiert ist!«

Und dann fange ich auch noch an zu heulen.

Liam guckt mich fragend an. Er nimmt meine noch freie Hand und hält sie so fest, als würde mehr Druck mehr Mitgefühl bedeuten.

»Muckel ist meine allerbeste Freundin. Und du hast vor ihren Augen ihren geliebten Luuk abgeknutscht!«, schluchze ich. »Alle Welt denkt jetzt, ich hätte das so eingefädelt!«

Daphne ist für einen Moment still. Dann tut sie total erstaunt. »Aber Paulina!«, protestiert sie. »Ich wusste doch nicht, dass Muckel mich sehen konnte. Ich war echt weggebeamt. Ich habe gar nichts mehr um mich herum mitbekommen, so superzuckersüß waren die Lippen von …«

Ich lege einfach auf und stecke das Handy in die Hosentasche. Liam hält immer noch meine Hand fest umklammert.

»Zickenterror?«, fragt er mit einer fachmännisch hochgezogenen Augenbraue. Ein Wunder, dass er überhaupt etwas fragt. Schließlich will er mir ja nicht zu nahetreten!

»Nein, kein Zickenterror. Eine echt existenzielle Sache«, fahre ich ihn an und ziehe die Nase hoch.

»Ohhh!«, meint Liam und wedelt mit der freien Hand. Das ist alles. Einfach nur ein »Ohhh« mit Handgewedel! Ich gebe ihm geschlagene zwei Minuten Zeit, um sich zu überlegen, ob er nicht doch noch ein paar tröstende Worte für mich übrig hat. Oder sich gar ein bisschen für den Fall interessieren möchte. Dann reiße ich mich von ihm los und stemme ähnlich wie Frau Oberwinter vor dem Darkroom die Hände in die Hüften. »Du bist so was von KEIN Mädchenversteher!«, erkläre ich mit bebender Stimme.

Als Liam immer noch nichts Besseres einfällt, als mich kopfschüttelnd anzustarren, laufe ich einfach weg.

Toll, jetzt habe ich mich an einem einzigen Abend mit zwei echt wichtigen Menschen verkracht! Und dabei wollte ich es eigentlich nur allen recht machen. Oder sagen wir, ich wollte es Muckel recht machen. Eigentlich müsste sie sich bei mir entschuldigen. Aber dazu müsste sie erst mal wissen, wie die ganze Geschichte WIRKLICH gelaufen ist.

03

NACH SO EINEM TAG wäre es echt schön, wenn man ein gemütliches Zuhause hätte. Der Fernseher würde laufen, aus der Küche kämen leckere Gerüche rübergeweht, und irgendjemand würde fragen: Paulina, Schatz, wie war dein Tag?

Empfangschefin Anastasia begrüßt mich hingegen mit einem scharfen »Pssst! Mama hat einen Klienten. Du kannst da jetzt nicht rein!«.

Sie will allen Ernstes, dass ich hier im Flur stehen bleibe oder noch mal verschwinde, bis der Klient charismatisiert und wieder nach Hause gegangen ist.

»Ich muss aber was essen. Und in mein Zimmer!«

Anastasia schüttelt den Kopf, sodass ihre frisch gewickelten Locken hektisch herumwippen.

»Der Typ soll nicht wissen, dass wir hier auch wohnen«, flüstert sie. »Das kommt unprofessionell rüber. Darum wäre es besser, du kommst in einer Stunde wieder.«

Leider sind meine Nerven für eine sachliche Auseinandersetzung mit meiner durchgeknallten Schwester nicht mehr stark genug. Ich fange auf der Stelle wieder an zu heulen, schubse einen Stapel Modemagazine von Anastasias Empfangstisch und stiefele einfach ins Wohnzimmer hinein. Mama ist mit ihrem »Klienten« Gott sei Dank gerade im *Skin&Hair-Studio* (sprich in unserem umdekorierten Badezimmer). Ich kann mir also eine Tüte Toast und ein Glas Nutella aus der Küche holen und mich in meinem Zimmer verkrümeln, ohne dass mich jemand sieht. Leider ist auch mein Zimmer nicht mehr das, was es mal war. Irgendjemand hat Herrn Hund samt seinem stinkenden Klo hier eingesperrt. Wahrscheinlich wirkt auch er »unprofessionell« in einem *Charisma-Studio*. Es bleibt mir nichts anderes übrig, als das Klo zu putzen und Herrn Hund ein bisschen Trockenfutter aus der Küche mitzubringen. Dann verkriechen wir uns gemeinsam unter meiner Bettdecke, und ich mümmel mich immer noch schniefend in den Schlaf.

Am nächsten Morgen werde ich von einem Freudenschrei geweckt. Anastasia jauchzt und jubelt in unserem ehemaligen Wohnzimmer. Vielleicht ist ja was Tolles passiert, was ausnahmsweise auch mal MICH betrifft, denke ich. Mit müden Beinen schleppe ich mich ins Behandlungszimmer und schaue Anastasia bei ihrem Freudentanz zu.

»Paul, ich bin so glücklich«, ruft sie mir zu. Sie kommt auf mich zugehopst und schlingt ihre Arme um meinen Hals. »Um Mamas Assistentin sein zu können, brauche ich einen Führerschein. Und den bezahlt sie mir!«

Hätte ich mir eigentlich denken können, dass es keine gute Nachricht für MICH ist. Irgendwie habe ich nicht die geringste Lust, mich mit Anastasia zu freuen. Immerhin wollte sie mich gestern Abend eiskalt vor die Tür setzen.

»Aber du bist doch gerade erst siebzehn!«, gebe ich zu bedenken.

»Weiß ich selbst!«, triumphiert Anastasia. »Ich mache den Führerschein schon mit siebzehn, und dann fahre ich bis zu meinem achtzehnten Geburtstag begleitet!«

»Du meinst, Mama muss dich begleiten, während du für sie arbeitest? Was macht das für einen Sinn?«

Ich schlurfe zurück in mein Zimmer und dippe das letzte Stück Toast ins Nutellaglas. Sieht so aus, als würden Mama und Anastasia nur noch ihr Big Business im Kopf haben, während sich unser Zuhause so langsam auflöst.

Nachdem ich mir die Finger abgeleckt habe, öffne ich meinen Laptop und aktiviere Rovio. Das ist eine ferngesteuerte Skype-Kamera inklusive Mikro und Lautsprecher. Das Ding sieht aus wie eine Krabbe auf Rädern. Mein Vater hat mir Rovio mal geschenkt, weil er wollte, dass ich auf diese ferngesteuerte Art auch ein bisschen bei ihm wohne. Ich habe die Krabbe aber lieber bei Liam deponiert. So kann ich in seinem Zimmer rumflitzen und mich mit ihm unterhalten, wann immer ich will. Ich könnte schon wieder heulen bei der Vorstellung, wie romantisch ich mir unsere Beziehung mal ausgemalt habe und wie gefühlskrüppelig die Wirklichkeit im Moment aussieht.

Ich fahre mit der Krabbe ein bisschen im Zimmer rum.

Liam schläft noch. Aber Don Camillo, sein kleiner Terrier, kommt mit wedelndem Schwanz auf mich zugesprungen.

Er leckt einmal über mein Kameraauge, sodass das Bild auf der Stelle unscharf wird.

»Don!«, flüstere ich. »So sehe ich nichts! Das musst du dir echt mal abgewöhnen.«

Aber Don Camillo denkt gar nicht daran, mich in Ruhe zu lassen. Wahrscheinlich sieht er in mir eine Art Spielgefährten. Jedenfalls knufft er ein paarmal an mir herum, beißt einmal zärtlich in meinen Kameraarm und zerrt mich durchs Zimmer.

»Liam, Hilfe!«, rufe ich in meiner Not.

Liam wird tatsächlich wach. Er steht auf und beginnt mit seinem Hund einen kleinen Kampf um mich.

»Aus!«, schimpft er. Und mich versucht er mit einem »Halt durch, wir haben es gleich geschafft!« zu beruhigen.

Als er mich endlich aus Don Camillos Klauen befreit hat, nimmt Liam mich mit ins Bett, kriecht zurück unter die Decke und hält mich vor sein Gesicht.

»Hast du dich wieder beruhigt?«, fragt er mit forschendem Blick, so als könne er durch die Kamera durch in mein Gesicht sehen.

»Ich wollte dir nur die Möglichkeit geben, dich noch vor der Schule bei mir zu entschuldigen«, sage ich so freundlich wie möglich.

Liams Augenbrauen rücken nachdenklich zusammen.

»Und wofür noch mal genau?«, will er wissen. »Dafür, dass du mich gestern einfach hast stehen lassen? Oder dafür, dass du mich aus heiterem Himmel beschimpft hast?«

Ich biete Liam an, dass ich mich für diese beiden winzigen Details entschuldige, wenn ihm seine unfeinfühlige Zickenterror-Frage leidtut.

Er willigt ein. »Okaaay«, sagt er gähnend. »Soooorry für gestern.« Hört sich nicht gerade leidenschaftlich an. Ich befürchte sogar, dass Liam gar nicht weiß, wovon überhaupt die Rede ist. Wahrscheinlich ist er einfach nur zu müde für eine Diskussion. Abgesehen davon, dass er Diskussionen sowieso hasst und sicher froh ist, sich mit einem einfachen »Soooorry« aus der Affäre ziehen zu können. Ich kann mich grade noch zurückhalten, eine Grundsatzdiskussion anzuzetteln. Zumal Liams Mutter gerade hereinkommt und unter der Androhung, die Bettdecke wegzureißen, darauf besteht, dass Liam zum Frühstück kommt.

Immerhin ist mit meinem Freund vorläufig alles wieder okay, und ich treffe in der Schule nur noch auf zwei akute Stresskandidaten!

Auf dem Schulweg versuche ich, Muckel anzurufen. Aber sie geht schon wieder nicht ran. Dafür sehe ich sie mucksig im Klassenzimmer sitzen und auf die leere Tafel starren. Es sind noch zwei Minuten bis zum Unterrichtsbeginn!

»Hey, was ist los, warum meldest du dich nicht bei mir?«, haue ich sie von der Seite an. Muckel starrt weiter ins Leere. »Das kannst du dir nicht denken?«

»Und du kannst dir wohl nicht denken, dass ich unschuldig bin? Dass ich mein Bestes getan habe, aber die Sache aus dem Ruder gelaufen ist?«

Jetzt schaut Muckel mich doch an.

»Du willst mir jetzt nicht erklären, dass du NICHT wusstest, wen du da zusammenführst?«

In dem Moment betritt Luuk den Klassenraum, heute wieder beidseitig verstöpselt. Er würdigt Muckel und mich keines Blickes und läuft mit seinem extragroovigen, leicht o-beinigen Gang zu seinem Platz. Muckel versteinert auf der Stelle wieder.

»Puh, der eiert ganz schön rum, damit ihm die Hose nicht von seinem flachen Hintern rutscht«, versuche ich, Muckel aufzuheitern. Aber sie zeigt keine Reaktion. Ich schaue auf die Uhr. Gott sei Dank sind bisher weder Daphne noch Liam aufgetaucht, um mich gefühlsmäßig abzulenken. Darum nehme ich all meine Überzeugungskraft zusammen und schildere Muckel den Gästetoiletten-Horror, den ich ihretwegen durchgemacht habe. Sie straft mich derweil wieder mit ihrem eisernen Blick zur Tafel. Noch während ich ihr meine Nöte und Ängste in den schillerndsten Farben ausmale, steht plötzlich Jimmy, der Kusswetten-Loser, in der Tür. Jimmy ist in der Parallelklasse, und ich kann mich nicht erinnern, dass er je einen Blick in unser Klassenzimmer geworfen hat. Er scannt mit seinem Checker-Blick die Anwesenden und bleibt an Muckel und mir hängen. Augenblicklich hellt sich sein Gesicht auf, und Jimmy Kothenhöfers Augen beginnen seltsam zu zucken. Auch sein Mund macht befremdliche Kleinstbewegungen. Es sieht tatsächlich so aus, als wolle er ein Zwinkern und einen Kussmund andeuten. Sehr minimalistisch, versteht sich.

Ich versuche, Jimmy mit einem verächtlichen Blick zu verjagen, aber durch meine beste Freundin geht plötzlich ein seltsamer Ruck. Sie sitzt auf der Stelle wieder gerade, und ihre Mundwinkel bekommen eine eindeutige Tendenz nach oben. Ich meine sogar, eine kleine, winkähnliche Handbewegung wahrzunehmen.

Völlig verwirrt stoppe ich meinen Redeschwall und sehe Muckel entsetzt an. »Du hast nicht zufällig gerade diesem Spacken da draußen zugewunken? Diesem MÖCHTEGERN-MÄDCHENVERACHTER?«

Muckel grinst, und Jimmy macht mit zwei Fingern die Wir-telefonieren-Bewegung. Zeitgleich mit seinem Abgang betritt unsere Klassenlehrerin Frau Kolz den Raum. Liam und Daphne haben sich immer noch nicht blicken lassen.

In der folgenden Deutschstunde kann ich mich unmöglich auf den Unterricht konzentrieren. Schwatzen bei Frau Kolz ist allerdings auch nicht drin. Denn wer es wagt, ihren Unterricht zu stören, dem droht auf der Stelle ein mündlicher Kurztest, der knallhart bewertet wird. Also bleibt mir nichts anderes übrig, als mir die schrecklichsten Erklärungen für Muckels Verhalten auszumalen. Eine gefällt mir am allerwenigsten. Aber ich fürchte, es ist die wahrscheinlichste:

Jimmy war der Seelenverwandte aus der Gästetoilette. Und Muckel hat ihn soeben an irgendeinem Detail wiedererkannt. Vielleicht überträgt sie jetzt ja all ihre Luuk-Liebe auf den König der Kusswette. Weil der immer noch besser ist als einer, der vor versammelter Mannschaft in den Liebesfängen von Daphne Oberwinter gesichtet worden ist.

Falls Jimmy tatsächlich mit Muckel auf dem Klo war, dann hat er auch ihre Stimme erkannt. Und immerhin hat sie ihm gestanden, dass sie ihn »immer sofort spüren kann, auch ohne ihn zu sehen«! Eine echte Liebeserklärung! Da lässt einer wie Jimmy nichts anbrennen.

HILFE, NEIN, SO DARF ES NICHT SEIN!

Kurze Zeit später betritt Daphne den Raum. Sie sieht aus, als hätte sie sich als Sonne verkleiden wollen. Genauer gesagt als zwei Sonnen. Denn von jeder ihrer gepushten und ziemlich freigelegten Brüste laufen gelbe Strahlen über ihr schwarzes Kleid!

»Hey, der Atombusen ist radioaktiv geworden«, flüstert Muckel mir zu. Frau Kolz, die eher eine zugeknöpfte Person ist, scheint das Geflüster überhört zu haben. Sie ist wahrscheinlich zu sehr mit einem inneren Konflikt beschäftigt. Denn eigentlich hat sie für Zuspätkommer eine ganz spezielle Strafe entwickelt: Sie müssen sich mit ans Lehrerpult setzen und stehen die ganze Stunde unter Extrembeobachtung. Aber auch Frau Kolz dürfte klar sein, dass Daphne es genau darauf abgesehen hat. Denn vorne am Pult steht Daphnes Atombusen nicht nur unter Kolzis Extrembeobachtung, sondern zieht auch die Spannerblicke der ganzen ersten Reihe auf sich. Und die hat unsere Lehrerin vornehmlich mit Jungs besetzt – inklusive Luuk!

Ich bin mir ziemlich sicher, dass Kolzi heute lieber eine andere Strafe für Zuspätkommer anwenden würde. Aber da steht ihr eine andere negative Eigenschaft ihres Charakterspektrums (wie meine Mutter sagen würde) im Weg: die Prinzipienreiterei.

Leider kann man von hinten nicht sehen, ob Luuk anbeißt oder ob er lieber ein Undercover-Küsser geblieben wäre. Muckel lässt sich von Daphnes Show jedenfalls nicht beeindrucken. Sie tut komplett abwesend und kritzelt ein paar Fratzen in ihr Heft.

Zwei Minuten später geht schon wieder die Tür auf, und Liam erscheint. »'tschuldigung, die Bahn war ausgefallen!«

Frau Kolz sieht richtig erleichtert aus. Sie schickt Daphne auf ihren Platz mit den Worten: »Du kannst dann morgen neben mir sitzen, und zwar in angemessener Kleidung!«

Dann bittet sie Liam zu sich ans Pult.

In der Fünfminutenpause knöpfe ich mir Muckel noch mal vor.

»Ich will nur sichergehen, dass dieser Jimmy nicht dein neuer Seelenverwandter ist«, sage ich ihr in einem Ton, der eigentlich keinen Widerspruch duldet. Muckel grinst nur.

»Hallo, bist du irre? Der Typ ist so was von NICHT OKAY! Es ist der am WENIGSTEN OKAYSTE Junge aus der ganzen Stufe!«

»Entspann dich«, meint Muckel. »Jeder verdient eine Chance, genauer betrachtet zu werden. Jedenfalls, wenn er so gefühlvoll küssen kann.«

Die große Pause verbringe ich mit Liam in unserem romantischen Versteck hinter den Mülltonnen. Irgendwie hat mich das ganze Kussgelaber durcheinandergebracht. Wieso legen alle so viel Wert darauf? Ich meine, küssen ist nicht schlecht, aber sooooo sensationell ist es nun auch wieder nicht, oder?

Ich frage Liam, ob er mich auch hier in der Schule küssen würde. Auf die Gefahr hin, dass uns jemand sieht.

Er zuckt mit den Schultern. »Meinetwegen«, meint er auf seine voll leidenschaftliche Art. Und ich kann nicht anders, als diese kleine gemeine Frage zu denken: Was wäre, wenn küssen DOCH sooooo sensationell wäre und ich nur einfach den falschen Kusspartner hätte? Zum Test küsse ich Liam mit ganz viel Gefühl. Und eigentlich macht er auch beim Zurückküssen nichts falsch.

Wahrscheinlich ist es einfach so, dass die anderen sich

aufspielen und wichtigmachen wollen mit ihren überzogenen Kuss-Erlebnisberichten. Ich lasse mich jetzt nicht mehr irremachen!

04

ABENDS BIN ICH mit Papa zum Skypen verabredet. Er will mich mindestens zweimal die Woche »sehen«. Und wenn ich keine Zeit habe, ihn zu besuchen, will er wenigstens am Bildschirm mit mir zusammen Abend essen. Er kocht dann immer etwas Leckeres für sich und hofft natürlich, dass ich ähnlich gut vorbereitet bin. Heute habe ich leider nur ein altes Frühstücks-Pausenbrot am Start.

Eigentlich ist Skypen mit Papa noch anstrengender als ein Besuch bei ihm. In seiner Wohnung kann man seinen vielen Fragen wenigstens ausweichen. Indem man rumläuft, Stunden im Bad zubringt, mit anderen Leuten skypt oder fernsieht. Wenn Papa aber mit einem Dreigängemenü auf meinem Bildschirm auftaucht, bin ich ihm hilflos ausgeliefert. Blickkontakt ohne Ende. Er ist übrigens einer von denen, die jeden Bissen siebenundzwanzig Mal kauen, bevor sie ihn runterschlucken. Angeblich ist das gesund, weil das Essen im Mund dann schon VORVERDAUT oder auch EINGESPEICHELT wird (Gulp!). So ein Essen kann ungelogen anderthalb Stunden dauern. Und Papa mag es gar nicht, wenn ich beim Skypen nebenbei noch andere Sachen mache wie simsen oder gar fernsehen.

Weil wir nicht zusammenwohnen und Papa mich im Alltag folglich nicht beobachten kann, glaubt er das Recht zu haben, mir Löcher in den Bauch zu fragen. Er will ALLES erfahren, und es ist gar nicht so einfach, ihn während seiner Vorverdauung des Dreigängemenüs mit Infos zu füttern, die ihn zufriedenstellen, ohne dass ich zu viel von mir verrate.

Meistens erzähle ich ihm ein paar Geschichten aus der Schule. Papa glaubt, dass sie mir etwas bedeuten und dass Schule das Wichtigste in meinem Leben ist. Schwieriger wird es, wenn er mich nach Mama fragt. Denn wenn ich schlecht über die Ober-Mitfühlerin rede, dann glaubt er, einschreiten oder »ein Hühnchen mit ihr rupfen« zu müssen. Was später dann übel auf mich zurückfällt. Schwärme ich von Mama, dann wirkt er irgendwie traurig. Vielleicht, weil er denkt, ich mag sie lieber als ihn. Oder weil er insgeheim immer noch in sie verliebt ist.

Heute kommt jedoch alles ganz anders. Gerade als ich mich mit meinem durchgeweichten Pausenbrot und einem Glas Mich ins Bett verzogen und den offenen Laptop auf meinen Bauch gelegt habe, geht Herr Hund aufs Klo. Und er beschränkt sich nicht etwa auf ein kleines Geschäft. Augenblicklich riecht es in meinem Zimmer wie im Pumakäfig. Weil ich mir schon denken kann, dass Papa sich über das Klo in meinem Zimmer aufregen wird, versuche ich, den Gestank auszuhalten und mir nichts anmerken zu lassen. Doch spätestens als Herr Hund anfängt, seinen riesigen Haufen zu verscharren, lässt sich die ganze Geschichte nicht mehr verheimlichen.

»Was sind denn das für Geräusche?«, will Papa wissen. »Hört sich an, als würden deine Verehrer schon draußen an der Tür kratzen!« Er lacht ein bisschen über seinen eigenen Witz. Aber dann will er doch wissen, was wirklich Sache ist.

Nachdem ich endlich mit der Sprache rausrücke, regt er sich mordsmäßig auf. »Das geht ja wohl GAR nicht!«, meint er und schluckt den kaum gekauten Bruschetta-Bissen mit einem Schluck runter. »Dafür zahle ICH NICHT eure teure Miete, damit meine Tochter in einer Katzentoilette wohnt!«

Ich hätte mir denken können, dass Papa überreagiert.

»ICH wohne NICHT im Katzenklo, sondern Herr Hund und das Klo wohnen bei MIR«, versuche ich ihn zu beruhigen. Dann muss ich doch aufstehen und die üble Geruchsquelle beseitigen. Gerade als ich mit der stinkenden Wurst auf der Katzenkloschippe in Richtung *Skin&Hair-Studio* laufe, klingelt das Telefon. Mama geht ran. Es ist Papa! Schuldbewusst verkrümele ich mich wieder in mein Zimmer und lasse die Tür einen Spalt auf, damit ich hören kann, wie die Sache ausgeht. Papa hat vor lauter Aufregung vergessen, unsere Skype-Verbindung zu trennen. Ich sehe ihn mit ausgestrecktem Zeigefinger in seinem Zimmer auf und ab rennen, während das Essen am unteren Bildschirmrand langsam kalt wird.

»Entweder du hörst sofort auf, die Wohnung für deine Zwecke zu missbrauchen, oder ich zahle keinen Cent Miete mehr«, droht er meiner Mutter.

Normalerweise ist es nicht Mamas Art, klein beizugeben,

wenn sie unter Druck gesetzt wird. Sie ist dann eher der Typ Elefant im Porzellanladen.

»Wenn die Leute einmal merken, dass du kuschst, versuchen sie immer wieder, dich unterzubuttern!«, hat sie mir mal erklärt. Aber wenn ihr geliebtes Geld in Gefahr ist, dann hat sie sich plötzlich ganz gut unter Kontrolle.

»Spatz, jetzt beruhig dich doch mal«, sagt sie.

Ich kann mich nicht erinnern, wann sie meinen Vater das letzte Mal SPATZ genannt hat. Findet sie ihn jetzt etwa doch wieder besser als erwartet? Cooler als Göttchen und spatzhafter denn je?

Aber der »Spatz« denkt gar nicht daran, sich zu beruhigen. Wie ein angeschossenes Raubtier tigert er über seinen Teppichboden.

»Warum lässt du dich nicht einfach mal irgendwo anstellen? Wie alle anderen Menschen auch?«, schnaubt er. »Dann verdienst du endlich mal WIRKLICH Geld und behelligst nicht die Kinder mit deinen SELBSTVERWIRKLICHUNGS-FLAUSEN!«

Mama holt einmal tief Luft. »Aber SPÄTZCHEN!«, protestiert sie mit Samtstimme. »Du weißt, dass ich für Lohnarbeit nicht gemacht bin. Ich bin eben ein Paradiesvogel. Dafür hast du mich mal geliebt. Und seit wann gehören Paradiesvögel in eine Legehennen-Batterie?«

»Don't call me SPÄTZCHEN«, keucht Papa und lässt sich auf einen Sessel fallen. Zu dem Paradiesvogel fällt ihm erst mal nichts ein. Mama scheint einen Millimeter Oberwasser gewonnen zu haben. Und sie setzt auch gleich nach.

»'tschuldigung, dass ich dich Spätzchen genannt habe! Ich dachte, die Zeiten des Grolls wären vorbei!«

Entweder Mama hat wirklich neue Sympathie für Papa entwickelt, oder sie ist eine hundsgemeine (aber talentierte) Schauspielerin. Eine Spinne, die ihre Beute einwickelt und betäubt, bis sie komplett handlungsunfähig ist.

Papa windet sich auf seinem Stuhl, und man sieht, wie sich der alte Groll gegen die neue Spätzchen-Attacke noch ein paarmal aufbäumt. Muss ich nicht irgendwie eingreifen? Darf ich als Weltretterin zulassen, dass er ihr ins Netz geht? Oder gibt es etwa tatsächlich eine Chance, dass die beiden wieder glücklich zusammenkommen?

Automatisch überlege ich, welche Auswirkungen beide Möglichkeiten auf mich haben würden.

A: Papa lässt sich von Mama einwickeln und bekommt am Ende wieder eins aufs Dach, bedeutet für mich:
Meine Treffen mit ihm als Trauerkloß werden noch anstrengender.

B: Mama findet ihn wirklich wieder gut und will ihn zurückhaben, bedeutet für mich: Juchhu! Wir sind wieder eine richtige Familie! (Jedenfalls bis der Paradiesvogel es sich anders überlegt! Und dann wird's richtig anstrengend!)

Ich entscheide mich, nichts zu tun und dem Schicksal freien Lauf zu lassen. Was sollte ich auch machen? Mich auf eine Seite schlagen? Öl in Papas erlöschendes Groll-Feuer schütten? Das wäre doch verrückt! Ich mache den Computer einfach aus. Immerhin bin ich so um das anstrengende Essen mit Papa herumgekommen. Und das Katzenklo bleibt sicher auch nicht mehr lange in meinem Zimmer.

»Für Herrn Hunds Toilette werden wir schon eine andere Lösung finden«, höre ich Mama im Wohnzimmer sagen. Und dann lädt sie meinen Vater auch noch zu uns zum Essen ein. Eine Sensation! Normalerweise trifft sie sich mit ihm nur auf NEUTRALEM BODEN, wie sie immer sagt. Und auch nur nachmittags so zwischen Tür und Angel. Heute bietet sie ihm sogar eine absolute Premium-Zeit an: Am Samstagabend um acht Uhr wird Papa von seinem Ex-Paradiesvogel bekocht!

Vorher stattet uns Großmutter allerdings noch einen Besuch ab. Ich kann nicht glauben, dass Papa sie um Hilfe gebeten hat! Oma bewegt ihren dicken Hintern nur in Ernstfällen die vier Etagen zu unserer Wohnung hoch. Und wenn ich DICKEN HINTERN sage, dann meine ich in diesem Fall auch DICKEN HINTERN!

Großmutter wird auch Big Mama genannt. Denn sie ist ein echt anderes Kaliber als wir drei. Obwohl sie immer betont, dass wir aus demselben Holz geschnitzt sind.

Ehrlich gesagt haben wir alle Angst vor Oma, weil wir schließlich ihre Gene in uns tragen und eines Tages so werden könnten wie sie. Dabei ist sie nicht nur körperlich, sondern auch mental ein Schwergewicht. Ihre Bemerkungen schlagen ein wie Bomben, auch wenn keiner von uns Angriffsopfern das jemals zugeben würde.

»Paulinas Vater hat mich angerufen und erzählt, ihr wohnt jetzt in einem Nagelstudio!«, sagt Big Mama schon beim Reinkommen. Unter dem Arm hält sie ein paar dampfende Pizzakartons, weil sie immer Angst hat, in unserem Diät-Haushalt zu verhungern.

Meine Mutter ist natürlich sofort auf hundertachtzig.

»Ich führe Coachings durch. Und: JA, ich arbeite erst mal von zu Hause, weil ich mir eine eigene Praxis noch nicht leisten kann!«

Big Mama straft sie mit einem abschätzigen Kopfschütteln, bevor sie mit Teil zwei ihres Vernichtungsanschlags fortfährt:

»Das mit dem Geldverdienen war noch nie dein Ding.

Es wird Zeit, dass du PAULINAS VATER wieder ins Haus holst. Ein Besserer findet sich für dich nicht mehr.«

Oma nennt die Leute übrigens nie beim Namen. Ich glaube, es ist ihr zu lästig, sich Namen zu merken. Sie merkt sich lieber BEZEICHNUNGEN. Also Wesensmerkmale, die den Einzelnen für sie interessant machen.

Mama steht da und schnappt nach Luft. Treffer versenkt!

Ich bin ehrlich gesagt auch ziemlich schockiert. Kann ja sein, dass etwas dran ist an dem, was Big M sagt. Aber ich kann es nicht leiden, wenn sie so unromantisch daherredet. Besonders, wenn's um Papa geht!

»Paulinas Vater zieht wieder ein, die Kinder sind versorgt, und du kannst den lieben langen Tag zur Maniküre gehen – statt dass du anderen Leuten die Nägel machen musst. Und das auch noch in der eigenen Wohnung.«

Beim letzten Teil ihrer Ausführung verzieht Oma angewidert das Gesicht. Und Mama fängt regelrecht an zu kreischen: »Ich habe kein Nagelstudio, ich bin Coach! C.O.A.C.H.«, buchstabiert sie mit sich überschlagender Stimme. Aber Big Mama hört schon gar nicht mehr hin. Sie kennt Mama natürlich am längsten von uns allen und weiß sie zu handhaben.

»So, und jetzt wird erst mal GEGESSEN!«, sagt sie und verteilt die Pizzakartons auf dem Lacktisch. Sie wünscht allen »einen guten« und schiebt sich ein öldurchtränktes Pizzadreieck in den Mund. Mama und Anastasia stehen mit verschränkten Armen daneben und rühren nichts an. Ich bin einfach zu hungrig, um zu widerstehen. Dabei muss ich ernsthaft darüber nachdenken, warum Papa Big Mama auf uns angesetzt hat. Oder sie zumindest informiert hat. Er weiß wohl, dass Oma einen ziemlichen Einfluss auf Mama hat. Aber konnte er ahnen, dass sie ihn sich als Schwiegersohn wünscht? Ich finde das alles äußerst verwirrend. Und ich habe die leise Befürchtung, dass die Gästeklo-Knutschspiel-Schummeleien nichts sind gegen das Wirrwarr, das einem als Erwachsenem bevorsteht. HILFE!

05

ES KOMMT, wie es kommen musste: Muckel redet sich ein, in Jimmy verliebt zu sein. Und ich kann ihr den Typen nicht ausreden.

»Wetten, er lässt dich sofort wieder fallen, wenn er den ersten Kuss von dir ergattert hat?«, beschwöre ich sie. »Du bist für Jimmy nichts weiter als ein Strich auf seiner Strichliste!«

Muckel grinst nur. »Er hatte bereits seinen Strichlistenkuss. Schon vergessen? Und was für einen! Der reicht für zehn Striche. Seine Liste ist also jetzt schon voll!«

Muckel hat natürlich recht. Es gab ja den unseligen Klokuss. Und Jimmy hat Muckel danach in keinster Weise abgehakt. Im Gegenteil. Er scharwenzelt die ganze Zeit um sie herum, bietet ihr Kaugummis an und trägt ihr die Schultasche. Trotzdem bin ich mir sicher, dass er es nicht ernst mit ihr meint. Vielleicht hat er ja insgeheim noch eine andere Strichliste, die bei einem Kuss nicht haltmacht. Und er glaubt, ein dankbares Opfer gefunden zu haben!

Am Nachmittag kann ich Liam überreden, mit mir in eine romantische Komödie zu gehen. *Fast verheiratet* heißt der Film. Es ist ganz schön schwierig, ihn davon zu überzeugen.

Ich behaupte, der Film wäre mindestens so lustig wie *Hangover* 1 und hätte ganz schön viel Sprengstoff oder Zündstoff oder so.

Liam ist immer noch misstrauisch. Aber er kommt trotzdem mit. Allerdings in einer Stimmung, die nicht gerade förderlich für einen ultraromantischen Nachmittag ist. So einen Kino-Kuschel-Nachmittag, der uns wieder richtig fest zusammenbringt und mich meine ganzen blöden Kusszweifel und Liebesbedenken vergessen lässt.

Kurz bevor der Film anfängt, ruft Muckel an.

»Wo bist du?«, will sie mit leicht empörter Stimme wissen. Seit sie Single ist, soll ich ständig Rechenschaft über meine Aufenthaltsorte ablegen.

»Im Kino«, flüstere ich. »Muss jetzt Schluss machen. Der Film fängt an.«

Natürlich will Muckel noch haarklein wissen, mit wem ich in welchem Film und in welchem Kino sitze. Dann stelle ich das Handy aus und rücke, so nah es der Kinosessel erlaubt, an Liam heran.

Wie zu erwarten war, ist Liam von der Handlung des Films nicht hundertprozentig fasziniert. Das erste Mal stöhnt er nach fünf Minuten und beginnt, unruhig auf seinem Sessel hin und her zu rutschen. »Du hast doch gesagt, der Film wäre EXPLOSIV!«

Ich reiche ihm das Popcorn rüber. »Das war im übertragenen Sinne gemeint!«

Liam sackt in sich zusammen. Händchenhalten oder gar

Kuscheln kann ich mir wohl erst mal abschminken. Dabei ist der Film wirklich super und lustig noch dazu. Ich frage mich, wieso ein Jungshirn das nicht checken kann. Und ob man einen Menschen lieben kann, der einen komplett anderen Filmgeschmack hat als man selbst.

Sehr weit komme ich mit meiner inneren Befragung nicht, denn plötzlich leuchtet mir jemand mit seinem Handydisplay mitten ins Gesicht.

»Da bist du ja«, zischt Muckel. »Ich habe schon den halben Kinosaal nach dir abgeleuchtet!«

Am liebsten würde ich vor Scham im Boden versinken, weil sie hier so einen Aufstand macht. Aber auch dafür habe ich gar keine Zeit. Denn es kommt noch viel schlimmer. Muckel ist nicht allein. Sie hat Jimmy mitgebracht! Und sie nötigt unsere komplette Reihe dazu, mitten im Film zwei Plätze weiterzurücken, damit Muckel und Jimmy noch neben uns sitzen können. Ein Raunen geht durch den Kinosaal, gespickt von empörtem Zischen. Als wir endlich alle wieder sitzen, ist meine Laune auf dem Tiefpunkt.

»Bist du IRRE?«, frage ich Muckel, die direkt neben mir Platz genommen hat und mir im Gegensatz zu Liam ziemlich auf die Pelle rückt.

»Ich muss dir was erzählen!«, flüstert sie mir ins Ohr.

»Später!«, winke ich ab. Aber Muckel lässt nicht locker.

»Ich bin jetzt mit Jimmy ZUSAMMEN. Er hat mich eben gefragt, und ich habe einfach Ja gesagt. So Hals über Kopf! Aber ich find's hammermäßig!«

Das musste ja kommen! Wundert mich nur, was Muckel

für ein Tempo vorlegt. Vor vier Tagen war sie noch unsterblich in diesen Luuk verliebt. Und heute ist sie mit Jimmy Kothenhöfer ZUSAMMEN.

Ich versuche mich weiter auf den Film zu konzentrieren, in dem ein erwachsenes Paar ganze fünf Jahre braucht, um zu heiraten. Und das, obwohl sie schon am Anfang des Films wild entschlossen sind. Von denen sollte sich Muckel mal eine Scheibe abschneiden! Doch die schaut sich den Film überhaupt nicht an! Sie widmet hundert Prozent ihrer Aufmerksamkeit Jimmy, der sich Kaugummi kauend zu ihr rüberbeugt und an ihr rumnestelt. Muckel fängt seltsam an zu gurren und zu glucksen, und sie hört erst damit auf, als Jimmy ihr seine Zunge in den Mund stopft. Die Zeit, vorher seinen Kaugummi zu entfernen, hat er sich, glaube ich, nicht genommen.

Ich schaue zu Liam rüber, der immer noch wie ein nasser Sack in seinem Sessel hängt. Von ihm sind Annäherungsversuche dieser Art nie zu erwarten. Wahrscheinlich ärgert er sich, dass er so viel Geld für einen unexplosiven Film ausgegeben hat. Und statt sich wenigstens die Zeit mit mir zu vertreiben, muffelt er lieber vor sich hin und gibt mir die Schuld für das Elend.

Nicht dass ich gerne so einen Kaugummi kauenden Zungendrängler hätte. Aber ein bisschen mehr Nähe wäre schon schön. Wir wirken neben Muckel und Jimmy ja wie ein verbittertes altes Ehepaar!

Nach dem Kino gehen wir noch alle zusammen ins Café *À la Tarte*, Muckels und mein Lieblingscafé. Eigentlich ist mir nicht wohl dabei, dass Jimmy diesen heiligen Ort mit seiner Anwesenheit entweiht. Aber alle anderen finden das *À la Tarte* »eine gute Idee«, und mir fällt nicht ein, wie ich den Besuch verhindern soll.

Wir haben uns kaum hingesetzt, da fangen Muckel und Jimmy auch schon wieder an zu knutschen. Ich frage mich, wieso sie sich überhaupt mit uns treffen wollten. Ob sie vielleicht ein Publikum brauchen? Auch Liam scheint sich in seiner Rolle als Zuschauer nicht besonders wohlzufühlen. Je inniger die beiden sind, desto verklemmter stehen wir da.

Als wäre das nicht alles schon schlimm genug, geht plötzlich die Tür auf, und Frau Ferrari, die Wahrsager-Cousine von Göttchen, betritt das Café. Die Ferrari hält sich für eine Art geistige Führerin, und ich bin mir nicht ganz sicher, ob sie vielleicht wirklich über ein paar außergewöhnliche Fähigkeiten verfügt. Jedenfalls konnte sie den Standort meiner verloren geglaubten Skype-Krabbe mit ihrem Pendel schon mal ziemlich genau bestimmen.

Ihr Aussehen und ihr Benehmen sprechen allerdings gegen »geistige Größe«. Frau Ferrari ist eine von den Frauen, deren Style sich seit Jahren nicht geändert hat. Sie trägt eine rote Lockenmähne, die vom jahrzehntelangen Dauerwellen und Färben ganz schütter geworden ist. An manchen Stellen scheint die Kopfhaut schon rosa durch. Trotzdem werden die letzten Büschel mit viel Haarspray in Mähnen-Form gestylt.

Auch ein großer Ausschnitt war vielleicht irgendwann

mal vorteilhaft für die Ferrari. Das ist heute anders! Im Gegensatz zu ihrem spärlichen Haarwuchs ist der Rest der Ferrari nämlich ziemlich wuchtig.

Begleitet wird das esoterische Schwergewicht von ihrem Schoßhund Aristoteles und einem Pendel, das sie um den rechten Zeigefinger gewickelt hält. Wahrscheinlich, um jederzeit einen Draht zum Universum zu haben. Oder zu ihrem höheren Selbst. So ganz habe ich das nicht verstanden.

Ohne nach links oder rechts zu schauen, rauscht Göttchens Cousine an uns vorbei zur Kuchentheke, wo sie nachfragt, ob auch alle Kuchen mit Liebe gebacken werden. Vor lauter Hunger vergisst sie sogar, mit ihrem falschen französischen Akzent zu sprechen, mit dem sie sonst immer versucht, sich wichtigzumachen.

Die echt nette Besitzerin des Cafés sieht nicht so aus, als würde sie böse Gedanken beim Kuchenbacken hegen. Sie erlaubt der misstrauischen Ferrari sogar, hinter die Theke zu kommen und auszupendeln, wie viel Liebe tatsächlich in welchem Kuchenstück steckt!

Als die Testergebnisse zu ihrer Zufriedenheit ausfallen, bestellt die geistige Führerin drei verschiedene Stücke und sieht sich nach einem freien Platz um. Schnell drehe ich ihr den Rücken zu und zettele ein Gespräch mit dem mucksigen Liam an. Doch die Ferrari erkennt mich trotzdem. Oder ihr hellsichtiger Autopilot hat mich auf dem Schirm. Jedenfalls steuert sie geradewegs auf mich zu.

»Oh, Fräulein Krasslowski«, begrüßt sie mich lauthals. »Das ist aber schön, dich hier zu treffen!«

Ich drehe mich erschrocken zu ihr um. Die anderen sind sichtlich bemüht, nicht laut loszulachen. Sogar Muckel und Jimmy lassen kurz voneinander ab, um meine peinliche Bekannte zu inspizieren.

Frau Ferrari ist bereits dabei, sich eines der zarten Caféhaus-Stühlchen zu angeln und an unseren Tisch zu schleifen. Dann lässt sie sich gemütlich nieder, während der Stuhl ächzend und knarzend um sein Überleben kämpft.

»Bonjour, meine verehrten Teenager! Felicitas Ferrari«, stellt sie sich mit ihrem Künstlernamen vor. In Wirklichkeit heißt sie Magdalena Hartkopf. Aber das ist natürlich nicht gerade ein Premium-Wahrsagername.

»Und das ist Aristoteles«, erklärt sie mit dem Finger auf ihren Hund gerichtet.

Ich wünschte, Muckel und Jimmy würden weiterknutschen und Liam würde weiter in sich gekehrt wie unter einer Käseglocke dasitzen. Doch kaum dass man die drei mal nicht gebrauchen kann, sind sie plötzlich hellwach und warten gespannt auf weitere Peinlichkeiten, die Madame Ferrari noch von sich geben könnte. Und die legt auch gleich wieder los:

»Wie schön, das wir mal unter vier Augen sprechen können«, sagt sie und zwinkert mir zu, sodass ihre dünnen Wimpern wie Spinnenbeine hin und her tanzen.

»Weißt du, Kindchen, ich habe dem guten Gottfredo geraten, deiner Mutter endlich mal einen Heiratsantrag zu machen. Aber der Junge äußert sich ja nicht dazu!«

Sie zieht ihre komplett gerupften und hellbraun nachgezeichneten Augenbrauen hoch. »Du weißt schon …, wie Männer eben so sind!« Dann blickt sie kurz in die Runde und fügt hinzu: »Nichts für ungut, meine Herren. Aber der liebe Gott hat bei der Schöpfung wohl vergessen, den Männchen ein paar Sprechperlen ins Essen zu mischen.«

Die Ferrari lacht sich halb tot über ihren Witz, den keiner von uns so recht verstanden hat. Dann werden die drei ausgependelten Kuchen serviert. Während die geistige Führerin sich über den Schokoladenkuchen hermacht, will sie tatsächlich von mir wissen, ob Göttchen Mama denn nun einen Antrag gemacht hat und ob die Hochzeitsplanung in vollem Gange ist.

Eigentlich habe ich keine Lust, der Ferrari und den drei anderen von unserem Familienchaos zu berichten. Auf der anderen Seite will ich auch nicht lügen. Denn man weiß nie, ob es nicht Unglück bringt, eine Hellseherin anzulügen!

»Können Sie denn nicht pendeln, ob da was im Gange ist?«, fragt Jimmy. Er wirkt dabei keineswegs spöttisch, sondern irgendwie ernsthaft interessiert.

»O ja, natürlich kann ich das«, verkündet die Ferrari und schwingt das Pendel an ihrem Zeigefinger. »Und ich habe es auch schon getan. Aber für meine Statistik ist es immer interessant, das Ergebnis an der Realität zu überprüfen!«

Rein statistisch behauptet die Ferrari, eine Trefferquote von 77,7 Prozent zu haben. Aber sie räumt ein, dass das Wahrsagen besonders schwer wird, wenn eigene Interessen im Spiel sind.

»Wenn man sich wünscht, dass sich etwas irgendwie verhält, dann ist man nicht mehr neutral. Und das Pendel spürt auch die Wunschenergie.«

Jimmy wirkt beeindruckt. Jedenfalls kaut er noch ein paarmal versonnen auf seinem Kaugummi herum, bis er sich wieder Muckel zuwendet.

»Also, wie sieht es denn nun aus mit Gottfredo?«, hakt die Ferrari noch mal bei mir nach. Sie ist inzwischen bei einem Stück Käsekuchen mit Himbeerpüree angekommen, während Aristoteles sich heimlich eine Ecke Zitronentarte an Land – oder besser gesagt auf den Schoß – gezogen hat.

»Von Heiraten weiß ich nichts«, sage ich wahrheitsgemäß. Gott sei Dank reicht der Ferrari diese kurze Info. Sie klopft sich auf den Schenkel und spricht einen Fluch in Richtung Universum: »DONNERZAPPERLOT, HIMMEL, ARSCH UND ZWIRN! Hab ich's mir doch gedacht! Der Junge kommt einfach nicht in die PUSCHEN. Na, dem werde ich mal den Marsch BLASEN!«

Ihre Sprache wird immer unesoterischer. Von dem französischen Akzent fehlt jede Spur. Wütend schlingt sie das letzte Kuchenstück runter, das inzwischen sicher einiges von seiner Liebesenergie eingebüßt hat, und sie verabschiedet sich mit den Worten:

»Fräulein Krasslowski, danke, dass du so ehrlich zu mir warst! Gott schütze dich und deine pubertierenden Freunde. Ihr werdet von mir hören!«

Nach diesem unseligen Cafébesuch bin ich wieder mit Liam allein, und der taut auch endlich wieder auf! Wir gehen zu ihm nach Hause, wo er die erste halbe Stunde damit zubringt, jeden nachzuäffen, der ihm in den letzten Stunden übel aufgestoßen ist. Inklusive dem Kaugummi kauenden Actionküsser Jimmy! Natürlich nicht, ohne vorher auszupendeln, ob mein Mund auch voller Liebe ist. Als Pendel benutzt Liam einen seiner (bereits gebrauchten ☹) Angelhaken! Um uns herum tobt Don Camillo, der mich laut kläffend verteidigen will.

Obwohl ich mich vor dem Haken echt ekele, wälze ich mich vor Lachen auf dem Boden, und ich weiß ENDLICH wieder, warum ich Liam so liebe!

06

ALS ICH ABENDS nach Hause komme, sieht unsere Wohnung wieder ein bisschen mehr nach einem Zuhause aus. Mama hat das Sofa zurück ins Wohnzimmer gestellt und neue Kissen gekauft. Und es riecht lecker nach Essen.

»Ich übe schon mal für morgen«, ruft sie mir aus der Küche zu. »Dein Vater kommt morgen zum Dinner!«

Ich spüre ein leichtes Kribbeln am ganzen Körper. Seit wann legt Mama sich für Papa so ins Zeug? Hat Omas Auftritt tatsächlich gewirkt? Oder hat sie wirklich solche Angst, Papa könnte ihr den Geldhahn zudrehen? Ihr sind alle möglichen niederen Motive zuzutrauen, aber gut gelaunt, wie sie ist, keimt trotzdem eine kleine Hoffnung in mir auf: Vielleicht mögen Mama und Papa sich ja doch wieder. So aufgekratzt wie heute ist Mama normalerweise nur vor einem neuen Date. Und »probegekocht« hat sie noch nie für jemanden! Ich hoffe nur, dass Göttchen nicht kurz vorher mit einem Versöhnungsangebot dazwischenfunkt!

In meinem Zimmer erwartet mich noch eine Überraschung. Das Katzenklo ist weg. Ich suche die ganze Wohnung nach dem Ding ab, bis ich plötzlich eine kleine Geheimtür in unserem Badezimmerschrank entdecke.

Mama hat in die Seitenwand des Schrankes ein Loch gesägt und eine Katzenklappe reinmontiert. Ich hoffe nur, dass die vielen Cremes und Lippenstifte in den Etagen über dem Katzenklo nicht mit ganz neuen Duftnoten angereichert werden!

Gerade als ich die Konstruktion unter die Lupe nehme, ruft Muckel an.

»Wie findest du Jimmy?«, will sie ganz aufgeregt wissen. Als hätte ich mich zu der Frage nicht schon ausgiebig geäußert.

Ich: »Weißt du doch!«

Sie: »Ich dachte, du hättest deine Meinung vielleicht geändert. Jetzt, wo du ihn näher kennengelernt hast.«

Ich: »DU hast ihn NÄHER KENNENGELERNT. Ich möchte ihn gar nicht ›näher kennenlernen‹.«

Muckel lacht nur. »Das will ich ja wohl hoffen, dass du die Finger von ihm lässt!«, meint sie. Und sie ist der Ansicht, dass ich Jimmy schon noch auf meine Art »lieben lernen« würde.

Leider muss ich sie da enttäuschen.

Als ich am nächsten Morgen zur Schule komme, hat sich eine Menschentraube um Jimmys Schließfach versammelt. Jimmy ist gerade dabei, einen neuen Aufkleber zu entfernen. Darauf steht:

Ich bin zu cool, um beim Küssen mein Kaugummi rauszunehmen.

Muckel befindet sich auch bei den Schaulustigen. Sieht irgendwie nicht so aus, als hätte SIE das geschrieben. Erstens hat sie SO VIEL Humor nun auch wieder nicht, und zweitens funkelt sie mich aus zwei bösen kleinen Augen an. Sie scheint offenbar MICH zu verdächtigen.

Ich muss nicht lange nachdenken, um zu kapieren, wer wohl dieser Weltverbesserungsfolien-Trittbrettfahrer gewesen sein könnte. Im Klassenraum treffe ich ihn auch schon, Liam, den Wahnsinnigen!

Ich: »Hast du das geschrieben?«

Liam: »Wie kommst du denn darauf?«

Ich: »Wer sollte es sonst geschrieben haben?«

Liam: »Na, dieser verrückte Schließfach-Bekleber natürlich. Er muss die beiden beobachtet haben.«

Ich: »Sie sind aber erst gestern zusammengekommen. Nur wir haben sie beobachtet. Und vielleicht die alte Ferrari.«

Liam wird ein bisschen blass. »Komm schon, Muckel wird denken, dass es dieser anonyme Schwachkopf gewesen ist, der sie gestern irgendwo beobachtet hat«, versucht er mich zu beruhigen. »Der Typ, der auch von dir behauptet, du würdest dich für besonders schlau halten.«

Mir wird ein bisschen schlecht, und ich schließe die Augen. Als ich sie wieder öffne, sehe ich Liam auf seiner Lippe kauen und einen kleinen Hautfetzen abbeißen.

»Die Schließfach-Verräter, das sind doch Muckel und ich! Ich durfte dir das nur nicht sagen. Und jetzt denkt Muckel natürlich, ICH hätte Jimmy diesen Spruch reingedrückt. Weil ich Jimmy nicht mag!«

Liam schaut mich mit tellergroßen Augen an. »Danke, dass ich das erst jetzt erfahre! Du scheinst ja ein riesiges Vertrauen zu mir zu haben.«

Inzwischen kommen immer mehr Leute in die Klasse, und wir können nicht mehr weiterreden. Muckel würdigt mich keines Blickes. Komisch, dass sie gar nicht in Erwägung zieht, jemand anders als ich könnte für die Sache verantwortlich sein. Klebefolie und Edding kann sich schließlich jeder besorgen!

In der Pause meidet sie mich, und am Nachmittag geht sie nicht ans Telefon. Typisch Muckel! Liam bietet an, dass er die Sache aufklärt. Er schreibt ihr eine SMS:

Ich war das mit dem Schließfach. Es sollte nur ein Spaß sein. Sorry, Liam.

Aber auch darauf kommt keine Reaktion.

Ich denke, Muckel wird sich wieder einkriegen. In jedem Fall werde ich mir nicht den Abend von ihr verderben lassen. Denn schließlich kommt Papa zum Abendessen!

Um sechs bin ich zu Hause und räume mein Zimmer auf. Mama hat die letzten zwei Stunden im Bad verbracht. Sie sieht wirklich gut aus! Jedenfalls so gut, dass Anastasia auf der Stelle schlechte Laune bekommt.

»Was machst du denn so einen Aufstand wegen Paulinas Vater? Du hörst doch nicht etwa auf BIG M?!«, fragt sie naserümpfend.

Eigentlich mag Anastasia meinen Vater ganz gerne. Aber sie kann es nicht leiden, wenn er besser behandelt wird als ihr Vater. Das Problem ist nur, ihr Vater lässt sich so gut wie nie blicken. Und den Unterhalt für Anastasia zahlt er auch nur selten. Klar, dass Mama nicht gerade für ihn schwärmt.

»Und was ist mit unserer Praxis? Wird die jetzt abgebaut, oder was?«, fragt meine Schwester und starrt geradezu angeekelt auf das Sofa mit den neuen Sofakissen. Aber Mama lässt sich, wie immer, wenn sie von etwas überzeugt ist, nicht aus der Ruhe bringen.

»Etwas Wohlfühlatmosphäre hat noch keinem Klienten geschadet, Schätzchen!«

Meine Schwester zieht schlecht gelaunt zur Fahrschule ab.

Als Papa an der Haustür klingelt, hat Mama in Sachen Wohlfühlatmosphäre noch ordentlich zugelegt.

Papa steht die Panik ins Gesicht geschrieben, als er die Höhle der Löwin betritt. Wahrscheinlich ahnt er, dass er Mama ins Netz gegangen ist. Natürlich zappelt er noch ein bisschen rum, ist bockig, hat keine Blumen mitgebracht und lässt sich mürrisch den neuen Standort der Katzentoilette zeigen. Aber ich bin mir sicher, dass gerade eine Umprogrammierung in seinem Kopf stattfindet.

Papa schaut sich im Wohnzimmer um und entdeckt den festlich gedeckten Tisch.

»Jess, was ist los? Erwartest du noch anderen Besuch?«, fragt er mit fester Stimme. Mama kommt lächelnd auf Papa zu und legt ihre Arme um seinen Hals. »Ich werde ja wohl noch für meine Familie kochen dürfen!«

Papa ist mit Mamas Umarmung komplett überfordert. Seine Arme machen sich zögerlich auf den Weg zu ihrer Taille, bleiben aber auf halbem Wege unentschlossen zuckend in der Luft hängen.

Als wir später alle drei am Tisch sitzen, beginnt er sich

langsam zu entspannen, während Mama dafür sorgt, dass sein Weinglas immer randvoll ist und keine Reizthemen auf den Tisch kommen.

»Erzähl doch mal von dir«, sagt sie gönnerhaft. Ich glaube, diesen Satz habe ich noch nie von ihr gehört!

Leider kommt Papa nicht besonders weit, weil es plötzlich schellt. Und zwar nicht einfach nur ein Mal, sondern jemand klingelt Sturm.

»Hat Anastasia ihren Schlüssel vergessen?«, fragt Mama und guckt mich auffordernd an. Um nicht allzu viel von diesem denkwürdigen Dinner zu verpassen, renne ich schnell zur Sprechanlage, drücke die Haustür auf und lasse die Wohnungstür einen Spalt offen. Innerhalb von zehn Sekunden bin ich wieder zurück auf meinem Platz. Mama hat meine Abwesenheit dazu genutzt, ihre Hand auf Papas Hand zu legen. Sie schaut ihn erwartungsvoll an, als plötzlich ein komisches Keuchen zu hören ist.

»Hallo?!«, schnaubt jemand. Und dann steht der Eindringling auch schon direkt bei uns am Tisch. Es ist niemand Geringeres als Madame Ferrari, die selbst ernannte geistige Führerin, die mit zerzausten Haaren und hochrotem Kopf die Hände in die Hüften stemmt. Aristoteles steht zitternd neben ihr.

»Na, das ist ja wohl der Gipfel der UNVERSCHÄMTHEIT!«, schnauft sie. »Was soll denn das hier werden? NEUKUNDEN-ANBAHNUNG? Erst wird mein guter Gottfredo systematisch ausgebeutet, und wenn er ausgedient hat, steht schon der nächste LOVER auf der Matte!«

Die Ferrari geht zur Musikanlage und zieht den Stecker. Dann schaltet sie die grelle Deckenbeleuchtung im Wohnzimmer an. »Schluss jetzt mit dem BUDENZAUBER!«

Wir sind alle so verblüfft, dass wir mit offenen Mündern dasitzen. Der Einzige, der direkt reagiert, ist Herr Hund. Buckelnd und fauchend baut er sich vor Aristoteles auf, während der Schoßhund winselnd und mit eingezogenem Schwanz um die dicken Beine seiner Herrin streicht.

»Hau ab, du fieser Katzen-Charakter, du«, zischt die Ferrari Herrn Hund an und kickt mit ihrem Gesundheitsschuh einmal in die Luft. Dann wendet sie sich wieder uns zu. »Ich fordere eine Erklärung!«

Papa ist der Erste von uns, der sich berappelt. »Wer um Himmels willen ist GOTTFREDO?«, will er wissen. Sein altes Misstrauen gegenüber Mama scheint mit dem Erscheinen der Ferrari wieder aus dem Dornröschenschlaf erwacht zu sein. Ich gucke Papa beschwichtigend an und rolle mit den Augen. »Ach, das ist doch nur mein ehemaliger Klassenlehrer. Von dem habe ich dir doch mal erzählt.«

Papa scheint nun vollends verwirrt. »Und wieso wurde der AUSGENUTZT?«

Mama ist in der Zwischenzeit aufgestanden und geht entschlossen auf die Ferrari zu. »Sie verlassen sofort meine Wohnung. Oder ich erzähle morgen mal der Presse, mit welchen üblen Kartentricks Sie arbeiten! Die rumänischen Hütchenspieler in der Fußgängerzone sind ja nichts gegen Sie!«

Mama spielt wohl auf die Tarotkarten an, mit denen die

Ferrari ihr seinerzeit den schwer vermittelbaren Göttchen aufgeschwatzt hat. Ich frage mich nur, ob »DIE PRESSE« an der Geschichte ernsthaft interessiert ist.

Bei Papa sind inzwischen alle Alarmglocken angegangen.

»Was ist hier los?«, will er mit bebender Stimme wissen. »Jess, du hast dich doch nicht etwa an Paulinas Klassenlehrer rangemacht? Und du, Paulina, hast mir nichts davon erzählt?!«

»RANGEMACHT?«, quietscht die Ferrari. »Sie hat ihn AUSGESAUGT, bis er arbeitsunfähig war. Er musste ihretwegen ein Sabbatjahr einlegen!«

Papa steht der kalte Schweiß auf der Stirn. Ich hoffe nur, er fängt nicht plötzlich an, in Göttchen einen Leidensgenossen zu sehen! Mama verschwindet kurz in der Küche und kommt schwer bewaffnet wieder zurück.

Schließlich verlässt die Ferrari unter großem Trara die Wohnung. Leider dicht gefolgt von Papa, der wohl unbedingt noch von ihr DIE GANZE WAHRHEIT über das »ausgesaugte« Göttchen erfahren will. Mama und ich können vom Fenster aus beobachten, wie Papa die geistige Führerin in sein Auto bittet und die beiden wegfahren. Wahrscheinlich bringt er sie nach Hause, um sie weiter auszuhorchen. Nicht dass sie ihm auch noch die Karten legt!

»Meinst du, dass er gleich wieder zurückkommt?«, frage ich Mama. Sie zuckt kraftlos mit den hängenden Schultern. »Keine Ahnung!«, meint sie. »Ich weiß nur eins: Irgendwie hat das Schicksal mich auf dem Kieker.«

Sie seufzt ein paarmal, bläst die Kerzen aus und verschwindet, um sich ein Entspannungsbad zu gönnen.

Papa kommt nicht zurück. Aber er ruft an.

»Paulina, mein Schatz«, sagt er mit zerknirschter Stimme. »Es tut mir sooo leid, dass du das alles mit anhören musstest. Das war nun wirklich nicht für deine Ohren bestimmt.«

»Schon gut!«, versuche ich, ihn zu beschwichtigen. »Aber warum bist du mit dieser Plumpskuh losgezogen? Warum hast du dir die Sache nicht von UNS erklären lassen?« Papa geht gar nicht auf meine Frage ein. Er meint, dass es sich um Erwachsenensachen handelt, die nichts für ein »unbeschwertes« Kinderleben sind.

»Mach dir keine Sorgen wegen Mama oder mir. Wir bekommen unser Leben schon alleine geregelt!«, behauptet er.

»Bekommt ihr NICHT!«, unterbreche ich meinen Vater. »GAR NICHTS kriegt ihr geregelt!«

Ich höre Papa am anderen Ende der Leitung schwer atmen. »Wie auch immer!«, meint er. »Du sollst dir da keinen Kopf machen. Das ist nicht deine Baustelle!«

Irgendwie ärgert mich Papas Halt-dich-da-raus-Haltung. Ich soll immer brav zusehen, wie die beiden sich verrennen. Aber am Ende leide ich auch unter dem ganzen Schlamassel.

»Wir zwei holen das leckere Essen nach!«, verspricht Papa. »Ich lade dich nächste Woche zum Japaner ein!«

»Ich will aber NICHT mit dir zum Japaner, verstehst du! Ich will nicht immer alleine mit dir essen gehen. ICH WILL, dass wir ALLE ZUSAMMEN essen. Ganz normal, zu Hause, AM EIGENEN TISCH!«

Bevor mir die Tränen kommen, lege ich schnell auf. Ich glaube, das war ein ziemlich guter letzter Satz, um Papa ein bisschen auf seine »Wir-kriegen-das-schon-hin-Verlogenheit« aufmerksam zu machen.

Kurze Zeit später höre ich Mama in der Wanne telefonieren. Vielleicht hat Papa ja auch bei ihr noch mal angerufen. Vielleicht hat meine Ruppigkeit ihn ja ein bisschen wachgerüttelt.

07

ICH HOLE MIR EINE PORTION von Mamas vermasselten Feinkost-Dinner und klappe den Laptop auf, um mal bei Liam reinzugucken. Rovio, meine Skype-Krabbe, steht auf dem Boden, und ich sehe nur Füße. Klar könnte ich ein bisschen rumfahren und die Kamera in eine bessere Position bringen. Doch die Füße sind mir fremd. Liam scheint Besuch zu haben, und da muss ich mich ja nicht sofort zu erkennen geben. Lieber erst mal reinhören! Kilian, David und Niko, seine Skaterfreunde, sind bei ihm. Die Jungs übertreffen sich gerade im Coolsein. Nachdem sie ein bisschen mit ihren Skate-Skills rumgeprotzt und ihr Fachwissen über Körbchengrößen kundgetan haben, kommen sie plötzlich auf Jimmy zu sprechen.

»Ey, kennt jemand von euch diesen Vollhorst, der jetzt mit Mad-Muckel zusammen ist?«, fragt David in die Runde. Ein wohliges Glucksen und Grunzen ist zu hören. Die vier scheinen sich über die Vollhorstigkeit von Jimmy einig zu sein.

»Der hatte doch diese Kusswette laufen«, meint Niko. »Und jetzt macht er einen auf VOLL VERLIEBT und FRAUENVERSTEHER. Das ist so ein SPACKO!«

Es folgt ein haarsträubendes Gefachsimpel über die Liebe (oder das, was die Jungs dafür halten), und Liam sagt so qualifizierte Sachen wie: »Mädels sind voll anstrengend! Jeden Tag wollen sie DREI Stunden telefonieren. Und wehe, du sagt EIN falsches Wort. Dann kannst du noch mal drei Stunden dranhängen, um die Sache wieder gradezubiegen.«

Ich mache den Computer aus und stochere ein bisschen im Essen herum. Irgendwie ist mir der Appetit vergangen. Liam werde ich jedenfalls so schnell nicht mehr anrufen. Mit einem dicken Kloß im Hals verkrieche ich mich in meinem Bett und ziehe mir die Decke über den Kopf.

Mitten im Schlaf schrecke ich noch mal hoch. Hat es da nicht geklingelt? Ob die Ferrari einen zweiten Angriff startet? Ich bin zu müde, um das zu überprüfen und bleibe einfach liegen.

Am nächsten Morgen fühle ich mich irgendwie elend. Ich erkläre Mama, dass ich Bauchschmerzen habe und im Bett bleiben muss. Aber die Mitfühlerin kennt mal wieder keine Gnade. »Hoffentlich ist es kein Magenkrebs«, betet sie in Richtung Himmel. »Ich mache gleich mal einen Termin bei Doc Vente zur Magenspiegelung!«

»Das machst du nicht«, erkläre ich empört. »Man darf sich ja wohl mal ein bisschen unwohl fühlen, ohne gleich einen Schlauch schlucken zu müssen!«

»Ach so, nur unwohl«, sagt Mama gespielt erleichtert. »Frag mich mal, wie ich mich fühle!« Sie zieht mir die Decke weg und scheucht mich ins Bad.

Auf dem Weg zur Schule überlege ich, ob ich Liam von meinem kleinen Krabbenbesuch gestern Abend erzählen und sein blödes Gelaber anprangern soll. Wahrscheinlich würde ich mich mordsmäßig aufregen und damit seine Theorie bestätigen, dass man gegenüber Mädchen kein falsches Wort sagen darf. Denn natürlich wäre ich dafür, das Thema in einem dreistündigen Gespräch auszudiskutieren. Darum lasse ich den Vorfall erst mal auf sich beruhen. Zumal mich im Schulgebäude ein viel haarsträubenderer Vorfall erwartet. Jemand hat auf Liams Schließfach diese Botschaft geklebt:

Ich glotze allen Mädchen auf den Arsch!

Etwa zwanzig Schaulustige haben sich um das Schließfach versammelt und diskutieren lautstark, ob die Aussage stimmt und auf welche Jungs sie sonst noch so zutreffen könnte.

Als die Truppe mich entdeckt, wird es kurz still. Dann johlt Gurke aus unserer Klasse plötzlich: »Hey, Miss Krasikowski! Was sagst du denn dazu? Glotzt Liam Breitschuh wirklich allen Mädchen auf den Arsch?«

Ich strecke Gurke die Zunge raus. Zugegeben, das ist nicht besonders originell. Eine Reaktion, die noch aus Kindergartenzeiten stammt. Aber ich stehe einfach zu sehr unter Schock, als dass mir etwas Besseres einfallen würde.

Ausgerechnet Jimmy Kothenhöfer kommt mir zu Hilfe. »Wie assi war das denn?«, weist er Gurke zurecht.

Ich gehe weiter in den Klassenraum, in der Hoffnung, dort Muckel zur Rede stellen zu können. So eine billige Retourkutsche hätte ich nicht von ihr erwartet. Sie weiß ganz genau, wie sehr sie mich mit so einem Spruch trifft. Und ich dachte immer, unsere Freunde sind vom Weltverbesserungsprogramm ausgeschlossen! Aber Muckel ist nicht da. Angeblich hat sie sich krankgemeldet. Das weiß jedenfalls Daphne Oberwinter zu berichten. Na toll! Muckel ist nicht nur fies, sondern auch noch feige! Wahrscheinlich hat sie das Schließfach schon gestern Nachmittag beklebt. Und heute Morgen hat sie dann irgendeine Befindlichkeitsstörung vorgetäuscht, die ihre Mutter ihr natürlich auf der Stelle abgekauft hat. Wahrscheinlich wird sie gerade bei Kakao und ein paar schönen DVDs zu Hause verhätschelt. Das Leben kann so ungerecht sein!

Von Weitem sehe ich Liam anrücken. Nachdem er den Tumult an seinem Schließfach entdeckt hat, macht er sich an die Arbeit, die Folie abzuknibbeln. Natürlich wird er bis zum Unterrichtsbeginn nicht fertig! Aber statt mit gesenktem Haupt in die Klasse zu kommen und mich um Entschuldigung für seine Po-Glotz-Sucht anzuflehen, würdigt er mich keines Blickes. Er glaubt ja wohl nicht etwa, ich hätte ihm den Spruch reingedrückt, nur weil Muckel nicht da ist!

In der Pause fragt mich Liam tatsächlich, ob ICH sein Schließfach »beschmiert« habe.

»Bist du IRRE? Warum sollte ich das tun? Schlimm genug, DASS mein Freund anderen Mädchen auf den Hintern starrt. Aber warum sollte ich das überall rumposaunen?«

»Also war es Muckel«, kombiniert Liam, ohne auf den Rest meiner Aussage einzugehen.

So richtig aussprechen können wir uns erst nach der Schule. Liam will sich eine neue Jeans kaufen, und ich begleite ihn. Während er die ganze Zeit darüber philosophiert, wie gemein, hinterhältig und niederträchtig Muckel ist, starre ich allen anwesenden Jungs in dem Jeansladen auf den Hintern. Als Erziehungsmaßnahme. Aber Liam bemerkt es noch nicht mal!

»Lassen wir doch mal kurz Muckel aus dem Spiel, und kommen wir zu uns beiden«, schlage ich schließlich vor. »Wie würdest DU es finden, wenn ICH jedem vorbeilaufenden Typen auf sein Hinterteil glotze?«

Liam schaut mich verwundert an. »Warum solltest du das tun? Wir sind doch hier nicht auf dem Pavian-Felsen!«, grinst er.

»Und warum tust DU es dann?«, frage ich nicht besonders amüsiert.

»Was?«

»Na, Mädchen auf den Hintern starren!«

Schon wieder guckt Liam vollkommen entgeistert.

»Tue ich doch gar nicht!«, behauptet er. »Und wenn, höchstens UNBEWUSST! Das gehört zu meinem genetischen Programm, nehme ich mal an.«

Irgendwie finde ich es sogar ein bisschen süß, wie er sich rausredet.

»Könntest du dich über dein genetisches Programm demnächst vielleicht mal hinwegsetzen?«, frage ich zugegebenermaßen ein bisschen zu laut. Liam ist gerade in der Umkleide, und ein schallschluckender Cordvorhang trennt uns. Die Verkäuferin, die gerade vorbeischaut, guckt mich misstrauisch an. So als hätte ich mit »genetischem Programm« eine angeborene Kleptomanie gemeint. Jedenfalls sorgt sie sich offenbar um die Klamotten, die Liam hinter dem Vorhang hat. Und unter dem Vorwand, mal schauen zu wollen, wie alles so passt, lugt sie, ohne zu fragen, in Liams Kabine. »Oh, Entschuldigung! Ich dachte, du wärst schon so weit«, behauptet sie. Glotzt aber munter weiter. Das wird ja immer besser! Jetzt interessieren sich auch noch fremde Frauen für den Hintern meines Freundes!

Den Rest des Nachmittags muss Liam beteuern, dass er keinen einzigen Po auf der Welt auch nur annähernd so interessant findet wie meinen. Dass er zwar manchmal reflexartig andere Pos scannt, um sich diesbezüglich zu vergewissern. Aber dass er sich diesen Reflex mir zuliebe abtrainieren wird.

Okay, Liam kommt natürlich nicht von allein auf all diese Zusammenhänge. Ich muss ein bisschen nachhelfen. Genauer gesagt muss ich ihm seine Erkenntnisse Satz für Satz vorsagen. Aber er spricht sie brav nach. Gut, dass ich ihm nicht gestanden habe, sein Gespräch mit David & Co. belauscht zu haben. Sonst könnte er mir jetzt vorhalten, er hätte mit seiner Drei-Stunden-Glattbügel-Theorie recht gehabt.

Kurz nachdem wir die Po-Angelegenheit im Detail geklärt haben, ruft Muckel an.

»Kommst du heute Abend mit mir zu einer Probestunde Yoga?«, fragt sie bestens gelaunt.

»Ich dachte, du bist krank!«

»Bin ich auch. Ich hatte echt Rückenschmerzen heute Morgen. Deshalb meint meine Mutter, ich sollte mal was für meine Haltung tun!«

Muckels Mutter müsste man haben. Wenn ich krankfeiern will, wird mir mit einer Magenspiegelung gedroht. Und Muckel bekommt einen Kurs in einem schicken Yoga-Loft spendiert!

»Was ist nun? Kommst du mit?«, will Muckel wissen. »Angeblich wird man davon voll schön geschmeidig!«

Ich kann nicht glauben, dass sie kein Wort über die Schließfachsache verliert.

»Ich gehe NIRGENDWO mit dir hin. Jedenfalls nicht, solange unsere Freundschaft so UNGESCHMEIDIG läuft wie im Moment.«

Muckel tut so, als wüsste sie nicht, wovon ich spreche.

»Kannst du dich vielleicht etwas verständlicher ausdrücken?«

»Ich muss dich jetzt nicht ernsthaft daran erinnern, was du auf Liams Schließfach geklebt hast?!«

»Ach, das!« Muckel lacht. »Das war doch lustig! Und ja

wohl echt nicht schlimm. Ich meine, alle Jungs gucken Mädchen auf den Hintern. Außerdem musste ich mich doch bei Liam für den blöden Kaugummispruch revanchieren. Liam ist doch nicht etwa sauer deswegen?«

»Das musst du ihn selber fragen!«, sage ich etwas bockig und reiche Liam das Handy. Irgendwie kann ich es nicht leiden, dass Muckel so lässig mit diesen Themen umgeht. Ein bisschen weniger Abgeklärtheit und ein bisschen mehr Sinn für Romantik hätte ich mir schon von meiner besten Freundin gewünscht. Das ist bestimmt der schlechte Einfluss von diesem Jimmy-Mädelsverächter!

»Hi, Muckel, na, jetzt sind wir aber quitt!«, meint Liam und grinst. Die beiden machen noch ein paar blöde Witze über den Unterschied von Mädchen und Jungs, dann reicht Liam mir das Handy zurück. Toll, dass sich alle so einig sind!

Obwohl ich innerlich koche, sage ich zu, mit zum Yoga zu kommen. Vielleicht kann ich Muckel ja unter vier Augen noch mal ins Gebet nehmen.

Natürlich kommt Muckel in letzter Sekunde zum schicken Yoga-Loft. Ich stehe eine Viertelstunde blöd rum und male mir aus, was ich Muckel alles vorwerfen könnte. Und während der Session können wir leider auch nicht miteinander sprechen. Man muss sich nämlich anderthalb Stunden darauf konzentrieren, so laut und schwer zu atmen wie Darth Vader. Wenn man die Augen schließt, denkt man, hier lägen zehn Komapatienten an der Herz-Lungen-Maschine.

Dabei müssen wir in unvorteilhaften Posen mit lächerlichen Namen verharren.

Als die Yoga-Lehrerin sich um ein kampfgeplagtes Mädchen in einer anderen Ecke des Raumes kümmert, versuche ich doch ein klärendes Gespräch mit Muckel anzufangen. Wir befinden uns gerade in einer total verdrehten Haltung mit dem stylischen Namen *Das Kuhgesicht*.

»Du weißt genau, dass du mich mit diesem Po-Glotz-

Spruch getroffen hast«, flüstere ich Muckel zu. »Ich dachte, unsere eigenen Freunde sind tabu!«

Muckel verwandelt sich augenblicklich in ein *Grinsendes Kuhgesicht.*

»Du darfst nicht immer alles so eng sehen«, meint sie. »Das musst du dir echt abgewöhnen! Bleib mal locker!«

»Aber du als meine beste Freundin solltest RÜCKSICHT auf meine empfindlichen Stellen nehmen!«

Ich bin froh, dass die Yoga-Meisterin wieder vorbeikommt und Muckel nicht mehr antworten kann. So können meine letzten Worte noch ein wenig in ihr nachwirken.

Erst als wir uns später in der Happy-Baby-Pose mit gespreizten Beinen auf dem Rücken schaukeln dürfen, kommt Muckel wieder zu Wort.

»Als beste Freundin habe ich aber auch die Aufgabe, dich ein bisschen auf deine Macken hinzuweisen. Und mich da nicht zu sehr reinziehen zu lassen. Außerdem habe ich nichts über DICH, sondern über Liam geschrieben. Und der hatte vorher versucht, MEINEN Freund zu verarschen. Sehen wir es also sportlich!«, erklärt sie.

Irgendwie mag ich Muckel nicht, wenn sie so abgeklärt daherredet. Aber gut! Wenn es jetzt also der neue Sport ist, uns gegenseitig auf unsere Macken hinzuweisen, dann bin ich jetzt mal dran mit Austeilen! Ich muss ihr unbedingt die Macke austreiben, auf Jimmy, den Mädchenverachter, reinzufallen. Denn während Liam vielleicht mal aus Versehen einem Po hinterhergeguckt hat, bin ich mir sicher, dass Jimmy **GANZ** andere Sachen auf Lager hat. Und darauf werde ich Muckel nicht nur HINweisen, ich werde sie ihr auch BE-weisen!

08

ALS ICH NACH DEM YOGA nach Hause komme, hat Mama wieder einen Klienten in der Mangel. Anastasia sitzt am Empfang und lernt für die Führerscheinprüfung.

»Wag ja nicht, mich davon abzuhalten, durch diese Tür zu gehen«, erkläre ich ihr im Vorbeigehen. Noch bevor Anastasia vom Schreibtisch aufspringen und mich zurückhalten kann, stehe ich schon mitten im »Behandlungsraum«. Und ich traue meinen Augen nicht. Neben meiner Mutter steht meine Klassenlehrerin Frau Kolz – und zwar offensichtlich nach einer umfangreichen Charismatisierung! Sie übt gerade charismatisches Gehen auf Zehn-Zentimeter-Absätzen.

Ein paar Sekunden lang starren wir uns alle drei einfach nur an, während Frau Kolz und ich knallrot werden. »Paulina!«, sagt Frau Kolz schließlich. Und ich antworte: »Frau Kolz!«

»Da hätte ich auch draufkommen können, dass Frau Krass zu deiner Familie gehört. Aber irgendwie habe ich nicht geschaltet«, versucht Kolzi sich zu erklären und hält dabei verschämt die Hand auf den feuerrot geschminkten Mund.

»Ich hatte im Prospekt so ein nettes Vorher-Nachher-Foto von unserem Kollegen Herrn Hartkopf-Heiligenhaus gesehen«, sagt Frau Kolz entschuldigend. »Da dachte ich, das muss ich doch auch mal probieren.«

Ich nicke erleichtert. Unter den Lehrern meiner Schule scheint sich Gott sei Dank nicht rumgesprochen zu haben, dass Göttchen ein Verhältnis mit meiner Mutter hatte! Da weicht langsam wieder die Hitze aus meinem Gesicht. Denn genau genommen ist die Sache für mich ja viel weniger peinlich als für Kolzi!

Eigentlich hätte auch Mama allen Grund, etwas verlegen zu werden. Erstens, weil sie weiter mit Göttchens Bildern wirbt, und zweitens, weil sie meine Klassenlehrerin gar nicht kennt. Folglich also noch nie bei ihr auf einem Elternabend oder Elternsprechtag war. Aber die Ober-Mitfühlerin bleibt vollkommen souverän.

In meinem Zimmer muss ich ziemlich lange überlegen,

warum Frau Kolz eine Typveränderung anstrebt. Vielleicht, um nicht mehr so eine schlechte Figur neben Daphne Oberwinter abzugeben, falls die mal wieder bei ihr am Pult sitzen muss. Aber dass sie nun ausgerechnet bei Mama gelandet ist! Kann das alles Zufall sein?

Noch länger muss ich überlegen, wie ich Jimmy Kothenhöfer der Untreue überführen kann. Ich bräuchte einen Lockvogel. Einen Flirtprofi, dem Jimmy in die Falle tappt. Und natürlich eine versteckte Kamera.

Als Erstes fällt mir Anastasia ein. Schließlich ist ihr von Jimmys Bruder Johnny übel mitgespielt worden. Johnny hatte immer mehrere Mädchen gleichzeitig am Start. Und er hatte ihnen allen eine Sängerinnenkarriere in seiner Band versprochen, wenn sie mit ihm ins Bett gehen. Vielleicht hat sie ja Lust, sich an Johnny zu rächen, indem sie seinen kleinen Bruder auffliegen lässt.

Ich schleiche mich also noch mal vorbei an Mama und Frau Kolz, die gerade ein paar Sprechübungen machen. Mama findet, Kolzi solle beim Sprechen lächeln. Oder wenigstens schmunzeln. Und zwar durchgehend! Doch Kolzi hat alle Mühe, gegen die tiefen Grießgram-Furchen in ihren Mundwinkeln anzugrinsen. Als sie mich sieht, wird sie schon wieder rot. Ich lächle ihr zu und husche zu Anastasia ins Vorzimmer.

»Wusstest du, dass Muckel mit Johnnys Bruder zusammen ist?«, frage ich meine Schwester, die immer noch über ihren Prüfungsfragen brütet. Anastasia schaut mich verdutzt an. »Was hab ich mit Johnnys Bruder zu tun?«

»So direkt nichts. Aber glaubst du, dass Johnnys Bruder genau so ein Frauenverschleißer ist wie Johnny selbst?«

Anastasia zuckt mit den Schultern. »Keine Ahnung. Habe ihn nie kennengelernt. Ist mir ehrlich gesagt auch egal.«

Anastasia ist immer etwas schwergängig, wenn es darum geht, sich kooperativ zu zeigen. Aber ich gebe nicht auf!

»Würdest du mir helfen, es rauszufinden, wenn du Johnny damit gleichzeitig total ärgern könntest?«

Anastasia tut so, als hätte sie null Interesse an der Aktion. Und ich muss ihr ganz schön viel anbieten, damit sie anbeißt. Angeblich fürchtet sie einen Imageschaden, wenn rauskommt, dass sie sich an jüngere Typen ranmacht. Außerdem ekelt sie sich vor pickeligen Vierzehnjährigen.

»Du musst ihn doch nicht WIRKLICH küssen! Kurz bevor sich eure Lippen berühren, lässt du die Sache natürlich auffliegen! Du sagst ihm, dass du echt nicht glauben kannst, wie er auf diese Verarsche reinfallen konnte! Gleichzeitig hast du natürlich deine Handykamera in der Brusttasche, die alles aufgenommen hat.«

»Brusttasche? Bist du bescheuert?«, jault meine Schwester auf. »Ich trage keine Taschen auf meiner BRUST, und schon gar nicht mit einem Handy drin!«

Anastasia will, dass ich mich mit der Kamera verstecke, und außerdem fordert sie fünfzig Euro für ihren Einsatz. Das ist echt ein Vermögen für mich. Aber irgendwie stecke ich jetzt schon zu tief in der Sache drin, um noch den Absprung zu schaffen.

Für den Preis muss sie allerdings auch ein bisschen mitdenken! »Wo soll das Ganze denn stattfinden?«, frage ich sie. Anastasia legt mit einem ziemlich raffinierten Grinsen ihre frisch gebleachten Schneidezähne frei.

»Johnny macht morgen eine Party bei sich zu Hause. Seine Eltern sind nicht da. Jimmy ist bestimmt auch da. Das kannst du ja mal vorher abchecken. Und dann schlagen wir da auf – uneingeladen natürlich –, und ich vernasche vor Johnnys Augen seinen kleinen Bruder!«, phantasiert Anastasia. Von wegen Imageschaden!

Ich komme mir schon etwas schäbig vor, als ich Muckel später am Telefon frage, was sie denn morgen Abend so vorhat. Ich muss natürlich ausschließen können, dass sie auch auf Johnnys Party ist.

»Mein Vater kommt morgen ins Krankenhaus. Wegen dieser Knie-OP. Da will ich meine Mutter nicht alleine lassen!«, sagt sie – wohl in der Annahme, dass ich mich mit ihr treffen will.

»Und Jimmy?«, hake ich sicherheitshalber noch mal nach. »Kommt der auch?«

Muckel scheint etwas verwirrt. »Nein, ich sagte doch schon, ich will für meine Mum da sein. Und Mama mag Jimmy nicht so besonders. In dem Punkt seid ihr euch irgendwie ähnlich. Aber wenn du kommen willst … Gegen einen Mädchenabend hätte meine Mutter bestimmt nichts einzuwenden.«

Jetzt komme ich ganz schön ins Stottern: »Äh, nein, danke, also, ein andermal gerne, ich muss, ich meine, ich habe selbst eine Art Mädelsabend geplant. Mit Anastasia und so.«

»Ach so!«, sagt Muckel ein bisschen enttäuscht und versetzt mir damit einen Stich ins Herz. Ich rede mir ein, dass diese Jimmy-Verführ-Aktion nur zu ihrem Besten ist. Lieber ein Ende mit Schrecken als ein Schrecken ohne Ende!

Am nächsten Abend sieht Anastasia aus, als gingen wir zur Oscar-Verleihung, während ich meine alte Jeansjacke mit Brusttaschen trage. In die linke Brusttasche habe ich für das Kameraauge meines Handys ein kleines Loch geschnitten. »Auf KEINEN Fall dürfen wir zu früh kommen«, meint Anastasia, die allerdings schon um halb acht fix und fertig aufgebrezelt in ihrem Zimmer auf und ab läuft.

»Komm, lass es uns hinter uns bringen! Je eher, desto besser! Mama erlaubt mir sowieso nur bis zehn wegzubleiben«, versuche ich sie zum Gehen zu bewegen.

»Mama ist heute gar nicht da«, belehrt mich meine Schwester. »Sie hat MICH beauftragt, nach dir zu schauen. Du stehst also unter meinem Kommando!«

Zehn Minuten später ist sie bereits weichgekocht und stöckelt mit mir aus der Wohnung.

»Wir nehmen den Wagen«, sagt Anastasia und schwingt Mamas Autoschlüssel in der rechten Hand.

»Bist du irre? Wenn du erwischt wirst, bekommst du nie einen Führerschein. Wahrscheinlich wanderst du sogar in den Jugendknast!«

»Quatsch«, meint meine Schwester. »Ich werde nicht erwischt. Und außerdem bin ich die beste Fahrschülerin EVER. Das hat der Fahrlehrer gestern gesagt!«

»Und was ist, wenn Mama vor uns nach Hause kommt und sieht, dass das Auto weg ist?«

Annastasia wird langsam ungehalten. »Soll ich dir nun helfen oder nicht?«, schnaubt sie und lässt mit einem satten Klick die Zentralverriegelung aufspringen.

»Klaust du den Wagen öfter?«, frage ich meine Schwester beim Einsteigen. Sie antwortet nicht, sondern lässt den Motor an. In der Tat fährt sie gar nicht so schlecht. Jedenfalls besser als unsere Mutter, die all ihre Gefühle, die sie bei einer Autofahrt überkommen, an Gaspedal und Bremse auslässt.

Johnny und Jimmy wohnen etwas außerhalb in einem Bungalow aus den Sechzigerjahren. Anastasia will direkt vor der Tür parken. Wahrscheinlich in der Hoffnung, dass wir dabei vom Haus aus beobachtet werden. Obwohl es in der Straße vor Parkplätzen nur so wimmelt, ist genau vor dem Haus leider kein Parkplatz frei. Anastasia lässt sich nicht beirren. Sie parkt einfach in der zweiten Reihe.

Durch die Haustür hört man bereits die Bässe wummern. Meine Schwester holt tief Luft, zupft ein letztes Mal an ihrem Kleid und schellt. Johnny persönlich öffnet uns die Tür. Er schaut Anastasia an, als hätte er eine Erscheinung. Mich registriert er gar nicht. Und meine Schwester steht da wie eine hypnotisierte Kuh. »Ich …, ich wollte nur Paul begleiten. Sie ist, glaube ich, mit deinem kleinen Bruder verabredet«, stottert sie.

Ich fasse es nicht!

Die splitterfasernackte Wahrheit: Anastasia ist nicht im Geringsten über die Trennung von Johnny hinweggekommen. Und allein diese Begrüßung hat sie noch mal um Lichtjahre zurückgeworfen. NIEMALS wird sie Jimmy in Johnnys Gegenwart anflirten!

Johnny, der die Lage natürlich sofort peilt und auf der Stelle meterhohes Oberwasser hat, bittet uns ganz gentlemanlike hinein.

»Was für eine Ehre!«, sagt er zu Anastasia. »Auf keinen Fall darfst du wieder verschwinden, bevor wir miteinander angestoßen haben.« Er legt seinen mit Ibiza-Lederbändchen geschmückten Arm um ihre Hüften und führt sie ins Wohnzimmer. Mich lässt er einfach im Flur stehen.

Weil ich auf dieser Party keine Menschenseele außer Jimmy kenne, bleibt mir nichts anderes übrig, als mich auf die Suche nach ihm zu machen. Ich entdecke ihn an der Musikanlage, wo er mir, auf seine Art, das Po-Thema noch mal vor Augen führt.

»Hi, du auch hier?«, frage ich unschuldig.

Jimmy dreht sich zu mir um. Dann springt er schnell auf und zerrt die Hose wieder in Position. »Ich wohne hier«, erklärt er beinahe entschuldigend. »Und du?«

»Ich begleite meine Schwester«, sage ich und zeige auf die übertrieben rot angezogene Anastasia, die sich gerade von Johnny mit Sekt abfüllen lässt.

»Hey, das ist doch eine von Johnnys Exen«, meint Jimmy. Er zwinkert mir verschwörerisch zu und fragt, ob wir uns in sein Zimmer verziehen wollen, weil die Musik so schnulzig ist. »Johnny wollte unbedingt seine Klarmach-CD einlegen, wenn du weißt, was ich meine?!«

Unschlüssig schaue ich ein letztes Mal zu Johnny und meiner Schwester rüber. Ein Träger von Anastasias Kleid ist bereits runtergerutscht. Eigentlich sollte ich meine Mission ändern und Ana vor diesem Johnny retten, statt Muckel und Jimmy auseinanderzubringen. Aber das ist mir echt eine Nummer zu groß! Außerdem ist Anastasia selbst schuld. Sie weiß schließlich, wie untreu Johnny ist, während Muckel ja keine Ahnung hat, was Jimmy angeht.

Schweren Herzens folge ich Jimmy. Sein Zimmer befindet sich im Keller. Und es besteht zu achtzig Prozent aus Bett. In der Mega-Liegelandschaft aus Matratzen können bequem fünf Leute schlafen. Und davor hängt ein metergroßer Flachbildschirm an der Wand.

»Wow, ein Liegekino!«, versuche ich mich beeindruckt zu zeigen. Wahrscheinlich schleppt Jimmy in dieses Bett immer gleich mehrere Mädchen gleichzeitig ab! Er behauptet allerdings, das wäre die »FIFA-Ecke«. Hier würde er mit seinen Homies immer Fußball auf der *Xbox* spielen. Dann verabschiedet er sich noch mal kurz, um Getränke und was zu knabbern für uns zu holen.

Zögerlich ziehe ich mein Handy aus der Brusttasche und drücke auf **Videoaufnahme**. Nicht dass ich wild entschlossen bin, Anastasias Job nun selbst zu machen. Doch wenn es sich ergeben sollte, muss ich auf jeden Fall gerüstet sein.

Als Jimmy wieder da ist, reden wir uns erst mal ein bisschen warm. Klar bietet es sich an, über Muckel zu sprechen. Sie ist schließlich unser Hauptberührungspunkt. (Von Johnny und Ana jetzt mal abgesehen.) Eigentlich ist es ganz interessant, wie Jimmy Muckel so sieht. Er findet tatsächlich, dass sie ganz schön auf ERWACHSEN macht. Und dass sie vorgibt, alles im Leben schon im Griff zu haben. Das ist Jimmy angeblich etwas unheimlich.

Wenn ich ehrlich bin, wird er mir im Laufe des Gesprächs immer sympathischer. Aber das kann natürlich alles eine Masche sein. Echte Mädchenverachter tarnen sich oft als Mädchenversteher. Lange können wir allerdings nicht mehr so nett rumreden. Denn dann macht irgendwann mein Akku schlapp!

Wenn ich noch irgendetwas aufnehmen möchte, dann müssen wir uns langsam mal näherkommen. Aber Jimmy macht nicht die geringsten Anstalten, mich anzuflirten. Wahrscheinlich aus taktischen Gründen. Immerhin bin ich die beste Freundin seiner Freundin. Da läuft er Gefahr, dass ich seine Flirtbemühungen brühwarm an Muckel petze. Der erste unmoralische Schritt muss also von MIR ausgehen! (Ich kann die Stelle ja zur Not später aus dem Video rausschneiden.) Aber mir fällt einfach nichts ein, womit ich einen Jungen so auf die Schnelle davon überzeugen könnte, mich küssen zu wollen. Das Einzige, was mir durch den Kopf geistert, ist Muckels Spruch aus Daphnes Gästetoilette: **»Ich kann immer sofort spüren, wenn du irgendwo bist, auch ohne dich zu sehen.«**

Wäre es nicht völlig absurd, genau dasselbe zu sagen? Ich entscheide mich für eine leichte Abwandlung des Spruches:

»Du riechst gut! Manchmal kann ich dich schon riechen, bevor ich dich überhaupt gesehen habe«, erkläre ich Jimmy.

Er grinst. »So oft kann das aber nicht sein. Denn meistens guckst du mich gar nicht an, wenn ich irgendwo bin.«

»Na ja, du bist schließlich auch der Freund von Muckel. Da bin ich ein bisschen …, sagen wir, gehemmt.«

Jetzt grinst Jimmy noch mehr!

Ich beuge mich zu ihm vor, um an seinem Hals zu riechen, und nenne irgendeinen Parfümnamen, der mir gerade einfällt. *»Boss Orange?«*

»Nee, eigentlich benutze ich nur Deo!«, erklärt Jimmy und lässt die erste echte Möglichkeit, mir näherzukommen, einfach verstreichen. Irgendwie muss ich wohl noch deutlicher werden.

»Weißt du noch, auf Daphnes Party?«, frage ich ihn und schaue ihm dabei, so fest ich kann, in die Augen. »Ich hatte zwar die Augen verbunden, aber ich konnte dich riechen. Du weißt schon, bei diesem blöden Spiel …«

Jimmy geht auf das Duftkompliment leider kein bisschen ein. Stattdessen macht er den Fernseher an. Auf Viva windet sich Lady Gaga zu *Pokerface.*

Dann schaut er mich plötzlich an und knibbelt an einem Fingernagel.

»Ist dir nicht warm?«, fragt er mit Blick auf meine Jeansjacke.

»Doch«, behaupte ich und blase mir ein bisschen Luft unter meinen Pony. Scheint so, als wäre ich einen Schritt weitergekommen. Die Jacke kann ich natürlich nicht ausziehen.

»Muckel sagt, du wärst der beste Küsser EVER. Du musst unglaublich viel Erfahrung haben«, versuche ich einen neuen Vorstoß.

Jimmy schaut mich entgeistert an. »Das hat sie NICHT gesagt!«

»Doch, hat sie.«

»Kann nicht sein, ich meine …, das KANN einfach NICHT sein«, beteuert Jimmy und rutscht auf dem Bett hin und her. Dann setzt er sich ganz nah neben mich.

»Gib zu, dass das Quatsch ist!«

»Wieso Quatsch? Ist es denn nicht so?«

»Nein, ist es nicht!«, erklärt Jimmy empört.

»Du bist kein Mädchensammler? Kein Herzensbrecher?«

»Wie kommst du auf DIE Idee?« Jimmy sieht mir forschend ins Gesicht. Er hat tümpelgrüne Augen mit einem dünnen braunen Rand. Und darüber ein paar Augenbrauen, die so vollendet geschwungen sind, als hätte sie ein großer Meister persönlich gemalt. Oder zumindest, als ließe er sie sich zupfen und färben.

Mit einem tiefen Luftzug holt er zu seiner Verteidigung aus.

»Erstens: Ich bin KEIN Mädchensammler! Das wäre

sonst auch eine ziemlich mickrige Sammlung! Und zweitens: Ich bin kein begnadeter Küsser. Und schon gar nicht mit Muckel. Muckel und ich sind kusstechnisch so unterschiedlich wie …, sagen wir, Frau Kolz und Spongebob.«

»Ach so«, sage ich ernsthaft überrascht. »Du meinst, Muckel küsst wie Frau Kolz, während du wie ein feuchter Schwamm …«

Jimmy lacht und entspannt sich wieder ein bisschen.

»Nein!«, protestiert er. »Natürlich nicht GENAU SO! Ich wollte einfach nur ein ungleiches Paar nennen.«

Ich bin mir nicht mehr ganz sicher, ob ich das Spiel noch in der Hand habe. Oder ob Jimmy der größte Verführer aller Zeiten ist. Denn eins steht fest: Er hat es geschafft, mich echt neugierig zu machen. Jetzt will ich tatsächlich gerne wissen, wie er küsst. Und insgeheim hat er einen kleinen Keil zwischen Muckel und mich getrieben. Denn wenn ich ganz ehrlich bin, würde ich natürlich gerne besser küssen als meine beste Freundin. Schon allein, weil Muckel immer mit ihrer ach so großen Erfahrung in Bezug auf Jungs angibt. Was für eine Genugtuung wäre es, zu wissen, dass jemand meine Küsse besser findet als die von Kussprofi-Muckel!

»Aber stand nicht neulich auf deinem Schließfach, dass du eine Kusswette laufen hast?«, versuche ich, Jimmy weiter auf den Zahn zu fühlen.

Plötzlich wird er wieder ernst. Er schaltet die poschwingende Lady Gaga aus und schüttelt den Kopf. »Du musst ja einen schlimmen Eindruck von mir haben! Das mit der

Kusswette war ein Spaß! Gurke meinte, ich müsste mal ein bisschen Gas geben, weil ich im Vergleich zu den anderen Jungs kaum Knutscherfahrung habe. Und wenn sich das nicht ändert, soll ich die nächste Party finanzieren. Irgendwie hat sich dann rumgesprochen, dass ich eine Wette laufen habe!«

Die Sache wird immer vertrackter! Kann ich ihm glauben? Oder sind das alles nur Beschwichtigungen, die ich brav an Muckel weitergeben soll?

Was wäre, wenn ich Jimmy jetzt einfach anbieten würde, mich zu küssen? Würde er darauf eingehen?

Ich brauche gar nicht lange zu überlegen. Denn da macht ER MIR auch schon ein Angebot.

»Wenn du mir nicht glaubst, dass ich ein ABSOLUTER Kussanfänger bist, kannst du ja gerne mal versuchen …«

Ich weiß nicht, warum ich nicht abwarten kann, bis Jimmy den Satz zu Ende gesprochen hat. Vielleicht sitzt mir die dahinschwindende Akkuleistung im Nacken. Oder meine Panik, die Gelegenheit zu verpassen. Jedenfalls spüre ich meine Lippen plötzlich auf seinen. Unsicher forschend, scheu und neugierig zugleich. Ich suche nach dem Seelenverwandten von Muckel genauso wie nach dem Kussstümper, der Jimmy vorgibt zu sein. Und ich finde einfach nur ein paar Lippen, die genauso überfordert sind wie meine. Die nichts von all dem verraten, was ich von ihnen wissen will.

»Ich meinte eigentlich, VERSUCHEN, dich in mich hineinzuversetzen …«, presst Jimmy zwischen seinen Lippen hervor.

Das sollte eigentlich schon Schock genug für mich sein. Aber es kommt noch schlimmer! Wie immer in meinem Leben, wenn etwas aus dem Ruder läuft, löst das einen verheerenden Dominoeffekt aus. Es reicht also nicht, dass ich dem Freund meiner besten Freundin einen Kuss aufgenötigt habe. Ich brauche auch noch ZEUGEN dafür!

»Ich glaube, ich sehe nicht recht! Ich dachte das wäre MEIN JOB!«, höre ich Anastasia hinter mir kreischen. Sie steht direkt vor der Liegewiese, ihr Lippenstift ist verschmiert, und ihre Haare sehen aus, als hätte sie eine Woche Hardcore-Festival hinter sich.

»Das Auto ist WEG«, brüllt sie, ohne weiter auf unsere vertauschten Kussrollen einzugehen.

Jimmy springt auf und fährt sich mit dem Ärmel über den Mund, als wäre er fünf und eine kusswütige Tante hätte sich an ihm vergangen. Und ich fühle mich so schrecklich wie noch nie in meinem ganzen Leben.

»Irgendeiner von diesen SPIESSIGEN Nachbarn hat den Abschleppdienst gerufen!«, krakeelt meine Schwester weiter.

Ich schaue sie an und verstehe kaum, wovon sie redet. »Was machen wir denn jetzt?«, frage ich.

Johnny, der hinter Anastasia auftaucht, bietet an, uns nach Hause zu fahren.

Ich werfe einen letzten Blick auf Jimmy, der immer noch dasteht wie ein begossener Pudel. Anastasia nimmt mich an der Hand und zieht mich aus dem Zimmer.

»Kommst du mit?«, fragt Johnny seinen kleinen Bruder. Doch Jimmy rührt sich nicht.

09

Mama kommt an diesem Abend sehr spät nach Hause. Anastasia und ich warten am Küchentisch auf sie. Mit wem genau sie verabredet ist, wissen wir nicht. Ich glaube, dass Göttchen wieder im Rennen ist. Und dass Mama sich nicht traut, ihre reumütige Rückkehr zuzugeben. Anastasia denkt, es sei ein neuer Typ im Spiel.

»Mamas Stimmung wird in jedem Fall darüber entscheiden, ob sie mir gleich den Kopf abreißt oder nicht!«, sagt meine Schwester und raucht eine elektronische Zigarette mit Amarettogeschmack, die sie in der Küchenschublade gefunden hat. Mir ist schlecht, und ich weiß nicht genau, wie ich diese Nacht überleben soll.

»Warum musstest du auch in der zweiten Reihe parken?«, sage ich kraftlos.

»HALLO?! Dafür hast du den Freund deiner Freundin geküsst. Wer frei ist von Schuld, der werfe den ersten Stein …«

»Schon gut, schon gut!«

Ich hasse es, wenn meine Schwester Jesus-Sprüche zitiert. Ana und ich bekommen uns ein bisschen in die Haare wegen des Abends. Sie will mir die Schuld in die Schuhe schieben, dass wir überhaupt zu den Kothenhöfer-Brothers hingefahren sind. Und ich finde, SIE trägt die Verantwortung. Schon wegen ihres verpatzten Einsatzes bei Jimmy!

»Statt wie verabredet Jimmy den Kopf zu verdrehen, verfällst du wieder diesem Johnny-Spacko! Das ist so dermaßen daneben!«, erkläre ich.

»Pass auf, was du sagst! Johnny ist KEIN Spacko! Jedenfalls NICHT MEHR. Der musste gerade einen Haufen Sozialstunden in einem Pflegeheim machen. John hat sich SO WAS VON geändert!«

Jetzt heißt er auch noch John. Mir wird immer schlechter.

»Weshalb musste Johnny denn Sozialstunden leisten?«, fragt eine ziemlich gut gelaunte Stimme. »Raub? Drogen? Körperverletzung?«

Mama steht kichernd in der Tür. Sie scheint zumindest den letzten Teil unserer Unterhaltung mitbekommen zu haben.

Als ich sie sehe, schießen mir Tränen in die Augen.

»Mama, heute ist alles schiefgelaufen! Ich habe den Freund von Muckel geküsst. Den Bruder von Johnny. Und Anastasia hat dein Auto genommen und ist abgeschleppt worden! Weil sie falsch geparkt hat!«

Mama schaut uns ungläubig an. »Habt ihr noch mehr Hiobsbotschaften auf Lager?«, fragt sie immer noch relativ entspannt. Sie ist offensichtlich angetrunken und peilt den Ernst der Lage nicht.

»Ja, Ana ist wieder in Johnny verknallt. Sie nennt ihn jetzt John!«

»Bin ich NICHT«, behauptet meine Schwester und tritt mich unter dem Tisch. Mama setzt sich zu uns.

»Sieht aus, als müsste ich beim nächsten Mal wieder einen Babysitter bestellen, wenn ich mal ausgehe«, sagt sie und verpasst uns beiden eine Kopfnuss. Ihr Abend muss phänomenal gut gewesen sein. Anders lässt sich ihre Coolness nicht erklären. Sie hört sich genau dreißig Sekunden lang unsere Geschichte an. Dann will sie ins Bett und findet, die Sache wäre mit einer Taschengeldkürzung und ein paar Sozialstunden à la Putz- und Spüldienst aus der Welt zu schaffen.

»Unter zwei Bedingungen lasse ich mich auf diese Bewährungsstrafe ein«, sagt Mama. »Bedingung eins: Niemand nimmt je wieder ungefragt mein Auto! Und Bedingung zwei: John und sein Bruder sind ein für alle Mal gestorben. Und zwar für euch BEIDE!«

Als ich an diesem Abend endlich in meinem Bett liege, ist an Schlafen nicht zu denken. Ich stehe noch mal kurz auf und aktiviere Rovio. Auf meinem Laptop sehe ich, dass

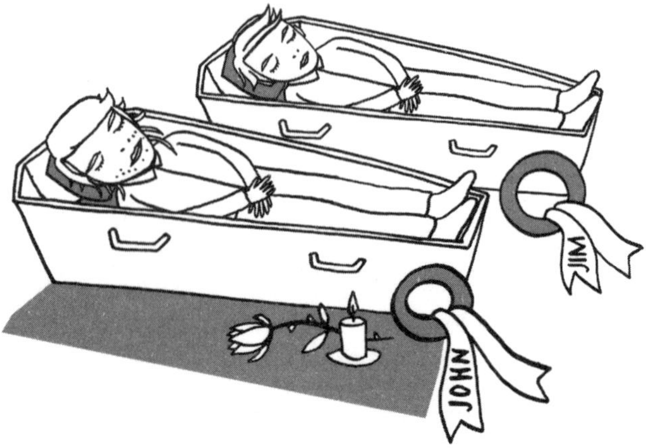

Liam und Don Camillo bei greller Festbeleuchtung eingeschlafen sind. Einer von ihnen pfeift ein bisschen beim Ausatmen. Die Ahnungslosen. Für sie ist die Welt noch in Ordnung. Und auch Muckel ahnt wahrscheinlich noch nichts von ihrem Unglück. Es sei denn, Jimmy hat sie, in einem Anfall von Ehrlichkeit, bereits angerufen. Immerhin schien er ja doch viel anständiger zu sein, als ich dachte.

Wie gerne würde ich alles ungeschehen machen! Den ganzen Film einfach ein Stück zurückdrehen – sagen wir, bis zu der Stelle, als ich Anastasia bitten wollte, mir in Sachen Jimmy zu helfen. Und an der Stelle würde ich mir ein Mega-Tape über den Mund kleben, mich selbst in mein Zimmer einsperren und dann den Schlüssel aus dem Fenster werfen.

Mir fällt ein Satz ein, den Big Mama uns früher immer als die GRÖSSTE Lebensweisheit aller Zeiten verkauft hat:

Glück ist wie Raumspray – man riecht es nur eine kurze Zeit. Um wieder dafür offen zu sein, muss man den Raum erst verlassen.

Ich habe meinen Glücksraum verlassen! Wahrscheinlich, weil ich das Glück darin gar nicht mehr gerochen habe. Und jetzt habe ich mir selbst die Tür vor der Nase zugeschlagen.

Ich schaue mir den Beweisfilm auf meinem Handy noch mal an. Er geht tatsächlich bis zur Kussszene und weit darüber hinaus. Und es sieht kein bisschen so aus, als hätte Jimmy mich unbedingt rumkriegen wollen. Im Gegenteil. Er wirkt total überrumpelt. Statt beim Küssen genüsslich die Augen zu schließen, hat er sie kilometerweit aufgerissen wie in einem Horrorfilm! Wie konnte ich nur? Ich kann unmöglich einfach ins Bett gehen und meinem unausweichlichen Schicksal als schlechteste Freundin der Welt entgegenschlafen.

In meiner Not schleiche ich mich zu Anastasia und öffne ihre Zimmertür einen Spalt. Sie skypt mit Johnny und bemerkt mich gar nicht! Ich kann sehen, wie »John« mit seinem Handy durchs Haus läuft und meiner Schwester alle möglichen unaufgeräumten Ecken zeigt. Zwischendurch spricht er in die Kamera: »Ich schwör dir, hier sind keine Mädels mehr im Haus! Warum auch? Ich kann ohnehin nur an DICH denken!«

»Ich glaub dir kein Wort!«, sagt Anastasia. Völlig zu Recht, wie ich finde!

»Was ist mit dem Zimmer von deinem Bruder? Der hatte doch ein Bett, so groß wie ein Fußballfeld!«

Johnny gibt sich empört: »Das ist, wie du eben selbst schon erwähnt hast, das Zimmer meines BRUDERS! Meinst du, ich schleppe irgendwelche Bräute mit ihm zusammen ab? Jimmy ist VIERZEHN!«

Trotzdem läuft Johnny schnurstracks zu Jimmys Zimmer. Bevor er die Tür öffnet, legt er noch einen Zeigefinger auf seinen Mund.

»Pssst. Jimmylein schläft bestimmt schon!« Dann hält er

die Kamera direkt auf die Liegewiese. Aber Jimmy schläft kein bisschen. Er sitzt mit dem Rücken zur Tür und telefoniert. Mir bleibt die Luft weg. Man kann sogar hören, was er redet: »Ich weiß, das ist alles so was von daneben. Aber ich musste es dir einfach sagen.«

Dann ist Johnny wieder im Bild. Er zieht die Tür leise hinter sich zu und spricht mit Kussmund in die Kamera: »Ana-Maria-Stasia, mein Engel. Bist du jetzt zufrieden?«

Wäre ich nicht so neben der Spur, würde ich spätestens in diesem Moment dazwischenfahren und meine Schwester an ihr Versprechen erinnern, Johnny aus ihrem Leben zu verbannen. Aber ich habe einfach zu große EIGENE PROBLEME! Denn wenn man nur ein kleines bisschen kombiniert, muss man zu dem Schluss kommen, dass Jimmy mich soeben bei Muckel verraten hat. Ich schleiche mich zurück in mein Zimmer und wähle Muckels Handynummer. Besetzt! Es ist ein Uhr zwanzig. Die Wahrscheinlichkeit, dass Muckel nach einem Mädchenabend mit ihrer Ma jetzt noch mit irgendeinem anderen Menschen als mit Jimmy telefoniert, ist gleich null. Wie feinfühlig von ihm, sie für diese frohe Botschaft extra zu wecken! Ich könnte platzen, so elend machtlos fühle ich mich. Zwei Minuten später geht mein Handy. Es ist Muckel!

»Es ist alles anders, als du denkst!«, sage ich schon beim Drangehen. Aber Muckel ist nicht mehr empfänglich für Erklärungen. Sie ist zu hundert Prozent auf SENDEN eingestellt. Und sie sendet so laut, dass ich das Handy einen halben Meter von meinem Ohr weghalten muss.

So eine schlechte Freundin wie mich würde sie ihrem ärgsten Feind nicht wünschen, behauptet sie. Muckel überschüttet mich mit den seltsamsten Schimpfwörtern. **Germany's next Topschlampe** ist noch eines der harmloseren. Keine Ahnung, wie viel ich mir bieten lassen muss, um meine Schuld abzutragen.

Nachdem der erste Wutausbruch vorbei ist, fängt sie an zu weinen. Das ist auch nicht viel besser auszuhalten.

»Er hat gesagt, dass er mit mir SCHLUSS machen will!«, schnieft sie. »Weil ihm aufgefallen ist, dass wir nicht so richtig zusammenpassen. Das ist ihm klar geworden, nachdem DU IHN GEKÜSST HAST! Er hat echt behauptet, wir wären so unterschiedlich wie Frau Kolz und Spongebob!«

Ich kann nicht glauben, dass Jimmy nach dem verunglückten Kuss mit mir nicht mehr mit Muckel zusammen sein will. Und dass er ihr gegenüber original denselben Schwammkopf-Schwachkopf-Quatsch verzapft wie mir gegenüber. Eins steht fest: Ein Lügner wie sein Bruder ist er nicht!

Klar würde ich Muckel gerne fragen, wie sie sich so in Jimmy täuschen konnte. Wie ihr Seelenverwandter so ganz anders empfinden konnte als sie selbst. Aber ich sehe ein, dass das im Moment keine passende Frage ist. Also versuche ich ihr zu erklären, wieso ich Jimmy überhaupt auf die Flirtprobe stellen wollte. Ich erzähle ihr die ganze Geschichte mit Anastasia, dem Loch in der Jeansjacke und dem verschwundenen Auto. Aber ich reite mich nur immer weiter rein.

»Du hast das Ganze auch noch AUFGENOMMEN?«, kreischt Muckel. »Ich HASSE dich! Wie konntest du nur? Du bist echt KRANK!«

Dann legt sie auf und geht die ganze Nacht nicht mehr dran.

Um mich zu beruhigen, beobachte ich Liam und Don Camillo weiter beim Schlafen. Aber das beruhigt mich natürlich kein bisschen! Wenigstens kann ich auf die Art kontrollieren, ob Muckel bei Liam anruft, um auch MEIN Glück zu zerstören.

Klar denke ich auch darüber nach, was wohl in Jimmy gefahren ist! Dass er nach unserem Kuss sofort mit Muckel Schluss gemacht hat, macht mich zusätzlich nervös. Wollte er vielleicht doch von mir geküsst werden? Gibt es etwa doch eine Knutsch-Strichliste? Oder ist er gar in mich verliebt? Und wenn ja, wie sieht es mit meiner Gegenliebe aus? Puh, ich würde sagen, DAS

GEHT GAR NICHT! Da werde ich jetzt einfach mal nicht drüber nachdenken!

Lieber beobachte ich Liam und Don Camillo und weine mich dabei ganz leise in den Schlaf.

Morgens werde ich davon wach, dass mein Handy klingelt. Schnell klappe ich den Laptop zu, damit Liam nicht auch geweckt wird. Es ist Papa. Er fragt, ob ich abends mit ihm essen will.

»Wenn du keine Zeit hast, zu kommen oder auszugehen, bestelle ich uns beiden Sushi nach Hause, und wir haben ein gemütliches Computer-Dinner«, schlägt er vor.

Irgendwie habe ich echt keine Lust auf Papa. Der hat mir heute gerade noch gefehlt!

»Du hättest ein ECHTES Dinner haben können. Hier bei uns mit Mama und mir!«, erkläre ich patzig. »Ich hab jetzt keine Zeit, mich um dich zu kümmern!«

»Aha«, meint Papa.

»Ja, aha!«, antworte ich. »Ich habe gerade andere Probleme. Und zwar solche, die ich nicht mit DIR besprechen möchte.«

»Soso«, sagt Papa nach einer kleinen Pause.

»Ja, so ist das nun mal. Muss jetzt Schluss machen«, erkläre ich ihm und lege auf. Puh, so krass war ich mein ganzes Leben noch nicht zu ihm!

Schnell klappe ich den Laptop wieder auf, um zu schauen, ob mein Handyklingeln Liam und Don geweckt hat. Doch ich fürchte, sie wurden in der Zwischenzeit von Muckels Handy aus dem Schlaf gerissen. Denn Liam sagt gerade: »Das glaub ich nicht. Das kann doch nicht WAHR sein!«, während Don Camillo sich schon wieder über Rovio hermacht und mich an meinem verlängerten Auge durch den Raum schleppt.

»Nein, es ist völlig okay, dass du mir das sagst«, beteuert Liam. Und nach einer langen, bedeutungsvollen Pause fügt er hinzu: »Ausgerechnet dieser Jimmy! Ich meine, okay, du stehst auf ihn. Alle Mädchen scheinen auf ihn zu stehen. Ich fass es einfach nicht!«

Nachdem Liam aufgelegt hat, streift er fluchend durch sein Zimmer. Er holt mit dem rechten Bein aus, und einen Moment lang habe ich Angst, er könne Don Camillo oder Rovio oder sogar uns beiden etwas antun. Aber er tritt nur gegen seinen Mülleimer und schreit dann vor Schmerz auf.

Nachdem er sich ein bisschen beruhigt und seinen dicken Zeh geknetet hat, fahre ich ganz langsam und mit gesenkter Kamera auf ihn zu.

»Voll blöd, dass du es von ihr erfahren hast«, sage ich kleinlaut. Doch Liam beginnt sofort, mich anzuschreien: »Was machst DU denn hier? Hast du etwa auch noch gelauscht? Wie mies ist das denn?«

Jetzt muss ich doch die Kamera hochfahren, um ihm ins Gesicht zu sehen. »Wieso gelauscht? Ich dachte, ich wohne hier bei dir. Wie Don Camillo. Nur eben ein bisschen virtueller!«

Vielleicht war es keine so gute Idee, Liam direkt nach Muckels Verkündung anzusprechen. Jedenfalls geht er ziemlich wütend auf mich los und brüllt so laut in das Mikro, dass der Ton total übersteuert und ich nur die Hälfte verstehen kann. Es ist dennoch nicht schwer zu erraten, dass Liam gerade mit mir Schluss macht, dass er keine weiteren Erklärungen von mir hören möchte und dass er mich jetzt vor die Tür setzen wird. »Und zwar nicht nur VIRTUELL!«

Liam reißt die Dockingstation aus der Steckdose, klebt sie Rovio, sprich mir, mit einem dicken Klebestreifen auf den Rücken und setzt mich einfach unten auf der Straße aus. So wie es diese grauenhaften Menschen mit ihren Hunden oder Meerschweinchen machen, wenn ihnen das Futter zu teuer geworden ist oder das Tier einfach nervt.

»Lass dich nie wieder hier blicken!«, ruft er mir noch hinterher. Dann ist er verschwunden.

Völlig verstört navigiere ich mich über den Bürgersteig und weiche irgendwelchen Passanten aus, die mich erstaunt anstarren. Ich muss sowohl aufpassen, nicht zertreten zu werden, als auch, habgierigen Dieben zu entkommen.

Auf keinen Fall kann ich es so durch die halbe Stadt bis nach Hause schaffen! Zumal ich ja schon an der nächsten Bordsteinkante scheitern werde. Ich spreche sogar eine Frau mit Kinderwagen an, ob sie mich vielleicht an Bord nehmen und irgendwo in Sicherheit bringen kann, bis ich mich selbst abholen komme. Aber die Frau lacht nur und glaubt allen Ernstes, ich wolle mich über sie lustig machen. »Und wo ist die *Versteckte Kamera*?«, fragt sie mich.

Ich spare mir, ihr zu erklären, dass die Kamera in diesem Fall in mir drinsteckt.

Es darf doch nicht wahr sein, dass ich innerhalb von wenigen Stunden meinen Freund, meine beste Freundin und auch noch Rovio verliere! Ich werde richtig panisch, zumal plötzlich gar keine Passanten mehr zu sehen sind, die mir helfen könnten. Nur ganz in der Ferne kommt eine in rosa gekleidete Frau mittleren Alters angestöckelt. Man sieht schon am Gang, dass die hohen Schuhe nichts für sie sind! Darum dauert es eine Ewigkeit, bis sie bei mir ist. Und fast noch länger dauert es, bis ich realisiere, wer die Dame ist. Es handelt sich um niemand anderen als um die charismatisierte Kolzi, die wie ein Flamingo mit Dauerlächeln durch die Darmstädter Straße stolziert, während sie irgendwelche Liebesbotschaften in ihr Handy haucht. Egal, da kann ich jetzt keine Rücksicht drauf nehmen, ich muss sie ansprechen! Sie muss mir helfen!

»Hallo Frau Kolz!«, sage ich so laut wie möglich. Kolzi macht einen Satz, der sie beinahe aus den Stöckelschuhen haut. Dann schaut sie ungläubig zu mir runter.

»Warte mal, Liebling«, flüstert sie in ihr Handy. »Mir ist gerade etwas sehr Merkwürdiges passiert. Ich rufe gleich zurück!«

Kolzi kickt mich leicht mit ihrer Schuhspitze an, als wolle sie testen, ob ich noch lebe. Als ich weiterspreche, fährt sie ein zweites Mal vor Schreck zusammen.

»Frau Kolz, ich bin's, Paulina Krass aus Ihrer Klasse. Ich weiß, das klingt komisch. Aber Sie MÜSSEN mir helfen!«

Meine Klassenlehrerin blickt sich ungläubig um. Wahrscheinlich vermutet auch sie eine versteckte Kamera irgendwo. Oder zumindest einen versteckten Menschen, der sich einen Scherz mit ihr erlaubt. Es ist ziemlich schwer, ihr meine Situation zu erklären. Aber sie nimmt mich schließlich mit zu sich nach Hause und verspricht mir, mich am Montag mit in die Schule zu bringen. Ich werde in einer Einkaufstüte verstaut und so in der Wohnung deponiert, dass ich bewegungsunfähig und blind bin. Egal, Hauptsache, ich bin in Sicherheit. Ein Problem wäre also schon mal gelöst. Wenn auch das kleinste von allen.

10

GERADE WILL ICH MICH ins Bett verkriechen, um mich in Ruhe wieder meinem Unglück widmen zu können, da platzt Anastasia ins Zimmer. Sie grinst.

»Hör zu, da unten vor der Tür warten zwei Typen auf uns. Und es wäre besser, wenn Mama nichts davon mitbekommt.«

Ich laufe zum Fenster und schaue auf die Straße runter. Dann bekomme ich weiche Knie. Da stehen nicht nur die Kothenhöfer-Brothers, sondern auch unser Auto!

»Wo haben die den Wagen her?«, frage ich Anastasia. Meine Schwester winkt ab: »Ist 'ne lange Geschichte. Die beiden wollen sich jedenfalls mit uns aussprechen. Und

hochbitten kann ich sie ja wohl schlecht. Mama schläft zwar noch, aber …«

Ich bestehe darauf, die »lange Geschichte« erst zu hören, bevor ich EVENTUELL in Erwägung ziehe, mit runterzugehen. Anastasia stöhnt. Dabei ist die Geschichte in genau drei Sätzen erzählt:

»Na gut, also, das Auto ist gar nicht abgeschleppt worden. Ein Kumpel von Johnny hatte es sich geliehen und hatte bloß vergessen, Bescheid zu sagen. Das ist alles.«

Ich verstehe gar nichts mehr. »Geliehen? Woher hat er denn den Schlüssel gehabt?«

»Ach, jetzt frag doch nicht so blöd. Du bist ja schlimmer als Mama und Big M zusammen! Mein Schlüsselbund lag wohl irgendwo rum, und er hat sich den Autoschlüssel geschnappt. Er wollte John und mich nicht stören, oder so. Ist doch jetzt auch egal.«

Anastasia tippt mit dem Finger ungeduldig auf ihre Uhr. Ich finde das ehrlich gesagt kein bisschen egal.

»Was ist denn, wenn Johnnys Kumpel mit Mamas Auto eine Tankstelle überfallen hat? Oder einen Rentner umgefahren?«

Anastasia rollt mit den Augen, die übrigens für diese Uhrzeit erstaunlich perfekt geschminkt sind.

»Also, kommst du jetzt mit, oder muss ich alleine gehen?«

Ehrlich gesagt weiß ich nicht, was das jetzt bringen soll, meine Probleme mit Jimmy im Beisein von Ana und Johnny zu klären. Trotzdem gehe ich mit.

Als wir runterkommen, lässt Johnny gleich wieder den Obermacker raushängen. Er steigt mit Siegermiene aus dem Auto und lässt den Schlüssel an seinem Zeigefinger baumeln, so als wäre er der Retter des Wagens.

»Willst du noch ein bisschen rumcruisen?«, fragt Johnny Ana.

Anastasia und ich schütteln gleichzeitig den Kopf. Wir sind wohl beide einfach nur erleichtert, dass der Wagen wieder heil aufgetaucht ist, und wollen das Schicksal kein zweites Mal herausfordern.

Dann ziehen meine Schwester und ihr schwachsinniger Ex ein bisschen um die Häuser, während ich mich neben Jimmy auf den Rücksitz des Wagens setze. Es ist echt komisch, ihn so schnell wiederzusehen. Ich kann nicht anders, als mir bei seinem Anblick die verbotene Frage zu stellen: Bin ich etwa doch ein kleines bisschen in ihn verliebt? Das wäre total behämmert von mir. Aber hundertprozentig ausschließen kann ich es nicht.

Jimmy schaut mich an und wirkt irgendwie zerknirscht. »Ich muss dir etwas gestehen«, sagt er. »Ich habe mit Muckel Schluss gemacht. Ich habe ihr alles erzählt, was gestern war.«

»Hab ich gemerkt«, antworte ich so cool wie möglich. »Und die hat es gleich Liam erzählt, der wiederum mit mir Schluss gemacht hat!«

Jimmy verzieht den Mund. »Das tut mir leid!«, beteuert er und legt eine Gedenksekunde für Liam ein.

»Warum hast du mich denn überhaupt geküsst?«, will er

später wissen. War ja klar, dass ihn das interessiert, aber ich habe ehrlich gesagt keine coole Antwort darauf.

»Ausrutscher, weiß auch nicht!«, versuche ich mich rauszureden. »Ich hatte dich auch irgendwie falsch verstanden …«

Jimmys von Meisterhand gemalte (oder gezupfte) Augenbrauen rücken beängstigend dicht zusammen. Wie soll ich ihm das jetzt erklären?

»Eigentlich wollte ich dir nur eine Flirtfalle stellen. Aber dann bin ich wohl selber reingefallen«, höre ich mich sagen. Seltsamerweise gibt Jimmy sich mit dieser schwammigen Antwort zufrieden, ohne nachzuhaken, was eine Flirtfalle überhaupt ist und warum ich will, dass er in so was reintappt. Er grinst nur und scheint meine Erklärung für eine positive Nachricht zu halten. Jedenfalls holt er freudestrahlend etwas aus seiner Jackentasche und hält es mir vor die Nase: eine Wäscheklammer. »Hier, für dich!«

Jimmy schaut mich fragend an, und als ich ihm nicht sofort um den Hals falle, beginnt er wieder, an seinen Nägeln zu knibbeln. »Ich dachte, der Kuss gestern war so verunglückt. Das würde ich gerne noch mal versuchen«, erklärt er.

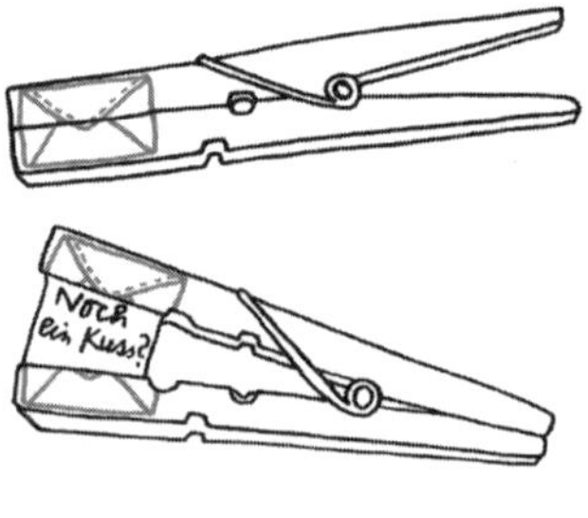

Einen Moment lang vergesse ich vor lauter Schreck das Atmen. Dann schüttele ich einfach nur den Kopf. »Du hast recht, das gestern war in jedem Fall ein Unglück. Und das dürfen wir AUF KEINEN FALL wiederholen!«, sage ich mit fester Stimme. Jimmy schaut mich ungläubig an.

»Das ist jetzt nicht so ein Fall, wo ein Mädchen Nein sagt, obwohl es eigentlich Ja meint?«, hakt er leise nach. Wieder schüttele ich den Kopf. »Diese Fälle gibt es im wahren Leben gar nicht!«, behaupte ich und öffne schon mal die Wagentür. »Ich muss dann jetzt los, mach's gut!«

Als ich wieder oben in meinem Zimmer bin, klopft mein Herz bis zu den Ohren. Ich laufe zum Fenster und schaue runter zum Auto. Jimmy ist inzwischen ausgestiegen und sitzt auf dem Bordstein. Er beobachtet Johnny und Anastasia, die gerade zurückkommen. Johnny hat seinen Arm um Ana gelegt, während meine Schwester ihre Arme trotzig vor der Brust verschränkt hält. Dann schaue ich auf meine Hand, in der sich immer noch die Wäscheklammer befindet.

Später kommt Anastasia mit glasigen Augen zurück. Sie erklärt Mama, dass das Auto doch nicht abgeschleppt worden ist, sondern dass ein Freund von Johnny es nur »umgeparkt« hatte, um ein Abschleppen zu vermeiden. Mama hat einen ziemlichen Kater und sieht die Autogeschichte plötzlich gar nicht mehr so locker wie gestern Abend. Und das, obwohl der Wagen nun wieder da ist! Sie findet die Aktion »ein totales Unding« und überlegt, Anastasia den Führerschein doch nicht zu bezahlen. Darauf werden die Augen meiner Schwester noch glasiger. Ich gehe vorsichtshalber in mein Zimmer und verkrieche mich wieder ins Bett. Immerhin habe ich kaum geschlafen.

Aus alter Gewohnheit nehme ich den Laptop mit und schaue noch mal kurz, was die Krabbe so macht und ob ihr in der Tüte von Kolzi schon die Luft, oder besser der Saft, ausgegangen ist. Der Bildschirm bleibt schwarz, aber Rovio kann noch hören. Und was er hört, ist ziemlich erstaunlich. Unsere Klassenlehrerin bekommt gerade Besuch!

Kolzi: Gut, dass du da bist, mein kleiner Schnurzelhase.

Kolzis Liebhaber: Was ist denn los, Liebes? Was ist passiert?

Kolzi: Ich habe ein kleines Plastikfahrzeug auf der Straße gefunden, das behauptet, Paulina Krass zu sein. Du weißt schon, das Mädchen aus deiner ehemaligen Klasse. Ich weiß, das klingt absurd! Aber das Ding konnte reden und sich fortbewegen.

Kolzis Liebhaber: Und dann?

Kolzi: Das Ding hat mich gebeten, es in Sicherheit zu bringen. Ich hab's mitgenommen. Willst du mal sehen?

Kolzi befreit mich aus der Tasche und hält mich so vor sich, dass ich nicht nur sie, sondern auch ihren neuen Typen sehen kann.

»Paulina?«, fragt sie direkt in die Kamera. »Paulina KRASS, kannst du mich HÖREN? OVER!«

Ich stelle mich vor lauter Schreck mausetot, denn das, was ich auf dem Bildschirm sehe, ist einfach zu unglaublich, als dass ich zu einer normalen Unterhaltung fähig wäre.

Der Liebhaber meiner Klassenlehrerin ist doch tatsächlich GÖTTCHEN, und zwar in charismatisierter Form. In

dem Look also, mit dem er sich angeblich nicht zum Affen machen lassen wollte! Göttchen wirkt ziemlich verstört. Kein Wunder, wenn er damit rechnen muss, dass ich ihn sehe und Mama von seiner neuen Geliebten erzählen könnte. Noch ein Grund, mich besser tot zu stellen! Dieses Geheimnis werde ich jetzt einfach mal für mich behalten.

»Paulina?«, fragt Göttchen mit zittriger Stimme.

»Sie kann dieses Gerät angeblich von ihrem Computer aus steuern«, erklärt Frau Kolz fachmännisch. »Aber sie ist bestimmt nicht online.«

Göttchen wirkt immer noch ganz schockiert.

»Und du bist GANZ sicher, dass sie uns jetzt nicht gesehen hat?«

»Ja, ich meine, sie hat Besseres zu tun, als ihre alte Lehrerin auszuspionieren«, kichert Kolzi. »Sie kann ja nicht damit rechnen, dass sie vor Montagmorgen noch mal ans Licht kommt!«

»Ich muss dir trotzdem etwas sagen«, meint Göttchen

und atmet einmal tief durch. Dann beginnt er, meiner Klassenlehrerin, die mich derweil wieder in die Plastiktüte stopft, von seiner Beziehung zu meiner Mutter zu erzählen. Ich habe keine Ahnung, was das jetzt wieder für Folgen hat. Und ich will es auch gar nicht wissen. Ganz leise klappe ich den Laptop zu und versuche, ein bisschen zu schlafen.

Nachmittags rufe ich Muckel an. »Was willst du?«, fragt sie streng.

»Ich wollte nur mal nachhören, was du so machst«, versuche ich die Lage zu entschärfen. Aber der Schuss geht nach hinten los.

»Ich lösche gerade alle Fotos, auf denen du drauf bist, wenn du es genau wissen willst. Und die von Jimmy gleich mit! Und was machst du so?«

»Ich versuche gerade, mich bei meiner allerliebsten Freundin zu entschuldigen. Und alles wiedergutzumachen!«

Muckel macht eine kleine Pause. Dann erklärt sie, dass man solche Sachen nie wiedergutmachen kann. Sie meint, dass es Dinge gibt, die man sich vorher überlegen muss.

Ich steuere schnell dagegen: »Muckel, es tut mir sooo leid! Und wenn ich eins auf der Welt gerne rückgängig machen würde, dann ist es nicht der Zweite Weltkrieg. Und auch nicht der Erste. Du weißt schon, was es ist.«

»Hör auf, dich über mich lustig zu machen!«, fährt Muckel dazwischen. »Unsere Freundschaft gibt es nicht mehr. Aus, Schluss, Finito! Dass wir beide noch mal zusammenkommen, ist ungefähr so unmöglich wie …« Sie zögert einen Moment. Dann höre ich sie am anderen Ende schlucken. Und leise fährt sie fort: »So unmöglich, wie dass Frau Kolz Sponge heiratet.«

»Das ist nicht fair!«, sage ich schnell. »Spongebob gibt es gar nicht wirklich. Aber uns beide gibt es. Wir sind richtige Menschen. Und Menschen können sich entscheiden.«

»Na gut«, meint Muckel, deren Stimme wieder etwas fester geworden ist. »Dann halt so wahrscheinlich, wie dass Kolzi und …, und, sagen wir, der olle Hartkopf heiraten.«

Bingo!, denke ich. Dass Göttchen und Kolzi heiraten, ist keinesfalls ausgeschlossen. Im Gegenteil. Die Ferrari wird ihrem Gottfredo schon ordentlich einheizen.

»Schon besser«, erkläre ich Muckel und lasse mir von meiner kleinen Freude nichts anmerken. »Da gibt es ja wenigstens eine 99,9-prozentige Chance«, behaupte ich.

»Wenn du meinst«, sagt Muckel. »Ich sehe das komplett anders. Wir beide haben uns nichts mehr zu sagen!« Dann legt sie auf.

11

AM MONTAGMORGEN ÜBERLEGE ICH allen Ernstes, ob ich für immer die Schule schwänzen und einfach abhauen soll. Letztendlich hält mich die für heute angekündigte Krabbenübergabe erst mal von meinem Vorhaben ab. Auf keinen Fall soll Frau Kolz weiterhin mit mir in der Plastiktüte durchs Leben laufen!

Auf dem Schulweg habe ich allerdings mindestens drei neue Depressionsschübe. Schub eins bei dem Gedanken an Muckel, die mich gleich öffentlich mit Verachtung strafen wird. Schub zwei wegen Liam, den ich jetzt nur noch wehmütig aus der Ferne betrachten kann, und Schub drei wegen Jimmy, von dem ich nicht so genau weiß, was ich für ihn empfinden soll.

Am allermeisten fürchte ich mich vor dem Wiedersehen mit Muckel. Doch ich habe Glück. Ihre Mutter hat sie für die ganze Woche krankgemeldet. Na ja, vielleicht sollte man in dem Fall doch nicht von »Glück« reden. Schließlich spricht so eine einwöchige Krankheit dafür, dass diese ganze Kussaffäre Muckel mächtig aus der Bahn geworfen hat. Dementsprechend schwierig wird es sein, sie zurückzuerobern.

Dafür ist Liam schon da, als ich ankomme. Er würdigt mich, wie zu erwarten, keines Blickes.

Als Frau Kolz um Punkt acht Uhr auf High Heels in den Raum stolziert kommt, geht ein Raunen durch die Klasse. Sie ist zwar nicht mehr ganz so aufgebrezelt wie am Wochenende, aber die Alte ist sie auch nicht mehr. Schon wegen der leuchtend blond gefärbten Haare und der obersten drei Knöpfe ihrer hautengen schwarzen Bluse, die nicht nur offen sind, sondern geradezu aufgesprungen wirken. Da hat Mama mal ganze Arbeit geleistet.

Nach der Stunde überreicht sie mir Rovio mit den Worten: »Na, das ist ja ein tolles Gerät! Ist es denn jetzt immer noch fahrtüchtig?« Dabei schaut sie mir forschend ins Gesicht. Wahrscheinlich will sie rauskriegen, ob ich nicht doch gestern noch online war, als sie mich in Anwesenheit von Göttchen aus der Tüte gezogen hat. Ich schaue genauso forschend zurück, weil ich mich frage, was Göttchen jetzt an Kolzi besser findet als an meiner Mutter. Eigentlich sollte man ihm mitteilen, dass Frau Kolz das viele Charisma von Mama bekommen hat. Aber wer weiß, vielleicht ist der gute Gottfredo ja jetzt mit Kolzi UND meiner Mutter zusammen. Am Ende führt er ein machohaftes Doppelleben mit seinem neuen Ashton-Kutcher-Bärtchen!

»Nein, der Akku ist längst leer!«, behaupte ich schnell und stecke Rovio in meine Schultasche. »Ich bin froh, dass ich Sie auf der Straße überhaupt noch ansprechen konnte. Denn eigentlich hatte ich kaum noch Strom.«

Frau Kolz wirkt echt erleichtert.

Die Pause verbringe ich mit Daphne, die freundschaftsmäßig immer zur Stelle ist, wenn sie Muckel oder mich irgendwo alleine aufstöbert. Mich ertappt sie dabei, wie ich Liam aus der Ferne hinterhertrauere. Er spielt Fußball mit ein paar Jungs und sieht nicht so aus, als wäre er vom Liebeskummer gebeutelt.

»Was ist los? Bolzt Liam etwa lieber rum, als mit dir hinter den Mülleimern zu knutschen?«, fragt Daphne feinfühlig und setzt sich neben mich. Sie trägt heute ein T-Shirt, auf dem ein wunderschönes Dessous-Model im Sand kniet und einen irgendwie auffordernd anschaut. Meiner Meinung nach hätte sie sich ruhig mit einem etwas hässlicheren Model schmücken sollen. Jedenfalls, wenn sie ihre eigene Schönheit mehr rausarbeiten will.

»Wir haben Schluss gemacht«, erkläre ich. »Und ich will NICHT darüber reden!«

Daphne nimmt mich beim Wort und redet augenblicklich nur noch über sich. Das scheint ihr ohnehin mehr zu liegen.

»Weißt du, ich gebe Luuk jetzt Nachhilfe. In so ziemlich allen Fächern. Seine Eltern bezahlen mich dafür, aber ich mache mit Luuk halbe-halbe.«

Eigentlich möchte ich weder über Liam noch über irgendeinen anderen Jungen reden. Und schon gar nicht über Liebesangelegenheiten. Aber Daphne ist nicht zu bremsen.

»Und wenn er dann die Arbeiten verhaut? Dann werden

seine Eltern bestimmt die Zahlungen einstellen«, versuche ich ihre Begeisterung zu bremsen.

»Nein, die Arbeiten schreibe ich ihm natürlich«, erklärt Daphne. »Und außerdem gebe ich ihm ja wirklich ein bisschen Nachhilfe. Nur halt nicht in Mathe.«

Daphne setzt den Du-weißt-schon-zwinker-zwinker-Blick auf.

Aber ich denke gar nicht daran, in irgendeiner Form darauf einzugehen. Wir schweigen ein bisschen. Ich glaube, Daphne ist beleidigt. Sie verschränkt die Arme über dem Supermodel, als wolle sie es in den Schwitzkasten nehmen. Dabei wird der Kopf des Models unschön zwischen Daphnes Hupen gepresst.

»Okay, sorry, dass ich für deine Luuk-Geschichte nicht so richtig offen bin. Aber mit dir und Luuk fing der ganze Schlamassel zwischen mir und Muckel ja erst an. Und jetzt habe ich meinen Freund UND meine beste Freundin verloren. Nicht dass ich dir die Schuld dafür geben möchte. Aber ich will auch nicht daran erinnert werden.«

Später schreibe ich eine SMS an Muckel:

Ich werde mich so lange bei dir entschuldigen, bis du annimmst! ENTSCHULDIGUNG!

Die erste Woche ohne Muckel und Liam scheint nie zu Ende zu gehen. Ich schleppe mich in die Schule und wieder nach Hause, schicke Muckel Entschuldigungs-SMS in jeder Sprache und starre die meiste Zeit ins Nichts. Muckel zu besuchen, traue ich mich nicht. Eine zusätzliche Liveabfuhr würde ich einfach nicht überleben.

Nachts schlafe ich entweder total schlecht oder gar nicht, sodass sich die Nächte genauso elend in die Länge ziehen wie die Tage. Darum bekomme ich auch mit, dass sich zwischen zwölf und sechs in unserer Wohnung manchmal etwas tut. Obwohl Mama schon ins Bett gegangen ist, sind plötzlich Stimmen zu hören. Und morgens um sechs fällt die Wohnungstür mit einem leisen Klick ins Schloss. Eigentlich könnte ich mich mal rausschleichen und gucken, wen unsere Mutter da vor uns geheim halten will. Aber gleichzeitig habe ich keine Kraft dazu. Irgend so einen neuen Mann will ich gar nicht sehen. Und das eventuelle Doppelleben von Ashton-Göttchen möchte ich auch nicht aufdecken.

Ein bisschen sorge ich mich um Papa, der bestimmt enttäuscht ist, wenn Mama wieder einen Neuen am Start hat. Auch wenn er es natürlich selbst bei ihr vermasselt hat! Seit ich Papa neulich am Telefon so abgebügelt habe, ist Funkstille. Bestimmt wartet er darauf, dass ich mich wieder melde. Aber auch dazu habe ich im Moment keine Energie. Es ist schon schwer genug, durchzuhalten, weiter zu funktionieren und nicht abzuhauen!

12

AM SONNTAGMORGEN UM SIEBEN UHR

beißt mich Herr Hund in den Zeh und will mich zum Aufstehen bewegen. Er lernt nie den Unterschied zwischen Schultagen und Wochenendtagen! Als ich meine Füße fest in die Decke eingerollt habe, macht er sich an meinen Haaren zu schaffen. Mit ausgefahrenen Krallen kämmt er ein bisschen in ihnen herum und kommt der Kopfhaut dabei immer ein kleines Stückchen näher. Es bleibt mir nichts anderes übrig, als aufzustehen und ihm Futter zu geben. Auf dem Weg zur Küche fällt mir auf, dass im Wohn-Charisma-Studio zwei Weingläser auf dem Lacktisch stehen. Und mir fällt ein dass ich auch diese Nacht wieder Stimmen gehört habe.

Obwohl ich noch ziemlich verpeilt und müde bin, ist mir auf der Stelle klar, was das bedeutet: Jetzt wäre der Moment, Mama auf die Schliche zu kommen, ohne groß aufzufallen. Denn vor sieben wird sie den Typen wohl nicht rausgeworfen haben. Sie kann eigentlich davon ausgehen, dass Ana und ich am Wochenende mindestens bis zehn Uhr schlafen.

Auf Zehenspitzen schleiche ich mich zu Mamas Schlafzimmer und drücke so langsam und geräuscharm die Klinke herunter, dass ich fast zwei Minuten dafür brauche.

Dann versuche ich, die Tür zu öffnen. Nichts passiert. Sie hat abgeschlossen! Also hatte ich recht. Es steckt jemand mit Mama unter der Bettdecke! Und auf keinen Fall kommt dieser Jemand hier unbemerkt aus dem Zimmer. Zum ersten Mal seit Rovios Rausschmiss bei Liam bin ich froh, die Krabbe wieder in der Wohnung zu haben. Ich postiere sie unter dem Sofa gegenüber von Mamas Schlafzimmertür. Dann lege ich mich mit dem Laptop ins Bett und überlege, wie ich mich in den nächsten Stunden wach halten kann. Zuerst kaue ich meinen kompletten Vorrat an Center-Shock-Kaugummis, die einem echt den Rachen wegglühen. Dann mache ich, zur Freude von Herrn Hund, ein paar von den Yoga-Übungen aus der Probestunde – immer streng mit Blick auf den Bildschirm. Die Kobra, die Heuschrecke, die Katze, die Schildkröte …

Gerade als ich völlig erschöpft aufgeben will, geht Mamas Tür einen Spalt auf. Meine Mutter steckt ihren Kopf raus und guckt, ob die Luft rein ist. Dann kommt ihr Liebhaber zum Vorschein. In Unterhose und T-Shirt! Der Lover huscht nur einmal durch den Raum und taucht im *Skin & Hair-Studio* wieder unter. Das Ganze geht wirklich rasend schnell, und Rovio liefert auch nicht die allerbeste Bildqualität. Dennoch meine ich beobachtet zu haben, dass Mama Liebhaber ungeheure Ähnlichkeit mit meinem Vater hat.

Ich habe schon mal davon gehört, dass manche Menschen in Bezug auf die Liebe ein Beuteschema besitzen. Das bedeutet, dass sich ihre verschiedenen Partner so ähnlich sehen, als wären sie allesamt Geschwister. Bei Mama hat diese Theorie allerdings bisher noch nie zugetroffen. Sie steht mehr auf Artenvielfalt, und man kann sicher sein, dass nach einer gescheiterten Beziehung Jagd auf einen absolut gegenteiligen Typus gemacht wird.

Mit angehaltenem Atem warte ich, bis der Neue von der Toilette zurückkommt. Der Typ schaut sich um wie ein Einbrecher.

Man sollte nicht meinen, dass dieses schuldbewusste, scheue Reh die Miete für unsere Wohnung zahlt. Denn ich bin mir inzwischen ganz sicher: Der Eindringling ist kein anderer als Papa persönlich!

Mit einem Satz springe ich aus dem Bett und stelle mich ihm in den Weg. »Papa, was machst DU denn HIER?«

Mein Vater schreckt zusammen, und einen Moment lang habe ich wirklich Angst, er könnte einen Herzinfarkt bekommen. Dann stabilisiert er sich aber wieder und beginnt, seltsam zu stottern und mit den Armen zu rudern. »IIICH kann dir AAALLES erklären. Zzziehe mir nnnur schnell was über.«

Als er fünf Minuten später zusammen mit meiner Mutter wieder angezogen vor mir steht, hat er sich komplett gesammelt und nimmt mich in den Arm.

»Paulina, wir wollten eigentlich nicht, dass du es SO erfährst. Aber nun hast du uns einfach ertappt!«

Er schmunzelt und hat einen irgendwie großmütig wirkenden Gesichtsausdruck. So als wolle er mir gleich das Weihnachtsgeschenk meines Lebens überreichen.

»Mama und ich, wir haben uns wieder zusammengetan«, erklärt er stolz.

Ich schaue zu Mama rüber. Sie nickt. Wenn auch mit ironisch zuckendem Mundwinkel.

»Was soll das heißen, ZUSAMMENGETAN?«, will ich wissen.

»Na ja, wir wollen es noch mal miteinander probieren«, beteuert Mama und nickt versonnen.

Eigentlich sollte ich mich wohl freuen, aber irgendwie bin ich auch sauer. Ständig mache ich mir Sorgen – besonders um meinen einsamen Vater –, während die beiden sich längst hinter unserem Rücken amüsieren und kein bisschen alleine sind. Das mit dem Sorgen-um-andere-Machen muss jetzt echt aufhören. Ich sorge mich einfach nur noch um mich selbst!

»Wir wollten erst ausprobieren, ob es mit uns überhaupt noch mal gut gehen kann«, meint Papa. »Darum haben wir nichts gesagt. Nicht dass du dir falsche Hoffnungen machst.«

»Wie rücksichtsvoll von euch! Mich anzulügen, um mir Gutes zu tun! Und wie undankbar von mir, euch nicht sofort um den Hals zu fallen«, sage ich bockig. Irgendwie bin ich echt außer mir. Mama und Papa stehen etwas bedröppelt da.

»So viel Widerstand hätten wir eher von Anastasia erwartet als von dir«, meint Mama.

Als meine Schwester später aufsteht, wird ihr die Geschichte ein bisschen anders beigebracht als mir. Wir sitzen inzwischen alle am Frühstückstisch, während Anastasia beim Anblick von Papa einfach stehen geblieben ist.

»Ana, wir haben jetzt Räume für unser Studio«, erklärt Mama übertrieben begeistert, während Papa ängstlich nickend auf Anastasias Reaktion wartet. Meine Schwester wittert natürlich, dass etwas nicht stimmt. »Ihr könnt für das *Charisma-Coaching* meine alte Wohnung haben!«, erklärt Papa mit erwartungsvoller Miene. Er scheint auch bei ihr auf einen Freudenausbruch zu hoffen. Doch Ana gibt sich ungerührt.

»Und du?«, fragt sie und beißt im Stehen in eins der Premium-Bio-Himbeertörtchen, die Papa zur Feier des Tages geholt hat. »Hast du im Lotto gewonnen? Wanderst du aus?«

Papas Gesichtszüge verlieren zusehends an Spannkraft, während Mama langsam richtig wütend wird.

»Er zieht zu UNS!«, sagt sie streng. »Und ich bin entsetzt, wie wenig ihr in der Lage seid, ihn willkommen zu heißen!«

Unser erstes gemeinsames Familienfrühstück ist eine echte Katastrophe. Keiner sagt mehr etwas, bis auf Mama. Sie redet die ganze Zeit aufmunterndes Zeug in Richtung Papa. Aber der ist viel zu schockiert, um zu antworten. Ana ist einfach nur sauer, und ich bin irgendwie überfordert mit der ganzen Situation. Papa ist wieder da. Wir sind wieder alle zusammen. Wir sind wieder eine richtige Familie. Die Sätze hämmern in meinem Kopf, aber in meinem Bauch kommt keine Freude an. Ich glaube, ich trau mich einfach noch nicht.

»Ich geh zu Johnny!«, sagt Anastasia schließlich. »Denn ICH lasse mir in Männerangelegenheiten jetzt nix mehr vorschreiben! Von niemandem!«

Mama bleibt cool. »Bevor du gehst, hätte ich da noch eine Rechnung für deinen Johnny!«, sagt sie und holt aus ihrer Handtasche eine Zahlungsaufforderung zusammen mit einem seltsamen Schwarz-Weiß-Foto. Zu sehen ist Johnnys Kumpel in Mamas Wagen, fotografiert von einem Blitzerautomaten.

»Wenn ich die neunzig Euro nicht bis heute Abend habe, erstatte ich Anzeige wegen Wagendiebstahls.«

Jetzt ist es meine Schwester, deren Gesichtszüge eine Etage tiefer rutschen. Sie wird sogar richtig blass, steckt wortlos das Schreiben ein und verschwindet.

Den Rest des Vormittags verbringe ich in meinem Zimmer und werde von einem Aufräumwahn übermannt. Gerade als ich das Innenleben meiner Schränke, Kommoden und Schubladen in der Mitte des Raumes aufgetürmt habe, steht Papa mit Rovio in der Tür.

»Den habe ich unter dem Sofa gefunden«, sagt er und zwinkert mir schüchtern zu. »Hast du mich damit etwa heute Morgen überführt?«

Ich nicke verlegen.

»Eigentlich könnten wir das Ding jetzt auch bei eBay verkaufen«, meint er. »Bei mir brauchst du damit ja nicht mehr zu wohnen. Und woanders bist du wohl auch nicht untergetaucht.«

Ich nicke. »Meinetwegen, miste sowieso gerade aus.«

Papa verspricht mir, mit dem Erlös mein Taschengeld aufzubessern. Da tut er mir plötzlich leid. Weil er sich so viel Mühe gibt. Und so hilflos wirkt. Dabei wollte ich mir doch keine Sorgen mehr um ihn machen.

Papa setzt Rovio in meinem Zimmer ab und verschwindet mit einem kleinen, unsicheren Winken. Und ich fange an, alles, was ich besitze, nach Farben zu sortieren. Die Stifte, die Pullover, die Bücher … Und alles, was farblich nicht ins Bild passt oder mir sonst wie langweilig vorkommt, wird gnadenlos ausgemistet.

Ich schaue mich im Raum um. Da sind unzählige Farben in zahllosen Unterkategorien. Mir wird fast schwindelig. Und darum bin ich mir auch nicht ganz sicher, ob ich meinen Augen trauen kann.

ROVIO HAT SICH BEWEGT! Er hat seine Kamera ein winziges Stückchen in meine Richtung ausgerichtet.

Ist das wahr, oder träume ich? Und wenn es wahr ist, was bedeutet das? Der einzige Mensch, der mein Passwort kennt, ist Liam. Wir haben von seinem Rechner aus mit der Krabbe immer Don Camillo zum Kampf herausgefordert. Liam hat also auch die Software auf seinem Laptop! Vielleicht plagt ihn ja das schlechte Gewissen, weil er Rovio einfach ausgesetzt hat. Und er will einfach mal nachsehen, wo die Krabbe jetzt gelandet ist. Doch das hätte er auch schon viel früher tun können. Vielleicht beobachtet Liam mich ja schon seit Tagen?! Oder habe ich mir doch nur alles eingebildet?!

Langsam und mit strengem Blick gehe ich auf Rovio zu und hebe ihn hoch.

»Liam? Bis du das? Ich hab GANZ GENAU gesehen, dass du dich bewegt hast!«, behaupte ich.

Kein Kommentar. War ja klar, dass er erst mal abwartet.

»Ich finde, wenn du mir schon hinterherspionierst, solltest du wenigstens dazu stehen!«, erkläre ich etwas milder. Denn eigentlich würde ich mich ja freuen, wenn Liam wirklich noch bei mir wäre.

Wieder nichts.

Ich setze die Krabbe zurück auf den Boden und widme mich wieder meinem neuen Aufräumwahn. Irgendwie macht das Sortieren bei der Vorstellung, dass Liam mich dabei beobachten könnte, plötzlich viel mehr Spaß.

13

ALS MUCKEL AM MONTAG wieder in der Schule ist, tut sie beinahe so, als wäre nichts gewesen. Sie disst mich kein bisschen, sondern ist sogar einigermaßen freundlich.

»Was ist los, hast du mir verziehen?«, frage ich hoffnungsvoll. Muckel beißt gerade in ihr Pausenbrot mit Leberwurst. Sie hat es extra aufgeklappt und isst jede Seite einzeln. Wohl um demonstrativ keine Rücksicht auf meinen Fleischekel zu nehmen.

»Verzeihen, was für ein großes Wort«, sagt sie mit vollem Mund. Dann schüttelt sie den Kopf. »Nein, nichts ist los. Wir sind einfach nur keine Freundinnen mehr.«

»Und was sind wir dann?«

»Such dir was aus«, meint Muckel und gräbt genüsslich ihre Zähne in den fingerdicken Leberwurstbelag.

»Schulkameradinnen, Tischnachbarn, Exfreundinnen, Weltverbesserungs-Kolleginnen …«

»Die Welt wollen wir also schon noch zusammen retten?«, frage ich.

Muckel kaut und schaut ein paar Fünftklässlerinnen beim Tuscheln und Kichern zu.

»Ach nee, lieber nicht«, meint sie dann. »Das ist irgendwie doch zu persönlich.«

Ich nicke und schweige, während Muckel mich aus den Augenwinkeln beobachtet. Sie scheint mit aller Macht die Überlegene raushängen lassen zu wollen. Na, meinetwegen. Sie musste ja auch ganz schön viel einstecken.

Auch wenn unser Freundschaftslevel ganz schön im Keller ist, bin ich doch froh, dass Muckel wieder da ist und dass ich in ihrer Nähe sein kann. Selbst Liam taut ein ganz kleines bisschen auf, als er mich mit Muckel zusammen sieht. Er nickt zur Begrüßung und biegt nicht mehr panisch in irgendeinen Klassenraum ab, wenn er mich über den Flur kommen sieht.

Klar versuche ich, ein Anzeichen dafür zu entdecken, dass er mich mit Rovio heimlich ausspioniert. Dass er mich immer noch mag und bei mir sein will, wenn auch nur heimlich, weil sein Stolz das offiziell nicht zulässt. Aber Liam hat sich voll im Griff. Kein unsicheres Lächeln, kein verräterisches Stottern oder Stolpern in meiner Gegenwart, kein verstohlener Blick. Na ja, vielleicht wird Rovio ja eines Tages mit mir sprechen, wenn Liam das noch nicht kann.

Ich konzentriere mich derweil auf Muckel und versuche, ihr in den folgenden Tagen zu beweisen, dass ich sehr viel mehr bin als irgendeine Bekannte. Ich ziehe mich zum Beispiel extra unscheinbar an, damit sie an meiner Seite glänzen kann. Muckels Mutter hat Muckel nämlich aus Paris einen Haufen neuer Klamotten mitgebracht.

Außerdem ignoriere ich Jimmy in ihrer Gegenwart, obwohl der sich wirklich ein Bein ausreißt, um mit mir Kontakt aufzunehmen.

Der Höhepunkt meines Großeinsatzes in Sachen Freundschaftsbeweis ereignet sich am Dienstag nach dem Schwimmunterricht. Muckel kommt mit einem neuen Strickkleid in die Schule. Okay, mein Style wäre das nicht. Aber sie betont, dass das Ding von einem total kultigen französischen Designer ist und ultrateuer war. Auch ihr neuer Bikini ist gestrickt, was von ein paar »modefeindlichen Idioten« in unserer Klasse nicht so richtig gewürdigt wird. Ehrlich gesagt ist der Bikini wirklich nicht besonders durchdacht. Denn kaum hat er sich voll Wasser gesogen, hängt und beult er unschön von Po und Busen runter, was in unserer Klasse natürlich nicht unkommentiert bleibt. Es fällt Muckel echt schwer, an diesem unseligen Dienstag über den Dingen zu stehen. Besonders, als wir zurück in die Umkleide kommen.

Jemand hat Muckels Kult-Kleid in eine Wäscheleine verwandelt! Ihr bleibt nichts als ihre Unterwäsche, ein Handtuch und der nasse Bikini.

Klar könnte man unserem Sportlehrer, Herrn Weißert, Bescheid sagen. Oder dem Bademeister. Aber aus irgendeinem Grund will Muckel das nicht. Sie wickelt ihr Exkleid in Windeseile zu einem Knäuel zusammen und setzt sich dann in ihr Handtuch gehüllt auf die Bank.

»Ich bleibe einfach für den Rest meines Lebens hier sitzen«, meint sie mit Tränen in den Augen.

Nachdem die anderen gegangen sind, hole ich den Ver-

bandskasten aus dem Regal und »teile« meine unscheinbare Kleidung mit Muckel.

Trotz meiner heldenhaften Sankt-Martin-Nummer bleibt Muckel stur, was unsere Freundschaft angeht. Als ich sie frage, ob wir langsam wieder ein bisschen mehr sind als nur Schulkameradinnen, schüttelt sie bedauernd den Kopf.

»Gib dir keine Mühe«, sagt sie. »Das mit der Hose war echt nett. Aber zwischen uns ist etwas kaputtgegangen, das man nicht mit ein paar Verbandsklammern wieder flicken kann.«

Wie Drama-Queen-mäßig sie manchmal daherreden kann!

Als ich eben sagte, ich ignoriere Jimmy in Muckels ANwesenheit, muss ich ergänzen, dass ich ihn in ihrer ABwesenheit nicht immer ganz ignoriere. Zum Beispiel wenn er mich auf meinem Schulweg abfängt und mir eine seiner Pausenbrot-Kreationen zusteckt.

»Ich will mal Koch werden, und ich brauche dringend Testesser«, meinte er beim ersten Mal.

»Was für ein Koch soll das sein? Pausenbrot-Koch?«

Jimmy nickte ganz aufgeregt. »So was Ähnliches. Ich überlege mir Snacks, die man überallhin mitnehmen kann. Sie bleiben zwölf Stunden frisch in meiner selbst erfundenen *Mini-Fridge to go*!« Tatsächlich hat Jimmy aus einer seiner alten Kinder-Thermohosen ein kleines Täschchen genäht und mit einem winzigen Kühlelement versehen.

»Das habe ich aus dem Insulin-Frischhaltetäschchen meiner zuckerkranken Oma«, meinte er stolz.

»Und deine Oma läuft jetzt immer mit lauwarmem Insulin rum?«, wollte ich wissen.

»Nein, meine Oma ist längst tot«, erklärte Jimmy aufgekratzt. Ich hoffe nur, sie ist nicht an ranzigen Insulin-Spritzen gestorben!

»Meine Kaugummis mache ich übrigens auch selbst«, erklärte Jimmy und kaute ein paarmal kräftig auf dem aktuellen Exemplar in seinem Mund herum.

»Hab dir ein paar Proben als Nachtisch mit dazugetan. Außerdem ist noch eine Liste in der Tasche, auf der du meine Snacks bewerten kannst.«

Ich konnte einfach nicht widerstehen, einer von Jimmys Testessern zu werden. Zumal ich selbst in Sachen Pausensnack ziemlich schlecht aufgestellt bin. Mama macht meine Brote gerne schon am Vortag. Ich sage nur GRAUENHAFTES GRAUBROT und SCHWITZENDER KÄSE. ☹

Doch Jimmy musste mir versprechen, keiner Menschenseele etwas von unserem Deal zu erzählen. Denn offiziell darf ich natürlich NICHTS mit ihm zu tun haben. Jedenfalls bis Muckel aus dem Gröbsten raus ist. Das hat er eingesehen!

Seitdem habe ich immer ein Stückchen von Jimmys alter Thermohose im meinem Rucksack. **Keep cool** hat er mit Edding im Graffiti-3-D-Style draufgeschrieben. Ich finde, das steht mir zu, nachdem ich freundschaftsmäßig zurzeit echt unterversorgt bin und mein Selbstbewusstsein dementsprechend vor sich hin bröselt.

Ich habe zwar so eine leise Ahnung, dass ich Jimmys einzige Testesserin bin und dass er seine Kreationen eigens deswegen anfertigt, um sich heimlich doch noch in mein Herz zu schleichen. Aber das ist, wie gesagt, nur so eine Vermutung, von der ich gar nicht wissen kann, ob sie stimmt.

Als ich an diesem Tag unsere Wohnung betrete, komme ich mir vor, als wäre ich aus einem ellenlangen Traum erwacht. Das *Charisma-Coaching*-Schild hängt nicht mehr an der Tür. Dafür liegen überall Sachen rum. Dinge, die ich seit Jahren nicht mehr hier gesehen habe, die aber eigentlich immer schon hier hingehörten. Papa ist wieder eingezogen! Und es duftet aus der Küche nach meinem absoluten Lieblingsessen: Papas Nudelauflauf. Klar hat er den auch in seiner kleinen Behelfsküche in der Single-Bude mal für mich gekocht. Aber das war nicht dasselbe! Papa streckt den Kopf aus der Küchentür. »Paulchen? Bis du das?«

Ich kann nicht anders, als ihm um den Hals zu fallen. Papa nimmt mich hoch auf den Arm, so wie früher, als er noch hier wohnte und ich aus dem Kindergarten nach Hause kam. Dabei holt er sich beinahe einen Hexenschuss, weil ich über die Jahre bestimmt dreißig Kilo zugelegt habe. Und dann weinen wir beide ein bisschen.

»Ich dachte schon, du freust dich GAR NICHT, dass ich wieder da bin«, sagt Papa.

»Tue ich doch«, protestiere ich. Und dann weinen wir auch schon weiter.

Als wir uns endlich beruhigt haben, meint Papa, er habe Rovio verkaufen können, und legt mir hundertfünfzig Euro auf den Wohnzimmertisch. »Hab ihn heute Morgen zur Post gebracht!«, erklärt er stolz.

»Was? Du hast ihn wirklich verkauft?« Für einen Moment bekomme ich kaum mehr Luft, weil Rovio doch meine letzte Verbindung zu Liam war. Papa schüttelt verwirrt den Kopf. »Aber das hatten wir doch besprochen?!«

Ich nicke und beschließe, dass er vollkommen okay gehandelt hat. Und dass ich mir von Rovios Verschwinden nicht diesen glücklichen Moment vermiesen lassen will. Vielleicht ist es ja ganz gut, dass Liam keinen GEHEIMZUGANG mehr zu mir hat. Dann bleibt ihm nichts anderes übrig, als im wahren Leben aktiv zu werden. Er sollte nur nicht zu lange warten. Denn Jimmy ist schließlich auch ganz nett. Und wenn Muckel eines Tages einen neuen Freund hat, werde ich bestimmt eine offene Pausenbrot-Beziehung mit ihm haben. Wer weiß, was sich daraus alles entwickelt …

Als Mama später aus ihrem neuen Studio kommt, ist sie ziemlich aufgebracht. Hektisch wedelt sie mit dem *Kölner Stadtanzeiger* herum, und trotz ihres hochdeckenden Make-ups leuchten ihre Wangen glutrot. Sie schafft es grade noch, Papa am Tag seines Einzugs mit einem kurzen Kuss zu begrüßen. Dann knallt sie die Zeitung auf den Tisch und zeigt wortlos auf eine Anzeige.

Ich kann mein Glück kaum fassen und werde Muckel gleich mal eine SMS schicken. Bestimmt wird sie diese Göttchen-Fügung für ein Zeichen Gottes halten! Dann MUSS sie einfach wieder meine beste Freundin sein. Vielleicht ist sie es sogar längst schon wieder. Auch wenn sie

mich immer noch ein bisschen von oben herab behandeln will.

Mama zuliebe tue ich allerdings so, als fände auch ich die Hochzeit eine ziemliche Unerhörtheit!

»Jetzt sag bloß, dieser Gottfried war dein Ex?«, fragt Papa. »Also der Typ, den du angeblich bis zum Burn-out ausgesaugt und dann abserviert hast.« Auch Papa kann seine Freude darüber, dass der Nebenbuhler sich selbst aus dem Weg geräumt hat, kaum verbergen.

Weil Mama nichts sagt, antworte ich für sie.

»Ja, das ist Göttchen, mein ehemaliger Klassenlehrer. Und Kolz ist meine jetzige Klassenlehrerin. Bevor sie sich ineinander verliebt haben, waren sie beide bei Mama in Behandlung. Kann man mal sehen, was für eine gute Charismatiseuse Mama ist!«

Papa bekommt einen Lachanfall, und ich kann nicht anders, als mitzulachen.

»Du hättest die beiden mal vorher sehen sollen!«, pruste ich. »Fräulein Knüppelkuh und Horst Schlemmer sind nichts dagegen!«

»Jetzt übertreibst du aber«, protestiert Mama. Aber dann muss sie plötzlich selber lachen. Wir lachen alle drei und halten uns die Bäuche. Wir können gar nicht mehr aufhören, denn es tut so gut, diese ganze komische Geschichte endlich auch mal gemeinsam komisch finden zu können.

Als Anastasia eine halbe Stunde später kommt, haben wir uns immer noch nicht ganz eingekriegt.

Auch Ana glüht förmlich unter ihrem Make-up. Und auch sie pfeffert etwas auf den Tisch und zeigt mit dem Finger drauf.

»I got it!«, schreit sie. »Null Fehler! GUCKSU!«

Ich habe meine Schwester noch nie so glücklich gesehen.

Und weil Glück ja bekanntermaßen ein GROSSES HERZ macht, lädt sie uns tatsächlich alle zu einer kleinen Probefahrt ein – inklusive Papa!